Daniela Wiedmer • Sieben kleine Knaben in Görlitzer Nebelschwaden

AF140636

Daniela Wiedmer

Sieben kleine Knaben in Görlitzer Nebelschwaden

Bibliographische Information der Deutschen Nationalbibliothek: Die
Deutsche Nationalbibliothek verzeichnet diese Publikation in der Deut-
schen Nationalbibliographie; detaillierte bibliographische Daten sind im
Internet über www.dnb.de abrufbar.

Dies ist kein historischer Roman, wenngleich er vor einem historischen
Hintergrund spielt. Alle Charaktere und Handlungen sind frei erfunden.
Jede Übereinstimmung mit lebenden oder verstorbenen Personen oder
realen Geschehnissen ist rein zufällig und ungewollt.

© 2015 Daniela Wiedmer
Herstellung und Verlag:
BoD - Books on Demand, Norderstedt

ISBN: 978-3-73862316-1

Jenen gewidmet, deren vielfältige Arten von Zuneigung den Weg ebnen

Die Ausgrabung einer Erinnerung

Sieben kleine Knaben sitzen in dem Zimmer,
sie weinen und flehen, doch es rettet sie nimmer.
Sie warten auf ihn, auf den Vater, den Lieben,
der sich sorgt und sich kümmert um die zitternden Sieben.

Sieben kleine Knaben kennen die Schritte,
ein Raunen geht von außen in ihre Mitte.
Sie können ihn hören, den Vater, den Lieben,
der sich sorgt und sich kümmert um die zitternden Sieben.

Sieben kleine Knaben sehen sein Gesicht,
sehen seine Augen und das flackernde Licht.
Sie fürchten sich vor ihm, dem Vater, dem Lieben,
der sich sorgt und sich kümmert um die zitternden Sieben.

Die Flamme züngelte begehrend nach Luft, reckte sich den gläsernen Einfassungen der altertümlichen Lampe entgegen und zuckte unter einem Windstoß zusammen. Ihr Licht beschrieb einen Kreis von kaum einem Meter, doch in dieser Nacht hätte es bis zur Neiße scheinen können, niemand hätte es bemerkt. Dichter Nebel walkte in Schwaden über den Friedhof. Feuchte Luft strich über sein schwitzendes und bis zur äußersten Anstrengung verzerrtes Gesicht. Er stieß den Spaten in die Erde und strich sich mit dem Arm über die Stirn. Eine Schliere aus Schmutz blieb zurück. Nach Stunden der unermüdlichen Arbeit wurde ihm bewusst, dass er im Freien stand. Ja, er nahm zum ersten Mal den Nebel wahr, der sein Tun behütete. Es war kalt geworden. So kalt, dass der Friedhofswächter seiner Aufgabe seit mehreren Nächten nicht nachkam. Er war ungestört.

Er drehte sich langsam um sich selbst. Sein Blick fiel auf das Grab des berühmten Jakob Böhme. Er wusste nichts über diesen Mann. Kannte nur sein Geburts- und sein Sterbedatum vom Grabstein selbst. Er fragte sich, welche Inschrift sein Stein tragen würde, wenn er starb. Er war nicht vermögend. Wahrscheinlich würde er kaum mehr als ein Holzkreuz erhalten. Sein Name würde darin eingeschnitzt werden und die Daten seiner Geburt und seines Todes. Doch sie wären falsch. Gestorben war er schon vor vielen Jahren. Er atmete, er lief umher, er war hier, um das Grab auszuheben, doch er war ein toter Mann. Er empfand keine Freude mehr und kein Leid. Er war nur noch ein Gerüst aus Knochen und Fleisch, das allein durch einen Wunsch getrieben wurde. Einen heiß glühenden Wunsch, der sein Herz ersetzte, seine Muskeln erwärmte, sein Denken lenkte.

Sein Blick glitt fort zum ausgetretenen Pfad, der durch die Gräber führte. Er scheute sich noch, aber schließlich blieb ihm keine andere Wahl, als zur Kirche zu blicken. Sie war hinter einer Wand aus Nebelschwaden verborgen, doch ihre Größe ließ sich auch durch die Wettererscheinung hindurch nicht leugnen. Er stellte sich vor, was ihn erwartete, wenn er den Weg hinab zum Tor gehen würde, um die Knochen fortzuschaffen. Er stellte sich vor, wie sich die Engel, die Heiligen nach ihm umdrehen würden, um ihn zu warnen. Doch die einzigen Gesichter, die ihn wirklich als den erkannten, der er war, wären die Totenschädel mit ihren gaffenden Augenlöchern. Sie wussten, dass er aus demselben Material bestand wie sie. Eines Tages würde sein Gesicht, zu einer Fratze des Elends verzerrt, an diesen Wänden hängen und auf den nächsten Tor hinabblicken. Er fror. Sein Körper war steif geworden, der Schweiß zu einem knisternden Mantel, den er nur abschütteln konnte, indem er weiterarbeitete.

Er nahm den Spaten auf und trieb ihn durch die Erde. Eine weitere Schaufel gesellte sich zu dem Haufen neben ihm. Er wusste, dass es hier war. Das letzte Grab. Er musste nur die Knochen finden. Er musste die Knochen nur ausgraben, das Loch zuschütten und den Friedhof verlassen. Er hatte es inzwischen so oft getan, dass er sich daran gewöhnt haben musste. Doch jeder Knochen, den er fand, war eine Erinnerung. Sie lag verborgen zwischen den Rippen seines Skeletts, aber er spürte sie deutlich. Er konnte fühlen, wie sie sich aus seinen Eingeweiden wand, wie sie an seinen Muskeln zerrte, um ihn zu krümmen, um seine Speiseröhre hinaufzuklettern und dann in einem Schwall aus heißer Angst auf den Boden zu gelangen, wo sie zu einem lebendigen Wesen heranwuchs, sich formte, zu einer Gestalt wurde. Dann sah er ihn vor sich. Den Jungen mit den roten Haaren. Seine Augen glühten wie grünes Feuer. Nebelschwaden schwebten durch ihn hindurch, als gäbe es ihn nicht. Doch er existierte. Er war da, direkt vor ihm. Er lächelte ihn an. Dieses verschmitzte Lächeln, das immer dann zu sehen war, bevor er die Fassung verlor, bevor er sich selbst vergaß, so wie alle anderen ihn vergessen hatten. Er war ein gemeiner, kleiner Scheißkerl gewesen, aber er hatte ihn dennoch geliebt. Auch dann als er geglaubt hatte, sich auf die andere Seite stellen zu können. Er wusste noch, wie sein Gesicht ausgesehen hatte, als er feststellen musste, dass er diese andere Seite nie würde erreichen können. Weil er nur so war wie sie. Er war nur ein Opfer. Er war ein zerstörtes Wesen.

Seine Hände lagen zitternd auf dem Holz des Spatens. Sein Atem bildete neue Schwaden, die in den Nebel getrieben wurden und dort zu einer zähen Masse aus wallender Flüssigkeit verschmolzen. Unruhig zuckten seine Augen umher, als er des Tages gedachte, an dem er diese Stadt das erste Mal betreten hatte. Es war so lange her, er war noch so jung gewesen. Niemand erinnerte sich so deutlich an seine frühe Kindheit, doch er entsann sich jedes einzelnen Momentes. Der Spaten in seinen Händen wurde riesig, er schmolz zu einer Gestalt von kaum einem Meter zusammen. Der Junge, das Gespenst mit den roten Haaren, packte ihn an der Schulter, stürzte sich auf ihn. Er fiel in das Loch, das er gegraben hatte, und riss den Mund zu einem Schrei auf, der vom Nebel davon getragen wurde.

Da ist er, der Ort, an dem er leben wird. Seine Eltern sind vor kaum fünf Tagen gestorben. Die Krankheit hat sie geholt, wie sie auch seine Großeltern und die Schwestern geholt hat. Sie sind fortgegangen und haben nur ihn zurückgelassen. Ihn, der nun hier ist, in dieser fremden Stadt, in der er niemanden kennt, in die er nicht wollte. Doch er war zu schwach gewesen, um davon zu rennen, als der Mann ihn gepackt und ihm gesagt hat, er müsse nun bei dem Herrn Groll leben. Von Glück hat er gesprochen. Glück sei es, dass es so feine, anständige Männer wie den Herrn Groll gibt, der so Jungen wie ihn aufnimmt. Knaben, die sonst niemanden mehr haben.

In der Stadt ist es laut. So laut, dass er die Hände auf die Ohren drückt. Auf seiner Schulter liegt schwer die Hand des Mannes, der ihn zu dem Herrn Groll bringen wird. Unermüdlich schubst sie ihn voran, zieht ihn zurück, wenn er Gefahr läuft, von einer Kutsche überfahren zu werden, schiebt ihn wieder vorwärts durch die Massen von Menschen. Sie laufen an dicken Türmen vorbei, die weit in den Himmel ragen. Noch nie hat er so große Bauten gesehen. Das höchste Gebäude in dem Dorf, in dem er gelebt hat, ist die Kirche gewesen. Aber im Vergleich zu dem monströsen Ungeheuer mit dem kupfernen Dach, das sie hinter sich lassen, war sie nur so klein wie er. Sie erreichen den Fluss. Überall liegt schwere Luft, getränkt mit unangenehmen Gerüchen, zwischen den Häusern und drängt in seine Nase, die nur Heu, Morgentau und Kuhmist kennt. Am Fluss entlang stehen viele Häuser. Zu einem wird er geschoben. Es ist weiß getüncht, klein. Es drängt sich zwischen die anderen Bauten, als gehöre es nicht dorthin, doch wolle es unbedingt.

Vor der Tür steht ein Mann und raucht. Er hat keine Pfeife im Mund, wie sie der Vater immer benutzt hat. Es ist nur ein schmales Röhrchen, in dem sich der Tabak befindet und das mit jedem Zug des Mannes an der Spitze rot aufglüht. Dieses Glühen, so kommt es dem Jungen vor, greift auf die Augen des Mannes über, als er den Jungen entdeckt. Seine Mundwinkel ziehen sich weit nach oben, doch ein Lächeln ist nicht zu erkennen. Wenn der Vater gelacht hat, so war es ein Gefühl, als gehe die Sonne auf. So warm und vorsichtig. Der Junge hat es nicht oft gesehen, doch er hat es geliebt. Oh, wie sehr vermisst er den Vater und die Mutter, sogar die Schwestern, die ihn gerne geärgert haben! Zu gerne würde er nun mit ihnen in dem kleinen Zimmer sitzen, zusammen mit den zwei alten Puppen, die die Mutter selbst genäht hat, und Schule spielen. Die Schwester war streng, aber bei ihr hatte er das Alphabet gelernt, obwohl er noch nicht in dem Alter war, es zu lernen. Was würde er nun bei dem Mann lernen?

„Da ist der Bengel", sagt der Mann hinter ihm und stößt ihm so grob in den Rücken, dass der Junge dem anderen Mann vor die Füße fällt. Dieser denkt nicht daran, ihm aufzuhelfen. Blickt nur auf ihn herab, lasst das weiße Röhrchen in seiner Hand schnipsen. Asche fällt in das Gesicht des Jungen. Sie ist heiß und brennt sich in seine Nasenspitze. Er weint. Der Mann holt mit dem Fuß aus und tritt ihn gegen die Schulter. Der Junge wimmert nur noch leise.

„Sach ma', was soll'n ich mit so'm Kleenen anfangen, hä? Der scheißt ja noch in'ne Hose!"

„Nee, das macht er nicht, oder, Bengel?" Dieses Mal kommt der Tritt von hinten und trifft ihn in die Niere. Er schreit auf. Einige Frauen, die auf der Straße ihre Wäsche waschen, sehen sich nach den Männern um. Aber sie sagen nichts. Sehen den Jungen nur mitleidig an. Er versteht, dass er keine Hilfe bekommen wird. Er ist nur wieder so ein Bengel, nur einer von vielen. Er hört auf zu weinen, weil er begreift, dass es ihm nicht helfen wird. Weder sein Vater noch seine Mutter oder die Schwestern werden kommen und ihn aufheben. Ihm tröstende Worte zusprechen. Nicht einmal der Opa wird ihn auf seinen Schoß ziehen und ihn an die alte Brust drücken, die doch noch so warm und so stark war, ihn zu halten.

„Na schön, aber für den kriegste nur zweie."

„Zwei? Hör mal, der Wicht hat mich schon mindestens viere gekostet."

„Und mich wird'a das Zehnfache kosten. Zweie oda gar nix."

Der Junge kann es hören. Dieses leise Schaben, als sich der Stiefel des Mannes, der ihn hierher gebracht hat, nach hinten bewegt, um ihn noch einmal zu treten. Er ist wütend, weil er nicht bekommt, was er sich erhofft hat. Aber im letzten Moment, vielleicht auch weil die Frauen ihre Wäsche in die Zuber gleiten lassen, lässt er es bleiben und nimmt zwei klimpernde Stücke Geld entgegen. Dann dreht er sich um, ohne dem Jungen Lebewohl zu sagen, und verschwindet zwischen den Häusern und der zähflüssigen Luft. Der Junge blickt auf. Der Mann sieht zu ihm herab, raucht das Röhrchen, bis es verbrannt ist, wirft nur einen geringen Rest auf die Straße. Wallender Rauch steigt durch seinen Mund und seine Nase in die verpestete Luft.

„Na, dann komm. Wer'n schon'ne Beschäftigung für dich findn."

Er packt den Jungen an den Haaren und zieht ihn auf die Beine. Er legt ihm eine Hand unter das Kinn und drückt seine Wangen zusammen, bis sein Kiefer zu brechen droht. Dann lacht der Mann und lässt ihn los, streicht ihm über die weichen Haare, die lange kein Wasser und keine Seife gespürt haben. Er sieht ihn an. Seine rot glühenden Augen verwandeln sich in braune, die ihn zärtlich betrachten. Es ist nur ein Anflug. Es ist nur ein Funken. Dann legt der Mann ihm die Hand auf die Schulter und führt ihn in das Haus.

Der Junge, der keiner mehr war, erwachte auf dem Friedhof. Sein Körper war steif, seine Haare schweißnass. Er atmete hektisch, als sei er gerannt, doch es war nur die Angst, die ihn noch immer zu überwältigen drohte. Er war nicht mehr dort. Dort unten an dem Haus, das es nicht mehr gab. Es war schon vor langer Zeit eingestürzt und durch einen anderen Bau ersetzt worden. Aber seine Erinnerungen ließen sich nicht ersetzen. Sie nahmen Gestalt an, er konnte sie fühlen. Direkt vor ihm lag der Schädel in der Erde. Der Schädel des rothaarigen Jungen. Wie klein er war, wie zart. Er nahm ihn auf und strich die Erde von dem Knochen, legte die Hand auf die sanfte Wölbung. Er war der Erste gewesen, er sollte auch jener sein, der zuerst gemahnte.

Er stand auf und griff nach dem Jutesack, den er mitgebracht hatte. Vorsichtig legte er den Schädel hinein und grub die restlichen Knochen aus, um sie mit dem Kopf zu vereinen. Dann stieg er aus dem Grab und begann, es wieder zuzuschütten. Er achtete darauf, die sorgsam ausgestochenen Grasnarben so darüber zu verteilen, dass es aussah, als sei dieses Grab nie geöffnet worden. Es gab keinen Grabstein, es hatte auch bei den anderen keinen gegeben, aber dennoch würde sich der Friedhofswächter wundern, wenn er ein offenes Loch oder eine kahle Stelle fand. Er packte den Jutesack und schwang ihn vorsichtig über seine Schulter, die unter der Bewegung brannte. Die alte Narbe wurde neu entfacht. Seit Jahren hatte er sie nicht gespürt, doch nun schmerzte sie, als habe die Laterne ihn eben erst getroffen.

Mit der anderen Hand griff er den Spaten und ging den ausgetretenen Pfad entlang zum Tor. Er blieb am Gitter an der nordwestlichen Front der Nikolaikirche stehen. Der Lampenschein kroch an der kalten Wand zu den Totenschädeln empor. Er war sicher, dass sie ihn ansahen. Dass ihre zu einem Lächeln verzerrten Gesichter mit den Augenlöchern ihn betrachteten. Er starrte ihnen entgegen. Dies war der Ort, an den er zurückkehren würde. Er fürchtete sich nicht mehr. Er nickte den Totenmännern zu und wandte sich zur Mollerlinde, deren Blätter im herbstlichen Wind zu rascheln begannen. Dann war sein Blick nur noch auf das Tor gerichtet. Er verlor sich dahinter, glitt fort in eine Zeit vor dieser Nacht und in jene Zeit, die danach kommen würde. Nun war er vorbereitet. Nun konnte es beginnen.

Kapitel 1

Eiskalt strich jeder Windhauch über ihre Arme und Hände. Ihre Wangen waren gerötet und ihre Augen brannten, während sie neben dem alten Grabstein an der Mauer lehnte. Sie presste ihre Zähne fest aufeinander. Der Geruch von Schnee lag in der Luft, aber sie konnte den Himmel nicht sehen. Dichter Nebel schlängelte sich durch die Gassen und umgab die alte Kirche wie ein schützender Kokon. Selbst wenn sie sich bemühte, konnte sie nicht mehr als einen Meter weit sehen. Hegte jemand den Gedanken, sie zu überfallen, so hätte er in dieser Nacht leichtes Spiel gehabt. Nur sah er vermutlich ebenso schlecht wie sie. Und was hätte er stehlen wollen? Die Jacke, die sie trug und die durchlöchert war? Die Hose, die an den Knien aufgescheuert und an den Bünden eingerissen war? Die Schuhe, die kaum mehr waren als eine Sohle mit Schnürsenkeln? Das einzig Wertvolle, das sie bei sich trug, waren das winzige Notizbuch und der abgekaute Bleistift, die in ihrer Jacke ruhten. Sie hatten jedoch nicht mehr als einen sentimentalen Wert.

Sie nahm die Hände aus den Jackenärmeln und holte das Buch hervor. Die ersten Seiten waren eng beschrieben und im Nebel und der Dunkelheit, die durch die Laterne, die zwei oder drei Meter entfernt am Straßenrand stehen mochte, kaum durchdrungen wurde, konnte sie die Zeilen nicht lesen, doch sie wusste, was sie dort in den letzten Nächten aufgeschrieben hatte. Sie wusste, wie es begann.

„Es war eine kalte Nacht. Das Wetter hatte umgeschlagen und dichter Nebel walkte durch die engen Gassen."

Sie erinnerte sich, wie an dem Abend, als sie diesen Satz geschrieben hatte, der Wind durch jede Ritze des Dachbodens gedrungen war und sie zum Zittern gebracht hatte. Nun stand sie selbst in einem solchen Nebel wie der Held ihrer Geschichte. Der Held. Ein Schurke war er, ein Mörder. Doch er war jener, dessen Geschichte sie erzählen wollte. Er war jener, der sie im Frühjahr beinahe umgebracht hatte. Jener, der mehrere Menschenleben auf dem Gewissen hatte. Der Sagenmörder von Görlitz, wie er in den Zeitungen betitelt worden war.

„Und in so einer Nacht hat es begonnen", wisperte sie leise in die Nebelschwaden, die gemächlich an ihr vorüber zogen. Ja, in so einer Nacht musste es begonnen haben. Es war eine Nacht wie geschaffen für den Wahnsinn, der in jedem Menschen lauerte und nur darauf wartete, hervorzubrechen und Besitz zu nehmen von dem Unglückseligen, dessen Stärke geschwunden war. Sie stellte sich vor, wie er durch kalten Wind und Nebel gelaufen war, vorbei an der Dreifaltigkeitskirche. Hatte er das

Jaulen des Dreibeinigen Hundes vernommen? Hatte ihm der Klötzelmönch all die Hirngespinste ins Ohr gewispert, die ihn dazu veranlassten, zu morden? Oder war der Teufel zu ihm gekommen und hatte ihm wie dem Nachtschmied ein Angebot gemacht, das er nicht ablehnen konnte?

Sie versuchte noch immer zu verstehen, wie der Wahnsinn über ihn gekommen war. Aber es war schwer zu begreifen für jemanden, der sich nicht in dieser Lage befand. Sie kannte den Wahnsinn. Sie wusste, wie niedrig die Schwelle war, die es zu überschreiten galt. Sie hatte genug Menschen gesehen, die nach Jahren der Einsamkeit und der Züchtigung gebrochen waren. Manche wurden still. Zogen sich in ihre Welt zurück und kamen nie mehr hervor. Andere aber verloren jede Menschlichkeit, wurden zu Tieren, fielen über ihresgleichen her, um sich zu schützen. Und in wieder anderen schwelte es wie ein Funke im Laub. Erst fing nur ein Blatt Feuer, doch dann erfasste es den ganzen Wald. So musste es auch mit dem Sagenmörder gewesen sein.

Sie hatte alle Zeitungen studiert, in denen über die Mordfälle und über den Mörder berichtet worden war. Allzu oft war ihr dabei ihr eigener Name begegnet. Ein Umstand, den sie sehr bedauerte, denn er hatte dafür gesorgt, dass sie nun noch weniger verdiente als zuvor und dass ihr Vorgesetzter sie noch schlechter behandelte. Offene Drohungen, sie zu entlassen, waren an der Tagesordnung ebenso wie Überstunden, die nicht bezahlt wurden. Wenn sie nicht in Vis Haus eine Unterkunft gefunden hätte, wäre sie auf der Straße gelandet. Es wäre dann nur eine Frage der Zeit gewesen, bis man sie wieder ins Zuchthaus gesteckt hätte. Eine Erfahrung, die sie kein zweites Mal machen wollte.

Darum war sie hier. Sie war durch die Morde und die Artikel in der Zeitung angreifbar geworden. Und es gab jemanden, der weit mehr über sie und ihre Vergangenheit wusste, als ihr lieb sein konnte. Sie steckte das Notizbuch und den Bleistift wieder in ihre Tasche, als sie Schritte auf dem Pflaster vernahm. Er kam. Sie drückte sich in die Nische neben dem Grabstein. Sie wollte ihn überraschen. Wollte sehen, wie er sich benahm. Ob er es ernst meinte. Ob er bereit war, sie zu verraten und auszuliefern, obwohl sie geholfen hatte, den Sagenmörder zu stellen.

„Fräulein Buchwald?" Seine Stimme klang ruhig, aber dass er es wagte, ihren Namen auszusprechen. Wenn sie nicht gewusst hätte, dass ihr Schnürsenkel reißen würde, hätte sie ihn damit erwürgt. Sie biss sich kräftig auf die Lippe, um den Gedanken zu vertreiben und die Wut hinunterzuschlucken, die sie bei der Erwähnung ihres Namens überkam. Sie hatte ihn abgelegt, ihn nach dem Zuchthaus nie mehr in den Mund genommen. Ihn niemandem gegenüber erwähnt. Doch jetzt war er ausgesprochen worden. Mitten in den Nebel hinein, in dem andere Menschen lauern mochten.

„Ich fürchte, Sie verwechseln mich mit jemandem, Herr Polizeirat."

Walter Seebitz hatte in den letzten Monaten einige Kilogramm abgenommen und trug einen neuen und modern geschnittenen Anzug, darüber einen Ledermantel, der ihn vor der Kälte und dem Nebel schützen sollte. Seine Schuhe waren blank poliert, das war sogar im schlechten Licht zu erkennen. Er trug einen Backenbart, war aber ansonsten gut rasiert und sah um einige Jahre jünger aus, als an dem Tag, als sie sich zum ersten Mal begegnet waren. Die Scheidung von seiner Frau hatte ihm äußerlich gut getan. Aber an seinen Augen ließ sich erkennen, dass er viel Leid mit sich trug. An einem anderen Ort, in einer anderen Situation hätte sie ihm möglicherweise Mitleid entgegenbringen können.

„Ich nahm an, du würdest nicht kommen."

„Sie haben mir ein Angebot gemacht, das ich nicht ausschlagen konnte." Ein Angebot, das einer Erpressung gleich kam. In dem Brief, den sie in den frühen Morgenstunden ins Rathaus zugestellt bekommen hatte, hatte gestanden, sie möge sich zur zehnten Stunde am Abend an der Ostseite der Frauenkirche einfinden, wenn ihr Vorgesetzter nicht erfahren sollte, wie sie ihre Papiere gefälscht hatte.

„Ich wusste, dass dich nichts anderes dazu bewogen hätte, mir Gehör zu schenken. Es tut mir Leid, dass ich zu so drastischen Mitteln greifen musste. Ich hoffe, du kannst mir verzeihen."

Sie blieb in der Nische zwischen der alten Grabplatte und der Außenstrebe der Kirche. Das Gemäuer, gegen das sie ihre zitternden Hände presste, war wärmer als die Luft, die es umgab. Oder es kam ihr nur so vor, weil Ärger in ihr aufbrandete? Ihm verzeihen? Er musste zu solchen Mitteln greifen? Sie einfach zu fragen, war ihm wohl nicht in den Sinn gekommen. Stattdessen hatte er sie zu Tode geängstigt, ihr den Tag vor Angst zur Hölle gemacht. Am liebsten hätte sie ihm ihre Faust ins Gesicht gerammt. Solche Spiele zu spielen, konnte nur jenen einfallen, die nichts zu verlieren hatten.

„Was wollen Sie?", presste sie zwischen ihren Lippen hervor. Sie hätte ihm die Worte gerne ins Gesicht gespien.

„Ich habe eine Bitte an dich. Eine Bitte, die dir zweifelsohne eigenartig erscheinen wird, denn mir kommt sie nicht anders vor. Wenn du mir hilfst, so soll dies nicht zu deinem Nachteil sein."

„Das heißt, dann verraten Sie meinen richtigen Namen nicht an meinen Vorgesetzten?" Sie lachte auf. Noch immer klangen seine Worte wie eine gut gemeinte und zu ihrem Wohl ausgelegte Erpressung. Er trat einen Schritt näher zu ihr, doch als ihre rechte Hand sich zur Faust ballte, blieb er stehen. Sie konnten einander nun erkennen, das Funkeln in den Augen des anderen.

„Ich hatte eher darüber nachgedacht, dass du sicher neue Schuhe und eine neue Jacke für den Winter brauchst. Und soweit ich weiß, lebst du zurzeit auf dem Dachboden in Frau Sperbers Haus. Dort kannst du sicher noch eine zusätzliche Decke gebrauchen oder ein paar Kohlen für deinen Ofen."

„Ich habe keinen Ofen", murmelte sie halblaut. Sie besaß dort keinen Ofen. Allein der Kaminschacht erwärmte den Raum dürftig. Das Dach war zwar neu gedeckt, aber der Dachboden war nicht dafür ausgelegt, dass dort oben jemand den kalten Winter verbrachte. Es war zugig und die drei kleinen, runden Dachluken, so gering ihre Größe auch war, ließen Wasser hindurch. Doch sie wollte sich nicht beschweren. Es war ihr Heim und sie investierte jeden Pfennig in Holz und Teer, um die Ritzen abzudichten, um sich ein vernünftiges Bett zu leisten, eine Decke für den Winter. Kohlen für den Ofen! Was wusste dieser Kerl denn von ihr und ihrem Leben?

„So wirst du wissen, wie du das Geld, das ich dir biete, zu deinem Besten anlegen kannst."

„Was wollen Sie und wie viel bieten Sie?"

Seine Schultern senkten sich, als entspanne er sich. Sie dagegen spürte umso heftiger das Gemäuer in ihrem Rücken, wollte vor ihm und seinem Geld zurückweichen, das er ihr in einem ledernen Beutel entgegenhielt. Der Beutel hing schlaff herab. Er war nur mit einigen Münzen gefüllt. Er bot ihr nur Pfennige?

„Dies ist eine Anzahlung. Es sind fünf Markstücke darin. Gehst du auf mein Angebot ein, so erhältst du jeden Monat zehn weitere Markstücke. Ich denke, dass dies ein gutes Geschäft ist."

„Sagten Sie nicht eben, ich brauche neue Schuhe und eine neue Jacke und eine Decke und Kohlen für den Ofen? Und das soll ich mit fünf Mark bezahlen? Mit zehn Mark im Monat? Das ist lächerlich. Davon bekomme ich einen Jackenärmel und wenn ich spare, kann ich mir dafür im nächsten Frühling ein paar Holzschuhe leisten."

Sie dachte an den Klötzelmönch, dem sie dann ganze Ehre erweisen könnte, während der Polizeirat den ledernen Beutel sinken ließ. Fünf Mark waren für Schuhe und Jacke nicht viel, aber sie wusste, dass sie sich davon Lebensmittel leisten konnte, von denen sie sonst nicht zu träumen wagte. Daher wäre das Angebot nicht so übel gewesen, wie sie es darzustellen versuchte. Nur wusste sie auch noch nicht, was er dafür von ihr verlangen würde.

„So sei es. Du bekommst zehn Mark als Anzahlung und fünfzehn Mark jeden Monat."

Sie überlegte, ob sie ihr Glück riskieren sollte, hielt es aber für angebracht, auf das neue Angebot einzugehen. Es war Geld, das sie gut gebrauchen konnte, auch wenn es gewiss nicht für alle Anschaffungen reichen würde, die vor dem Winter dringend notwendig waren. Sie blieb in ihrer Nische, nickte jedoch kurz und steif.

„Gut. Es ist keine große Aufgabe und du musst dich dafür nicht in Gefahr begeben. Ich möchte nur, dass du mir ein paar Informationen besorgst. Du bist es gewöhnt, gut zuzuhören. Du kennst dich aus mit Klatsch und Tratsch im Rathaus."

„Den ich aber nicht weitergebe", raunte sie und ahnte, was der Polizeirat von ihr verlangen würde. Als er es aussprach, wurde ihr dennoch kälter und das Angebot, das er ihr gemacht hatte, verlor jeden Wert.

„Ich möchte, dass du mir Auskunft über Vi erteilst. Was hat sie vor? Mit wem trifft sie sich? Wie laufen die Geschäfte? So etwas in der Art. Du musst es mir nur aufschreiben und mir einmal im Monat Bericht erstatten. Mehr nicht."

Mehr nicht? Der Mann hatte den Verstand verloren. Er verlangte von ihr, Vi zu betrügen. Diejenige zu betrügen, die ihr ein neues Zuhause und ein zweites Einkommen ermöglicht hatte. Das konnte sie nicht tun.

„Ich fürchte, dass Sie Ihr Geld behalten müssen, Herr Polizeirat", erklärte sie schweren Herzens und trat aus der Nische, in die sie sich zuvor gepresst hatte. Sie stand ihm gegenüber, reichte ihm jedoch kaum bis zur Schulter. Dennoch fühlte sie in diesem Moment eine innere Größe, die dieser Mann längst verloren hatte. „Ich kann Vi nicht so hinterhältig betrügen. Wenn Sie etwas über sie in Erfahrung bringen möchten, müssen Sie das selbst tun."

In seinen Augen konnte sie sehen, dass ihn diese Erklärung überraschte und zugleich traf. Doch da war noch etwas. Etwas, was ihr gefährlich werden konnte. Sie wusste, dass er seinen größten Triumph noch nicht ausgespielt hatte. Die Bezahlung war ein Angebot gewesen, doch da sie sie nicht annehmen wollte, musste zwangsläufig die Drohung folgen.

„Du solltest auf meine Bitte eingehen, du weißt, dass ich nicht zögern werde, dich ein weiteres Mal ins Zuchthaus zu bringen. Du hast deine Papiere gefälscht, um dir eine Stelle zu erschleichen, für die du keinerlei Qualifikation besitzt. Und es wird nicht schwer sein, die eine oder andere

Leichtzuhabende zu finden, die du für ihre Dienste bezahlen wolltest. Geh auf meine Bitte ein, Jona."

Ihre Schultern sanken tief. Ihr Herzschlag beschleunigte sich. Sie hatte damit gerechnet, dass er sie wegen ihren gefälschten Papieren ins Gefängnis bringen wollte. Aber er drohte ihr mit weitaus Schlimmerem. Das Zuchthaus. Nie wieder wollte sie an diesen Ort zurück, doch er war bereit, sie den Grausamkeiten dieser Anstalt erneut zu übergeben, nur weil er zu schwach war, seine Angelegenheiten selbst zu regeln.

„Sie würden lügen und eine bestechen, nur weil ich nicht auf Ihren erbärmlichen Wunsch eingehe?"

Er zuckte zusammen, als sie noch einen Schritt näher an ihn herantrat. Sie verstand nun, warum Vi sich auch nach seiner Scheidung nicht mit ihm abgeben wollte. Er besaß nichts mehr von dem Mann, den auch sie vor einigen Jahren kennengelernt hatte, der entschlossen gewesen war, Recht und Gesetz in der Stadt durchzusetzen.

„Hör mir mal zu", seine Stimme glitt einige Tonhöhen nach unten. „Ich tue das nicht nur aus privaten Gründen. Vi hat sich mit ihrer Arbeit für die Polizei nicht nur Freunde gemacht. Ich will sicher gehen, dass ihr nichts passiert."

„Aber sicher doch!" Sie lachte auf und ihr Lachen hallte durch die verlassene Stadt.

„Zudem hast du dich strafbar gemacht und ich bedarf noch nicht einmal einer Lüge oder einer gekauften Zeugin, um dich ins Zuchthaus zurückzubringen, wohin du eigentlich auch gehörst, wie wir beide wissen, denn geheilt bist du wahrlich nicht und dich im Haus mit so vielen Frauen zu wissen —"

„Wagen Sie es ja nicht, weiterzureden!"

Ihr Schrei war so unangenehm laut, dass sie sich gern die Ohren zugehalten hätte. Aber sie konnte seine Worte nicht länger ertragen. Was er ihr hier unterstellte, war nicht nur absurd, sondern widerwärtig. Er mochte seine Einstellung bezüglich ihres Lebens haben, aber die anderen Frauen, die ihr eine Familie waren, mit seinen abscheulichen Gedanken in den Dreck zu ziehen, das konnte sie nicht so stehen lassen.

„Nimm mein Angebot an, Jona, oder du findest dich noch zum Ende dieser Woche im Zuchthaus wieder."

Er streckte ihr den ledernen Beutel entgegen, in dem die Markstücke lagen. Fünf Markstücke. Der Kurs war schlagartig gesunken und sie musste sich zufrieden geben oder aber riskieren, sich bald wieder jede Nacht zu fragen, ob sie den Morgen erleben würde. Und würde sie dieses

Mal soviel Glück haben, dass man sie frei ließ, auch wenn niemand für sie nachrückte?

„Sie sind widerlich. Ich verstehe, dass Vi nichts mehr mit Ihnen zu tun haben will."

Sie nahm den Beutel und trat in den Nebel. Sie konnte nicht sehen, wohin sie lief. Sie wollte nur fort von dem Mann, der ihr nicht nur gedroht, sondern sie auch noch beleidigt und herabgewürdigt hatte. Tränen liefen ihr über das kalte Gesicht, doch sie spürte weder den Wind noch die beißende Kälte. Sie wollte nach Hause, aber gleichzeitig wusste sie, dass sie dort einer der anderen Frauen begegnen würde. Sie konnte jetzt nicht mit ihnen sprechen oder ihnen in die Augen sehen. Sie verriet Vi und gleichzeitig auch ihre neue Familie, wenn sie es auch nicht freiwillig tat.

„Du bist ein Idiot, Jona. Du hättest das bessere Angebot annehmen sollen."

Sie erschrak so heftig, dass sie über einen Pflasterstein stolperte und der Länge nach hingeschlagen wäre, wenn Vi nicht ihren Arm gepackt hätte. Sie raffte sie hoch und schnipste ihr gegen die Stirn. Fassungslos sah Jona ihr ins Gesicht. Vi strahlte und freute sich offensichtlich, doch worüber konnte Jona nicht verstehen.

„Schau nicht so. Ich habe mich gefragt, was du so spät noch auf der Straße willst und warum du dich so klammheimlich aus dem Haus geschlichen hast. Erst dachte ich ja, du willst dich mit einem Mädchen treffen, aber dann hättest du Oda sicher darum gebeten, baden gehen und deine Sachen waschen zu dürfen. Nein, da musste doch mehr dahinterstecken und als ich dann unseren Walter gesehen habe, war mir alles schon klar."

„Aber", versuchte Jona Worte zu finden, doch gelang es ihr nicht.

„Ich hätte dir ein Zeichen geben sollen. Wir hätten Walter weiter nach oben handeln können, aber so sind wir leider wieder tief gesunken, weil du mich ja unter keinen Umständen verraten wolltest. Du bist zu anständig, Jona, was man vom Herrn Polizeirat nicht behaupten kann."

„Er wollte mich ins Zuchthaus bringen!"

Vi sah sie mit leicht geöffnetem Mund an, als diese Worte laut über Jonas Lippen drangen. Dann lächelte sie milde und klopfte ihr kräftig auf die Schulter, so dass Jona beinahe ein zweites Mal hingeschlagen wäre.

„Das hat er gesagt, aber ich bezweifle, dass er das wirklich getan hätte. Seine Worte waren zwar sehr deutlich, aber nicht die Worte machen einen Menschen aus, sondern seine Taten. Und glaube mir, auch wenn er tief gesunken ist, er wäre nie in der Lage, ein elendes Ding wie dich noch weiter ins Unglück zu stürzen."

„Vielen Dank auch", nuschelte Jona und zog die Nase hoch.

„Außerdem hätte ich das natürlich nie zugelassen. Wir brauchen dich immerhin. Du musst morgen wieder für uns Werbung machen. Ich hoffe, dass deine Stimme durch das Schreien nicht zu angegriffen ist."

„Vi, dieser Mann, den du mal geliebt hast, hat mir gerade mit dem Zuchthaus gedroht und du kümmerst dich nur darum, ob ich morgen wieder den Hampelmann für dich machen kann?" Sie hielt den ledernen Beutel fest umklammert. Für Vi schien dies alles nichts weiter als ein Spiel zu sein, um den Polizeirat zu ärgern. Für sie war bitterer Ernst, was eben geschehen war. Auch wenn ihre Begleiterin nicht daran glaubte, dass Seebitz dazu fähig wäre, sie wieder ins Zuchthaus zu bringen, so schwebte die Drohung doch unheilvoll im Nebel.

„Natürlich, denn immerhin hängt unser Verdienst davon ab. Wenn ich die Buchhandlung schließen muss, verlierst du dein zweites Einkommen und dein Heim. Und dann ist das Zuchthaus weit näher als jetzt. Mach dir um Walter keine Gedanken. Nimm lieber das Geld und investiere es gut. Wir können am Ende des Monats besprechen, was du ihm mitteilst. Wobei ich sagen muss, dass ich gerührt bin, dass er sich offensichtlich um mich sorgt."

„Ich glaube eher, er will nur wissen, mit wem du das Bett teilst", murmelte Jona und steckte den ledernen Beutel in ihre Hosentasche. Dort wog er schwerer, als sie erwartet hatte. Fünf Markstücke. Während Vi neben ihr darüber sprach, dass ihr Bett leider kalt und leer war, dachte sie daran, was sie sich dafür kaufen würde. Eine gute Decke für den Winter war bestimmt zu bekommen und wenn sie Ewa darum bat, für sie zu verhandeln, bekam sie vielleicht noch ein wenig Stoff dazu, um die Löcher in ihrer Jacke abzudecken.

Sie liefen durch den kalten Nebel, der ihre Gesichter und Haare feucht werden ließ. Auf dem Marienplatz waren nur zwei Kutscher zu sehen, die sich leise miteinander unterhielten. Sehr zu ihrer beider Erleichterung war keine der Kutschen schwarz und keine blutbesudelten Pferde zogen sie. Sie schwiegen, während sie die Steinstraße in Richtung Obermarkt gingen, jedoch in die Nonnenstraße einbogen und so auf den Klosterplatz gelangten. An der Stelle, an der vor wenigen Monaten Jacob Blumenstein vom dreibeinigen Hund angefallen und zerfleischt worden war, blieben sie einen Augenblick stehen. Jona fröstelte bei der Erinnerung an diese Nacht. Die meisten Menschen der Stadt hatten seinen Tod längst vergessen und machten sich nicht viel daraus, wenn sie am alten Kloster vorübergingen. Doch für sie würde dieser Ort stets mit einem Jaulen und den Todesschreien des Juden verbunden sein.

„Lass uns weitergehen. Heute ist kein Abend, um sich lange draussen aufzuhalten", sagte Vi leise und legte ihr eine Hand auf den Rücken, um sie sacht fortzuführen. Sie kamen am Klosterstübl vorbei, doch in dieser Nacht arbeitete Ieva nicht, sondern lag in den Armen ihres geliebten E-rich. Seit den Vorfällen im Frühling war sie offensiver in ihrer Beziehung zu ihm geworden. Und seit sie ihre neue Wohnung im Haus in der Apothekergasse bezogen hatte, gab es auch keine Nachbarn mehr, die tuschelten.

Sie ließen die Dreifaltigkeitskirche hinter sich. Vom Klötzelmönch war in dieser Nacht nichts zu hören. Als sie jedoch die Brüderstraße entlangliefen, hörten sie das Gekeife der Frau ihres neuen Widersachers. Im frühen Sommer hatte ein neuer Buchhändler sein Geschäft auf der Brüderstraße eröffnet und machte ihnen seither das Leben schwer. Nicht nur dass er seine Bücher zu Preisen verkaufte, die sich selbst Jona hätte leisten können, er intrigierte auch mithilfe seines zänkischen Weibes gegen sie. Drei Mal im Abstand von nur wenigen Wochen hatten sie von der Polizei Besuch bekommen, weil sie angeblich Diebesgut und Bücher verkauften, die verboten waren. Zudem hatte das Weib Jona schon mehrfach tätlich angegriffen, wenn sie für die Buchhandlung auf der Brüderstraße Werbung gelaufen war, wie Vi es nannte.

„Muss ich morgen wirklich wieder mit dem Schild durch die Gegend laufen? Bestimmt kommt die wieder mit ihrem Stock an und will mich verprügeln", ächzte Jona, während sie stehenblieben und zu dem offenen Fenster hinaufsahen, aus dem die lauten Worte erklangen. „Letztens konnte ich mehrere Tage nicht sitzen, weil das Fleisch an meinem Po aufgeplatzt ist, als sie draufgehauen hat."

„Ich weiß", sagte Vi leise. „Das wird nicht noch einmal passieren, das verspreche ich dir. Aber laufen musst du trotzdem. Wir müssen mehr Werbung machen, sonst vergessen unsere Käufer, dass es uns gibt, und gehen nur noch zu diesem Marek. Du tust es in deinem eigenen Interesse."

In ihrem eigenen Interesse? Wenn sie dann wieder tagelang nicht sitzen konnte und noch mehr Narben ihren Körper zierten? Als ob die abschreckenden Brandwunden in ihrem Gesicht nicht ausreichten, um alle Menschen zu vergraulen. Wunden, die trotz der Heilung im warmen Sonnenlicht zu brennen begannen, die warmes Wasser nicht vertrugen und die sie stets von der Ofenseite weg halten musste.

Sie betraten die Apothekergasse und hielten an. Vor ihnen schwebte eine Nebelwand zwischen den Häusern. Kringel lösten sich und formten die eigenartigsten Figuren. Manche sahen aus wie Menschen, andere wie Tiere. Vi ging voran und durchstieß den Nebel, sich nicht weiter an den Merkwürdigkeiten dieser Nacht störend. Jona dagegen schlang die Arme um den Oberkörper und folgte ihr zögerlich. Sie war froh, als sie vor der Eingangstür ihres Hauses standen und sich Vi eine rot glimmende Zigarette anzündete.

„Jetzt geh schon rein. Du holst dir hier draußen nur eine Erkältung und wer soll dann das Schild halten?"

Jona zögerte. Sie war unsicher, ob Vi mit der Einschätzung des Polizeirates richtig lag oder ob sie den Mann nicht mehr kannte, den sie einmal geliebt hatte. Wenn Seebitz sie trotz der Vereinbarung verriet, was sollte sie dann tun? Sie würde die Stadt verlassen und sich eine neue Heimat suchen müssen. Aber wovon? Und wo? Wo sollte sie leben?

„Du machst dir Gedanken wegen Walter, oder? Jetzt überleg doch mal. Wer sollte ihm denn dann bei seiner Spionage helfen, hm? Und außerdem vergisst du, dass du immer noch uns alte Weiber hast. Wir passen schon auf dich auf. Und jetzt Marsch ins Bett! Du bist eh schon viel zu lange wach."

Jona sah zu ihr auf und ein kleines Lächeln schlich sich auf ihre Lippen. Dann drehte sie sich um und wollte zur Tür hinein, als sie doch noch einmal innehielt.

„Und was hättest du eigentlich gemacht, hätte ich mich mit einer Frau getroffen?"

Die Frage schien Vi wirklich zu überraschen. Sie zog an ihrer Zigarette und dachte einen Moment darüber nach.

„Ich hätte es dir wohl kaum verbieten können. Doch ich rate dir eins, Jona, sei sehr vorsichtig. Erwischt man dich ein zweites Mal, so werde ich nichts tun können, um dich vor dem Zuchthaus zu bewahren."

Jona nickte knapp, steckte den Schlüssel ins Schloss und verschwand im Hausflur. Vi atmete erleichtert auf. In Wirklichkeit war sie froh gewesen, dass es nur Seebitz war, mit dem Jona sich verabredet hatte. Eine Frau wäre weitaus schwieriger loszuwerden und gefährlicher für sie.

„Und ich sage dir, diese Frau ist nicht verrückt. Sie hat eine schwankende Persönlichkeit, aber welches Weib hat die nicht? Sie gehört nicht in ein Krankenhaus, sondern an den Herd zu ihren Kindern."

„Mein lieber Simon, ich muss dich korrigieren. Diese Frau weist Züge nicht nur einer schwankenden, sondern einer gespaltenen Persönlichkeit auf. Im einen Moment ist sie geradezu euphorisch, im anderen liegt sie weinend auf ihrem Bett und kann sich nicht beruhigen. Und versucht man sie dann zu trösten, wird sie aggressiv. Ich glaube kaum, dass eine solche Frau in der Lage ist, sich um ihre Kinder zu kümmern."

„Nun, du hast mehr mit ihr zu tun. Auf mich hat sie sehr ruhig gewirkt, aber ich kenne sicherlich auch nicht ihre ganze Krankengeschichte. Oh, hier wohnst du?"

Vi wich in den Nebel zurück und hielt sich dicht bei ihrer Haustür, als sie die Männerstimmen vernahm, die sich näherten. Nur einen Meter weiter an der Nachbartür blieben sie stehen. Sie erkannte kaum mehr als zwei Umrisse. Der eine recht groß und stattlich gebaut, der andere hochgeschossen und schlaksig.

„Ja, ich habe das Haus vor kurzem gekauft. Es mussten ein paar Umbauten vorgenommen werden, du kennst ja die alten Gemäuer, aber ich kann mich nicht beschweren. Und es ist wohltuend nicht mehr auf dem Gelände des Zuchthauses leben zu müssen. Der alte Vogtshof ist zwar weitläufig, aber du hörst die Schreie und das elende Gewimmer bis in den entlegensten Winkel."

Die Stimme war tief und wirkte älter. Sie gehörte zu dem stattlich gebauten Mann. Sie konnte sehen, wie er den Kopf schüttelnd bewegte, um seine Worte zu unterstreichen.

„Vielleicht wären einige deiner Patienten besser in der Nervenheilanstalt aufgehoben als im Zuchthaus."

„Die ist doch auch schon überfüllt. Wenn du wüsstest, wie es der Tage dort aussieht. Bei uns sind die weniger schlimmen Fälle. Fälle, die durch Arbeit und eine gesunde Lebensweise behoben werden können. Und für alle Fälle bin ich ja auch noch da, nicht wahr?"

Der schlaksige Mann schien nicht überzeugt zu sein, doch zuckte er mit den Schultern und nickte einwilligend.

„Jedenfalls möchte ich mit niemandem dort tauschen müssen. Ein schreckliches Schicksal, so eine Anstalt."

„Simon, du vergisst, dass diese Anstalt kein Vergnügen sein soll. Sie ist dafür da, verirrte Seelen auf den richtigen Weg zu bringen und ihnen zu helfen. Wir sind kein Wohlfahrtsunternehmen. Bei uns wird mit harter Arbeit dafür gesorgt, dass diese verqueren Geister zu einem vernünftigen Leben zurückfinden."

„Du hast sicher recht, Richard. Ich mache mich jetzt auf den Heimweg. Der Nebel schlägt mir zu sehr aufs Gemüt und morgen muss ich zeitig mit der Arbeit beginnen."

„Ach, richtig, du fängst ja im Archiv an. Mein Freund, ich wünsche dir viel Erfolg bei der neuen Aufgabe!"

Sie gaben einander die Hand, schüttelten sie recht höflich und verabschiedeten sich. Vi presste sich fester gegen die Haustür und versteckte die glimmende Zigarette hinter ihrem Rücken, als der schlaksige Mann an ihr vorüberging. Als er auf gleicher Höhe war, wandte er den Kopf, aber es ließ sich nicht sagen, ob er sie erkannte. Sie selbst sah nicht mehr von ihm als die Umrisse seiner Schultern, die sich zu entfernen begannen.

Neben ihr fiel eine Tür ins Schloss und sie atmete erleichtert auf. Sie war wieder allein. Sie nahm einen kräftigen Zug von ihrer Zigarette und ließ sie dann auf das Pflaster fallen. Oda würde sie dafür schimpfen, weil sie es nicht leiden konnte, wenn die Überreste vor der Haustür lagen, aber am heutigen Abend wollte sie nur so schnell wie möglich ins Haus und in ihre Wohnung einkehren, um es sich vor ihrem Ofen gemütlich zu machen. Dieser Mann namens Simon hatte Recht. Der Nebel schlug einem aufs Gemüt. Er hielt schon zu lange an, stieg jeden Tag nach Sonnenuntergang von Neuem auf und beschwor die ruhelosen Geister der Stadt herauf. Dieser Herbst war zudem ungewöhnlich kalt und sie hatte das Gefühl, dass der Winter schneller kommen würde, als ihr lieb war.

Der Mann bringt den Jungen in das Haus. Er führt ihn eine hölzerne Treppe hinunter. Jede Stufe knarrt unter seinen Füßen. Eine Stufe sieht aus, als sei sie durchgebrochen und wieder repariert worden. Er würde gerne darüber hinwegsetzen, aber er hat Angst, dass er die nächste Stufe verfehlt und die Treppe hinunterstürzt. Es wird dunkler, je tiefer sie gehen. Er hat Angst. Dort unten lauert etwas. Es wird ihn packen und hinabziehen. Ihn verschlingen. Seine Blase wird schwach, seine Augen füllen sich mit Tränen. Er will zu seinen Eltern. Er will von seinen Schwestern ausgeschimpft werden. Er will alles Leid der Welt auf sich nehmen. Aber er will nicht in den finsteren Keller. Gerade als sich seine Blase entleeren will, bleibt der Mann stehen und öffnet eine Tür, die in der Dunkelheit nicht zu sehen gewesen ist. Das Licht zweier Lampen, die an den Wänden hängen, fällt auf sein Gesicht. Der Mann stößt ihn vorwärts, drängelt ihn in den Raum, in dem sechs breite Holzpritschen stehen. Auf zwei der Pritschen liegen zwei Jungen, die älter sind als seine Schwestern. Auf den anderen Betten hocken immer drei Jungen und starren ihn an. Ein paar sind älter als er, doch der Rest sieht so verängstigt und klein aus, wie er sich fühlt.

Der Mann gibt einen Ton von sich. Er hört sich an, als würde er nach einem Pferd schnalzen. Die Jungen springen auf. Der Mann wendet sich an einen der großen Jungen. Seine Stimme ist rau und duldet keinen Widerspruch.

„August, der Junge schläft bei dir. Und dass'en mir ja in Ruhe lässt. Wenn er blaue Flecke hat, die nich' von mir sind, prügle ich dich, bis dir die Scheiße aus'er Nase läuft, verstanden?"

August nickt knapp. Der Junge kann es sehen und riechen zugleich, dass der Mann nicht scherzt. Er wird ihn töten. Der Junge geht zu August hinüber. Der riecht, als hätte er sich vor Angst eingenässt. Dem Jungen wird übel. Er will nicht dort im Keller bleiben. Es ist ein schlechter Ort und er hat Angst vor den anderen Jungen. Ihre Augen flackern im Lampenlicht. Keiner sieht ihn freundlich an. Er ist nichts weiter als ein neuer Schlafgast, der ihnen den Platz wegnimmt.

„Das is' jetz' dein neues Zuhause, Junge. Die hier sin' deine Brüder und mich kannste einfach Vater nenn'." Er lacht, als sei die Vorstellung, er könnte ein Vater sein, das Lustigste, was er je gehört hat. Der Junge lacht nicht mit. Die Tür schließt sich. Der Junge ist mit den anderen allein. Sie sehen ihn an. Sie erwarten, dass er etwas sagt. Stattdessen laufen ihm die Tränen über die Wangen.

August legt sich auf die Pritsche. Er bleibt einfach sitzen. Er weiß nicht, was er sonst tun soll. Er beobachtet die anderen Jungen. Einer von ihnen starrt ihn an. Er hat rote Haare mit wilden Locken, die ihm ohne erkennbares Muster gekürzt worden sind. Seine Augen glimmen auf, als sich ihre Blicke treffen. Der Junge kann nicht sagen, warum, aber der Rothaarige hasst ihn. Sie sind beide nicht älter als drei Jahre. Sie sind gleich groß. Wären sie mit derselben Haarfarbe gesegnet gewesen, hätten sie Zwillingsbrüder sein können. Doch hier unten sind sie vom ersten Moment an Feinde. Sie sind beide verloren, aber einer von ihnen weigert sich, es zu akzeptieren. Der Junge weiß, dass er nicht mehr zurückkann. Er ist in diesem Keller gefangen und abhängig von der Gnade seines neuen Vaters. Er beginnt hinzunehmen, was er nicht ändern kann.

Nach einer Ewigkeit in dem trüben Licht legt er sich vorsichtig neben August. Er ist es gewöhnt, auf engem Raum zu schlafen. Zuhause hat er sich das Bett mit dem Großvater geteilt. Er ist ein großer und kräftiger Mann gewesen und immer wenn er begonnen hat zu schnarchen, ist das ganze Bett in Aufregung geraten und es hat sich angefühlt, als würden sie auf den Wellen reiten. Er hat seinen Großvater sehr lieb gehabt.

Sein kleiner Körper bebt unter der Last der Tränen, die nicht aufhören wollen zu fließen. Dann hört er zum ersten Mal das Geräusch der Wellen. Mal klingt es hohl, mal ganz sanft, als plätschert ein schmaler Lauf direkt neben seinem Kopf vorüber. Ein Arm legt sich um seinen Bauch, warmer Atem berührt seinen Nacken.

„Du musst keene Angst ham, is' nur das Wasser", sagt August leise und streichelt seinen Bauch. Der Junge rückt näher und lässt sich umfangen, gibt sich der Vorstellung hin, er sei zurück bei seiner Familie. Aber da ist noch ein anderes Gefühl. Eines, das ihn die tränennassen Augen öffnen lässt.

Nur einen Meter entfernt schimmern die Augen des Rotschopfes und lassen ihn nicht los. Warum sieht er ihn so an? Hat er ihm seinen Platz weggenommen? Ist er böse, weil August den Jungen streichelt und nicht ihn? Oder hasst er ihn nur, weil er da ist? Seine Schwestern haben ihm erzählt, dass Rotschöpfe in Wahrheit keine richtigen Menschen sind, sondern Handlanger des Teufels. Sie entführen andere Kinder und töten sie. Jetzt, da er hier liegt und in die Augen des Jungen starrt, glaubt er ihnen, was sie ihm erzählt haben. Jetzt wäre er sogar bereit, ihnen zu glauben, dass er dümmer sei als sie, einfach weil er ein Junge ist und sein Gehirn kleiner als das der Mädchen. Alles, absolut alles hätte er ihnen geglaubt, wenn er sie nur zurück hätte haben können.

„Wenn'de nich' gleich schläfst, sorg' ich dafür, dass deine Haare noch bissl röter wer'n", sagt August. Es klingt nicht wie eine Drohung, es klingt, als wäre es schon getan. Doch der Rotschopf reagiert nicht. Er bleibt sitzen und starrt weiter, als hätte er gar nicht zugehört.

„Anton, komm", ruft ein anderer Junge. Er packt den Rotschopf am Ärmel seines zerrissenen Hemdes und zieht ihn auf die Pritsche. Da endlich kann der Junge Anton nicht mehr sehen. Aber er spürt die Hitze seines Hasses durch die anderen Körper hindurch. August hält ihn, streichelt seinen Bauch. Er schließt die Augen, lauscht auf das Plätschern des Wassers, fühlt Augusts Atem, der durch seine Haare streicht, und denkt an seine Schwestern und an den Großvater und an die Eltern und an das Meer und an die Frauen mit der Wäsche auf der Straße und an den neuen Vater. Und über allem liegt das Funkeln von zwei wilden Augen, die ihn bis in seine Träume verfolgen.

Kapitel 2

Wie jeder Morgen begann auch jener mit der dunkelsten Stunde des Tages, wenn die Nacht versucht, ein letztes Mal ihr Schattenreich über die Strahlen der aufgehenden Sonne zu werfen. Der Himmel, der schon ein leises Grau gezeigt hatte, verdunkelte sich zu einem Schwarz, vor dem die Nebelschwaden, die von der Neiße heraufzogen, besonders hervorstachen. Das Flussufer war überzogen von den Wolken verdunstenden Wassers. Die Luft war feucht und kalt. Für den ausklingenden September war das Wetter zu unbeständig, zu kühl und dabei, in einen langen Winter überzugehen.

Adelia wartete an einem alten Grenzpfosten, der aus weit zurückliegenden Tagen stammen musste und einst zwei Grundstücke voneinander getrennt hatte. Er ragte wie ein abgebrochener Baumstumpf aus dem Boden hervor. Sie trug eines ihrer Kleider, die für strengere Temperaturen gedacht waren, aber weil die Feuchtigkeit in jeden noch so gut behüteten Winkel kroch, fror sie dennoch. Sie legte die Arme um den Oberkörper und versuchte den wärmenden Stoff zu spüren, sich vorzustellen, wie er sie vor der zunehmenden Kälte schützte. Doch es wollte ihr in dieser Umgebung nicht recht gelingen. Sie fürchtete sich. Es war noch früh, die Kirchenglocken hatten die vierte Stunde des Tages noch nicht verkündet. Ein Großteil der Stadt schlief noch. Sie aber war wach und wartete auf jenen, der ihr in den letzten Monaten Wärme geschenkt hatte.

Während sie die Dunkelheit um sich herum nach einem Zeichen von ihm absuchte, erinnerte sie sich an jenen Abend, an dem sie an dem Brunnen am Obermarkt gestanden hatten. Das war im Frühjahr gewesen. Es war warm, die Märzsonne hatte die Pflastersteine erhitzt, so dass es auch nach Sonnenuntergang noch angenehm war, spazieren zu gehen. Er hatte sie zu dem Brunnen geführt, mit ihr geredet, mit ihr gelacht. Sie wusste, dass dies der Abend gewesen war, an dem sie sich ineinander verliebt hatten.

Doch mit der Erinnerung an diesen Augenblick kehrte auch der Gedanke daran zurück, dass sie damals beinahe von einer schwarzen Kutsche angefahren worden wäre. Der schwarzen Kutsche, die den Kreispfarrer das Leben gekostet hatte. Das hatten sie beide zu diesem Zeitpunkt nicht ahnen können und nach dem Schrecken war sie froh gewesen, dass er sie nach Hause gebracht hatte. Aber im Nachhinein jagte es ihr stets einen Schauer über den Rücken, wenn sie daran dachte. In der Zeitung war von blutbesudelten Pferden die Rede gewesen, von einer schwarzen

Kutsche, von einem Kutscher, dessen Schädel eingeschlagen worden war, und von dem getöteten Pfarrer, dessen Überreste man unter mehreren Decken davon schaffen musste.

Das Rauschen der Neiße war laut und schaffte es dennoch nicht, weiter in ihr Unterbewusstsein vorzudringen als ein altes Wiegenlied. Ihre Augen gewöhnten sich nur langsam an die Dunkelheit. Die einzige Gaslaterne, die ein wenig Licht spendete, stand gut fünfzig Schritt entfernt und flackerte unaufhörlich. Das Gras unter ihren Füßen fühlte sich mit jeder Minute mehr an, als sei es nicht mehr als gefrorener Boden. Sie drehte sich im Halbkreis, versuchte neben dem Klang des Flusses Schritte auszumachen, doch er verspätete sich. Hatte sein Vater sein frühes Fortgehen bemerkt und ihn aufgehalten? Hatte er sich dazu entschieden, sie nicht mehr zu treffen, weil es zu riskant war? Lange hatte sie gezögert, ihm ihre Gefühle zu offenbaren. Zu unterschiedlich war ihre Herkunft, als dass sie sich vormachen konnten, ohne jeden familiären Widerstand ein Paar zu werden, zu heiraten und ihrem Kind ein liebevolles Leben zu bieten.

Ihrem Kind.

Sie strich über ihren Bauch und spürte zum ersten Mal an diesem Morgen ein Gefühl von Wärme. Es war nun zwei Monate her, dass sie seine Existenz bemerkt hatte. Sie war aufgeregt, glücklich und zugleich völlig erschüttert gewesen. Sie hatten doch so gut aufgepasst. Solange hatten sie überhaupt gezögert, sich näher zu kommen, weil sie um die Konsequenzen wussten. Doch nun war es da. Es lebte in ihr und wuchs und begann ihren Bauch zu wölben. Noch war kaum etwas zu erkennen, obwohl sie das Gefühl hatte, es wachse mit jedem Tag mehrere Zentimeter. Manchmal bildete sie sich sogar ein, es würde sich schon in ihr bewegen und sie könne es spüren. Aber es war noch zu klein, noch zu unsichtbar. Und das war gut so. Sie mussten zuerst mit ihren Eltern über eine mögliche Verbindung sprechen. Erst danach ließ sich über ein Kind nachdenken.

Schritte näherten sich. Sie erschrak und bedeckte eilig ihren Mund mit ihren Händen, aber zum Glück war es jener, auf den sie wartete. Er legte seine Arme um sie und zog sie zu sich. So standen sie eine Weile, hinter ihnen der aufgebrachte Flusslauf, der durch den Regen der vergangenen Tage angeschwollen war. Sie hörten ihren Atem und die Bewegung des Wassers. Das Geräusch eines Fisches, der in den Fluss tauchte. Das Rascheln von sich regenden Morgenvögeln in den Sträuchern.

„Ich hatte Angst, du würdest nicht kommen", flüsterte sie und schmiegte ihr Gesicht in seine Halsbeuge. Er roch nach frischem Wasser,

Seife und nach dem importierten Tabak seines Vaters. Das versetzte ihr einen kurzen Stich. Sein Vater war so wohlhabend, dass er sich importierten Tabak leisten konnte und die besten Pfeifen noch dazu. Er musste sich keine Gedanken darüber machen, wie er am Ende des Monats seine Familie ernähren würde. Pirmin war in solchen Verhältnissen groß geworden. Er wusste nicht, wie es war, keinen Pfennig mehr zu besitzen und zu hungern. Er würde das Geschäft seines Vaters übernehmen und seinen Lebtag von den Einnahmen leben können. Sie dagegen stammte aus einer Familie einfacher Handwerker und Schneider. Ihre Eltern waren angestellt und verdienten wenig. Sie trug keine hübschen Kleider, die in den Auslagen der Geschäfte zu sehen waren. Ihre Kleidung war von ihrer Mutter genäht und praktisch. Sie musste eine Weile halten und auch derbe Arbeiten überstehen. Pirmin dagegen lief in maßgeschneiderten Anzügen umher und kümmerte sich nicht darum, wenn sie kaputt gingen. Für Ersatz wurde schnell gesorgt.

„Es tut mir Leid. Mein Vater war sehr früh wach. Ich musste mich zur Hintertür hinausschleichen."

Pirmins Familie lebte in einem eigenen Haus am Obermarkt. Im Erdgeschoss befand sich das Geschäft, in den oberen Etagen lebten er, seine Eltern, seine Großeltern und seine Geschwister mit ihren Familien. Auch für ihn und seine zukünftige Frau war eine Wohnung vorgesehen. Aber Adelia konnte sich nicht vorstellen, dort zu wohnen. Es war groß und geräumig und trotzdem kalt und einsam. Sie wünschte sich nichts sehnlicher, als mit Pirmin in eine kleine Wohnung zu ziehen, die keinen Reichtum ausstrahlte, aber doch ein Zuhause war, in dem sie ihr Kind großziehen konnten.

„Es ist kalt hier. Lass uns ein Stück gehen", forderte Pirmin sie auf und nahm ihre Hand. Hier an der Neiße, am frühen Morgen, abgeschieden vom Rest der Welt, kamen sie sich wunderbar allein vor. Sie mussten nicht tun, als würden sie einander nicht kennen. Sie konnten ganz zusammen sein und offen sprechen. Doch das fiel Adelia an diesem Morgen schwer. Pirmin hatte sich die letzten Wochen immer zurückgenommen, wenn es darum gegangen war, mit ihren Eltern zu sprechen. Nun musste sie die Initiative ergreifen, denn sie wollte ihr Kind nicht unverheiratet zur Welt bringen. Sie schämte sich nicht für ihre Zuneigung und dafür, was sie getan hatte, aber sie wusste, dass sie und ihr Kind es sehr schwer haben würden, wenn sie als Unverheiratete gebar.

„Woran denkst du?", fragte er schließlich, während sie am Ufer entlangschlenderten, als sei es ganz selbstverständlich, dass sie einander liebten und zusammen spazieren gingen.

„Ich denke", setzte sie an und sah zum Fluss hinüber. Die Wellen schlugen hart gegen die Uferböschung, weiße Gischt hob sich von den dunklen Fluten ab, in denen allerlei Treibgut schwamm. In der Mitte der Neiße trieb sogar eine Art Floß. Unwillkürlich war sie stehengeblieben und versuchte zu erkennen, ob sie sich täuschte oder ob dies wirklich ein Floß war.

„Eigenartig", murmelte nun auch Pirmin und trat näher ans Ufer heran, um besser erkennen zu können, was dort mit den Wellen davon getrieben wurde. „Da liegt irgendetwas drauf."

Er ergriff ihre Hand und zog sie mit sich am Ufer entlang. Wasser spritzte an ihre Beine und drang durch den Stoff, aber sie liefen so schnell, dass ihnen warm wurde und sie zu schwitzen begannen. Immer heftiger rissen die Wellen an dem Floß, das bedrohlich zu schwanken begann. Was immer darauf lag, hob sich weiß vor dem Wasser ab. Noch war es nicht hinuntergefallen, doch je länger Pirmin und Adelia es betrachteten, umso sicherer waren sie auch, dass es nicht hinunterfallen durfte. Es sollte nicht in den Fluten verschwinden.

Sie näherten sich der Vierradenmühle, in der bereits am frühen Morgen gearbeitet wurde. Die Fenster waren mit Licht erfüllt und erhellten auch die Umgebung, so dass die Brücke zum anderen Flussufer beleuchtet wurde. Das Floß bewegte sich darauf zu, war aber von einer anderen Strömung erfasst worden und wurde nun gegen das Ufer gedrückt. Endlich konnten sie beide erkennen, was darauf lag. Mit einem Mal wich alle Wärme aus Adelias Knochen. Es musste sich um einen Scherz handeln.

„Lauf du zur Mühle und versuche ein paar Seile zu bekommen. Ich schnappe mir das Floß", rief Pirmin ihr zu und ließ ihre Hand los. Sie konnte sich nicht mehr regen, sah nur noch, wie Pirmin die Uferböschung hinunterlief und das Floß zu fassen bekam. Doch es war zu groß und zu schwer. Er begann zu schwanken und für einen Augenblick sah sie, wie er in die Fluten gezogen wurde und mit dem Floß unterging.

Das bewog sie schließlich, zur Mühle zu rennen. Zwei Gesellen standen rauchend vor der Tür und unterhielten sich leise und ernst. Als sie ihrer gewahr wurden, lächelten sie zuerst und nickten ihr freundlich zu, bis sie erkannten, dass sie außer Atem war und dass sie Hilfe brauchte.

Einige Minuten später lag das Floß am Ufer. Daneben saß Pirmin mit durchnässter Kleidung im Gras und starrte auf das morsche Holz und das, was es trug. Adelia ließ sich neben ihm nieder und legte den Arm um seinen Rücken. Er zitterte nicht, obwohl er frieren musste. Sie zitterte auch nicht, obwohl sie Angst hatte. Nicht nur vor dem, was sie geborgen hatten, sondern auch vor ihren Eltern. Die Gesellen waren losgerannt, um einen Polizisten zu suchen. Sie würden befragt werden, ihre Eltern und auch Pirmins würden von dem Vorfall erfahren und wissen wollen, was sie am frühen Morgen mit einem fremden Mann an der Neiße zu schaffen gehabt hatte. Sie würden erfahren, dass sie schwanger war. Sie würden sie für eine Leichte halten und Pirmin für einen jener Männer, die es nötig hatten, für bestimmte Dienste zu zahlen. Natürlich nur, wenn sie ihnen nicht die Wahrheit sagten. Aber war die Wahrheit nicht noch viel schlimmer?

„Ich denke, dass es Zeit wird, mit unseren Eltern zu reden", sagte sie leise, obwohl es nicht nötig war. Das Rauschen des Flusses übertönte ihre Worte ohnehin, hätte sie auch geschrien. Pirmin nickte nur. Laternen näherten sich. Beleuchteten seine kurzen, roten Haare. Beleuchteten ihre eigenen Sommersprossen. Beleuchteten das durchnässte Holz und die im Lichtschein blassrot erscheinenden Knochen, auf denen ein kleiner Schädel thronte, der sie aus leeren Höhlen anstarrte.

Kapitel 3

Sabin war an diesem Morgen zeitig aufgestanden, um einen Spaziergang durch die Stadt zu unternehmen. Es war weiß Gott nicht das richtige Wetter für Ausflüge zu solch früher Stunde. Dichter Nebel hing in den Gassen und die Sicht war so schlecht, dass sie zeitweise die Hand ausstreckte musste, um nicht gegen eine Häuserecke zu laufen. Die Luft war kalt und drang feucht in ihre Lunge ein, aber dennoch empfand sie die morgendliche Bewegung als angenehm. Auf den Straßen war es noch ruhig. Nur vereinzelt gingen schon Handwerker ihrer Tätigkeit nach. Sie begegnete einem älteren Schreiner, der sein Geschäft auf der Langenstraße hatte und seinen Hut lüftete, als sie an ihm vorüber ging. Sie musste bei dem Grinsen, das er aufsetzte, lächeln. Er war gute zehn Jahre älter als sie, aber sie freute sich dennoch über die kurze Aufmerksamkeit.

Mit Max war es in den letzten Monaten schön, aber gleichzeitig auch anstrengend gewesen. Durch seine Arbeit wurde er so stark beansprucht, dass sie die Hochzeit inzwischen auf das nächste Jahr verschoben hatten. Es störte sie nicht in dem Maße, wie es die anderen Frauen annahmen. Auf den offiziellen Teil ihrer Partnerschaft konnte sie warten. Sie war nie verheiratet gewesen und nun mit sechsundvierzig Jahren drängelte es sie auch nicht, das zu ändern. Aber seine Abwesenheit ärgerte sie. Sie sahen sich zwar jeden Tag, sprachen aber nur noch über belanglose Dinge, weil diese alles waren, dem Max trotz geistiger Zerstreuung folgen konnte. Zudem bestand er darauf, dass sie in seine Wohnung am Obermarkt zog, doch hatte sie sich soeben erst an ihre neue Heimstatt gewöhnt.

Sie seufzte und ihr warmer Atem drang als eine unförmige Wolke aus ihrem Mund und vermischte sich mit dem Nebel. Sie bog in die Apothekergasse ein, in der sich der Nebel zu einer einzigen Wand aufgebäumt zu haben schien. Dies war in den letzten Tagen öfter geschehen, aber so früh am Morgen, zu einer Stunde, da die Gaslaternen noch nicht gelöscht wurden, weil die Dunkelheit noch zu umfassend war, fürchtete sie sich, weiterzugehen. Geräusche drangen an ihr Ohr, die sie sonst nie wahrgenommen hatte. Ein flüchtiges Husten weit hinter ihr. Schuhe, deren Absätze auf das harte Pflaster knallten, irgendwo auf der Brüderstraße. Ein eigenartiges Scharren unmittelbar neben ihr. Etwas berührte ihr Bein. Sie schrak zusammen und wich mit einem leisen Schrei an die Häuserwand aus. Doch was in ihrer Vorstellung die Hand eines Toten oder der Arm eines Monstrums gewesen war, entpuppte sich als ein kleiner, weißer Kater mit zahlreichen roten und schwarzen Flecken am Leib.

„Nicht du schon wieder! Das ist jetzt das dritte Mal, dass ich deinetwegen beinahe einen Herzinfarkt erlitten hätte!"

Sabin ging in die Hocke und strich dem Kater über den Kopf. Er war kurz nach ihrem Einzug in das frisch sanierte Haus aufgetaucht und Jona hatte sich mit ihm angefreundet. Seither trieb er sich ständig in der Gasse herum, ließ sich füttern und streicheln und genoss es offensichtlich, von einer Schar Frauen behütet zu werden. Sie hatten ihm den Namen Smut gegeben, weil es besser klang als Fleck oder Schmutz, obwohl er eben das war, ein schmutziger Fleck. Darum ließ Oda es auch nicht zu, dass er das Haus betrat. Sie wollte keine Flöhe, die sich von Wohnung zu Wohnung ausbreiteten. Aber manchmal nahm Jona ihn abends heimlich mit auf den Dachboden. Wohl aus keinem anderen Grund als dem, die Mäuse aus ihren Verstecken zu locken, die sich dort oben eingenistet hatten.

„Entschuldigen Sie bitte, meinen Sie mich?"

Sabin fuhr zusammen, verlor den Halt und musste sich mit der Hand auf dem nassen Pflaster abstützen, um nicht hinzufallen. Aus dem Nebel der Apothekergasse trat ein Mann hervor, dessen Alter sich nur schwer bestimmen ließ. Er war groß und schlank, die Hand, die er ihr reichte, war feingliedrig wie die einer Frau, doch als sie sie ergriff, spürte sie die Kraft der Muskeln unter der weichen Haut. Sein Haar war dunkelblond und erweckte den Anschein, sorgfältig gescheitelt zu sein, doch hier und dort lösten sich Strähnen und fielen ihm ins Gesicht oder standen in einem wirren Winkel vom Kopf ab. Dies alles ließ ihn jugendlich erscheinen. Aber sie erkannte auch das beginnende Grau seines schmalen Backenbartes, die Fältchen auf der Stirn und im Bereich der Mundwinkel und den Ernst in seinen Augen, die trotzdem aufrichtig lächelten.

„Es tut mir Leid, wenn ich Sie erschreckt habe. Ich dachte, Sie redeten mit mir, aber anscheinend ist der kleine Halunke hier ein besserer Gesprächspartner."

Er beugte sich hinab zu Smut und streichelte über das feucht-fleckige Fell des Katers. Smut ließ es sich gefallen, obwohl er sonst jedem aus dem Weg ging, der nicht in ihrem Haus wohnte. Vor allem vor Männern schien er Respekt oder gar Angst zu haben. Doch der blonde Herr hatte wohl sein Zutrauen gewonnen, was ihn umso sympathischer erscheinen ließ.

„Ich habe Sie gar nicht bemerkt. Es ist viel zu neblig. Ich bin froh, dass ich überhaupt nach Hause gefunden habe."

„Das stimmt. Das Wetter ist eine Herausforderung für die Orientierung. Wohnen Sie denn hier?"

„Ja, in der Vier", antwortete sie ihm und schalt sich. Es ging ihn nichts an, wo sie wohnte. Was war, wenn er ein Gauner oder gar Mörder war? Doch stattdessen streckte er ihr erneut die Hand entgegen.

„Dann gehören Sie zu der Buchhandlung? Mein Name ist Simon Surek. Ich bin der neue Archivar, aber ich schwöre Ihnen, dass ich weder Beziehungen zu jüdischen Jünglingen pflege noch einer geheimen Tätigkeit als Meuchelmörder nachgehe." Seine Stimme war hell und als er lachte, dachte Sabin an den Knabenchor, den sie am vergangenen Sonntag in der Frauenkirche angehört hatten.

„Ach, Sie sind das, wir haben uns schon gefragt, wann ein neuer ausgewählt werden würde."

Sie gab ihm ihre Hand, beließ es aber bei einem kurzen Händedruck, denn obwohl der Mann auf den ersten Blick freundlich erschien, hegte sie seit dem Frühjahr ein gesundes Misstrauen gegen die Angestellten des Rathauses.

„Wenn ich das so höre, dann gehe ich in der Annahme, sie gehören zu der Gemeinschaft aus Frauen, die die Sagenmorde maßgeblich aufgeklärt haben, auch wenn die Polizei alles daran gesetzt hat, das zu verheimlichen."

„Sie sind gut informiert, das muss ich Ihnen lassen." Sabin sagte es leicht daher, aber dass er um ihre Aktivität als Helfer der Staatsgewalt wusste, beunruhigte sie. Seebitz hatte immerhin versucht, sie aus allem herauszuhalten, auch wenn die Geier der Zeitung sich auf jedes Detail gestürzt hatten.

„Es wird viel geredet", sagte Surek leichthin, doch sein Schulterzucken war zu verkrampft, als dass sie ihm geglaubt hätte, dass er sich gar nicht für die Frauen interessierte und nur durch Klatsch und Tratsch von den Vorgängen erfahren hatte.

Sie ging an ihm vorüber in den Nebel hinein. Er folgte ihr. Sie konnte seine Schritte hinter sich auf dem Pflaster hören, obwohl sie ihn schon nach wenigen Metern aus den Augen verlor. Smut tapste neben ihr her. Er hatte wohl Hunger, ansonsten wäre er gleich wieder zwischen den Häusern oder in einem offen stehenden Kellerloch verschwunden. Als sie die Nummer Vier erreichten, holte Surek auf und blieb auf ihrer Höhe stehen.

„Falls ich Sie verärgert haben sollte, möchte ich mich gerne dafür entschuldigen. Ich schnüffle Ihnen sicher nicht hinterher. Ich bin nur von Natur aus neugierig und nach allem, was ich aufgeschnappt habe, wollte ich nur –"

„Sparen Sie sich Ihren Atem, Herr Surek. Ich schätze, wir werden uns ohnehin noch besser kennenlernen. Dann mag Ihre Wissbegierde schneller gestillt werden, als Ihnen lieb sein kann."

Nach deiner ersten Begegnung mit Vi wirst du dir wünschen, du hättest nie auch nur von uns gehört, ergänzte sie in Gedanken. Schon seit Monaten brannte Vi darauf, mit dem neuen Archivar zu sprechen, dessen Posten nur halbherzig von einem Ratsmitglied vertreten worden war. Sie hatte mehrere Bücher aus Nachlässen und Käufen erworben, die sie gerne verkauft hätte, um die Geschäftskasse aufzubessern. Surek würde mit ihr in harte Verhandlungen treten müssen.

„Das klingt beinahe wie eine Drohung", lachte er und wirkte dabei unsicher wie ein Halbwüchsiger.

„Es ist eher eine Warnung. Wenn Sie mich jetzt entschuldigen würden, Herr Surek, ich muss arbeiten."

Das entsprach nicht ganz der Wahrheit. Normalerweise öffneten sie das Geschäft nicht vor dem achten Glockenschlag, aber da Sabin ohnehin wach war, würde sie die Pforten ein wenig früher aufschließen und auf zeitige Kundschaft warten, die ihnen Marek nicht wegschnappen konnte.

„Ich wollte Sie sicher nicht von der Arbeit abhalten. Es war mir eine Freude, Sie kennenzulernen."

Sie sah in das jugendliche Gesicht des Mannes und rang sich ein Lächeln ab. Er war aufdringlich, aber offensichtlich kein Irrer. Sie nickte ihm zu und schloss die Tür zur Buchhandlung auf. Smut schmiegte sich bettelnd an ihre Beine, während sich Surek entfernte. Sie vernahm seine Schritte, unter die sich ein weiteres Paar Füße mischte. Eine höfliche Begrüßung wurde getauscht. Sabin ignorierte es und trat in die Buchhandlung.

In dem ausgebauten Verkaufsraum war es deutlich wärmer als auf der Straße. Eine Nebelschwade war ihr ebenso gefolgt wie der kleine Kater, der sofort in Richtung Lager rannte, weil es dort einen Ofen gab, der dafür sorgte, dass sie während der Arbeit nicht frieren mussten. Sabin atmete tief durch. Sie war froh, wieder an einem sicheren Ort zu sein. Seit den Sagenmorden fühlte sie sich des Nachts oder bei solchem Wetter einfach nicht mehr wohl, wenn sie allein unterwegs war. Sie zog sich die Jacke aus und ließ ihre Gedanken zu Max zurückkehren. Wie sollte sie es bewerkstelligen, dass er ihr endlich wieder ein wenig Aufmerksamkeit schenkte?

„An sein Bein schmiegen", sagte sie lachend zu sich selbst und entzündete einige Kerzen gegen die Dunkelheit, als Smut zu ihr kam und sich genüsslich neben ihr reckte, wobei er keine Gelegenheit ausließ, sie mit dem Kopf gegen die Wade zu stoßen. „Ich bin sicher, dann hätte ich in jedem Fall seine Aufmerksamkeit. Aber ich fürchte, danach würde er mich in die Irrenanstalt einweisen."

Sie beugte sich hinunter, um Smut zu streicheln, dabei völlig vergessend, dass Oda verboten hatte, den Kater mit ins Haus zu nehmen, als es an der Glastür zum Geschäft klopfte. Sie erschrak nicht. Insgeheim war sie davon ausgegangen, dass Surek sich nicht so schnell abwimmeln, dass er noch einmal zu ihr kommen würde. Doch als sie sich umdrehte, war es nicht das Gesicht des Archivars, das sie erblickte.

„Seebitz. Na wunderbar! Dieser Morgen wird immer besser."

Sie ging zur Tür, öffnete sie einen Spalt breit und lächelte den Polizeirat so freundlich an, wie es ihr der morgendliche Unmut, der langsam in ihr aufstieg, erlaubte. Seebitz lüftete seinen hohen, schmalkrempigen Hut.

„Guten Morgen, Frau Stewicz. Ich störe ungern so früh, aber ich muss in einer dringenden Angelegenheit mit Frau Sperber sprechen. Ist sie anwesend?"

Anwesend schon, aber für dich nicht zu sprechen, dachte Sabin bei sich. Das kam ihr bekannt vor. Allerdings legte Vi gar keinen Wert darauf, mit dem Polizeirat zu reden, was sie von Max nicht hoffte. Sie schüttelte den Kopf.

„Tut mir Leid. Sie beginnt heute erst gegen Mittag. Kommen Sie doch einfach dann wieder."

Sie wollte die Tür schließen, aber Seebitz drückte mit der flachen Hand leicht dagegen.

„Das geht nicht. Es ist wirklich dringend. Und ich meine damit keine private Angelegenheit, Frau Stewicz."

Nebel drängte durch die Tür. Keine private Angelegenheit. Sie wurde noch unwilliger, ihm die Tür zu öffnen. Es war kaum ein halbes Jahr her, dass sie die Sagenmorde aufgeklärt hatten. Kaum ein halbes Jahr, um die Angst und die Wunden verheilen zu lassen, die sie erlitten hatten. Diese Stadt war doch ein ruhiger, ein geborgener Ort. Ein Ort, an dem sie sich seit zwei Jahren wohlfühlte. Sie hatte soviel von der Welt gesehen, aber nirgendwo hatte sie sich so zuhause gefühlt wie in Görlitz. Hier verlief das Leben noch in geordneten und planbaren Bahnen. Die Stadt entwickelte sich, aber nicht so rasch wie andere. Die Zeit war hier ein überschaubarer Faktor. Es war nicht möglich, dass nach einem halben Jahr erneut Seebitz um ihre Hilfe bat.

„Lass ihn rein, Sabin. Wenn er doch so darum bettelt."

Hinter ihr stand Vi und zog sich einen dicken, wollenen Pullover über, obwohl der Verkaufsraum warm genug war. Ihre roten Haare waren noch nicht gekämmt und die dunklen Ringe unter ihren Augen zeigten ihr, dass Vi auch in dieser Nacht wenig Schlaf bekommen hatte. Manchmal fragte sie sich, was sie jede Nacht trieb, wo sie war oder wen sie aufsuchte. Sie wussten, dass Vi zahlreiche Kontakte hatte, auch zu Männern, aber Sabin glaubte nicht, dass sie diese Kontakte auf privater Ebene oft nutzte.

Sie wollte ihr gerne widersprechen, aber stattdessen öffnete sie die Tür ein wenig weiter, so dass der Polizeirat hineinschlüpfen konnte, während Smut wieder auf die Straße huschte, und schloss sie eilends, bevor neuer Nebel ins Geschäft drang und seine Feuchtigkeit die Bücher beschädigte. Sie zog sich ins Lager zurück, blieb aber so nah an der Tür, dass sie verstehen konnte, worüber Vi und der Polizeirat sprachen.

„Danke, Vi. Entschuldige bitte die frühe Störung."

„Nun, Herr Polizeirat, ich möchte doch ungern der Staatsgewalt meine Dienste verwehren. Worum geht es denn?"

Vi ging zu einem Regal, um ein paar Bücher zu richten, aber Sabin konnte sehen, wie angespannt sie war. Es musste für sie nicht einfach sein, mit Seebitz zu sprechen, dem sie seit vielen Wochen nur die knochige Schulter zeigte.

„Ich brauche deine Hilfe. Heute morgen haben zwei Spaziergänger ein Floß auf der Neiße entdeckt."

„Ein Floß? Und darum kommen Sie zu uns, Herr Polizeirat?"

„Nein, ich komme zu euch, weil auf dem Floß ein Kinderskelett lag."

Sabin hielt sich am Türrahmen fest und lehnte sich gegen die Wand. Ein Kinderskelett auf einem Floß auf der Neiße? Sollte das ein Scherz sein?

„Ein Kinderskelett. Auf einem Floß. Herr Polizeirat, Ihre Scherze waren schon besser. Falls Sie hergekommen sind, um uns ein wenig zu erheitern, ist Ihnen das leider nicht gelungen. Wenn Sie mich dann entschuldigen, ich muss –"

„Das ist kein Scherz, Vi. Wir nahmen auch erst an, dass es sich nur um einen Streich handelt, den sich irgendwelche Jugendlichen geleistet haben. Aber wir haben das Skelett untersucht. Es ist echt."

Es wurde still. Sabin beobachtete Vis mit sich streitende Gesichtszüge. Offensichtlich war sie interessiert an der Sache, aber konnte dieser Neugierde nicht nachgeben, weil es Seebitz war, der sich an sie wandte und sie um Hilfe bat. Aber war dies wirklich ein Fall für sie? Warum kam er sofort zu ihr? Es war doch immerhin kein Mordfall und falls doch, musste er lange zurückliegen, wenn das Kind bereits skelettiert war. Selbst ihre eher begrenzten Kenntnisse vom menschlichen Tod ließen den Rückschluss zu, dass es sich nicht um einen aktuellen Mordfall handelte, also auch kein Mörder gesucht werden musste. Was Sabin ein wenig beruhigte.

„Und wenn es echt ist, wer sagt Ihnen, dass es nicht von einem Dummkopf ausgegraben und zur Schau gestellt wurde, um ein wenig Aufregung in die Stadt zu bringen? Ich glaube kaum, dass wir in dieser Hinsicht die richtigen Ansprechpartner für Sie sind, Herr Polizeirat. Setzen Sie zwei Männer darauf an, die werden schon den Übeltäter finden."

„Das ist das Problem. Ich bekomme keine Männer für diesen Fall. Der Großteil der Mannschaften ist für die Parade in Breslau abgezogen worden und meine Vorgesetzten sehen keine Notwendigkeit, einen Streich zu untersuchen."

„Und warum sehen Sie diese Notwendigkeit?"

Dass Vi so konsequent bei der Höflichkeitsform blieb, erstaunte Sabin. So wütend sie manchmal auch auf Max war, aber das hätte sie nicht über sich gebracht. Vi dagegen schien es sogar Freude zu bereiten, den Polizeirat ein wenig zu quälen.

„Ich halte das nicht für einen Scherz. Wenn jemand möglichst viel Aufmerksamkeit erreichen will, bringt er das Skelett an einen belebteren Ort und schickt es nicht auf einem Floß die Neiße hinunter. Die Strömung ist aufgrund des Wetters zurzeit stark. Hätten die beiden Spaziergänger es nicht entdeckt, wäre das Floß einfach vom Wasser verschlungen worden und niemand hätte je von der Existenz des Skelettes erfahren. Meinst du, das spricht dafür, dass jemand anderen einen Streich spielen wollte?"

Das gab Vi zu denken. Auch Sabin kam die Schlussfolgerung des Polizeirates logisch vor. Zudem hätte jemand, der sich über die Panik anderer amüsieren wollte, wohl nicht den frühen Morgen für seinen Plan ausgesucht.

„Tut mir Leid, aber wir haben zurzeit zuviel zu tun. Ich kann mich nicht um ein vor Jahren oder Jahrzehnten gestorbenes Kind kümmern."

Vi drehte sich wieder dem Regal zu. Sabin sah, wie Seebitz mit sich rang. Am liebsten hätte er sie wohl bei der Schulter gepackt oder sie gar angeschrien. Doch dann ließ er es bleiben und ging mit gesenktem Kopf zur Tür.

„Wer hat denn das Skelett überhaupt gefunden?", fragte Vi betont beiläufig.

„Ein junge Frau namens Adelia Urmacher und ein Herr mit dem Namen Pirmin Wercher. Wieso? Hast du doch Interesse? Ich könnte euch nicht viel zahlen, aber es würde sicher für Kohlen für den Winter reichen."

Diese Bemerkung schien Vi zu verärgern. Sie drehte sich um, mit einem Buch in der Hand, und für Augenblicke glaubte Sabin, sie würde es nach Seebitz werfen, doch dann fing sie sich und lächelte spöttisch.

„Sie bieten uns Almosen, Herr Polizeirat? Wie nobel! Aber wir verzichten ohne Dank!"

Seebitz verließ das Geschäft zügig und schloss die Tür deutlich hörbar. Sabin blieb am Türrahmen stehen und wartete, ob er noch einmal zurückkehren würde, aber in der Gasse vor ihrem Geschäft wurde es ruhig.

„Willst du wirklich gar nichts tun, Vi?", fragte Sabin nach einer Weile, traute sich aber nicht, die Stimme sonderlich zu heben. Im Verkaufsraum war es so still, dass sie einander trotz der Entfernung atmen hören konnten.

„Habe ich das behauptet?" Vi drehte sich zu ihr und lächelte so verschmitzt, dass die Augenringe verblassten und die Falten nicht mehr so tief waren. Ihre Haare leuchteten dabei rot im Kerzenschein, der die trübe Dunkelheit des Nebels fernhielt. „Ich habe nur gesagt, dass wir dem Herrn Polizeirat nicht helfen werden. Die Sache interessiert mich aber. Ich glaube, ich werde mal die beiden jungen Herrschaften aufsuchen, die das Floß entdeckt haben."

„Floß? Was für ein Floß?"

Oda betrat den Verkaufsraum vom Treppenhaus her und rieb sich die kühlen Wangen, bis sie rot und warm geworden waren. Sie trug mehrere Schichten Pullover übereinander, weil sie seit dem Sommer an Gewicht verloren hatte und leicht fror. Hinter ihr kam Jona, in eine schäbige Jacke und eine gestopfte Hose gekleidet, hineingewankt und konnte sich kaum vor Müdigkeit auf den Beinen halten. Es war ein Glück, dass sie heute, an diesem nebligen Sonnabend, nicht arbeiten musste.

„Laut dem Bericht eines uns gut bekannten Herren wurde heute morgen in der Neiße ein Floß mit einem Kinderskelett darauf gefunden", erklärte Vi leichthin und schien sehr viel aufgeweckter und fröhlicher, als sie es noch vor einigen Minuten gewesen war. „Ich denke, ich werde mich gleich mal nach den beiden Herrschaften erkunden, die es gefunden haben. Jona, du machst dich bitte bereit. Das Schild steht schon im Hausflur."

„Aber Vi!", protestierte die Jüngere. Sabin legte ihr eine Hand auf die Schulter. Sie wusste, wie sehr Jona diese Aufgabe hasste, doch nie im Leben hätte sie Vi widersprochen, denn selbst mit dem Schild durch die Brüderstraße zu ziehen, darauf hatte sie keine große Lust.

„Nichts aber! Geh schon!"

Der Müdigkeit beraubt und mit wütenden, festen Schritten ging Jona zurück ins Treppenhaus, um das Schild zu holen, mit dem sie den ganzen Tag für das Geschäft Werbung laufen sollte.

„Jetzt muss ich nur noch herausfinden, wo die beiden Herrschaften wohnen. Adelia Urmacher und Pirmin Wercher, sagt dir das was, Oda?"

„Hm, der Name Urmacher ist mir nicht geläufig, aber einen Händler kenne ich, der Wercher heißt. Er hat ein Geschäft am Obermarkt. Ich glaube aber, er heißt Alfred mit Vornamen. Sicher bin ich mir aber nicht."

„Wercher?", fragte da Jona. Sabin musste ein wenig grinsen, als sie sah, dass das Schild Jona vom Kinn bis zu den Fußknöcheln reichte. Wenn die Marek wieder auf sie losgehen würde, konnte sie noch nicht einmal wegrennen. Selbst Oda konnte es sich nicht verkneifen, Jona zu necken, was diese aber unwirsch abtat.

„Du meinst doch nicht Albrecht Wercher, oder? Den Kolonialwarenhändler am Obermarkt?"

„Ich suche eher einen Pirmin Wercher", meinte Vi und stellte das Buch zurück, das sie immer noch in der Hand hielt.

„Das ist sein Sohn!", freute sich Jona. „Er ist mit Adelia befreundet."

„Adelia?", fragte Vi. Konnte das die Adelia sein, von der Seebitz gesprochen hatte?

„Ja, Adelia Urmacher. Meine Freundin, die uns vor ein paar Wochen sogar mal besucht hat? Habt ihr das schon wieder vergessen?" Jona verdrehte die Augen, während Sabin in ihren Erinnerungen nach Adelia forschte. Tatsächlich konnte sie verschwommen die junge Frau vor sich sehen, die Jona einmal zum Abendessen mitgebracht hatte. Die Zwei waren schon seit langer Zeit befreundet.

„Oh, dieses nette Mädchen, dessen Mutter uns den Apfelkuchen mitgeschickt hat?", fragte Oda.

„Der war lecker!", ergänzte Vi.

„War ja klar, dass ihr euch daran noch erinnern könnt", murmelte Jona und zog die Nase hoch. „Jedenfalls ist Pirmin mit Adelia befreundet. Ich könnte sie fragen, wo wir ihn am ehesten antreffen. Ich weiß nämlich nicht, ob es so gut ist, wenn du seinen Vater aufsuchst. Herr Wercher ist ein ziemlich strenger Mann."

„Na schön. Sabin, wenn Ewa dann zum Dienst kommt, sag ihr bitte, sie soll mit dem Schild gehen. Jona und ich suchen Adelia und Pirmin auf. Komm schon, Kind, trödle nicht schon wieder rum!"

Vi stürmte förmlich zur Tür hinaus. Oda musste Jona helfen, das Schild abzustreifen, bevor sie Vi folgen konnte.

„Das wird Ewa aber gar nicht gefallen, vermute ich", sagte Oda leise und schloss die Tür der Buchhandlung. Allerdings nicht schnell genug. Smut war erneut hineingeschlüpft und rieb sich nun an ihren Beinen.

„Aber nicht doch! Ich möchte deine Flöhe nicht, mein Guter! Komm, ich hole dir etwas zu essen und dann mache ich mich auf den Weg zur Arbeit."

„Musst du denn heute wieder lange?", fragte Sabin und widmete sich zwei der Kerzen, die beim Öffnen der Tür ausgeblasen worden waren. „Du brauchst endlich ein wenig Ruhe. Du nimmst dir alles so zu Herzen. Schau dir bloß deine Schultern an. Ganz mager sind sie geworden."

„Ich weiß, ich weiß. Aber zu dieser Jahreszeit und bei diesem Wetter sind alle Zimmer voll. Ich bin schon froh, dass David mich heute Mittag ablöst. Ich habe doch versprochen, dass Paul heute bei uns schlafen kann."

„David ist dieser neue Pfleger, den ihr bekommen habt?"

„Ja. Er ist ein netter Kerl und er ist noch ganz neu in der Stadt. Er hat kaum Bekannte, darum übernimmt er gerne die Abend- und Wochenendschichten. Aber warte ab! Alle Schwestern laufen ihm jetzt schon hinterher. Hat er erst einmal eine Freundin, ist es mit der Bereitschaft zur Arbeit schnell vorbei."

Sie lachten beide in Erinnerung an ihre eigene Jugend und wie schnell sich das Hirn von all den wichtigen Dingen des Lebens abwenden konnte, wenn das Herz jemanden hatte, dem es folgen wollte.

Der Junge steht vor dem Gerät und weiß nicht, was er damit anfangen soll. Im Raum riecht es abscheulich, ihm ist ganz schlecht. Er möchte von hier fort. Die Nacht auf der harten Pritsche hat dafür gesorgt, dass ihm jeder Muskel im Rücken, in den Armen und in den Beinen weh tut und nun hat der Vater befohlen, dass sie arbeiten sollen. Die anderen wissen schon, wie es abläuft. Sie sind sehr früh aufgestanden. August hat sie geweckt, hat ihn geweckt. Danach haben sie Frühstück bekommen. Es war Hafer mit Wasser und Zucker vermischt. Es liegt dem Jungen noch schwer im Bauch und der Schlaf und die Schmerzen lassen ihn elend werden. Bei seiner Familie musste er auch arbeiten. Er musste im Haushalt mithelfen, damit die Mutter mit allem fertig wurde. Aber das hier ist andere Arbeit. Solche Arbeit wie der Großvater sie gemacht hat, nur anders. Er hat mit Holz gearbeitet, hat geschnitzt, gehobelt, gezimmert. Er aber muss mit Fleisch und Haut arbeiten. Das hat er noch nie getan und er ekelt sich davor, das Schaffell anzufassen, das dort vor ihm liegt. Der ganze Raum ist von süßlichem Gestank erfüllt, aber niemandem scheint es aufzufallen.

„Du musst es da auf den Gerberbaum legen und dann das Schabeisen nehmen, damit das Fleisch abgeht."

Der Junge, der neben ihm steht, ist kleiner als er. Er ist sehr dünn und seine Haut blass. Wie lange ist er schon hier? Wie lange wird er von dem Mann zur Arbeit gezwungen? Er sieht auf seine Hände, aber die sind fein und haben keine Blasen. Der Junge sieht nicht so aus wie sein Großvater, wenn er gearbeitet hat. Aber er befolgt, was er ihm sagt, weil er sonst nicht weiß, was er überhaupt tun soll. Als er das Fell anfasst, schlägt ihm noch ein anderer Geruch entgegen. Er beginnt zu würgen.

„Keine Angst, du wirst dich schnell daran gewöhnen. Das ist nur die Kalkmilch, damit werden die Felle enthaart. Ist aber nicht gefährlich. Leg das Fell jetzt über den Gerberbaum."

Der Junge reißt sich zusammen, atmet flach, damit der Geruch ihn nicht erneut zum Würgen bringt. Um sie herum ist es still geworden, weil die anderen Jungen ihn beobachten. Er wünschte, August würde es ihm erklären. Zu ihm hat er Vertrauen. Aber der kleine Bursche vor ihm will ihn vielleicht nur necken, ihm Unsinn erzählen, um ihn zu blamieren. Er weiß noch nicht einmal, wie er heißt.

„Du musst es mit dem Fleisch nach oben legen."

Der Junge dreht es schnell um. Es ist ein abscheulicher Anblick. Er will das nicht tun. Da will er lieber Geschirr abspülen, wie er es bei seiner Mutter getan hat. Es hat ihn stets geärgert, wenn die Schwestern ihn darum aufgezogen haben, aber es war schöner mit der Mutter zu arbeiten, als hier auf diesem Dreibein zu sitzen, über das Schaffell gebeugt und das Schabeisen anzusetzen. Er zieht es nach oben und das Fleisch löst sich von der wertvollen Haut.

„Aber nicht doch! Nicht zu dir, du wirst dich ganz dreckig machen!"

Doch da ist es schon zu spät. Das Fleisch fällt auf seine Füße und streift sein Hemd, wo es Flecken hinterlässt. Die anderen Jungen lachen, nur der kleine Kerl und August nicht. Er fühlt sich gedemütigt, aber es ist seine eigene Schuld. Der Junge versucht ihm zu helfen.

„Drück es nach unten, damit das Fleisch dorthin fällt. Du musst es so lange entfleischen, bis wirklich nichts mehr haften bleibt, sonst können wir es nicht weiterverarbeiten."

Er versteht und nickt dem Jungen zu. Er beginnt von Neuem, bis kein Fleischrest mehr an der Haut klebt. Der Junge beobachtet ihn und streicht über das Arbeitsstück, als er fertig ist.

„Sehr gut. Du hast wirklich ordentlich gearbeitet."

Der kleine Junge nimmt das Fell vom Baum und bringt es zum nächsten, wo es entkalkt und später gebeizt wird. Dann kehrt er zu ihm zurück und hilft ihm, ein weiteres Fell auf den Gerberbaum zu legen und straff zu ziehen, damit er es besser bearbeiten kann. Langsam gewöhnt er sich an seine Anwesenheit, an seine aufmunternden Worte.

„Mein Name ist Fedor. Und du bist?"

Der Junge würde gerne seinen Namen sagen, aber er kommt nicht dazu, weil hinter ihm ein Streit ausbricht. Fedor stellt sich dicht zu ihm, als der Rothaarige sich mit dem Dunklen anlegt. Der Dunkle kann ihm nicht antworten, weil er seine Sprache nicht spricht, darum sitzt er nur verschüchtert da und wartet, bis der Rothaarige fertig ist, ihn anzuschreien und ihm kleine Schläge zu verpassen. Er weiß nicht, ob er eingreifen soll. Es erscheint ihm nicht richtig, was der Rothaarige mit dem Dunklen macht, aber er ist neu, er kennt die Regeln noch nicht. Er weiß nicht, ob es nur ein Kampf zwischen Freunden ist, doch es sieht nicht danach aus.

„Hör auf damit!", ruft er schließlich, als der Rothaarige dem Dunklen auf den Kopf schlägt. Da ergreift Fedor seinen Arm, hält ihn davon ab, von dem Dreibein aufzustehen und zu dem Rothaarigen hinüber zu gehen. Obwohl der Knabe so klein ist und so verwundbar aussieht, hat er Kraft in den schmalen und knochigen Armen. Es reicht, dass er gerufen hat. Der Rothaarige beruhigt sich und lässt von dem Dunklen ab.

„Leg dich nicht mit Anton an. Er ist ein grausamer Junge", flüstert ihm Fedor zu, als sich alle wieder der Arbeit zuwenden. „Er kommt aus einer schlechten Familie, ist nicht besonders intelligent und muss sich darum anders durchsetzen."

Er betrachtet Fedors blasses Gesicht, hört die wohl überlegten Worte. Er hat noch nie einen Jungen in seinem Alter so reden hören. Es ist nicht nur die Art, wie er seine Worte ausspricht. Er kennt auch Wörter, die er selbst nicht benutzen würde.

„Woher kommst du?", fragt er Fedor, während er ein weiteres Fell vom Fleisch befreit, das auf den Haufen vor dem Gerberbaum fällt, wo es anwachsen wird. Es ekelt ihn noch immer, aber Fedor behält Recht. Er gewöhnt sich an den Geruch, er gewöhnt sich auch an das schwere Eisen und den großen Gerberbaum. Er schwitzt, aber er fühlt sich gut dabei. Die Arbeit ist hart und anstrengend, aber auch befreiend.

„Ich komme aus Löbau. Meine Eltern sind vor ein paar Monaten gestorben und mein Onkel hat mich zum Vater gebracht. Er hat gesagt, er könne einen gefräßigen, kleinen Mistkäfer wie mich nicht durchfüttern. Ich müsse schon für mein Essen arbeiten. Er hat all das Geld genommen, dass meine Eltern für mich hinterlassen haben. Hat es genommen und mich hierher gebracht, weil er mich los werden und stattdessen im Haus meines Vaters leben wollte."

Seine Geschichte erinnert ihn an die Erzählung, die sein Großvater ihm vorgelesen hat. Sie nannte sich Oliver Twist und war von einem Engländer geschrieben. Er hat sie nicht verstanden, aber es ging auch um einen armen Jungen, der gar nicht so arm war, wie er glaubte. Fedor ist sich darüber bewusst, dass der Onkel ihn betrogen hat, doch er kann nichts tun. Er kann nicht fort von hier. Wieso muss man gemein sein, wenn man groß ist?

„Aber ich bin lieber hier als bei meinem Onkel und ohne meine Eltern in einem großen Haus. Ich vermisse sie sehr. Sind deine Eltern auch gestorben?"

Er antwortet nicht. Er will nicht über seine Eltern sprechen oder die Schwestern oder den Großvater. Das geht Fedor nichts an. So sehr vertraut er ihm nicht. Er hat gesehen, was passiert, wenn man vertraut. Man wird zu einem Mann gebracht, den man nicht kennt und den man dennoch Vater nennen muss, und muss für ihn arbeiten, bis man Blasen an den Händen bekommt. Er kann nicht mehr vertrauen und er wird nie mehr vertrauen.

Kapitel 4

Oda beobachtete die beiden Männer seit geraumer Zeit. Sie saßen am Fenster und redeten leise miteinander, obwohl niemand im Raum war, der ihr Gespräch belauschen konnte. Sie stand auf dem Flur und stapelte das schmutzige Geschirr vom Mittagessen auf einen Wagen. Ihr Blick glitt durch die offene Zimmertür zu ihnen. Wie zärtlich sie miteinander umgingen. Sie wirkten nicht wie Vater und Sohn, sondern so vertraulich wie zwei Freunde, die einander ewig kannten. Manchmal legten sie die Hand auf die Schulter des anderen, doch viel öfter berührten sich ihre Finger. Es geschah sogar, dass sie sich auf die Wange oder die Stirn küssten.

Als sie Eduard Setz vor vier Monaten kennengelernt hatte, stand es schlecht um ihn. Er war nach einem Schlaganfall schwer gestürzt und hatte sich die Hüfte gebrochen. Sein Gesicht war blass, fahl und eingefallen gewesen. Längst schon schien der Tod ihn fest in seiner bleichen Klaue zu haben. Aber Eduard hatte sich als ein zäher, alter Mann herausgestellt, der sich nicht so leicht aus der Welt raffen ließ. Obwohl es einige Wochen gedauert hatte, legte er an Gewicht zu, schaffte es, die täglichen Übungen für seine Hüfte zu absolvieren, und zeigte an guten Tagen einen rötlichen Schimmer auf seinen kräftig hervortretenden Wangenknochen. Er war bei weitem nicht gesund, weshalb die Ärzte ihn nicht entließen, aber er stand nicht mehr kurz vor dem sicheren Tod. Bis er vor einem Monat einen weiteren Schlaganfall erlitten hatte und sich seither kaum noch bewegen konnte.

Sie schob den Wagen mit dem schmutzigen Geschirr bis an die Tür. Eduards Sohn wurde auf sie aufmerksam und drehte sich zu ihr um. Er war ein paar Jahre älter als sie, aber noch recht gut gebaut, längst nicht so mager wie sein Vater, obwohl er wie dieser Verleger war und keiner körperlich anstrengenden Arbeit nachging. Er beeindruckte sie, das musste sie zugeben, obwohl sie nie mehr als ein paar Höflichkeitsfloskeln miteinander tauschten. Doch die ruhige, einfühlsame Art, wie er mit seinem Vater umging, sein beständiges, gelassenes Wesen wirkten sich auch auf sie aus, gaben ihr wieder Kraft, wenn die Tage im Krankenhaus zu lang wurden und zuviel von ihrer Stärke forderten. Es war eigenartig, einander nicht zu kennen und sich dennoch so nah zu sein.

„Kann ich Ihnen noch etwas bringen?", fragte sie und klammerte sich dabei an den Wagen mit dem Geschirr. Sie spürte eine tiefe Unruhe in sich. Eine festsitzende Angst, dass Eduard eines Tages nicht mehr antworten, dass er sterben würde und sie nichts dagegen tun konnte. Sie war machtlos. Sie war kein Arzt und selbst diese konnten dem alten Mann nun nicht mehr helfen.

„Vielen Dank, aber im Moment braucht er nichts", antwortete sein Sohn, dessen Namen sie so oft hörte, weil Eduard unentwegt von ihm sprach. André. Sie konnte sich an den ersten Besuch entsinnen. Er war nur wenige Stunden nach der Einweisung seines Vaters ins Krankenhaus gekommen, um ihn zu besuchen. Es hatte den Anschein, als ob sich die beiden nicht nah standen, als ob sie einander gar nicht kannten. Erst im Laufe der Wochen waren sie sich näher gekommen. Die Krankheit hatte sie, die sich über Jahre entfremdet hatten, zusammengeführt.

„Frau Minzer." Die Stimme des alten Setz war schwach. Sie schaffte es kaum, die Distanz von Fenster zu Tür zu überbrücken, doch Oda war es gewöhnt, leisen Stimmen zu lauschen, sich über Stunden hinweg Geschichten aus längst vergangenen Jahren anzuhören. Sie blieb stehen und nickte, obwohl Eduard sich nicht zu ihr umdrehen konnte. Er musste die Bewegung in der Spiegelung des Fensters wahrgenommen haben. „Bitte."

Sein Finger hob und senkte sich. Er forderte sie auf, näher zu treten, aber es war ihr unangenehm, die Vertrautheit von Vater und Sohn zu stören. André erhob sich von seinem Stuhl und ging an ihr vorbei zur Tür.

„Ich mache einen kleinen Spaziergang", bemerkte er, als habe er es wirklich vorgehabt, und entfernte sich mit langsamen, aber kräftigen Schritten. Oda setzte sich an seinen Platz, spürte seine Wärme und nahm seinen Geruch wahr, der noch in der Luft hing, sich dort mit dem langsam einsetzenden Tod des alten Setz vermischte.

„Er macht sich zu viele Sorgen um mich", wisperte der Mann und bewegte seine Lippen so wenig, dass sie glaubte, seine Stimme direkt in ihrem Kopf zu hören. Sie würde sie nie vergessen. Kein Gespräch, das sie geführt hatten, würde je aus ihrem Gedächtnis verschwinden. „Dabei ist es doch normal, dass wir gehen müssen, wenn Gott es so verlangt."

Oda nickte schwach und schluckte mehrfach, um dem Drang zu widerstehen, seine Hand zu nehmen und zu weinen. Eduard war einer dieser Patienten, die ihr Schicksal einfach ertrugen, weil sie wussten, dass sie daran nichts ändern konnten und jede Reue viel zu spät kam. Sie hatten ihr Leben gelebt, aus tiefstem Herzen und mit voller Überzeugung. Es gab keinen Grund, zu bereuen, was geschehen war.

„Aber darum habe ich Sie nicht zu mir gebeten. Ich wollte Ihnen nur sagen, dass wir überein gekommen sind, dass ich ins Hospiz gehen werde. Es wird Zeit, dass ich das Zimmer hier freimache, und wir wissen, dass es für mich keinen anderen Weg mehr geben wird."

Die Entscheidung traf sie nicht unvorbereitet, aber deswegen nicht weniger hart. Es war notwendig und er würde dort gute Pflege erhalten, bis er starb, doch sie selbst wäre in diesem Moment lieber bei ihm gewesen. Sie hielt es nicht länger aus und ergriff seine Hand, weil sie nicht in der Lage war, Worte zu finden. Eduard lächelte sie an, wobei sich seine Mundwinkel kaum regten, doch konnte sie es an seinen Augen sehen. Er schloss sie langsam und sie stand auf, um ihm Ruhe zu gönnen.

Als sie auf den Flur trat, rang sie noch immer mit sich. Sie musste sich erneut an dem Geschirrwagen festhalten, als jemand ihren Arm ergriff. Die Hand war sanft und weich, der Griff aber stark. Aus hellen, blauen Augen sah David sie an. Der junge Pfleger hatte ein Gespür für die Belange der Patienten und der Mitarbeiter des Krankenhauses. Manchmal war es unheimlich, wie sicher er darin war, ihre Gefühle zu erraten.

„Geht es Ihnen nicht gut, Frau Minzer? Sie sind so blass, noch blasser als sonst."

„Du verstehst es, einer Frau Komplimente zu machen, David."

Sie versuchte zu lachen und löste ihren Arm leicht aus seinem Griff, doch er blieb weiterhin dicht bei ihr stehen. Sie atmete seinen Geruch nach frischer Seife ein. Er achtete sehr auf die Hygiene und kümmerte sich ungewöhnlich liebevoll um alle Patienten, selbst diese, die es auch im kranken Zustand nicht unterlassen konnten, ihre Mitmenschen zu schikanieren. Sie betrachtete sein blondes, weiches Haar, das ihm in die Stirn fiel, seine blauen Augen aber nicht überdeckten. Sein Gesicht war sehr ebenmäßig geschnitten und als aussergewöhnlich schön zu beschreiben. Es war ihr kein Rätsel, warum die halbe Belegschaft, ob männlich oder weiblich, ihn vergötterte.

„Entschuldigen Sie bitte. Es lag nicht in meiner Absicht, Sie zu beleidigen."

„Aber nein, das hast du nicht!" Wie gewählt er sich ausdrückte. Als käme er nicht aus der unteren Schicht, in die er hineingeboren worden war. Als habe er lange Zeit an einem anderen, einem besseren Ort gelebt. „Ich glaube, ich sollte nur langsam nach Hause und zu Mittag essen, bevor ich vor Hunger noch umfalle."

Obwohl sie ihn anlächelte, blieb sein Gesichtsausdruck besorgt. Er konnte sie durchschauen. Sein Blick wich zur Seite und blieb für lange Sekunden an dem Stuhl des alten Setz haften.

„Sie haben gesagt, dass er nächste Woche ins Hospiz gebracht werden soll. Ist das wirklich notwendig?"

Seine Stimme war knabenhaft, nahm aber zuweilen, wie in diesem Moment, eine dunkle Färbung an. Auf seinen Wangen, obwohl sie glatt rasiert waren, zeigte sich ein grauer Schemen und verlieh ihm die Männlichkeit, die man in seiner weichen Art zuweilen nicht erkennen konnte.

„Das ist es, David. Er wird sterben. Und er wird an einem Ort sterben, an dem man sich gut um ihn kümmern kann."

„Aber Sie kümmern sich gut um ihn. Ich glaube nicht, dass es dort einen Menschen gibt, der so liebevoll mit ihm umgeht", erhob er leicht die Stimme, um seine Entrüstung zu verdeutlichen.

„Ich verstehe, warum du wütend bist, aber der Tod nimmt uns irgendwann alle mit. Den einen früher, den anderen später. Wir treffen diese Entscheidung nicht selbst. Das ist die einzige Entscheidung, die Gott uns abnimmt."

Sie wollte ihn damit trösten, aber seine blauen Augen wurden dunkel und grau, seine Gesichtsmuskeln wurden hart und verliehen ihm ein verstörend schönes Aussehen. Sie nahm seine Hand und die Berührung änderte sein Wesen erneut.

„Es tut mir Leid. Es ist nur – ich mag ihn", flüsterte der junge Mann leise und nun war es Oda, die ihn halten musste.

„Es muss dir nicht leid tun. Auch mir fällt es zuweilen schwer, Menschen gehen zu sehen. Keiner von uns hat das Recht, in dieses Schicksal einzugreifen, aber es liegt wohl auch in unserer Natur, es anzuzweifeln und ungerecht zu finden. Und vor allem darüber traurig zu sein. Doch wir, David, du und ich, wir müssen aufrecht stehen, wenn sie ihn abholen und ihn ins Hospiz bringen, damit es für ihn leichter wird."

„Mein Vater ist stark", erklang die kräftige Stimme des jungen Setz. Sie hatten ihn nicht bemerkt. Sie sahen ihn beide an, als wäre er aus dem Nichts aufgetaucht. In seinen Händen hielt er einen kleinen Strauß Blumen, den er dem Mädchen, das oft vor dem Krankenhaus saß, abgekauft haben musste. Er ging an ihnen vorüber, ohne seine Worte zu ergänzen oder zu erklären. Oda war sich unsicher, ob er sie missverstanden hatte, aber er schien nicht wütend zu sein.

Sie sahen ihm nach, wie er sich auf den Stuhl vor dem Fenster setzte, den Strauß Blumen auf seinem Schoß. Wie er seinen Vater ansah und sanft seine Hand nahm. Der alte Setz schlief so fest, dass er die Ankunft seines Sohnes nicht bemerkte. Als Odas Blick auf das Fenster fiel, bemerkte sie, dass der Lichteinfall schwächer wurde. War der Nebel über den Vormittag ein wenig gelichtet worden, so zogen sich nun neue Regenwolken zusammen und die Tropfen sammelten sich in der Luft und machten die Sicht schwer.

„Sie sollten nach Hause gehen, Frau Minzer, bevor der Nebel noch die ganze Stadt einhüllt."

Sie tauchte aus ihren Gedanken auf und sah David überrascht an. Wieder hatte er ihre Gedanken erraten, wieder war er es, der sich, obwohl wesentlich jünger, um sie sorgte. Sie strich ihm kurz über das weiche Haar und schob den Geschirrwagen voran, den sie noch zur Küche bringen wollte.

Obwohl es genug Gründe gab, sich auf den Feierabend zu freuen, war sie traurig. Seit dem Tod ihres Mannes vor vielen Jahren war sie nicht mehr so niedergeschlagen gewesen, so müde. Sie glaubte, es nicht bis zu ihrer Tochter zu schaffen, um Paul abzuholen, der heute bei den Frauen schlafen würde. Dabei wollte sie noch soviel für ihn vorbereiten. Sie musste sich beherrschen, die Kontrolle zurückgewinnen. Sie konnte David nicht erzählen, dass sie stark sein mussten und dann selbst zusammenbrechen.

Sie atmete durch und rief sich zur Ordnung. Es würde ein schöner Abend werden, zusammen mit Paul und ihren Kolleginnen, ihren Freundinnen. Sie musste nur daran glauben.

Kapitel 5

Ein halbes Jahr genügte nicht, um die Erinnerung an den spärlich beleuchteten Gang zu verdrängen. Die elektrischen Lampen, die installiert worden waren, flackerten unaufhörlich und verbreiteten eine gespenstische Atmosphäre, die all die Ängste erneut aufkommen ließen, die Vi an jenem Tag durchstehen musste. Dieses Mal aber war Jona bei ihr. Dieses Mal galt es keinen Mörder zu finden, sondern die Tür, die zu Gremlichs neuem Domizil führte. Dass er ausgerechnet hier unten arbeiten durfte, an dem Ort, an dem er noch vor Monaten heimlich mehrere Pilzkulturen gezogen hatte, um sie an Abhängige zu verkaufen, war purer Hohn. Sie wusste nicht, was er seinen Vorgesetzten und der Polizei gesagt, wie er sich erklärt hatte. Er war ein Lügner, der nur zu seinem eigenen Vorteil handelte.

„Bin ich froh, dass ich damals nichts mitbekommen habe. Hier unten ist es schauerlich", flüsterte Jona und hielt sich dicht bei Vi, die aufpassen musste, nicht über die Füße der jungen Frau zu stolpern. Sie hätte ihr gern widersprochen, so getan, als habe sie keine Angst, aber ihr heftig schlagendes Herz verbot es ihr, auch nur den Mund aufzumachen. Noch immer glaubte sie, der gesuchte Mörder könnte jeden Moment um die Ecke kommen und sie angreifen. Sie hatte ihre Waffe nicht bei sich.

Endlich erreichten sie eine Tür, an der ein Schild befestigt worden war. Es trug keine Aufschrift. Lediglich eine Nummer starrte ihnen entgegen, mit der sie nichts anzufangen wussten. Aber da es die einzige Tür war, die sich von den anderen unterschied, klopfte Vi erst zaghaft, dann vehementer an. Sie wollte das flackernde Licht hinter sich lassen. Schritte waren hinter der Tür zu vernehmen, die Klinke wurde hinunter gedrückt, ein Fluch ertönte, als sich die Tür nicht bewegte. Ein Tritt gegen das leichte Holz ließ Vi und Jona zusammenfahren, dann endlich schwang die Tür auf.

„Dieses verdammte Mis –", erklang Gremlichs Stimme, um augenblicklich zu verebben, als er Vis Anwesenheit gewahr wurde. Seine Miene verzog sich zu einer grinsenden Fratze. Er stemmte die Hände in die Hüften, als habe er so eben eine neue Spezies entdeckt.

„Na, sieh einer an! Ich habe bereits auf Sie gewartet, Frau Sperber! Der Herr Polizeirat war zwar zunächst skeptisch, ob Sie kommen würden, aber scheinbar hat er sich nicht getäuscht. Und ich mich auch nicht! Ich war der festen Überzeugung, Sie würden hier auftauchen. Trotz der Geschehnisse des Frühlings, so hörte ich, können Sie es nicht lassen, Ihre Nase in polizeiliche Angelegenheiten zu stecken!"

Er trat beiseite und offerierte ihr mit einer Armbewegung einzutreten. Jona schlüpfte schnell hinter Vi in den Raum, bevor Gremlich die Tür wieder zuwarf. Sie fiel krachend ins Schloss. Vermutlich klemmte sie, weil niemand sich die Mühe gab, sie vernünftig und leise zu schließen.

Der Raum, den sie betraten, war erstaunlich groß. Er maß doppelt so viele Meter in der Länge und Breite wie Gremlichs vorheriger Arbeitsplatz. An den Wänden standen weiß lackierte Regale, in denen sich nicht nur Flüssigkeiten in allen Farbvarianten befanden, sondern auch entnommene und konservierte Organe. Vi trat näher an eine Vitrine, die mehrere Embryonen beheimatete, die stark entstellt und nicht als menschliche Kinder zu erkennen waren. Bei einem war sie sich gar sicher, dass es sich nicht um einen Menschen, sondern um ein Schwein handelte.

„Beachtlich, nicht wahr? Ich darf versichern, es handelt sich um meine eigene Sammlung. Aber bevor moralische Bedenken laut werden sollten, ich habe bei allen Präparaten um Erlaubnis gebeten. Sie würden staunen, wie viele Frauen ihre Zustimmung dazu geben, ihre missgebildeten Kinder in Formaldehyd einlegen zu lassen, solange sie sie selbst nicht mehr sehen müssen."

„Sie sind pervers, Gremlich, wirklich. Was nützt es Ihnen, sich tote und missgebildete Kinder anzusehen?", fragte Vi und konnte doch gleichzeitig den Blick nicht abwenden von den Gläsern, in denen die Präparate aufbewahrt wurden. Neben den Kindern schwammen Organe und Eingeweide in größeren Behältnissen. Sie erkannte verformte Herzen und schwarze Lungen. Därme, die gerissen waren. In einem Gefäß schwammen zwei Nieren, eine war sehr viel größer als die andere, die geradezu verkrüppelt wirkte.

„Studienzwecke, Frau Sperber, Studienzwecke. Den meisten Menschen stoßen solche Präparate sauer auf, aber wie sonst sollten wir Ärzte lernen, wenn nicht durch das Studium toter Organismen? Gerade meine Kinder sind zuweilen sehr hilfreich bei der Bestimmung von Defekten und Krankheiten. Und nun, da ich hier meine neue Heimat gefunden habe, habe ich endlich auch den notwendigen Platz, um sie richtig zu präsentieren."

„Sie reden von ihnen wie von Mastvieh", erwiderte Vi und löste sich endlich von den eingelegten Organen. Der restliche Raum war jedoch ebenso faszinierend wie abschreckend. In der Mitte des Arbeitszimmers standen die zwei Untersuchungstische. Beide waren mit zwei weißen Tüchern bedeckt, aber nur von einem ging ein bestialischer Gestank aus, den Vi jedoch kaum wahrnahm. Zu oft schon war sie bei Gremlich gewe-

51

sen. Anders schien es Jona zu gehen. Ihre junge Gefährtin hing über einem an der Westwand befestigten Waschbecken und kämpfte gegen die Übelkeit an, die jeden befiel, der das erste Mal einen solchen Ort betrat.

„Wehe, sie kotzt mir auf den Boden! Dann wischt sie es selber weg!", knurrte Gremlich, der an den zweiten Tisch gelehnt stand und bis eben Vi bei der Betrachtung der Gefäße beobachtet hatte. Nun sah er sie erwartungsvoll an. Sie fragte sich, was er von ihr wolle. Er wusste ja immerhin, worum es ihr ging, warum sie zu ihm gekommen war, doch er schien sie hinhalten zu wollen.

„Worauf warten Sie, Gremlich? Auf den nächsten Sonntag?"

„Aber nein! Ich warte darauf, dass Sie mir einen triftigen Grund liefern, warum ich Ihnen mein kleines Geheimnis hier offenbaren sollte. Zwar hat der Polizeirat gemeint, Sie würden kommen, aber ich habe noch keine Bestätigung erhalten, dass Sie wirklich für ihn arbeiten. Das bedeutet, dass ich Ihnen unser Fundstück erst zeigen werde, wenn Sie mir beweisen können, dass Sie sozusagen dienstlich hier sind."

Es passierte nicht oft, aber manche Menschen und Situationen ließen selbst Vi sprachlos zurück. Das Schlimmste an Gremlichs Aussage war nicht sein Grinsen, das sie ihm gerne aus dem Gesicht gewischt hätte, sondern vielmehr die Tatsache, dass er Recht hatte. Bisher war Vi stets im Auftrag des Polizeirates unterwegs gewesen und hatte somit die offizielle Erlaubnis, sich an Tatorten aufzuhalten und mit Beteiligten zu sprechen. Dieses Mal aber hatte sie die Mitarbeit verweigert. Sie konnte Gremlich keinen hinreichenden Grund geben, mit ihr zu sprechen.

„Es stimmt. Ich bin nicht dienstlich hier, sondern aus reiner Neugierde. Aber es wäre ja nicht das erste Mal, dass Sie mit unbefugten Personen über laufende Ermittlungen sprechen. Und wenn ich den Herrn Polizeirat richtig verstanden habe, so handelt es sich hier gar nicht um eine Ermittlung, sondern lediglich um eine harmlose Untersuchung eines vermeintlichen Scherzes. Das heißt, Sie können getrost und ohne jede Befürchtung, wegen des Ausplauderns polizeilicher Geheimnisse denunziert zu werden, mit mir sprechen."

„Es heißt aber gleichzeitig, meine liebe Frau Sperber, dass ich es nicht muss. Sie haben keine Befugnis und sind nicht in die Sache involviert. Das heißt, ich muss Sie leider des Raumes verweisen. Aber es war sehr nett, dass Sie mich besucht haben. Es ist mir immer eine Freude, Sie wieder zu sehen, meine Liebe."

„Tut mir Leid", würgte Jona hervor und hielt sich weiterhin am Waschbecken fest. „Ich habe vergessen –"

Sie beugte sich über das Becken und brachte das wenige Frühstück hervor, das sie am Morgen zu sich genommen hatte. Vi seufzte innerlich. Nicht nur, dass Gremlich sie ohne Weiteres rauswerfen konnte und sie so das Skelett noch nicht einmal zu Gesicht bekommen würde, sie hatte zudem auch noch vergessen, Jona wegen des Geruchs vorzuwarnen, und nun musste sie mitansehen, wie ihre junge Gefährtin sich übergab, was die Geruchskulisse im Raum nicht besser werden ließ.

„Sie haben vergessen, wie geruchsintensiv meine Arbeit hier unten sein kann? Allerdings. Ich habe heute Morgen erst wieder eine Wasserleiche bekommen. Wieder so ein Obdachloser. Das ist schon der Dritte diesen Monat. Schlafen alle unter den Brücken und irgendwann werden sie vom breiter werdenden Fluss erfasst und ertrinken. Und ich kann Ihnen sagen, dieser Freund hier ist kein schöner Anblick. Überall Verletzungen durch das Flussbett, Fische und Insekten. Wollen Sie mal sehen?"

Bevor sie Gremlich davon abhalten konnte, zog er das weiße Tuch von der benachbarten Leiche. Sofort drang der Geruch nach Moder und Verwesung in ihre Nase und sie war versucht, zu Jona ans Waschbecken zu rennen. Aber diese Blöße würde sie sich vor Gremlich mit Sicherheit nicht geben. Stattdessen konzentrierte sie sich auf das, was sie sah. Abgefressene Augenlider mit leeren Höhlen.

„Das fressen sie zuerst. Schön weich, Sie verstehen?"

Gremlichs unverschämte Freundlichkeit trieb es auf die Spitze. Vi ballte in den Taschen ihrer Jacke ihre Fäuste und ließ den Blick über den Oberkörper des vormals schlanken Mannes gleiten. Dass er nicht besonders dick gewesen war, erkannte sie daran, dass seine aufgeblähte Leiche noch immer sehr dünn schien. Lebend musste er regelrecht ausgemergelt gewesen sein. Ein Obdachloser, so wie es Gremlich gesagt hatte. Allein die Wachshaut, die seinen Körper mittlerweile überzog, verlieh ihm noch eine gewisse Frische. Sie wirkte puppenartig und tot, aber gleichzeitig glänzte sie auch in dem Licht der vier Glühbirnen, die Gremlichs Reich erleuchteten.

„Wenn das mit dem Nebel und der Kälte so weitergeht, dann werde ich den ganzen Winter solche Freunde hier liegen haben." Mit diesen Worten deckte er die Leiche wieder zu. „Nun denn, Frau Sperber, ich muss mich jetzt wieder um meine Patienten kümmern. Ich darf bitten?"

Er deutete zur Tür, doch in diesem Moment reckte Jonas zu kurz geratener Arm über den zweiten Untersuchungstisch hinweg ein Papier vor seine Brust. Gremlich wollte es zunächst ignorieren, aber Jona würgte wieder und er wollte wohl nicht riskieren, dass sie sich auf den Tisch übergab. Daher nahm er das Stück Papier – Jona lief sofort zurück zum

Waschbecken und keuchte den Ausfluss an – und betrachtete es abfällig. Nach einer Weile ließ er es sinken und an dem Zucken seiner Nasenflügel, die sich wütend blähten, erkannte Vi, dass dieses Papier ihr soeben den Weg zu dem Kinderskelett geebnet hatte. Die Frage war nur, woher Jona dieses Dokument hatte.

„Wie es aussieht, hat jemand vorsorglich Anordnungen erteilt. Also schreiten wir zur Tat!"

Er zog das Tuch von dem Untersuchungstisch, an dem er gelehnt hatte, war dieses Mal aber vorsichtiger, denn was darunter zum Vorschein kam, war zerbrechlich. Mehrere große, aber wesentlich mehr kleinere Knochen lagen sorgfältig auf dem Tisch angeordnet da. Vi erkannte die Knochen von kleinen Zehen und eine Ferse. Gremlich hatte die Knochen bereits so aufbereitet, dass sie einem menschlichen Skelett ähnlich sahen und nicht nur einen wirren Haufen alternder, harter Zellstruktur abgaben. Sie ließ ihren Blick über die Unterschenkel und die größeren Oberschenkelknochen gleiten. Der Hüftknochen war in drei Teile zerbrochen, aber Gremlich hatte sie notdürftig zusammengesetzt. Der Brustkorb mit den Rippen war unvollständig. Wenigstens drei oder vier Rippen fehlten. Am oberen Ende des Tisches erwartete sie der im Vergleich zu der aufgedunsenen Wasserleiche winzige Schädel. Ein Kind, zweifellos. Oder aber ein Zwerg.

„Nun, womit darf ich zuerst Ihr Herz erfreuen? Todesursache? Oder Todeszeitpunkt? Falls es Sie danach verlangt, muss ich Sie enttäuschen. Ich habe keine Anzeichen einer Gewalteinwirkung feststellen können. Oder sagen wir, ich habe keine eindeutigen Anzeichen von Gewalteinwirkung festgestellt. Das Fehlen von Rippen und Zähnen sagt bei einem Skelett nicht viel aus. Die Knochen können auch durch unsachgemäßes Ver- oder Ausgraben beschädigt worden oder verloren gegangen sein. Offensichtlich lag unser kleiner Kamerad hier nicht in einem Sarg. Die enorme Verfärbung der Knochen weist stark darauf hin, dass er direkt in der Erde begraben wurde, was die Schlussfolgerung nach sich zieht, dass er ein armer, kleiner Kerl war oder nicht sonderlich geliebt. Allerdings hat man ihm nicht den Schädel eingeschlagen, denn wie Sie sehen, befindet sich dieser in bester Verfassung. Bleiben natürlich noch diverse andere Möglichkeiten, jemanden umzubringen. Gift, Messerstiche, Erdrosseln, Ertränken, suchen Sie sich etwas aus."

Vi hörte Gremlich zu, aber ihr Blick war weiterhin auf den kleinen Schädel gerichtet. Die verschwommenen Schatten ihrer Vergangenheit drängten an die Oberfläche und anders als den Übelkeit erregenden Leichengeruch konnte sie sie nicht einfach ignorieren. Der Knochen des

Schädels überzog sich mit Haut, die Augen kehrten in die leeren Höhlen zurück und helles Haar wuchs auf dem Schädel.

Wie er so dagelegen hatte, in seinem Bett. Seine winzige Hand zur Decke ausgestreckt, nach seinem Vater rufend. Nach seinem Vater.

„Frau Sperber? Sie werden mir doch nicht etwa ohnmächtig?"

Gremlichs Gesichtsausdruck, sonst stets erfüllt von Gehässigkeit und Arroganz, zeigte tiefe Sorgenfalten. Seine Hand lag auf ihrem Arm, um sie zu halten, die sich unwillkürlich am Tisch abgestützt hatte.

„Sie sind blass. Sie da! Ich habe vergessen, wie Sie heißen, aber wenn Sie gerade nicht vomieren müssen, wäre es sinnvoll, Sie würden sich ein Glas aus dem Schrank neben Ihnen nehmen und es mit Wasser gefüllt zu uns bringen!"

Er hielt weiterhin ihren Arm fest und sie konnte nichts dagegen tun. Sie hasste es, von jemandem berührt zu werden, demgegenüber sie niemals Schwäche zeigen wollte. Doch es blieb ihr nichts anderes übrig, als in die Knie zu gehen und sich das Wasser einflößen zu lassen, das Jona ihr brachte. Wenigstens war es nicht Gremlich, der ihr das Glas an die Lippen setzte.

„Was hat sie denn?", hörte sie Jona von weither fragen. Sie konnte Gremlichs Gesicht sehen, doch es hatte keine festen Konturen mehr. Die Welt wurde dunkler und sie fürchtete, sie werde wirklich in Ohnmacht fallen. Schweiß brach aus allen ihren Poren.

Die Hand zum Himmel ausgestreckt, nach seinem Vater rufend. Doch war es nicht der himmlische Vater gewesen, sondern sein Vater aus Fleisch und Blut, den er in seinem letzten Moment sehen wollte.

„Frau Sperber, Frau Sperber, konzentrieren Sie sich! Trinken Sie das Wasser! Spüren Sie die Kühle in Ihrem Mund. Fühlen Sie meine Hand auf Ihrem Hintern!"

Seine Hand auf ihrem – Sie zuckte zusammen. Helligkeit, verursacht durch sterile, nackte Glühbirnen an der Decke, holte sie zurück in die Gegenwart. Sie hob schon die Hand, als ihr bewusst wurde, dass Gremlich sie nur hatte vor der Ohnmacht bewahren wollen. Endlich konnte sie wieder frei atmen. Ihr Brustkorb schmerzte noch, weil sie offensichtlich die Luft angehalten hatte, aber nun füllte sich ihre Lunge wieder mit Sauerstoff.

„Ist alles in Ordnung, Vi?" Jonas besorgte Stimme. Sie war versucht zu nicken, allein um ihre Gefährtin zu trösten, aber sie schaffte es nicht. Denn es war nicht alles in Ordnung. Der Anblick des Skeletts hatte etwas in ihr ausgelöst, das sie ohne jeden Widerstand überwältigt hatte. Etwas,

was sich nicht verdrängen ließ. Sie trank noch einen Schluck Wasser, schloss die Augen und atmete tief durch.

Die Tür zum Untersuchungszimmer öffnete sich leise und wurde wieder geschlossen. Sie hörte Stimmen miteinander sprechen, konnte sie aber nicht zuordnen. Sie wischte sich über das schweißnasse Gesicht und blinzelte in die grelle Helligkeit, die einen heftigen Kopfschmerz auslöste. Sie massierte sich die Schläfen, um ihn abklingen zu lassen, und sah drei Beinpaare neben sich. Eines trug eine schäbige Hose und gehörte eindeutig zu Jona. Das andere war in schwarzen Stoff gekleidet, der zu Gremlich passte. Das dritte Beinpaar war von einem langen Rock bedeckt, der bis zu den Fußknöcheln reichte. Eine Frau. Eine Frau bei Gremlich? Das war doch nicht möglich.

„Sie muss die Beine hochlegen", erklang da doch tatsächlich eine Frauenstimme. Sie war jung, aber bestimmend. Vi versuchte aufzublicken, aber der Kopfschmerz kehrte sofort zurück. Im nächsten Moment wurden ihre Beine ergriffen. Sie musste sich flach auf den Boden legen und die Knie anwinkeln. Jemand hob ihre Füße ein Stück an und stellte sie auf den eigenen Oberschenkeln ab. „Es wird gleich besser werden."

Was geschah hier mit ihr? Warum ließ sie es geschehen? Warum konnte sie sich nicht wehren? Ihr ganzer Körper begann nach dem Schweißausbruch vor Kälte zu zittern. Sie versuchte zu atmen und sich auf Jonas Stimme zu konzentrieren, die mit Gremlich diskutierte. Aber da waren die Bilder. Sie kehrten zurück, sie konnte sie nicht einfach aus ihrem Gedächtnis verbannen.

Florian. Ihr Florian. Wie er in dem Bett gelegen hatte, vom Typhus ausgezehrt, schwitzend und bleich. Sein winziger Körper nur noch eine Hülle. Sie hatte bei ihm gesessen. Jede Stunde, die ihm verblieben war. Sie hatte alles getan, um ihn zu retten. Doch am Ende war er ihr genommen worden. Und kurz vor seinem letzten Atemzug, nach wem hatte er verlangt? Nicht nach ihr, nach seiner Mutter, die ihn Zeit seines Lebens über alles geliebt hatte, sondern nach seinem Vater. Seinem Vater, der seelenruhig zur Arbeit gegangen war, während sein Sohn starb.

„Warum?", flüsterte sie.

„Weil dadurch das Blut dahin fließt, wo es hingehört. Und ich würde sagen, es ist erst an den falschen Ort gelangt, weil Sie heute nicht ausreichend gefrühstückt haben oder der Herr Doktor Ihnen unseren neuen Patienten gezeigt hat."

Vi hob leicht den Kopf, was Jona als Aufforderung missverstand, ihr noch etwas zu trinken zu geben. Doch durch das Wasserglas hindurch konnte sie die Frau erkennen, die dafür sorgte, dass es ihr wirklich wieder besser ging. Sie war nicht so jung wie Jona. Sie schätzte sie auf Anfang Dreißig. Ihre Haare waren lang und dunkel und zu einem straffen Pferdeschwanz gebunden. Ihre Haut war bleich, so dass ihre dunkelbraunen Augen besonders hervorstachen. Und ebenso wie Gremlich trug sie ein weißes Hemd, auf dem sich Flecken abzeichneten, deren Herkunft Vi nicht erahnen wollte.

„Darf ich vorstellen? Meine neue Mitarbeiterin, Frau Hauptmann", meinte Gremlich von weiter oben. „Sie wurde mir an die Seite gestellt, um meine Arbeit zu unterstützen, aber wenn Sie mich fragen, haben die Herrschaften wohl Angst, ich könnte mich erneut einigen Pilzstudien widmen."

„Was für Pilze?", fragte die junge Frau.

„Nicht wichtig. Wie ist es, Frau Sperber? Meinen Sie, wir könnten unser Gespräch fortsetzen, ohne dass Sie in Ohnmacht fallen und Ihre Begleiterin unser Waschbecken mit Bakterien verunreinigt?"

Vi setzte sich langsam auf. Der Kopfschmerz war nur noch ein dumpfes, drückendes Gefühl in ihrem Hinterkopf. Der Schweißausbruch war vorbei und ihre Körpertemperatur regelte sich. Ihre Beine wurden auf den Boden gestellt und Jona stützte sie, als sie aufstand und kurz ins Straucheln geriet. Sie fühlte sich unsagbar alt.

„Wir können", brachte sie murmelnd hervor und lehnte sich leicht mit der Hüfte gegen den Untersuchungstisch.

„Wunderbar. Wo war ich, bevor Sie mich so äußerst rüde unterbrochen haben?" Er grinste wieder so dreist wie zuvor und seine Sorge um sie schien längst vergessen.

„Sie haben über die Todesart geredet", meinte Jona, die noch blass war, aber nicht länger das Waschbecken belagern musste. Aus dem Augenwinkel erkannte Vi, dass ihre Begleiterin anscheinend Gefallen an Gremlichs Mitarbeiterin gefunden hatte. Deshalb richtete sie sich zu ihrer vollen Größe auf, um Jona den Blick zu versperren, und nickte.

„Womit wir zum Thema des Todeszeitpunktes kommen können", sagte sie und sah Jona möglichst grimmig an, was nach ihrem Schwächeanfall jedoch eher kläglich wirkte, wie sie sich eingestehen musste. Dennoch hatte es die gewünschte Wirkung. Jona starrte auf das vor ihr liegende Skelett. Vi dagegen mied es, sich die Knochen, insbesondere den Schädel, genauer anzusehen. Sie wollte die Bilder nicht wieder heraufbeschwören, die so plötzlich gekommen waren.

„Schwer zu sagen." Gremlich nahm einen der Oberschenkelknochen in die Hand und deutete auf die zahlreichen Verfärbungen des Knochengewebes. „Da unser junger Patient augenscheinlich nicht in einem Sarg beerdigt wurde, worauf auch das Fehlen sehr vieler Einzelteile hindeutet, gehe ich davon aus, dass er innerhalb von ein oder zwei Jahren skelettiert ist. Wahrscheinlich sogar noch schneller. Dafür müsste man wissen, wo er begraben wurde. Eine Moorleiche ist er ja nicht gerade geworden, aber das sagt uns leider nur, dass der Boden recht trocken gewesen sein muss. Nicht mehr."

„Das heißt, Sie können den Todeszeitpunkt nicht bestimmen?"

„Unmöglich, meine liebe Frau Sperber, unmöglich. Ich würde sagen, es war vor drei oder vier Jahren. Es können aber auch gut und gerne zehn oder fünfzehn Jahre gewesen sein. Es wäre aber eine sehr interessante Studie, in welcher Erde menschliche Überreste am schnellsten skelettieren. Nicht wahr, Frau Hauptmann?"

„Gewiss, Herr Doktor. Es sei aber noch angemerkt, dass nach neueren Studien davon ausgegangen wird, dass Knochen in der Regel etwa fünfzehn bis zwanzig Jahre brauchen, bis auch sie vollständig verwest sind. Und wenn ich mir diese Knochen so ansehe, die vermutlich nicht in einem Sarg bestattet wurden, könnte man davon ausgehen, dass sie allerhöchstens acht bis zehn Jahre unter der Erde gelegen haben."

Sie drückte sich vorsichtig aus, um Gremlich nicht in den Schatten zu stellen. Vi fragte sich, wie es einer Frau überhaupt möglich war, einem Arzt zu assistieren, ohne Krankenschwester zu sein. Sie schien ein fundiertes Wissen zu haben, das sie als Pflegerin wohl kaum erlangt hätte.

„Das heißt, er wurde vor etwa drei bis zehn Jahren umgebracht?"

„Oder er ist ganz einfach an einer Krankheit gestorben, Frau Sperbers Begleiterin, deren Name ich immer noch nicht weiß. Es gibt für mich keine Anzeichen, dass er eines unnatürlichen Todes gestorben ist, und Krankheiten sind nun keine seltenen Todesursachen, nicht wahr?"

„Das würde ich bezweifeln, Herr Doktor", wandte die junge Ärztin ein. Dieses Mal war Gremlichs Gesichtsausdruck alles andere als wohlwollend. „Wenn ich das sagen darf, mir sind an einigen Stellen des Skeletts Brüche aufgefallen, die nur sehr schlecht verheilt sind."

„Nichts Ungewöhnliches bei armen Kindern." Gremlich zuckte mit den Schultern.

„Nein, aber auch ein möglicher Hinweis auf häufige Gewalteinwirkung. Sehen Sie sich den Schulterknochen an, Frau Sperber. Dieser Bruch hatte keine Zeit, richtig zu verheilen. Ich schätze, er ist ihm zwei oder drei Wochen vor dem Tod des Kindes zugefügt worden. Ich würde davon ausgehen, dass das Kind misshandelt wurde."

„Was bedeuten könnte, dass jemand die Absicht hat, diese Gewalttat ans Licht zu bringen, oder?", fragte Jona und beugte sich vor, um Frau

Hauptmann ansehen zu können. Diese nickte, während sie die rechte Ferse des Kindes in die richtige Position brachte.

„Den Tod eines Kindes offenbaren, den Mörder finden. Ein Motiv, ja. Aber wer kümmert sich heute schon um das eine oder andere tote Kind? Kinder sterben eben, ob an Krankheiten oder durch Misshandlung. Viele arbeiten schon, bevor sie zwölf Jahre alt geworden sind. Würde mich nicht wundern, wenn sie auf Arbeit auch verprügelt werden würden. Aber wer interessiert sich dafür?"

„Eltern oder Geschwister, nahe Verwandte", schlug Frau Hauptmann vor und sah Vi direkt an. Ihre Stirn war in ernste Falten gelegt, die sie wesentlich älter hätten wirken lassen, wenn nicht ihre Augen gewesen wären.

„Dann können wir ewig suchen. Wir wissen nicht, wann das Kind gestorben ist. Wie alt es war. Ob es überhaupt ein Kind und noch dazu ein Junge war. Wir wissen gar nichts über es."

„Das stimmt nicht, Frau Sperber", kam Frau Hauptmann Gremlich zuvor, der Vi eben beipflichten wollte. „Ich habe mir die Zähne des Kindes angesehen. Als es starb, war es mit ziemlicher Sicherheit zwischen acht und zehn Jahre alt. Ganz genau kann ich es nicht bestimmen, weil einige Zähne leider fehlen. Außerdem lässt sich an der Hüfte erkennen, dass es – wenn auch nicht gänzlich sicher – ein Junge war. Und die Skelettstruktur, der normal geformte Schädel, die Rippenformungen und das Rückgrat lassen den Schluss zu, dass es sich eindeutig um ein Kind und nicht um einen Minderwüchsigen handelt."

Minderwüchsig. Sie sagte nicht Zwerg. Sie war in jedem Fall taktvoller als Gremlich.

„Woher wissen Sie das alles?"

„Nun, mein Vater war Arzt. Und ich habe in Löwenberg lange Zeit bei einem Arzt und später noch für ein Jahr bei einem Bestatter gearbeitet. Ich würde sagen, dass ich mich mit dem Tod auskenne, und ich lese viel."

„Das heißt, Sie sind gar keine richtige Ärztin?"

Frau Hauptmann funkelte Vi aus ihren dunkelbraunen Augen wütend an. Hatte sie irgendetwas Falsches gesagt?

„Das ist sie nicht", gab Gremlich an. „Das wird sie auch nie sein, insofern sie nicht in die Schweiz geht, denn hier können Frauen zwar studieren, aber der Abschluss ist nicht anerkannt. Und wie Sie gehört haben, hat sie auch nicht studiert. Allerdings ist der Leiter des Krankenhauses mit ihrem Vater eng befreundet und der hat es arrangiert, dass sie mir hier ein wenig zur Hand gehen darf. Wobei ich eher davon ausgehe, dass er sie gerne selbst los werden wollte. Man hört ja so einiges."

Eine flache Hand schlug neben dem rechten Oberschenkelknochen des Kindes wutentbrannt auf den Tisch. Jona zuckte zusammen, aber Vi blieb ruhig. Sie kannte diesen Zorn. Den Zorn darüber, als Frau niemals anerkannt zu sein, ganz gleich wie hart man dafür arbeitete. Auch ihr eigenes Geschäft lief offiziell noch unter dem Namen eines Mannes, ihres Vaters, obwohl sie es gewesen war, die es gegründet hatte. Doch eine Frau, die selbstständig ein Geschäft eröffnete, das war undenkbar.

„Wenn Sie gerne lesen, besuchen Sie uns doch in der Apothekergasse. Ich führe eine kleine, aber gut sortierte Buchhandlung und bin sicher, dass ich Ihnen auch das eine oder andere Fachbuch besorgen kann. Ich verfüge zudem über gute Kontakte ins Ausland, falls Sie auch die Studien ausländischer Kollegen lesen möchten."

Neben ihr wurden Jonas Augen größer und größer, während Frau Hauptmann sie skeptisch und misstrauisch betrachtete. War das ein ernst gemeintes Angebot? Ein knappes Nicken später hatte sich die junge Mitarbeiterin beruhigt.

„Ah ja, da sind sich Zwei einig", sinnierte Gremlich und lächelte spöttisch. „Aber da wir ja jetzt alles geklärt haben, wäre es mir eine Freude, wenn Sie uns nun verlassen würden, Frau Sperber. Um alles andere müssen Sie sich kümmern. Ich wünsche Ihnen recht viel Erfolg bei Ihren Nachforschungen!"

„Es war mir wie immer eine Freude, Sie zu sehen, Gremlich. Guten Tag, Frau Hauptmann!"

Vi verabschiedete sich. Jona folgte ihr, wollte den Arm ausstrecken, um Frau Hauptmann zum Abschied die Hand zu geben, und fegte dabei beinahe den Schädel des Kindes vom Tisch. Gremlichs Mitarbeiterin fing ihn, bevor er auf dem harten Boden in viele Stücke zerschellen konnte.

„Können Sie nicht etwas vorsichtiger sein?", bläffte Gremlich Jona an und kam um den Tisch gelaufen, doch bevor er den Schädel nehmen konnte, hatte Vi ihn schon in der Hand. Als Frau Hauptmann den Schädel aufgefangen hatte, hatte sie einen Moment durch das Hinterhauptsloch in den Knochenkopf sehen können. Jetzt drehte sie ihn so, dass sie einen genaueren Blick hineinwerfen konnte.

„Anton. Sieben kleine Knaben sitzen in dem Zimmer, sie weinen und flehen, doch es rettet sie nimmer. Sie warten auf ihn, auf den Vater, den Lieben, der sich sorgt und sich kümmert um die zitternden Sieben. Sieben kleine Knaben kennen die Schritte, ein Raunen geht von außen in ihre Mitte. Sie können ihn hören, den Vater, den Lieben, der sich sorgt und sich kümmert um die zitternden Sieben."

Die Zeilen dieses Reimes waren in feiner, fast zierlicher Schrift im Inneren des Schädels aufgetragen worden. Jedoch nicht mit einem normalen Federhalter, sondern mit einem schmalen Pinsel.

„Der Vater. Soll das heißen, ein Vater hat seine Kinder geschlagen?", fragte Frau Hauptmann.

„Es klingt danach. Sieben Kinder, sieben Knaben und der Vater. Eigenartig ist nur diese Vermischung aus dem lieben Vater und der Angst, die die Kinder offensichtlich hegen. Oder er ist es nicht, der ihnen Gewalt zufügt."

„Das ergibt aber nach Ihren vorherigen Theorien keinen Sinn. Wenn jemand den Tod des Jungen rächen will, so müsste es ein naher Verwandter oder ein Elternteil sein, das haben Sie selbst gesagt. Doch damit fiele man der eigenen Familie in den Rücken", gab Gremlich zu bedenken.

„Aber es ist ja gar nicht gesagt, dass er ihr Vater ist", sagte Jona. „Nur eines wissen wir jetzt sicher. Der Junge, der da liegt, hieß wohl Anton."

„Anton", wiederholte Vi. Das war ein Hinweis, eine Spur, der sie nachgehen konnten, insofern sie das wollte. Doch da herrschte dieser Konflikt in ihr. Einerseits wollte sie herausfinden, was mit dem Jungen passiert war, andererseits wollte sie auf gar keinen Fall Seebitz unterstützen. Noch dazu, da er ihr kein passables Angebot gemacht hatte. Sie reichte Frau Hauptmann den Schädel, packte Jona an der Schulter und führte sie mit sich.

„Anton", sagte sie noch einmal, als sie mit ihrer Begleitung den Gang zurück zum Haupttrakt des Krankenhauses nahm. „Anton."

Kapitel 6

Vi stand rauchend in der Gasse, während der Nebel aufstieg und ihre Fußknöchel bereits in der zähen, wallenden Luft versunken waren. Das Fenster im zweiten Stock war hell erleuchtet und warf sein Licht auf die gegenüberliegende Mauer. Jemand bewegte sich durch den Raum und erzeugte einen lang gestreckten, gespenstischen Schatten. Die Spitze ihrer Zigarette glühte im Dunkel der Apothekergasse. Nur spärlich drang Licht aus der Langenstraße und der Brüderstraße zu ihr vor.

Den ganzen Tag über hatte sie keine Möglichkeit gefunden, ihre Gedanken zu sortieren. Am Morgen der unverhoffte Besuch von Seebitz, das Gespräch mit Adelia und Pirmin, das allein die Tatsache, dass die junge Frau unverheiratet schwanger war, zutage förderte, und schließlich der Besuch bei Gremlich und seiner neuen Mitarbeiterin. Sie musste all diese Eindrücke verarbeiten, was aber aufgrund der Arbeit, einer erneuten Auseinandersetzung mit Mareks Frau und Pauls Besuch am Abend nicht möglich war. Sie hatte noch nicht einmal mit den anderen Frauen über die Untersuchungen sprechen können. Es war frustrierend, doch gleichzeitig versuchte sie auch, sich zu beruhigen.

Wer immer den Jungen getötet hatte, hatte es vor langer Zeit getan. Das bedeutete, dass niemand Lebendes in Gefahr war. Noch nicht. Außerdem tat es gut, den Abend in Gesellschaft zu verbringen, und der kleine, lebendige Paul lenkte sie davon ab, was am Vormittag in Gremlichs Untersuchungszimmer geschehen war. Wenn sie daran dachte, wurden ihre Beine schwach und sie glaubte, jeden Moment erneut in Ohnmacht zu fallen. Um dem vorzubeugen, konzentrierte sie sich auf die Umstände, unter denen das Skelett aufgefunden wurde, und auf den Reim, der im Schädel mit Farbe aufgetragen worden war.

„Diese Feinarbeit. Wer immer dieses Skelett ausgegraben hat, hat den Jungen sehr gemocht. Es muss schon eine Kunst sein, nach so vielen Jahren die Knochen an dem richtigen Platz wieder zu finden, und noch dazu soviel Glück zu haben, dass sie nicht längst schon von Tieren ausgegraben wurden."

Das hatte sie bisher noch nicht bedacht. Wenn das Kind eines gewaltsamen Todes gestorben und nicht in einem Sarg begraben worden war, wer hatte sich die Mühe gemacht, es so tief in die Erde zu bringen, dass kein Tier es ausbuddelte? Oder kamen an diesen Ort keine Tiere? Wäre er im Wald begraben worden, wären seine Überreste nach womöglich zehn Jahren nicht mehr da gewesen. Nein, er musste an einem anderen Platz vergraben worden sein. Und wer hatte ihn unter die Erde gebracht?

Woher wusste derjenige, der ihn ausgegraben hatte, wo er suchen musste? War er – oder war sie – dabei gewesen? Aber warum das Skelett dann ausgraben? Wegen des schlechten Gewissens?

Und dieser Reim. Was sollte er ausdrücken? Wovor haben sich die Jungen gefürchtet? Vor dem Vater oder vor einem unbekannten Grauen? Woher stammten die Jungen? Woher kamen sie? Wie waren ihre Namen? Würden noch mehr Skelette auftauchen oder würde es bei dem einen Toten bleiben? Die Fragen wurden zu zähflüssigem Nebel, der sich in ihrem Hirn ausbreitete. Wenn sie nicht mit jemandem darüber reden konnte, fand sie keine Antworten. Da war zuviel, was es zu bedenken gab, und alleine fiel es ihr schwer, alles zu ordnen. Was waren das noch für Zeiten gewesen, als sie mit Walter über all diese Dinge sprechen konnte? Manchmal hatten sie ganze Nächte in seinem Bureau zugebracht, um komplexe Tathergänge zu rekonstruieren und Mörder zu überführen. An diesem Abend gab es niemanden, mit dem sie reden konnte. Obwohl das nicht ganz der Wahrheit entsprach. Wenn sie Oda oder Ewa fragen würde, wenn sie Jona bäte, mit ihr zu reden, mit ihr über all diese schwierigen Fragen zu sprechen, würden sie es tun. Aber da war Paul und die Freude, die er in ihr Zuhause brachte. Die Ablenkung von all den alltäglichen Sorgen, die sie plagten. Sie konnte das nicht zerstören. Vor allem Oda freute sich so über den Besuch ihres Enkels, dass Vi es nie gewagt hätte, sie ihm zu entreißen.

„Eine sehr interessante Theorie, die Sie da aufstellen. Ich bin neugierig. Über welche Knochen sprechen Sie?"

Vis Zigarette fiel in den Nebel zu ihren Füßen und nicht einmal die rot glühende Spitze war noch durch das Grau zu erkennen. Sie wurde des Schattens gewahr, der einen Meter von ihr entfernt stand. Der Körper des Mannes wurde von hinten schlecht beleuchtet, so dass sie sein Gesicht nicht sehen konnte. Aber die Stimme kam ihr bekannt vor. Sie hatte sie schon gehört und es war nicht lange her.

„Es ist sehr unhöflich, Menschen bei ihren Selbstgesprächen zu belauschen", antwortete sie und wich seiner ursprünglichen Frage aus. Sie wollte nicht mit einem Menschen darüber reden, der nicht an der Ermittlung, falls man es so nennen konnte, beteiligt war.

„Das tut mir Leid, aber Selbstgespräche sind dafür prädestiniert, von Menschen gehört zu werden, die nicht unmittelbar von ihnen betroffen sind. Natürlich geht es mich nichts an, über welche Knochen Sie gesprochen haben."

„Das ist wohl wahr", murmelte Vi und zündete sich eine neue Zigarette an. Der Rauch, der durch ihre Nase nach außen drang, vermischte sich mit dem Nebel, der sie umgab. Sie dachte einen Moment darüber nach, ob sie sich dem unbekannten Mann anvertrauen sollte. Einerseits vertraute sie Fremden nicht, andererseits waren es in gewisser Hinsicht polizeiliche Ermittlungen, auch wenn die Polizei der Sache nicht nachging.

„Sie haben von den Knochen gehört? In der Neiße?"

In der Zeitung war es noch nicht erwähnt worden, aber der Fund hatte sich durch die Arbeiter der Vierradenmühle, die an der Bergung beteiligt gewesen waren, rasend schnell in der Stadt verbreitet. Darum war es auch zu der Auseinandersetzung mit der Marek gekommen. Nicht nur, dass sie sich wieder einmal über das Werbeschild aufgeregt hatte, nein, sie hatte auch noch Andeutungen gemacht, dass Vi und ihre Kolleginnen in die Sache verstrickt seien. Nachdem, was im Frühjahr alles passiert war. Diese Frauen waren doch eigenartig. Lebten außerdem alle in einem Haus zusammen. Wer wusste schon, was sie da so trieben? Vielleicht hatten sie es inszeniert, weil sie Geld brauchten? Wäre es nicht so schade darum gewesen, so hätte Vi noch jetzt ihre Zigarette voller Hass zwischen den Fingern zerdrücken können. Diese Frau ließ keine Möglichkeit aus, sie zu diffamieren.

„Gehört ja, aber so recht glauben konnte ich es bisher nicht. Dann entspricht es jedoch der Wahrheit?"

Der Mann trat einen Schritt näher. Sie konnte die Umrisse seines Gesichtes ausmachen. Er war älter als sie, aber noch nicht so alt, um nicht eine gewisse Attraktivität auszustrahlen. Sein Haar wirkte grau, aber bei dem Nebel war sie sich nicht sicher. Seine Augen erschienen dunkel und ein wenig einschüchternd.

„Entspricht es. Ich habe sie selbst gesehen. Es waren echte Knochen."

„Waren Sie dabei, als sie gefunden wurden?"

„Nein, aber ich –" Wie sollte sie ihm erklären, dass sie für die Polizei arbeitete? Im Geheimen selbstverständlich. Und dieses Mal ja eigentlich auch nicht so richtig. Noch nicht ganz offiziell. Auch wenn sie anscheinend die Erlaubnis bekommen hatte, wie das Papier bewies, dass Jona Gremlich übergeben hatte.

„Es ist nicht wichtig. Jedenfalls müssen die Knochen ausgegraben worden sein, nachdem sie längere Zeit, über Jahre hinweg, unter der Erde gelegen haben. Ich frage mich, wie jemand den genauen Ort wieder finden konnte und warum die Knochen nicht zuvor von Tieren ausgebuddelt wurden."

„Weil sie in einem Sarg gelegen haben?"

„Nein, kein Sarg. Das wurde ausgeschlossen. Der Körper wurde in der Erde begraben."

„Dann ist es, wie Sie sagten, wirklich ein Glücksfall, dass die Knochen wieder gefunden wurden. Allein durch die Zersetzung und durch Bodentiere sowie Bakterien dürfte ein Großteil des Körpers innerhalb kürzester Zeit zersetzt worden sein. Wobei ich keinen Zweifel hege, dass dabei auch einige Knochen durch Getier abhandengekommen sind."

„Das ist wahr, aber es ist soviel erhalten, dass sich daraus ein Skelett ergibt."

„Ist denn davon auszugehen, dass alle Knochenstücke von ein und demselben Menschen stammen?"

Vi stutzte und betrachtete das ruhige Gesicht des Mannes. Auf diese Idee war sie noch gar nicht gekommen. Sie würde mit Gremlich und seiner Mitarbeiterin sprechen müssen. Sie ließ sich noch einmal das Bild des Skeletts durch den Kopf gehen. Zwar hatte es so ausgesehen, als stammten alle Knochen von diesem einen Kind, aber sicher konnte sie sich nicht sein.

„Nehmen wir es an."

„Nun, dann würde ich meinen, dass die Knochen auf einem geschützten Gottesacker begraben wurden. Zwar gelangen auch dort ab und an Tiere hin, aber wohl wesentlich weniger als in einem Waldstück. Zudem wird der Friedhof bewacht. Wenn Tiere dort Knochen ausgegraben hätten, wäre es bemerkt worden."

„Und wenn ein Mensch sie ausgegraben hätte, doch wohl auch!"

„Nicht zweifelsfrei. Bedenken Sie, Menschen besitzen die Gabe, überlegt vorzugehen. Tiere handeln instinktiv und weil sie Nahrung suchen. Wenn es ein Mensch war, der die Knochen ausgegraben hat, hat er das Loch sicher wieder so zugeschaufelt, dass es nicht unmittelbar aufgefallen wäre."

„Aber wer begräbt denn einen Menschen auf dem Friedhof ohne Sarg?"

„Jemand, der gottesfürchtig ist, aber nicht wollte, dass das Verbrechen offensichtlich wird. Oder das Skelett stammt aus einem Massenbegräbnis. Diverse Seuchen haben oft dazu geführt, dass man Leichen nur verbrannt und dann vergraben hat. Daher auch meine Frage, ob alle Knochen von einem Menschen stammen."

Auch das hatte sie noch nicht bedacht. Aber andererseits war das Unsinn. Wer würde ein Seuchenopfer ausgraben? Und weshalb den Schädel mit diesem Spruch verzieren? Nein, das war nicht die Lösung.

„Allerdings ist mir das weitgehend nur von der Pest vertraut und die letzte Epidemie in unseren Breiten trat vor hundert Jahren auf. Aber dann wären die Knochen schon längst restlos beseitigt."

„Außerdem passt es nicht zu anderen Spuren. Nein, das Skelett war nie Teil eines Massengrabes. Aber der gottesfürchtige Verbrecher gefällt mir."

Der Mann begann zu lachen und Vi fragte sich, was sie so Dummes von sich gegeben hatte. Andererseits gefielen ihr gottesfürchtige Verbrecher eigentlich nicht. Sie waren unberechenbar, wie sie im Frühling gesehen hatte, und ließen sich nicht durch Logik und Vernunft von ihren Taten abbringen.

„Mir im Übrigen auch. Wir haben zwei oder drei Patienten bei uns, die sehr gottesfürchtig sind. Sie sind interessant zu beobachten. Obwohl sie an Gott glauben und in seinem Namen handeln wollen, so sind sie doch alle äußerst gewalttätig."

„Der Glaube selbst ist gewalttätig, wie sich anhand der Geschichte nachweisen lässt."

„Oh, jetzt betreten wir ein gefährliches Gebiet. Solche Worte sollten nicht die falschen Ohren streifen."

„Mag sein", lenkte Vi ein und begriff, dass das Gespräch mit diesem Mann die Steifheit in ihrem Nacken und den Klumpen in ihrem Magen beseitigt hatte. Er brachte sie dazu, sich mehr zu offenbaren, unvorsichtiger zu werden. Ein beängstigender und zugleich ein wohltuender Gedanke, den sie seit Walter nicht gehegt hatte.

„Wo arbeiten Sie denn, dass Sie solch interessante Beobachtungen machen können?"

„Im Zuchthaus. Genauer gesagt, leite ich es gar. Mein Name ist Doktor Richard Traub."

Er streckte die Hand vor. Einen kurzen Moment zögerte Vi, dann ließ sie ihre Hand in die seine gleiten. Sie fühlte sich weich an, aber der Druck war stark. Mit einem Mal wurde ihr bewusst, dass sie den Mann kannte. Seine Erscheinung war ihr schon aufgefallen, in der Nacht, in der er mit einem Simon gesprochen hatte. Das hieß, Traub war ihr Nachbar.

„Es freut mich, Herr Doktor Traub. Mein Name ist Vi Sperber."

„Das weiß ich. Ihr Name war noch vor einigen Monaten in aller Munde."

„Mir scheint, ich habe eine unfreiwillige Berühmtheit erlangt. Nun, dann erübrigt sich es ja, dass ich mich vorstelle."

„In gewisser Hinsicht. Es ist mir dennoch eine Freude, Sie persönlich kennenzulernen. Darf ich fragen, ob das Skelett, von dem wir sprachen, möglicherweise ein neuer Fall für die Frauen aus der Apothekergasse werden könnte?"

Sie entzog ihm die Hand und er schien zu bemerken, dass dieses Mal er es gewesen war, der etwas Falsches gesagt hatte. Ein neuer Fall für die Frauen aus der Apothekergasse! Wie das klang! Als hätte es ihnen Spaß gemacht, diesem Verrückten hinterher zu jagen! Als seien sie nur Figuren einer Geschichte!

„Ich glaube nicht, Herr Doktor Traub. Die Frauen aus der Apothekergasse" - sie legte allen ihr zur Verfügung stehenden Spott in ihre Äußerung - „begnügen sich mit den Lebenden. Guten Abend!"

Sie warf die Tür hinter sich ins Schloss und lehnte sich gegen das kalte Holz. Es war nicht von Vorteil, wenn alle Welt sie kannte. Sie hatte nie vorgehabt, zur Berühmtheit zu werden, vor allem nicht zu einer zweifelhaften Berühmtheit. Sie hatte für die Polizei immer im Geheimen ermittelt. Das war durch den Irren unmöglich geworden. Verdammte Zeitungen! Alles hatten sie ausgeschlachtet und sie in den Mittelpunkt gezerrt.

„Vi, da bist du ja! Ist alles in Ordnung?"

Ewas große Silhouette erschien auf der Treppe, die nach oben führte. Fades Licht beleuchtete sie von der Seite. Dennoch wirkte ihr Anblick aufmunternd.

„Ja, alles gut. Was gibt es denn?"

„Oda hat Paul ins Bett gebracht. Sie dachte, du würdest vielleicht gerne noch mit uns reden."

Vis schmale Lippen verzogen sich zu einem angedeuteten Lächeln. Die Frauen aus der Apothekergasse waren wirklich mehr interessiert an den Lebenden als an den Toten, aber ihre Neugierde war dennoch nicht zu zügeln.

Es vergehen Tage, es vergehen Wochen. Der Junge wächst schnell heran. Seine Beine und seine Arme werden länger. Bald ist der Raum mit den sechs Pritschen zu klein für alle Jungen. Ihn stört es nicht. Er liegt jede Nacht eng an August gepresst, spürt seinen Atem, spürt seinen Körper. August beschützt ihn, beschützt sich selbst, denn wenn der Junge blaue Flecke davon trägt, die nicht vom Vater stammen, wird August sterben. Darum achtet er darauf, dem rothaarigen Anton aus dem Weg zu gehen. Er ist nicht der Größte von ihnen, aber er ist stark. Und er ist nie allein. Sebastian ist bei ihm. Er ist ein hübscher Junge mit braunen Haaren und braunen Augen. Er ist wie ein Wiesel. Wenn man nicht aufpasst, steht er plötzlich hinter einem. Er ist gefährlicher als Anton. Aber Anton hat die größere Klappe. Zum Glück sind die anderen Jungen immer da. Sie schlafen gemeinsam, sie essen gemeinsam und manchmal kommt es sogar vor, dass sie zusammen lachen. Doch die meiste Zeit sitzen sie wartend und zitternd in dem Raum oder arbeiten in der Gerberei des Vaters. Ihre Hände riechen nach den Stoffen. Ihre Haut ist schmutzig. Ihre Muskeln sind zäh.

Der Junge stellt sich oft vor, wie es wäre, zu fliehen und bei einer der Wäscherinnen Zuflucht zu suchen. Die Frauen stecken ihnen häufig Essen zu. Den Vater stört es nicht. Wenn er einen von ihnen damit erwischt, bekommt er kein Abendbrot und der Vater spart Geld. Aber der Junge weiß, dass keine der Frauen ihn aufnehmen kann, weil sie kein Geld haben, weil sie arm sind. Und da ist August. Was wird passieren, wenn der Junge wegläuft? Der Vater wird August töten, das weiß er genau.

Über all das denkt er nach, während er mit den anderen Jungen am Waidhaus vorbei läuft, um neue Stoffe zum Vater zu bringen. August läuft als Ältester weit vor ihnen. Am Ende ihrer Schlange versucht Tammo Schritt zu halten. Er stammt nicht von hier. Seine Haut ist ganz schwarz, seine Haare ebenso. Manchmal leuchtet das Weiß seiner Augen in der Nacht. Am Anfang hatte der Junge Angst vor ihm, aber Tammo ist freundlich und weint oft. Er kann ihre Sprache nur sehr schlecht sprechen, aber der Junge versteht ihn trotzdem. Er hat seine Eltern verloren wie der Junge und ein paar der anderen. Sie sind nicht an einer Krankheit gestorben. Sie wurden umgebracht. Einfach so. Weil ihre Haut zu schwarz war. Tammo hat nur durch den Vater überlebt. Er hat ihn beschützt und er schlägt ihn seltener als die anderen Jungen. Trotzdem weint er viel mehr als sie. Deshalb hassen Anton und Sebastian ihn. Heute will der Junge Tammo helfen. Er dreht um und geht nach hinten, um ihm Felle abzunehmen. Aber da stellt sich ihm Anton in den Weg.

„Wo willst'n hin, hä? Lass den! Der is' doch nur Scheiße. Soll der Vater ihn holen."

Es ist zu einer Wendung für sie geworden. Soll der Vater ihn holen. Soll der Teufel ihn holen. Aber der Junge will nicht, dass der Vater ihn holt. Wer nicht hart arbeiten kann, ist für den Vater nutzlos. Wenn der Vater Tammo so sieht, bringt er ihn um.

Anton aber lässt ihn nicht vorbei. Sebastian kommt dazu. Der Junge weiß nicht, was er machen soll. Er kann Tammo nicht im Stich lassen. Aber allein ist er zu schwach. Neben ihm hört er Fedor leise seinen Namen sagen. Sie sind Freunde, aber Fedor ist klein und hat Angst. Der Junge legt vorsichtig die Stoffe ab. Er ist bereit. Nicht länger wird er den Blick des Rothaarigen ertragen. Anton lässt seinerseits die Stoffe fallen. Sein Arm schnellt vor. Der Junge duckt sich. Es ist heiß, der Junge schwitzt. Weit entfernt klingt die Glocke der Peterskirche, obwohl sie keine zehn Meter entfernt sind. Der Junge stürzt sich auf Anton. Es entsteht Gerangel. Der Junge holt mit den Fäusten aus. Ein Schlag trifft ihn im Gesicht, aber er fühlt ihn nicht. Seine Fäuste prallen gegen Antons Körper, der aufschreit. Zwei Arme packen den Jungen und ziehen ihn vom Rothaarigen fort. Der liegt weinend am Boden, Sebastian über ihm. Niemand sonst hilft ihm. Fedor lädt dem Jungen die Felle wieder auf. August ist schon wieder vorn und hat Tammo bei sich, der nun weniger Stoffe trägt. Sie gehen nach Hause, als wäre nichts geschehen. Sie kommen vor der Gerberei an. Der Vater nimmt ihnen die Felle ab. Er entdeckt den Jungen, der versucht, sein Gesicht so zu neigen, dass der Vater die schmerzende Stelle nicht sieht. Aber schon steht er vor ihm und packt ihn unter dem Kiefer, hebt seinen Kopf an und sieht in seine Augen. Eines davon ist stark geschwollen, so dass der Vater hinter einem Tränenvorhang verschwindet.

„Was is'n das, hä? Wo hast'n das her? August!" Der Vater schreit. August legt seine Felle ab und kommt zu ihm. Er zittert, das sieht der Junge an seinen Fäusten, aber sein Gesicht ist ganz unbewegt. Auch August ist älter geworden. Er ist sicher doppelt so alt wie der Junge jetzt. Seit drei Jahren schlafen sie zusammen auf einer Pritsche und er hat August lieb wie seine Schwestern. August reicht dem Vater bis zum Kinn, aber das ist noch nicht groß genug.

„Was is'n mit dem Kerlen passiert?", fragt der Vater nun ruhig, aber seine Augen glitzern kalt. Die Wäscherinnen auf der Hotherstraße drehen sich nach den Jungen und dem Vater um. Auch ein paar Männer, die in den Färbereien oder in der Vierradenmühle arbeiten, blicken sich um, aber niemand wird den Jungen helfen. August überlegt, was er dem Vater sagen soll. Er ist ein guter Mensch. Er will Anton nicht verraten, weil der Vater ihn dann auch bestrafen und ihm wehtun wird. Aber da stürzt schon Sebastian vor.

„Der hat'n Anton geschlagn. Einfach so!", behauptet er. August packt ihn sofort am Kragen seines schmutzigen Hemdes, aber der Vater geht dazwischen, reißt beide Köpfe an den Haaren zu sich heran, so dass Sebastian aufschreit, während August stumm bleibt. Er sieht sie beide an, sieht ihnen tief in die Augen. Der Vater ist brutal und ein gemeiner Kerl, aber er kann Lügen riechen. Er wirft Sebastian zu Boden und tritt ihm kräftig in den Bauch, so dass sich Sebastian übergeben muss. August behält er an der Hand.

„Eenfach so, ja? Stimmt das, Junge?", will der Vater wissen. Der Junge überlegt, was er tun soll. Wenn er es war, der auf Anton losgegangen ist, dann wird er August vielleicht nicht wehtun, sondern nur ihm. Darum nickt er und sieht zu Boden, aber auch diese Lüge durchschaut der Vater. Er schlägt ihm mit der flachen Hand auf das geschwollene Auge, so dass der Junge das Gefühl hat, ihm platzt das Weiße und springt aus der Höhle. Dann packt der Vater Anton am Ohr, der heult und jammert.

„Reingehn, los, sofort!", befiehlt der Vater den anderen Jungen. Sebastian wälzt sich vom Boden auf und folgt ihnen. An der Tür sieht sich der Junge um. Der Vater hat Anton und August in seinen Händen. Was wird er mit ihnen tun? Wird er sie wirklich prügeln, bis sie tot sind? Fedor zerrt ihn mit sich, bis sie unten in dem Raum sind, wo sie die Felle abladen müssen. Sie bringen sie zu verschiedenen Haufen und teilen sich auf. Der Junge setzt sich vor einen großen Bock, auf dem ein Fell aufgespannt ist. Haut und Fleisch sind noch daran und es stinkt fürchterlich. Doch der Junge ist mit seinen Gedanken woanders, als er beginnt, die Haut mit dem Schabeisen zu entfernen. Es ist anstrengend und er beginnt zu schwitzen. Der Schweiß brennt in seinem geschwollenen Auge, aber er kann nicht aufhören. Er muss weitermachen. Er hört Geräusche von nebenan, dort wo die Felle vom Haar getrennt werden. Er hört Schreie. Er hört, wie Fleisch auf Knochen trifft. Er hört Anton weinen und flehen, aber er muss weitermachen. Er muss weitermachen, den Schweiß und die Tränen ignorierend, die ihm in und aus den Augen laufen.

Als er mit dem Fell fertig ist, legt er es sorgfältig zur Seite, damit es später schnell weiterverarbeitet werden kann. Es ist still geworden. Der Junge fragt sich, wo Anton und August jetzt sind. Aber es dauert noch drei weitere Stunden, bis sie in ihren Schlafraum dürfen. Dort liegt Anton auf einer Pritsche. Er ist nackt. Seine Haut ist rot und geschwollen und aus seiner Nase und seinen Ohren läuft Blut. Aber er atmet noch.

August ist nicht da. Der Junge geht zu Anton und will von ihm wissen, wo August ist, aber Anton dreht sich nur weg und sagt keinen Ton. Sie legen sich alle schlafen, doch der Junge bleibt wach. Die Geräusche des Wassers sind so laut, dass sie sogar seine düsteren Gedanken übertönen. Als er den Vater in sein Zimmer gehen hört, steht er auf und schleicht sich hinaus zum Raum, in dem die Enthaarung stattfindet. Er sieht hinein. Es gibt nur das spärliche Licht des Mondes, das durch ein kleines Fenster hineinleuchtet. Überall liegen Tierhaare und das Leder herum. Die drei Falzböcke stehen still da. Einer ist ganz schwarz gefärbt. Als der Junge näher herantritt, sieht er, dass er nicht verrußt ist, sondern mit Blut besudelt. Wieder kommen dem Jungen die Tränen. Er sieht sich weiter in dem Raum um und entdeckt in einer Ecke einen Körper. Er geht zu ihm hinüber. Dort liegt August. Das, was von ihm noch übrig ist. Der Vater hat ihn geprügelt, das kann er an den zahlreichen Blutergüssen sehen, die sich an seinem ganzen nackten Körper gebildet haben. Sein Gesicht ist nicht wieder zu erkennen. Das Schlimmste aber ist sein Rücken, der ihm halb zugewandt ist. Der Vater hat ihm die Haut abgezogen. Er ist verblutet. Der Junge hockt sich neben ihn und weint still in seine Arme. Es ist seine Schuld. Er hat August verraten, weil er Tammo helfen wollte. Er hat Anton angegriffen. Es ist seine Schuld. Jemand legt ihm eine Hand auf die Schulter.

„Mia hatt'n een Abkommen. Keene blauen Flecke außer meinen. Mia müss'n uns alle an die Abkommen halt'n." Die Stimme des Vaters ist ruhig, beinahe mitleidig. Er erklärt ihm, dass es Regeln auf der Welt gibt, an die sie alle gebunden sind. Er weiß, dass der Junge das eines Tages verstehen wird. Er zerrt ihn unter den Achseln nach oben und bringt ihn zurück zu seiner Pritsche, die jetzt ihm alleine gehört. Der Vater deckt ihn liebevoll zu und streicht ihm durch das Haar.

„Schlaf gut, Kleener", sagt er noch, als wäre der Tag nicht geschehen, als schliefe August noch neben ihm.

Als der Vater den Raum verlässt, steht der Junge wieder auf und geht zu Anton. Sebastian will gleich aufspringen, aber der Junge schlägt ihm mitten ins Gesicht. Als Anton die verschwollenen Augen öffnet, rammt ihm der Junge seine kleinen Fäuste ins Gesicht, seine Knie in Antons Körper, bis dieser nur noch röchelt. Die anderen Jungen sagen nichts, nur ihre Augen sind weit geöffnet. Tammos Augen leuchten weiß in der Dunkelheit.

Der Junge geht zurück zu seiner Pritsche. Er ruft leise Fedors Namen, der sofort zu ihm gelaufen kommt. Gemeinsam legen sie sich auf ihr Holzbett. Dieses Mal ist es der Junge, der den Arm um Fedor schlingt und ihn und sich selbst beruhigt. Jetzt ist er der Ältere, der auf die anderen achtgeben muss, selbst wenn sie alle vor ein paar Tagen und Monaten erst sechs Jahre alt geworden sind.

Das knöcherne Denkmal

Sieben kleine Knaben ziehen durch die Nacht,
sie folgen dem Vater, der sie führt und lacht.
Sie hassen ihn sehr, den Vater, den Lieben,
der sich sorgt und sich kümmert um die zitternden Sieben.

Sieben kleine Knaben erreichen das Haus,
es ist groß und sehr hell, doch sie wollen hinaus.
Sie werden verlassen, vom Vater, dem Lieben,
der sich nicht mehr sorgt um die zitternden Sieben.

Sieben kleine Knaben werden empfangen,
nachdem der Vater ist fortgegangen.
Sie vermissen ihn schon, den Vater, den Lieben,
der sich sorgte und kümmerte um die zitternden Sieben.

Kapitel 7

Trotz des weiter anhaltenden Nebels war es ein schöner und warmer Tag. Ewa saß auf dem Schemel hinter dem Tresen und beobachtete seit einer guten halben Stunde einen jungen Mann mit weichem Haar und blauen Augen, der ein Buch nach dem anderen aus dem Regal nahm, es vorsichtig aufschlug, dabei darauf achtete, den empfindlichen Rücken nicht zu brechen, und es dann wieder an den richtigen Platz zurückstellte. So arbeitete er sich langsam durch den gesamten Bestand an Fachliteratur über Medizin.

Das Buch, das sie in ihren Händen hielt, war an den Stellen, an denen ihre Finger es berührten, warm und schwitzig geworden. Doch war es nicht sonderlich wertvoll. Es war nur ein zerfleddertes Exemplar eines Schulbuches für Mathematik, das ihr vor vielen Jahren das große Einmaleins vermittelt hatte. Es war ihr bei ihrem Umzug in die Apothekergasse in die Hände gefallen. Seitdem las sie jeden Tag darin und löste die Aufgaben, obwohl sie inzwischen viel zu einfach waren, um sie zu fordern. Doch ihr Sohn war jetzt in dem Alter, in dem diese Aufgaben eine wahre Herausforderung darstellen konnten. Er musste vor wenigen Wochen die dritte Klasse begonnen haben. Sie war so stolz auf ihn, auch wenn sie nicht wusste, wie es ihm ging, wie er sich in der Schule machte, wie seine Noten waren und ob er gerne zum Unterricht ging. Wenn sie in dem Buch las, konnte sie sich vorstellen, er wäre bei ihr und sie könnte mit ihm lernen. Sie würde ihm neue Aufgaben stellen. Sie würde mit ihm durch die Stadt laufen und ihn die Malfolgen aufsagen lassen, bis er sich ein Eis verdient hatte.

Wie er jetzt wohl aussah? Als sie ihn zuletzt in den Arm genommen hatte, waren seine Haare weich und so braun wie ihre gewesen, aber Kinder veränderten sich. Ihre Augen nahmen nach einer Weile eine andere Farbe an, auch ihre Haare konnten heller oder dunkler werden. Waren sie so voll wie die Haare seines Vaters oder eher dünn wie ihre? Wie groß er inzwischen geworden war? Weder Achim noch sie waren besonders klein, aber wer konnte schon ahnen, ob der Junge in seiner körperlichen Entwicklung nach ihnen geraten würde? Und war er klug? Liebte er das Lesen oder widmete er sich lieber den Zahlen? Sie wusste so wenig über ihn. Sie konnte nur ahnen, wie es ihm ging.

Wenn sie den jungen Mann vor sich am Regal betrachtete, fragte sie sich, was einmal aus Joachim werden würde. Sie war sicher, dass er nicht dumm war und dass er, wenn er sich bemühte, vielleicht sogar studieren konnte, wenn sein Vater es zuließ. Ob es eine neue Mutter gab, die sich um ihn kümmerte und ihn förderte, damit er einen guten Beruf ergriff? Und was für ein Mädchen würde er eines Tages heiraten? Ein kluges Ding aus einfachen Verhältnissen oder eines jener Krachscheite, die ihn einzwängen und eines Tages wegen eines anderen verlassen würden? Verfiel er womöglich dem Alkohol? Oder wurde er ein Genie, das an allen Universitäten Europas unterrichten durfte?

Da waren so viele Fragen, auf die sie niemals eine Antwort erhalten würde. Sie wusste nicht, wo Joachim und sein Vater lebten. Sie wusste nicht, ob sie nach der Gerichtsverhandlung vor all den Jahren fortgezogen waren. Vielleicht lebten sie noch immer in Dresden, wenn Achim seine Stellung nicht verloren hatte. Sollte sie nach Dresden reisen und versuchen, ihren Sohn ausfindig zu machen? Sie wollte ja nur wissen, ob es ihm gut ging, was aus ihm geworden war und ob man sich gut um ihn kümmerte. Achim war gewiss kein verantwortungsloser Mensch. Er war unterkühlt und steif, aber er war ein vernünftiger Mann, der sich um sein Kind sorgte. Aber seine Eltern waren kalte und bösartige Menschen, die bei der Verhandlung um das Sorgerecht nicht einmal vor dreisten Lügen zurückgeschreckt waren. Und wer konnte schon wissen, was für eine Frau er sich schließlich genommen hatte.

Manches Mal dachte sie daran, wie es sein würde, Joachim auf der Straße zu sehen. Würde sie ihn erkennen? Er war zwar ihr eigener Sohn, aber sechs Jahre waren eine lange Zeit und er war gewachsen, sein Gesicht hatte sich verändert. Würde er sie erkennen? Er war ein Jahr alt gewesen. Ein Jahr hatte nicht gereicht, um seine Mutter kennenzulernen, um sich ihr Gesicht für den Rest seines Lebens einzuprägen. Dennoch war sie der Überzeugung, dass er, wenn sie in sein Leben treten würde, verstehen würde, warum sie ihn verlassen musste, warum sie gegangen war. Sie hatte sich gegen seinen Vater entschieden, aber doch nicht gegen ihn. Sie liebte ihn trotz all der Jahre, die sie inzwischen trennten, und ihr Sohn würde das begreifen, wenn sie nur je die Gelegenheit dazu bekam, ihm alles zu erklären.

Das Läuten der kleinen Glocke über der Ladentür beendete die düster werdenden Gedanken und die mit ihnen einhergehende Traurigkeit. Ewa setzte sich aufrecht hin und schlug das Mathebuch zu. Kunden waren in ihrer Buchhandlung selten und nun gleich zwei am frühen Vormittag. Jona, die mit dem Schild auf der Brüderstraße Werbung laufen musste, schien ihre Sache gut zu machen.

„Guten Tag, mein Herr, was kann ich für Sie tun?" Sie setzte ihr nicht zu durchschauendes Gesicht auf, das sie in den letzten Jahren einstudiert hatte. Sie benötigte es nicht nur für die Arbeit, sondern häufig auch, um sich nicht anmerken zu lassen, dass es ihr nicht gut ging. Sie wollte nicht, dass die anderen Frauen, die ihren eigenen Problemen nachgingen, sich Sorgen machen mussten.

„Ah, guten Tag! Sind Sie die Besitzerin dieses Geschäftes?" Der Mann war sehr hochgewachsen und konnte in dem niedrigen Raum gerade so stehen, ohne sich den Kopf einzustoßen. Er musste beinahe zwei Meter groß sein kann. Dennoch war er nicht so schlaksig wie der junge Mann, der ein Buch über Physiologie in der Hand hielt, aber den wesentlich größeren Herren aufmerksam musterte. Neben der erstaunlichen Größe hatte er der Mann zudem so helles, blondes Haar, das es bereits ins Weiße tendierte, und es war so lang, das es weit über seine Schulterknochen hinausging.

„Nein, das bin ich nicht, aber ich arbeite gelegentlich hier. Möglicherweise kann ich Ihnen helfen."

„Das wäre sehr nett. Ich suche ein ganz bestimmtes Buch, aber die Herrschaften von der Buchhandlung hier um die Ecke konnten oder wollten mir leider nicht weiterhelfen."

„Ach, die Mareks?", fragte sie und widerstand der Versuchung, einen wertenden Kommentar anzufügen.

„Ja, richtig, ich glaube, so heißt die Buchhandlung. Könnten Sie sich meines Problems eventuell annehmen?"

„Ich werde es gerne versuchen. Worum geht es denn?"

„Ich suche eine ganze Liste an Werken von Karl Friedrich Wilhelm Wander. Der Mann wird Ihnen nichts sagen –"

„Soweit ich weiß, arbeitet er an einer horrenden Zusammenstellung deutscher Sprichwörter, nicht wahr?"

„Das ist richtig, ich bin erstaunt. Da er schon sehr lange nicht mehr unterrichtet, nahm ich an, dass er auch weitgehend unbekannt sein würde. Den Herrschaften Marek hat er jedenfalls nichts gesagt."

„Oh, das wundert mich nicht! Abgesehen von der literarischen Unkenntnis der beiden Herrschaften hätte ich es vermutlich auch nicht gewusst, wäre ich nicht vor Jahren auf einer Reise dem Herren Wander über den Weg gelaufen. Wobei über den Weg gelaufen nicht richtig ist. Ich konnte nicht umhin bei einem Besuch in Hermsdorf seine Gewürzhandlung aufzusuchen. Leider ist mir dabei ein sehr wertvolles Glas mit Safran zu Bruch gegangen. Er hat es mit Humor genommen und nur gemeint, Scherben brächten Glück und mir ständе eines Tages eine wunderbare Hochzeit bevor."

„Nun, ich kenne den guten Mann nicht persönlich, aber eine sehr unterhaltsame Episode. Allerdings geht es mir weniger um seine Sprichwortsammlung als viel mehr um seine pädagogischen Abhandlungen. Ich habe hier eine Liste von Schriften, die ich benötige. Sie sind ein paar Jahre älter, aber vielleicht haben Sie etwas davon hier."

Ewa nahm die Liste des Mannes entgegen. Dabei fiel ihr auf, dass der junge Herr am Medizinregal den Weißhaarigen weiterhin beobachtete. Sie musste unwillkürlich lächeln und an Jakob und Jona denken. Sie hatte den jüdischen jungen Mann lange nicht gesehen, aber auch nichts Schlechtes über ihn gehört. Er schien einen neuen Platz in der Gemeinde gefunden zu haben und sie hoffte, dass er eines Tages jemanden kennenlernte, der ihm gut tat. Vielleicht sollte sie ihm diesen jungen Mann vorstellen?

„Sehen Sie, es sind Werke aus den vierziger und fünfziger Jahren, aber ich denke, es gibt noch Exemplare. Nur waren die Herrschaften Marek leider nicht gewillt, mir diesbezüglich behilflich zu sein."

„Auch dies wundert mich keineswegs. Ich sehe mir die Liste gleich –"

Die Ladentür wurde so heftig aufgeworfen, dass das Glas darin vibrierte und drohte zu zerbrechen. In der Öffnung stand eine am Kopf blutende Jona und konnte nicht weiter, weil sie mit dem Schild nicht durch die Tür passte, jedenfalls nicht frontal und mit Panik erfüllt.

„Ewa, hilf mir! Sie will mich umbringen!"

Da tauchte hinter Jona eine keifende und Stock schwingende Marek auf und verpasste dem um Hilfe schreienden Wesen einen weiteren Schlag, der nur durch das Schild abgemildert wurde. Dennoch heulte Jona so erbärmlich auf, dass Ewa die Liste fallen ließ und sofort zur Tür rannte, um sie in den Laden zu zerren, was angesichts der Unhandlichkeit des Werbeträgers nicht schnell genug ging, um einen weiteren Schlag zu verhindern. Zum Glück kam ihr der junge Mann mit den blauen Augen zur Hilfe und zog Jona mit überraschend viel Kraft in den Laden, wo sie auf den Boden fiel und sich unter der Werbung versteckte, um nicht weiter geschlagen zu werden.

„Sind Sie denn völlig wahnsinnig geworden?", schrie Ewa und verlor ihre sonstige Fassung. Sie war kein gewalttätiger oder aggressiver Mensch, aber das war schon das vierte Mal in wenigen Monaten, dass die Marek trotz mehrfacher Warnungen auf Jona losging und sie verprügelte. „Es reicht jetzt! Wir rufen die Polizei!"

„Machen Sie das ruhig! Dann erzähle ich denen mal, was hier alles vor sich geht! Zum Beispiel, was das kleine Miststück hier mit meinen Kundinnen macht!"

„Ich hab' gar nix getan!", wimmerte es unter dem Schild hervor.

„Ach nein? Die ganze Zeit begafft hast du das Mädel und als es zu uns in den Laden kommen wollte, nachdem es was Schönes in der Auslage gesehen hat, wolltest du es wegzerren und wer weiß was mit ihr machen!"

„Das ist gar nicht wahr", heulte es weiter unter dem Schild.

„Das ist auch völlig irrelevant, meine Dame. Ich muss schon sagen, ich bin entsetzt, was Sie mit diesem armen Kind gemacht haben. Ich bin zwar ein Verfechter der Prügelstrafe, aber sie darf nie ohne Grund angewandt werden. Sie ist nicht dazu da, um Grausamkeit und Macht auszuüben, sondern um Kindern Regeln zu lehren", mischte sich nun der Weißhaarige ein.

„Das ist kein Kind, das ist ein Saubatzen! Eine von der ganz schlimmen Sorte! So was will ich vor meinem Laden nicht mehr sehen, haben wir uns da endlich verstanden?"

„Ihr Organ hören wir jede Nacht bis zu uns in die Buchhandlung, werte Frau Marek. Ich habe Sie verstanden. Guten Tag!" Ewa warf die Tür zu und erneut klirrte das Glas unangenehm. Die kleine Glocke über der Tür klingelte heftig und konnte sich lange nicht beruhigen. Ewa brauchte ein paar Atemzüge, bevor sie sich um Jona kümmern konnte. Sie befreite sie mit der Hilfe der beiden Männer von dem Schild und brachte sie zum Schemel hinter dem Tresen.

„Das sieht aber nicht gut aus. Hat sie dir mit dem Stock direkt auf den Kopf geschlagen?"

„Direkt drauf", wimmerte Jona und hob die Hand, um die Wunde zu befühlen, doch ließ sie sie zuckend sofort wieder sinken. „Ich hab auch wirklich nichts gemacht. Jedenfalls nicht das, was sie gesagt hat. Da war eine junge Frau, die sich das Schaufenster angesehen hat. Ein Werk von Hans Christian Andersen. Schön illustriert. Ich hab nur mit ihr darüber geredet und sie gefragt, ob sie sich für weniger Geld nicht lieber unsere Gesamtausgabe ansehen will."

„Das heißt, du hast lediglich Geschäftssinn bewiesen und wolltest keine niederen Trieben nachgehen?", fragte der Weißhaarige und lehnte sich gegen den Tresen.

„Genau!", bestätigte Jona und blickte zu Boden. Ewa setzte an, sich dazu zu äußern, beschloss aber, mit Jona später über die junge Frau vor dem Schaufenster der Marek zu reden. Zuerst musste ihre Wunde versorgt werden.

„Nun, ich will Sie nicht weiter behelligen. Ich lasse Ihnen die Liste da und komme in ein paar Tagen wieder. Ich hoffe, dass Sie mir bis dahin vielleicht weiterhelfen konnten. Und dir, junges Fräulein, wünsche ich

gute Besserung und du solltest wirklich ein wenig mehr auf dein Aussehen Acht geben, sonst verwechselt dich eines Tages ein Polizist mit einem
gemeinen Gossenjungen! Guten Tag!"

Ewa hielt Jona eine Hand vor den Mund, bevor sie etwas Unüberlegtes
zu dem Kunden sagen konnte, dessen Abgang mit einem Glöckchenläu-
ten begleitet wurde. Ewa konnte nicht sagen, dass er unhöflich war, aber
er gewann auch nicht ihre Sympathie.

„Wer war der Kerl?", fragte Jona, als der Mann das Geschäft verlassen
hatte.

„Das war Nathanael Wasser. Er wird zum neuen Rektor der Knabenschule am Elisabethplatz", antwortete der Mann mit den blauen Augen,
bevor Ewa nur mit den Schultern zucken konnte. „Er ist sehr elitär, hat
früher mal eine Knabenerziehungsanstalt geleitet."

„Woher kennen Sie ihn?", wollte Ewa wissen, als die Tür zum Hausflur
aufging.

„Vermutlich aus der Zeitung", meinte Vi, die mit einem Schmierblatt
in der Hand eintrat. Ihre Haare waren zerzaust und ihre Augen dunkel
umrandet. Sie musste die ganze Nacht an etwas gearbeitet haben und
jetzt erst aufgestanden sein. Ewa wusste oft nicht, ob sie Vis chaotischen
Lebensstil unterstützen sollte. Einerseits verkörperte sie all die Freiheit,
die Ewa aufgrund ihrer Vergangenheit und ihrer Arbeit nie wirklich leben konnte, andererseits sah sie auch oft so aus, als stände sie schon mit
beiden Beinen im Grab.

„Hier ist ein Artikel über ihn. Gleich neben dem Hinweis darauf, dass
schon wieder ein Kind entführt und ein Toter im Ölberggarten aufgefunden wurde. Ach so und unser Herr Oberbürgermeister lässt einen
neuen Humboldt-Brunnen im Stadtpark bauen. Manchmal frage ich
mich ernsthaft, wer solche Blätter hier verfasst!" Sie knallte das Blatt auf
den Tresen und sog mit einem zischenden Geräusch die Luft ein, als sie
Jonas Wunde sah. „Das sieht böse aus. Geh lieber nach oben und zeig das
Oda!"

„Oda ist auf Arbeit", kam es da aus dem Munde des jungen Mannes
mit den blauen Augen, der die drei Frauen freundlich anlächelte. „Entschuldigen Sie bitte, dass ich mich einmische. Mein Name ist David. Oda
hat mich von der Nachtschicht abgelöst und mir gesagt, ich solle doch
einmal hier vorbei schauen, weil ich nach Büchern über Physiologie suche. Sie meinte, Sie hätten ein paar günstige im Angebot."

„Das ist unsere Oda! Ich muss schon sagen, sie beschert uns mehr
Kunden als du!", meinte Vi zu Jona, die entrüstet die Augenbrauen hob

und sofort wieder sinken ließ, als ein unangenehmer Schmerz sie durchzuckte.

„Ich hätte uns auch eine neue Kundin beschert, wenn die Marek nicht auf mich losgegangen wäre!"

„Dieses verrückte Weib! Wenn ich nicht gerade überhaupt keine Lust hätte mit Walter zu reden –"

„Nein, wir gehen nicht zur Polizei", murmelte Jona und sah wieder zu Boden. „Die Frau bringt mich ins Zuchthaus."

Für einen Moment wurde es ruhig. Die Geräusche der Brüderstraße drangen gedämpft zu ihnen vor. Ewa legte Jona eine Hand auf den Arm und versuchte nicht daran zu denken, wie es eines Tages ihrem Sohn ergehen würde.

„Keine Angst. Das lassen wir schon nicht zu."

„Das wäre ja noch schöner! Wer soll denn dann Werbung laufen?", lachte Vi, aber weder Jona noch Ewa fanden es besonders witzig. Sie wussten alle, dass die Anschuldigungen der Marek vielleicht nicht ausreichen würden, um eine von ihnen ins Zuchthaus zu bringen, aber falls es einen Polizisten gab, der Jonas Akten durchforstete und herausfand, welche Vergangenheit hinter ihr lag, konnte es schnell passieren, dass sie an diesen Ort zurückkehren musste.

„Jetzt kümmere ich mich erst einmal um deine Wunde und dann sehen wir weiter!", schlug Ewa vor.

„Und ich zeige Ihnen die Bücher, die Oda gemeint hat", wandte sich Vi an David, der ihr zum Regal mit der medizinischen Fachliteratur folgte und die nächsten zwanzig Minuten ein angeregtes Gespräch über diverse Beulenarten mit Vi führte.

Währenddessen ließ sich Jona von Ewa versorgen und betrachtete das Schulbuch, das noch immer auf dem Tresen lag. Sie schlug es auf und begann ein paar Aufgaben zu rechnen. Ewa hörte ihr gerne zu. Sie stellte sich vor, wie sie die Stimme ihres Sohnes vernahm, der ihr erklärte, was Elf mal Elf war. Er war erst sieben. Sicher war seine Stimme noch so hoch wie Jonas, noch die eines Kindes. Aber eines Tages würde sie Davids Tiefe haben. Sie würde mild und warm und sanft sein. Und sie würde in das Herz einer jungen Frau dringen und sie für ihn gewinnen. Wenn sie nur noch einmal die Stimme ihres Sohnes hören könnte. Nur noch einmal sehen könnte, wie es ihm ging, was aus ihm geworden war, wie groß er war und was für Augen, was für weiche Haare er bekommen hatte.

„Ewa?"

„Hab ich zu fest aufgedrückt?"

„Nein, aber du weinst."

„Oh, ach. Ich hab heute nur irgendwie so trockene Augen. Das schmerzt ein wenig."

Sie rieb sich die Tränen fort und achtete darauf, nicht mehr an Joachim zu denken, während sie Jona versorgte. Doch tief in ihr blieb das Gefühl bestehen, dass ihr etwas Wichtiges in ihrem Leben fehlte, ein Stück von ihr selbst, das sie für immer verloren hatte.

Der Junge steht da, am Ufer des Flusses. Es ist noch nicht lang genug her. Es kann noch nicht verheilt sein. Der Junge kann es noch nicht vergessen. Es sind doch erst zwei Tage vergangen, seit er August gesehen hat. Gesehen hat, wie er blutüberströmt in der Ecke saß. Er wird den Anblick nicht los. Er kann es einfach nicht verdrängen, obwohl es ihn daran erinnert, zu arbeiten, zu essen, zu atmen. Anton ist wieder auf den Beinen. Er schert sich nicht darum, was mit August passiert ist. Er kümmert sich um sich selbst, um seine zahlreichen Wunden, ein paar davon hat der Junge ihm zugefügt. Aber im Gegensatz zu August lebt der Rothaarige noch.

Der Junge ballt die Fäuste und sieht stur auf die andere Seite der Neiße. Er möchte weinen, aber er presst die Augen fest zusammen, damit keine Träne entweichen kann. Er hat August geliebt. Er hat ihn geliebt wie seine Schwestern. Es ist, als reiße man ihn wieder fort von seiner Familie. Es ist, als müsste er wieder sehen, wie sie sterben. Er sieht zum Himmel hinauf und fragt sich, ob es nicht besser gewesen wäre, wenn er gestorben wäre. Er weiß nicht, wie er weitermachen soll. Er versteht nicht, was mit ihm geschieht, warum all dies geschieht. Er möchte doch einfach nur in die Arme seines Großvaters kriechen und dort darauf warten, dass alles wieder gut wird.

Er weiß, er muss arbeiten, sonst wird der Vater ihn verprügeln. In den letzten zwei Tagen war er sehr freundlich, aber der Junge ahnt, dass dies nicht lange so bleiben wird. Wenn er der Arbeit nicht nachgeht, wird die sanfte Seite des Vaters schnell zu einem rasenden Teufel werden, der über ihn herfällt und dasselbe aus ihm macht, was August geworden ist. Aber er kann sich nicht rühren. Er kämpft noch mit den Tränen, die niemand sehen soll. Anton soll sie nicht sehen, denn er würde ihn auslachen und er erträgt das Lachen des Rothaarigen nicht. Und Sebastian würde es sehen, der nur ein Feigling ist und der Anton immer nur hinterherläuft. Und Fedor würde es sehen und er würde daran verzweifeln. Aber für Fedor muss er da sein. Fedor muss er beschützen.

Jemand tritt neben ihn. Die dunkle Haut ist vor dem Hintergrund des wolkenverhangenen Himmels gut zu erkennen. Es ist Tammo. Er hat seit dem Vorfall nicht mit ihm geredet. Er gibt ihm keine Schuld, aber wenn der Dunkle nicht gewesen wäre, wäre August noch am Leben. Wenn er mehr getragen hätte, nicht zusammengebrochen wäre, wäre August noch am Leben. Doch der Junge weiß, dass es falsch ist, dem Dunklen die Schuld zu geben, denn Tammo ist nur wie er. Ein kleiner Junge.

Tammo stammelt Worte, die der Junge versucht zu verstehen, aber es fällt ihm schwer, denn der Dunkle kann seine Sprache nicht und er nicht die des Dunklen. Er glaubt, er will sich entschuldigen. Er glaubt, er will ihm seine Hilfe anbieten. Aber bei was könnte Tammo ihm helfen? Er ist klein, er ist schwach, er ist nur ein Kind. Er hat noch nicht verstanden, dass dies jetzt sein neues Leben ist und dass er nicht mehr klein und schwach und ein Kind sein darf. Er muss erwachsen werden, wie es der Junge geworden ist. Er muss lernen, sich selbst zu schützen und nicht beschützt zu werden. Denn der Junge wird ihm nicht mehr helfen, wenn es nötig ist. Er wird sich schützen und Fedor. Fedor ist die einzige Ausnahme.

Wieder sagt der Dunkle etwas. Seine Lippen versuchen Worte zu formen, die nach der Sprache klingen, die der Junge spricht, aber immer wieder mischen sich merkwürdige Laute darunter, die den Sinn zerstören. Der Junge wird wütend. Was will Tammo nur von ihm? Was will er noch? Er hat ihm schon August genommen. Er ballt die Fäuste fester. Er schließt wieder die Augen und presst sie so heftig zusammen, dass verschiedene Lichter vor ihm explodieren. Funken sprühen, Farben flackern auf. Er will nicht. Er will nicht brüllen. Er will Tammo nicht weh tun, aber wenn der Dunkle nicht gleich weggeht, wird er ihm seine kleine Faust ins Gesicht rammen, wie er es bei Anton getan hat.

Da tauchen sie auf. Es sind vier Jungen. Sie sind viele Jahre älter, aber noch keine Männer. Sie gehen den Fluss entlang, direkt auf die beiden Jungen zu. Sie lachen und deuten mit den Fingern auf sie. Der Junge atmet tief. Sie müssen sich umwenden und gehen. Sie können es bis zum Haus des Vaters schaffen, bevor die großen Jungen da sind. Aber er kann sich nicht rühren. Es ist, als warte er förmlich darauf, dass sie kommen. Tammo zerrt an seinem Arm und will fortlaufen. Doch dann sind die Jungen da und Tammo ist noch nicht verschwunden. Er hat ihn nicht im Stich gelassen. Der Junge ist überrascht.

„Na, seht euch das an! Was ham wir denn da? Bist du etwa in ˋnen Eimer Ruß gefallen?“, sagt der Anführer der Jungen. Er ist groß, beinahe doppelt so groß wie der Junge. So kommt es ihm vor. Der Junge überlegt, wie er ihn zu Fall bringen kann, wie er an sein Gesicht, an seinen Bauch und seine Rippen kommt. Seine Nieren sind auf Schlaghöhe. Der Junge weiß, wo er ihn treffen muss, damit es richtig weh tut. Der Anführer packt Tammo am Arm. Der lässt es zu. Er wird in die Mitte der großen Jungen gezerrt und herum gezeigt. Sie reiben an seinen Armen, aber die dunkle Farbe bleibt. Dann greifen sie ihn und wollen ihn hinunter zum Fluss bringen.

„Wir wern dich schon sauber kriegen, was?“, ruft der Anführer und sie setzen an, ihn in die Neiße zu werfen, als Tammo nach dem großen Kerl tritt und ihn mitten ins Gesicht trifft. Er schlägt um sich. Er beißt einen der Jungen in die Hand. Die Jungen brüllen durcheinander. Tammo befreit sich, rennt wild umher. Der Junge beobachtet das Schauspiel. Wie sich Tammo wehren kann. Wie stark und flink er plötzlich ist. Hat er begriffen? Hat er begriffen, dass er nicht mehr klein und schwach und ein Kind sein darf?

Sie werden Ärger bekommen, wenn die großen Jungen sie verprügeln oder Schlimmeres mit ihnen anstellen. Aber das ist dem Jungen gleich. Er rennt los. Er stellt sich neben Tammo und reißt seinen Fuß in die Höhe. Er landet zwischen den Beinen des Anführers, der zusammensackt. Er geht in die Knie und sein Gesicht ist dort, wo die Fäuste des Jungen sind. Die Linke wirft sich nach vorn, die Rechte folgt. In einem schnellen Wechsel treffen sie Nase, Wangen und Ohren, bis der Anführer zur Seite kippt und wimmernd liegenbleibt. Die anderen werden unsicher. Sie weichen zurück. Tammo wirft einen Stein nach ihnen. Sie drehen sich um und laufen davon. Der Anführer bleibt liegen und heult.

Gemeinsam rollen sie ihn hinunter zur Neiße, bis sein Körper ins kalte Wasser fällt. Der Anführer, der keiner mehr ist, kann schwimmen, aber er hustet und heult so sehr, dass sie lachen müssen, Tammo und der Junge. Sie setzen sich ans Ufer und sehen zu, wie der Anführer ein paar Meter weiter aus dem Wasser kriecht und davonläuft. Er humpelt.

„Dem tun noch die Eier weh!", ruft der Junge und lacht laut und befreit. Er fühlt sich gut. Er fühlt sich so gut, dass er Tammo den Arm um die Schulter legt wie einem Freund. Der Dunkle lacht auch und es braucht keine Sprache, damit sie sich verstehen.

Sie sind beide schmutzig und sie haben Schrammen bekommen, aber die können sie verdecken. Der Vater wird sie nicht sehen und nicht danach fragen. Niemand wird bezahlen müssen, dafür dass sie sich gewehrt haben. Der Junge ist froh. Er spürt, dass seine Wut und seine Traurigkeit besser werden. Sie sind nicht fort, sie werden immer da sein, wenn er an August denkt. Aber er kann wieder atmen.

„Wenn Anton das nächste Mal wieder gemein ist, tritt ihm voll zwischen die Beine", sagt der Junge Tammo und deutet mit dem Fuß auf Tammos Schritt, wiederholt Antons Namen, bis Tammo versteht. Sie bleiben noch sitzen, obwohl der Vater schon nach ihnen suchen wird. Er wird ihnen einen Schlag verpassen. Ins Gesicht, in den Bauch, in den Rücken. Es ist gleich. Sie sind sich einig. Sie sind nicht mehr klein und schwach und keine Kinder mehr. Sie sind jetzt groß, sie können sich wehren und niemand wird ihnen mehr Schmerzen zufügen können. Sie wissen jetzt, was sie tun müssen.

Sie sehen gemeinsam zum anderen Ufer der Neiße. Der Junge hat noch den Arm um Tammos Schulter.

„Irgendwann gehen wir dort rüber. Wir werden dort rüber gehen und dann wird alles anders."

Tammo nickt, als hätte er ihn verstanden, aber vielleicht hat er das auch. Vielleicht denkt er dasselbe wie der Junge. Dass sie eines Tages, wenn sie auch so groß sind wie die feigen Jungen, weggehen und ein anderes Leben führen könnten. Es wäre doch möglich, es könnte doch sein. Daran ändert auch die schreiende Stimme des Vaters nichts oder seine Finger, die sie an den Ohren nach oben ziehen und mit sich schleifen.

Eines Tages, denkt der Junge und ignoriert den Schmerz. Eines Tages.

Kapitel 8

Ein gutes halbes Jahr war vergangen. Ein halbes Jahr, das die Erinnerungen nicht fortwischen konnte, die sie überfielen, als sie im Innenhof des Rathauses stand und die Hand nach der Türklinke zum Archiv ausstreckte. Vor einem halben Jahr hatte sie hier auf ihre Verabredung, den Ratsarchivar, gewartet. Vergebens. Vor einem halben Jahr hatte Jona den Kopf aus einem der Fenster gestreckt und sie gefragt, ob sie ihr helfen könne. Es war erst ein halbes Jahr her, seit sie den Frauen begegnet war, die nun mit ihr unter einem Dach lebten. Die Zeit war zu schnell vergangen. Und sie bewegte sich einfach weiter fort, obwohl Vi manchmal das Gefühl hatte, es wäre besser, sie würde aufhören zu vergehen. Zeit heilt alle Wunden, so hatte man ihr schon in ihren Kindertagen erzählt, aber die Wahrheit war, dass sie nur Staub auf die Verletzungen fallen ließ. Wenn ein Stück von dir fehlt, wie soll die Wunde zusammenwachsen und Narben bilden?

Sie sah hinauf zu dem Fenster, in dem sie Jonas Gesicht zum ersten Mal gesehen hatte. Sie musste daran denken, was mit ihr geschehen war. Wie die beiden Schatten aufgetaucht waren. Die beiden Schatten ihrer toten Kinder. Und nun hatten diese Schatten sie wieder übermannt, so sehr, dass sie sogar vor Gremlich hatte Schwäche zeigen müssen. Aber dieses Skelett, die schmalen Knochen. Es hatte sie einfach daran erinnert, wie Florian ausgesehen hatte in seinen letzten Stunden. Und bei Felicitas war es noch schlimmer gewesen. Erst war sie nur beim Spielen hingefallen, dann hatte sie Fieber bekommen. Sie kannte den Verlauf. Sie wusste, dass das Fieber steigen würde. Am Ende lag sie vier Wochen im Bett und kämpfte gegen den Typhus. Aber alle Medikamente halfen nicht. Sie war noch zu klein und zu schwach. Irgendwann war sie nicht mehr als ein Gerippe gewesen, über das jemand Haut gespannt hatte. Und sie war gestorben. Ohne ein letztes Wort. Ohne einen letzten Wunsch. Ohne eine Beschwerde. Als ob sie ihren Tod am Ende einfach angenommen hatte. Ein vierjähriges Kind.

Eine kühle Windböe streifte Vis Gesicht. Sie war wieder im Innenhof des Rathauses. Ihre Hand hielt die Türklinke fest umklammert. Obwohl aus Metall war sie bereits warm geworden. Wie lange war sie den vergangenen Bildern gefolgt? Sie musste aufhören. Sie musste sie verdrängen und warten, bis die Zeit neuen Staub darüber geworfen hatte, soviel, dass kein Pusten oder Wischen mehr half, um sie zu befreien. Sie räusperte sich, schluckte den letzten Kloß in ihrem Hals hinunter und drückte die Klinke nach unten. Eiskalte Luft kam ihr entgegen. Sie fröstelte. Eigentlich hätte sie daran gewöhnt sein müssen, aber sie erschrak über die Grabeskälte und rieb sich eilig die Arme.

„Ich sollte mal mit Surek sprechen. Vielleicht können wir unser Essen den Sommer über hier kühlen", sagte sie leise und trat ins Archiv. Als sie sich an die Kälte und das dumpfe Licht gewöhnt hatte, begann es ihr besser zu gehen. In den letzten Monaten hatte sich im Archiv nicht viel verändert. Ein paar in Leder gebundene Folianten mit Goldschnitt waren hinzugekommen, wie ihr geschultes Auge sofort erkannte, aber ansonsten war alles am selben Ort. Sogar der Geruch war derselbe. Wenn es einen Ort gab, an dem die Zeit nur sehr langsam fortschritt, so war es dieses Archiv.

„Entschuldigung, aber kann ich Ihnen helfen?"

Ein Mann trat aus einer Nische hervor mit einem schmalen Notizbuch und einem Bleistift in der Hand und betrachtete sie verwundert, als hätte er in seinem Leben noch kein Weibsbild gesehen. Dank Sabins Schilderungen erkannte Vi Simon Surek, den neuen Ratsarchivar, sofort. Er wirkte aufgrund seiner Statur und des schmalen Gesichtes wirklich wie ein Jüngling. Mit Sicherheit war er zehn Jahre jünger als sie und mit jüngeren Männern hatte man es schwerer. Sie wollten sich noch beweisen, zeigen, was in ihnen steckte, waren noch nicht gefestigt genug, um auch einmal einer Frau Recht zu geben. Dennoch musste sie es versuchen, denn sonst konnten sie die Buchhandlung in spätestens einem weiteren halben Jahr dicht machen.

„Das kommt darauf an, ob Ihre Frage nur eine wohl gemeinte Floskel ist, die lediglich die Frage implizieren soll, was zum Teufel ich hier treibe, oder ob es sich dabei um eine ehrlich gemeinte Hilfestellung handelt."

Surek ließ das Notizheft sinken und steckte sich den Stift hinter das Ohr, was reichlich eigentümlich ausgesehen hätte, wäre es nicht eine Geste gewesen, die Vi selbst des Öfteren gedankenverloren ausführte. Sie verstand Sabins wankelmütige Gefühle bezüglich der Begegnung mit dem Archivar. Auf eine beklemmende Weise fand sie ihn sympathisch, doch war er eher ein Mensch, zu dem man Distanz halten wollte. Sein sehr aufrechter Gang und die gestrafften Schultern nebst seiner Größe mochten dazu beitragen.

„Nach kurzer Überlegung würde ich sagen, dass es nur eine wohl gemeinte Floskel war und formuliere daher meine Frage um. Was zum Teufel tun Sie hier?"

Vi öffnete die Lippen, um etwas zu erwidern, nur fiel ihr partout nicht ein, was sie darauf hätte sagen können. Höflich war Surek jedenfalls nicht. Er schien eher ein zweiter Gremlich zu sein. Nur ohne all die gruseligen, toten Embryos.

„Solange Sie mir nicht sagen, wer Sie sind, bin ich Ihnen wohl keine Rechenschaft schuldig."

„Ich denke, Sie betrachten die Sache von der falschen Seite. Ich bin vor Ihnen hier gewesen, was, wie Sie so schön formulierten, impliziert, dass ich Herr dieser Örtlichkeiten bin. Sie dagegen sind einfach eingedrungen und haben sich noch nicht einmal vorgestellt. Ich denke, ich werde Sie jetzt nach draußen begleiten und wir beide werden uns dann einem freundlichen Polizisten vorstellen."

„Aber Simon, sonst bist du doch wesentlich freundlicher zu Frauen. Woher diese Barschheit?"

Vi drehte den Kopf so schnell, dass in ihrem Nacken Wirbel knackten. Hinter ihr tauchte ihr Nachbar auf und hob sofort abwehrend die Hände, als er merkte, wie angespannt sie war.

„Entschuldigen Sie bitte, Frau Sperber. Ich wollte mich nicht an Sie heranschleichen. Ich stand nur unglücklicherweise in einer Ecke am anderen Ende des Raumes."

Vi atmete durch und entspannte sich. Traub gesellte sich neben Surek und legte ihm eine Hand auf die Schulter. Die beiden schienen sehr vertraut, was Vi angesichts der Gewohnheiten des letzten Ratsarchivars zu denken gab.

„Nun, Frau Sperber, was mein Freund hier unterlassen hat, zu sagen, war, dass es sich bei ihm um Simon Surek handelt, den neuen Ratsarchivar. Er ist ganz aus freien Stücken und mit offizieller Erlaubnis hier."

Surek schien die Art, wie Traub ihn vorstellte, nicht zu gefallen. Die beiden Männer waren etwa gleich groß, doch wirkten sie wie Vater und Sohn, nicht wie gleichberechtigte Freunde. Das mochte auch daran liegen, dass Traub wie ein Mann aussah und Surek eher wie ein Jüngling mit schon leicht ergrautem Bart.

„Dann will ich nicht so sein. Mein Name ist Vi Sperber. Ich leite die Buchhandlung gegenüber und würde mich mit Ihnen gerne über ein paar Stücke unterhalten, die ich hier bei mir trage."

Sie berührte die Tasche, die über ihrer Schulter hing, und in der sich zwei in Holz gebundene Bücher befanden, die Vi zwar nicht aufgrund ihrer hervorragenden Grammatik und ihres Stiles schätzte, die aber inhaltlich ganz bemerkenswerte Details zur frühen Geschichte Schlesiens preisgaben.

„Tut mir Leid, ich kaufe derzeit nicht an", lautete die Erwiderung. Surek drehte sich um und ging zurück in seine Nische, um weitere Notizen zu machen. Offensichtlich bearbeitete er eine Inventarliste. Vi war zum zweiten Mal an diesem Tag sprachlos. Jegliche zurückhaltende Sympathie, die sie für den neuen Ratsarchivar gehegt haben mochte, wich dem Gefühl von aufkeimender Verzweiflung, das sie unter keinen Umständen zulassen konnte. Sie würde sich doch nicht von einem Jungen unterkriegen lassen.

„Aber Simon, sieh doch mal, Frau Sperber ist eine hervorragende Buchhändlerin und hat schon mit deinem Vorgänger öfter Geschäfte gemacht", mischte sich Traub in das Gespräch und zwinkerte Vi zu. Obwohl sie es sich verbot, musste sie ein wenig lächeln. Traub war gerade dabei seinen Patzer ihrer ersten gemeinsamen Unterhaltung wett zu machen.

„Mein Vorgänger? Sie meinen mit Neumann? Soweit ich weiß, ist dies keine Auszeichnung. Der Mann hat schlampig gearbeitet. Er hat die Verzeichnisse durcheinandergebracht, hat sich nur seinen eigenen, verrückten Einfällen gewidmet, sich zudem mit Männern vergnügt und ist auch noch eines erbarmungswürdigen Todes gestorben. Dass er also mit Ihnen in Verhandlungen getreten ist, werte ich als Zeichen, dies nicht zu tun."

„Jetzt verliere ich aber gleich meine Zurückhaltung!", platzte es aus Vi heraus. Dieser Kerl war unausstehlich und sie würde nicht vor ihm zu Füßen kriechen. Wenn er diese wertvollen Stücke nicht wollte, würde sie einen anderen Käufer finden, der bereit war, mehr zu bezahlen. Das wäre doch gelacht. Sie musste sich doch nicht von einem Knaben beleidigen lassen. „Neumann mag in Ihren Augen nicht viel als Archivar getaugt haben und ja, sein Abgang war wenig rühmlich, aber mich anhand den Verhandlungen mit diesem Mann zu bewerten, erachte ich als Beleidigung und darf mich daher entschuldigen!"

„Guten Tag!", rief Surek ihr noch hinterher. Vi stürmte aus dem Archiv und wurde von der Wärme des Herbsttages ein wenig erschlagen, als sie durch die Tür trat. Im Innenhof war es ruhig, bis ihr lauter Schrei ertönte und eine Schar Spatzen aufschreckte, die es sich auf dem Geländer der Rathaustreppe gemütlich gemacht hatten. Sie stoben davon und ließen sich auf dem Dach nieder, um die wütend über den Hof laufende Vi zu beobachten.

„Warten Sie, Frau Sperber! Ich bitte Sie!"

Traub folgte ihr über den Hof, wagte es aber nicht, sie zu berühren, sondern stellte sich ihr in den Weg. Vi blieb stehen und sah den Mann an. Vor ihren Augen war sein Bild verschwommen. Kamen da Tränen? Unfassbar! Sie würde doch wegen so einem Mistkerl nicht heulen. Aber wenn sie die Bücher nun nicht verkaufen konnte. Wie sollten sie die nächsten Monate überleben? Und abgesehen davon fühlte sie sich auch noch gedemütigt und das war ein nur sehr schwer zu ertragendes Gefühl.

„Es tut mir Leid. Ich kenne Simon so gar nicht. Ich denke, er will sich im Moment erst einmal profilieren und übertreibt es dabei ein wenig. Nehmen Sie es ihm bitte nicht übel."

„Nicht übel nehmen? Der Mann wagt es, mich zu beleidigen, obwohl er mich gar nicht kennt!"

„Oh, er kennt Sie sehr gut. Er hat den Prozess im Frühling sehr angeregt verfolgt. Er war auch ganz begeistert von Ihnen und Ihren Mitarbeiterinnen."

Das hatte Sabin auch gesagt. Dass er vielleicht distanziert sein würde, aber sehr angetan von der Möglichkeit, mit Vi, ihrer Rädelsführerin, zu sprechen. Nur hatte sich diese Hoffnung nicht bestätigt.

„Ich vermute, er ist momentan etwas aufgebracht. Es hat sich herausgestellt, dass Herr Neumann es leider versäumt hat, eine anständige Inventarliste anzulegen. Und sein kurzfristiger Ersatz hat wohl zudem Stücke eingekauft, die auch nicht eine Mark wert gewesen wären. Und nun muss Simon das alles bereinigen. Lassen Sie mir die Bücher da. Ich zeige sie ihm später und ich bin sicher, er wird sich mit Ihnen in Verbindung setzen."

Sie wusste, dass es besser wäre, der Bitte Traubs nachzukommen, aber sie konnte nicht nachgeben. Ihr Stolz war zu sehr verletzt worden. Sie schüttelte den Kopf und drängte sich an dem Arzt vorbei. Er folgte ihr nicht. Sie hörte nur eine leise Entschuldigung, dann verließ sie den Rathaushof und trat hinaus in eine aufgebrachte Menschenmenge, die sich um einen Zeitungsjungen scharte, der die neuesten Nachrichten lautstark rufend verkündete. Es war wieder ein Skelett gefunden worden.

Kapitel 9

Cilia genoss die wärmende Sonne und die Ruhe von der lauten Umgebung der Stadt. Auch wenn der leichte Nebel die Sicht trübte, fühlte sie sich geborgen in all dem Grün und zum ersten Mal, seit das Skelett aufgetaucht war, wohl. Vor ihr berieten Stadtrat Kolmbach und der neue Mann im Rat, Friedrich Burg, den Standort für den neuen Humboldt-Brunnen, den Oberbürgermeister Gobbin zu Ehren Alexander von Humboldts ganz in der Nähe von dessen Büste errichten lassen wollte. Die genaue Standortbestimmung überließ er dabei einem Herren in ihrem Alter, der neben den beiden Stadträten herlief, bisher aber noch nicht viel zu deren Diskussion beigetragen hatte, was Cilia nachvollziehen konnte. Die Herrschaften stritten sich darum, ob es überhaupt notwendig sei, Humboldt ein weiteres Andenken aufzustellen, die Büste reiche doch vollkommen aus. Cilia wollte sehr gerne die Augen verdrehen, unterließ es aber und konzentrierte sich darauf, soweit Abstand von den Herren zu halten, dass sie ihre Stimmen nur als ein Murmeln wahrnahm.

Seit das Skelett aufgetaucht war, hatte sie eine unangenehme Unruhe erfasst, die sie nachts nicht schlafen ließ und tagsüber an ihrer Konzentration zerrte. Sie war froh darüber, dass Vi dem Ganzen bisher nicht weiter nachgegangen war, auch wenn sie sie damit beauftragt hatte, in den Archiven nach einem Jungen namens Anton zu suchen, der im Alter von etwa zehn bis zwölf Jahren verstorben war und das vor gut fünfzehn oder zwanzig Jahren. Eine aussichtslose Suche, der Cilia noch nicht viel Zeit gewidmet hatte. Abgesehen davon, dass die meisten Geburten unregelmäßig erfasst wurden, weil die Kinder ohnehin viel zu früh starben, war es gut möglich, dass der Junge gar nicht aus der Stadt stammte, sondern von einem Dorf hierher gekommen war. Und sie hatte gewiss nicht vor, sämtliche Geburtsregister von allen Dorfkirchen in der näheren Umgebung zu durchstöbern. In ihren Augen war das Skelett nur ein alberner und nicht ernst gemeinter Scherz, der noch durch das lächerliche Gedicht unterstrichen wurde. Es war freilich von einem Laien gedichtet worden, kannte weder einen guten Reim noch Rhythmus. Wahrscheinlich hatten sich nur Schüler einen Witz erlaubt, dem Vi nun hinterherlief. Doch sie hatte das gewiss nicht vor. Sie war froh gewesen, dass die Umstände vom Frühling geklärt worden waren und dass die Zeitungsburschen ihr nicht mehr hinterherliefen, um mehr über Neumann und Köppel zu erfahren und die unsägliche Verbindung, die sie beide eingegangen waren. Sie wollte nicht erneut in so eine Sache hineingezogen werden. Sie war eine anständige Frau. Es reichte ja wohl, dass man sie andauernd diffamierte, nur weil sie über der Buchhandlung in der Apothekergasse eingezogen war. Eine Tat, die sie gewiss nicht bereute, aber manchmal doch verfluchte. Besonders angesichts der Tatsache, dass sie mit Frauen unter einem Dach lebte, die nicht nur zu zweifelhafter Berühmtheit gelangt waren, sondern auch noch regelmäßig die Aufmerksamkeit von Menschen auf sich zogen, die ebenfalls zweifelhaften Rufes waren und ihnen nur Ärger bereiten konnten.

Sie selbst verhielt sich unauffällig und ging ihrer gewohnten Arbeit nach, bis sie sich am Nachmittag ins Lager der Buchhandlung zurückzog, um dort die Buchhaltung zu machen, die im Moment aus lauter Nullen zu bestehen schien, abgesehen von all den Zahlen, die als beständiges Vorzeichen ein Minus aufwiesen. Am liebsten aber, das musste sie zugeben, war sie im Laden und kümmerte sich um die Ordnung. Nicht weil sie ihr besonders wichtig war oder sie viel Wert darauf legte, dass die Bücher staubfrei blieben, sondern einzig und allein aus dem Wunsch heraus, Ruhe zu finden. Sich ganz auf das Ordnen der Bücher und das Entstauben der Regalböden zu konzentrieren, hatte etwas so Beruhigendes, dass Cilia sich dieser Aufgabe leidenschaftlich gerne öfter gewidmet hätte. In den letzten Wochen noch viel lieber, da Sabin beschlossen hatte, zu heiraten und auch die anderen Damen regen Männerverkehr betrieben. Wie oft Ievas Freund Erich in den letzten Tagen da gewesen war! Und dann dieser neue Nachbar, von dem Vi erzählt hatte! Und sogar Oda, die Einzige, der sie ein wenig mehr Anstand zugetraut hätte, erzählte beständig von dem Sohn eines ihrer Patienten und tat dabei so, als handle es sich nur um eine Bekanntschaft. Aber auch wenn Cilia in ihrem Leben nicht viele Männer geliebt hatte, kannte sie den Gesichtsausdruck, kannte sie dieses Glimmen der Augen, das mit jeder Erzählung stärker wurde.

Es war demnach kein Wunder, dass sie derzeit Ewas Gesellschaft der der anderen vorzog, denn Ewa widmete sich häufig der Lektüre, wenn sie nicht unterwegs war. Sie saß dann einfach ruhig auf ihrem Schemel hinter dem Tresen. Sie sprachen nicht, sie lachten nicht, sie waren einfach nur in aller Stille beieinander und gingen ihrer Beschäftigung nach. Auch Jona war akzeptabel, wenn sie denn einen ihrer schweigsamen Tage hatte. Dann räumte sie im Lager die Bücher nach Vis Wünschen um und Cilia konnte sie vom Verkaufsraum aus hören. Eine beruhigende Geräuschkulisse.

„Es ist oft erstaunlich, was für Gebilde die Natur hervorbringt, nicht wahr?"

Cilia fuhr so heftig zusammen, dass sie sich an die Brust griff und alles Blut aus ihren Beinen wich, so dass sie glaubte, hinzustürzen. Der Mann, der neben ihr aufgetaucht war, hob sofort entschuldigend die Hände und blickte sie besorgt an. Es war der Landschaftsarchitekt, den Oberbürgermeister Gobbin für die Aufstellung des Brunnens beauftragt und der sich von der kleinen Gruppe der beiden Stadträte entfernt hatte, die gut fünfzig Meter entfernt debattierten.

„Herrje, schleichen Sie sich immer so an arglose Frauen heran, Herr März?", ächzte Cilia, übte aber ein Lächeln.

Lothar März befand sich etwa in Cilias Alter und war wahrlich kein gut aussehender Mann. Sein Gesicht war verhärmt, die grauen Augen trübe und der Rücken wies einen leichten Buckel auf. Doch als er Cilias Lächeln erwiderte, veränderten sich seine Gesichtszüge und Cilia musste zugeben, dass er ihr gefiel.

„Gewöhnlich ist mir der Umgang mit Frauen eher fremd. Eventuell liegt es darin begründet, dass ich gerade nicht sehr aufmerksam war und nicht bemerkte, dass Sie Ihren Gedanken gefolgt sind. Ich möchte mich dafür sehr herzlich entschuldigen und hoffe, Sie nehmen diese Entschuldigung an."

Bei jedem anderen hätte Cilia geglaubt, er wolle sie mit diesen gestelzten Worten auf den Arm nehmen, doch Märzens Stimme klang dabei keineswegs überheblich oder gestellt. Auch seine bisherigen Einwürfe in die Diskussion mit Burg und Kolmbach waren ähnlich verlaufen. Er redete schnell und benutzte dabei Wendungen, die sich häufig um sich selbst drehten.

„So sei Ihnen vergeben." Cilia neigte leicht den Kopf und ihr entwich ein Lachen, als sie sah, wie März einen komplizierten Knicks tat. Sie war überrascht, wie einfach es ihr aus der Kehle entwischt war.

„Ich danke Ihnen. Nun, worüber dachten Sie beim Anblick dieses herrlichen natürlichen Konstruktes nach, als ich Sie so unmöglich Ihrem Gedankenstrom entriss? Doch hoffentlich nicht darüber, wie Sie uns Herren am schnellsten entkommen könnten, denn ich muss sagen, Ihre Gesellschaft, obgleich Sie nicht viel sprechen, ist mir um ein Tausendfaches angenehmer als die der beiden Herren."

Cilia ließ den Wortfluss auf sich wirken und betrachtete das natürliche Konstrukt, wie März es genannt hatte. Er meinte einen Baum, neben dem sie stehengeblieben war und der sich krümmte wie ein altes Hutzelweib. Zudem wies eine Anordnung mehrere Astvergabelungen und Rindenwölbungen eine Art Gesicht in der Mitte des Baumes auf, das sie zahnlos anlächelte.

„Ich schätze, dies sollte ein Kompliment sein. Recht vielen Dank dafür! Aber um ehrlich zu sein, muss ich sagen, dass ich gerade wirklich darüber nachgedacht habe, ob ich nicht an einen anderen Ort flüchten sollte."

„Welcher Ort wäre das? Lassen Sie es mich wagen, Sie kurz und ohne jegliche Wertung zu analysieren."

Er sah sie aus den trüben Augen an, während Cilia sich fragte, wie man jemanden ohne Wertung analysieren wollte.

„Ah, ich bin sicher, dass es nur einen Ort für Sie geben kann. Einen Ort, an dem Sie sich wirklich wohlfühlen."

„Und der wäre?"

„Ein kleines Dorf an der französischen Westküste, abgeschirmt von der Hektik der Zivilisation, angefüllt mit vielen Sonnenstunden und doch geprägt durch die Rauheit des Meeres."

Sie war erstaunt. Vor vielen Jahren war sie mit Georg in Frankreich gewesen und obwohl sie die Schönheit der italienischen Landschaft vorzog, so musste sie doch sagen, dass sie sich in der Bretagne sehr wohlgefühlt hatte. Nicht zuletzt wegen der Nähe des Meeres und dessen rauen, salzigen Wind.

„Das ist ziemlich gut geschätzt. Ich bin überrascht. Aber ich fürchte, um die Ruhe zu finden, nach der ich zurzeit suche, müsste ich zurückkehren nach Ägypten und mich dort in einer der Pyramiden begraben lassen."

„Sie waren schon einmal in Ägypten?", staunte März, als jemand nach ihm rief. Kolmbach und Burg hatten wohl endlich bemerkt, dass ihre zwei Begleiter sich von ihnen getrennt hatten. Schweren Herzens setzte sich Cilia in Bewegung und März folgte ihr. Es war ein angenehmes Gespräch gewesen, das sie gerne fortgesetzt hätte. Als sich Kolmbach und Burg wieder umdrehten, um weiter über ihre zukünftigen Ratspläne zu schwadronieren, beugte sich März, der trotz des gebeugten Rückens noch ein wenig größer war als Cilia, zu ihr.

„Es wäre mir eine wahre Freude, wenn Sie es mir gestatten würden, Sie zu einem Kaffee und einem Stück Kuchen einzuladen und Sie dann um die Beantwortung meiner Frage zu bitten. Natürlich nur, wenn sich dies im Rahmen einer höflichen und freundschaftlichen Kommunikation zwischen einem Mann und einer Frau ziemt."

Als sie zu ihm sah, erstaunt über die Aufforderung zu einem Treffen, konnte sie erkennen, dass er ernsthaft besorgt darum war, ob er soeben eine gesellschaftliche Grenze überschritten hatte. Er schien im Umgang mit Frauen tatsächlich wenig geübt zu sein.

„Ich denke, dass nichts dagegen spricht, wenn sich ein Mann und eine Frau an einem öffentlichen Platz zu einem Kaffee treffen, doch muss ich Ihnen zu bedenken geben, dass dies trotzdem dazu führen kann, dass Ihnen möglicherweise eine Techtelei mit mir unterstellt wird."

„So?" Er überlegte kurz und Cilia konnte hören, wie Kolmbach und Burg sich endlich auf einen Platz für den neuen Humboldt-Brunnen einigten, während sie auf eine Karte in ihren Händen starrten. „Es entspricht zwar so gar nicht meinem Wesen, Gesprächsthema zu sein, doch da sich meine Neugier nicht zügeln lässt, würde ich diesen Umstand auf mich nehmen. Macht es Ihnen etwas aus, unter Umständen als eine Techtelei meinerseits angesehen zu werden?"

Sie musste daran denken, wie oft ihr im Rathaus schon diverse Affären unterstellt worden waren. Auf eine mehr oder weniger kam es nun gewiss nicht mehr an.

„Keineswegs", gab sie als Antwort und hätte gerne das eigenartige Herzklopfen noch etwas genossen, das sie bei der Vorstellung empfand, mit einem Mann auszugehen, als Kolmbach sie rief.

„Frau Rieber, ich bitte Sie, ein wenig mehr Konzentration. Würden Sie sich bitte dorthin begeben? Wir wollen sehen, wie ein Denkmal dort aussehen würde."

Cilia räusperte sich, schämte sich sogleich auch für ihre verworrenen Gedanken, insbesondere da sie noch vor Minuten das Verhalten der anderen Frauen verurteilt hatte, und folgte dem Befehl ihres Vorgesetzten. Sie lief über ein Stück Wiese, das durch eine Baumgruppe umsäumt war. Es war ein schöner Flecken, der sich für den Humboldt-Brunnen wirklich eignete.

„März, was sagen Sie? Sie sind doch hier der Architekt!", bläffte Kolmbach und deutete mit einer Hand auf Cilia.

„Nun, Herr Stadtrat, der Platz scheint mir gut für den Bau eines Brunnens geeignet, doch lässt sich anhand einer schlanken Frau schlecht einschätzen, an welcher Stelle ein Rundgebilde von mehreren Metern Durchmesser am besten gelegen wäre. Wenn Sie mich jedoch einen Blick auf die Karte werfen lassen würden, könnte ich dies wahrlich besser bestimmen."

Barsch reichte Kolmbach März die Karte hinüber, während Cilia an der Stelle stehenblieb, die ihr aufgezeigt worden war, sich jedoch ein wenig umsah. Von der freien Fläche aus wirkte die grüne Anlage inmitten der Stadt weit größer noch als vom Weg. Sie drehte sich zu der dichten Baumgruppe um, die die Wiese umstand. Die Stämme glichen dem Baum mit dem Gesicht eines alten Weibes. Sie dort so stehen zu sehen, war, als stände sie vor einer Ansammlung alter Männer und Frauen, die sie beobachteten. Nicht alle trugen sie Gesichter, aber manche von ihnen streckten ihre Äste nach ihr aus, als seien sie Finger. Doch inmitten der hölzernen Versammlung stand noch etwas. Es war ihr beim flüchtigen Hinsehen nicht aufgefallen und auch Kolmbach, März und Burg hatten es noch nicht entdeckt. Sie studierten die Karte und fuchtelten mit ihren Händen herum – Kolmbach fuchtelte, März hielt sich zurück. Sie sah zu ihnen, wandte sich wieder der Baumgruppe zu, entdeckte wieder, was ihre Hände kalt werden ließ.

Langsam trat sie näher heran. Zwischen den Stämmen waren zwei lange, starke Äste in den Boden gerammt worden. Sie überkreuzten sich und an ihnen festgebunden waren braun gewordene Knochen. Sie waren schmal und noch klein. Und dort, wo sich die Äste kreuzten, ruhte ein Schädel und sah sie aus seinen leeren Augenhöhlen an.

Hätte es in ihrer Natur gelegen, hätte sie wahrscheinlich geschrien, wäre in Ohnmacht gefallen oder hätte sich übergeben, aber zum Glück war sie nicht so nervenschwach und labil. Sie drehte sich um, ging zu März und den beiden Stadträten und meinte in aller Gelassenheit: „Meine Herren, ich fürchte, ich muss Ihre Diskussion unterbrechen und Sie bitten, einen Polizisten herbei zu holen."

„Frau Rieber, bitte! Wir führen hier ein wichtiges Gespräch und Sie stören."

„Das tut mir ja sehr Leid, Herr Kolmbach, aber dort zwischen den Bäumen befindet sich ein –"

Sie suchte nach einem passenden Wort, aber es wollte ihr nicht über die Lippen. Auf einmal war ihr Kopf gänzlich leer, was ein wunderbarer Zustand hätte sein können, wenn sie nicht Kolmbach, der sie unverständlich ansah, hätte mitteilen wollen, was sie gefunden hatte.

„Was ist dort zwischen den Bäumen, Frau Rieber?", fragte Burg, der ein besseres Benehmen an den Tag legte als Kolmbach. Der Einzige, der nicht darauf wartete, dass sie das Wort wieder fand, das ihr abhandengekommen war, war März. Er lief hinüber zu den Bäumen, wobei Cilia auffiel, dass er ein Bein leicht nachzog. Nach wenigen Augenblicken drehte er sich um und kam zurück.

„Ein Skelett. Dort hängt ein Skelett", fasste er sich dieses Mal kurz.

„Ein Skelett? Wollen Sie mich auf den Arm nehmen?", raunzte Kolmbach und beschloss nun seinerseits, gefolgt von Burg, sich die Sache anzusehen. Cilia kam sich vor wie in einem Theaterstück, das als Drama manche Szenen überspitzt darstellen musste. Hier, meine Damen und

Herren, sehen sie den Unwillen des Menschen an Dinge zu glauben, die außerhalb seines Vorstellungsvermögens liegen!

„Ich glaube, ich brauche jetzt dringend einen Kaffee. Sie auch?"

„Sehr gerne. Und bitte einen mit Schuss!"

Der Junge weiß, warum der Vater dem Großen diese Arbeit überlässt, warum niemand außer ihm den Zuschnitt der gegerbten Lederstücke übernehmen darf. Viele Tage sind seit Augusts Tod vergangen und der Junge ist zu seinem Leben zurückgekehrt, hat den Schmerz verdrängt, hat in Tammo und Fedor und Heinrich neue Freunde gefunden. Mit dem Großen aber hat er noch nie gesprochen. Er sitzt dort an dem alten Tisch und lässt die Schere, mit der er den Vater längst hätte töten können, durch das Leder gleiten, um ihm eine Form zu geben. Vielleicht werden Schuhe daraus oder eine Weste, die ein reicher Herr tragen kann. Was auch immer daraus wird, der Große gibt sich Mühe. Er hat noch nie ein Stück verschnitten. Selbst Antons lautes Lachen, seine schäbigen Witze, der ewige Versuch, Aufmerksamkeit zu erregen, lenken ihn nicht ab. Er ist konzentriert, auf den Stoff vor ihm.

Der Junge bewundert ihn dafür. Er schweift oft ab, wenn er das stinkende Fleisch von der wertvollen Haut trennt. Er denkt an seine Familie, an seinen Großvater, an die Schwestern und an August und seine warmen Hände. Er denkt daran, wie er ihn dort in der Ecke, wo jetzt der Große am Tisch sitzt, gefunden hat. Manchmal glaubt er, noch Blut am Boden zu erkennen, aber es wurde alles gereinigt. Er würde den Großen gerne fragen, woran er denkt, wenn er das Leder schneidet. Wenn er die unreinen Stellen entfernt und die ausgefressenen Ränder. Ob er an seine Heimat denkt, die weiter im Osten liegt? Der Große spricht ihre Sprache besser als Tammo, aber sie ist gebrochen, als fiele es ihm schwer, die Laute richtig auszusprechen. Der Junge würde gerne wissen, woher er kommt und warum er hier gelandet ist.

„So, Bengels, wird Zeit für'ne Fuhre", ruft der Vater, bückt sich, weil er sonst nicht durch die Tür kommt, ohne sich den Kopf zu schlagen, und deutet auf Anton, der sofort aufspringt. Für Anton ist es das Wunderbarste, der Enge ihrer Behausung für ein paar Stunden zu entkommen. Sebastian folgt ihm. Tammo verkriecht sich hinter seiner Arbeit, aber der Vater zerrt ihn fort. Heinrich und Fedor stehen auf. Sie haben Angst. Sie haben immer Angst, wenn sie mit Anton allein sind. Der Junge legt sein Werkzeug weg, aber der Vater schüttelt den Kopf.

„Nee, kannst hier bleibn. Brauch dich ni. Hilf'm Großn."

„Aber ich hab noch nie –", will der Junge antworten, aber der Vater hebt nur die Hand. Er will keine Widerworte hören, es sei denn, der Junge möchte eine Tracht Prügel. Er hat schon lange keine mehr bekommen. Seit Augusts Tod verhalten sich alle so, wie es der Vater gerne möchte.

„Großa, zeigst es ihm, ja?"

„Da", antwortet der Große. Anfangs hat der Junge geglaubt, er könne das Ja nur nicht richtig aussprechen, aber Da bedeutet in seiner Sprache Ja. Der Junge sieht zu, wie der Vater mit den anderen den Raum verlässt. Er hofft, dass Anton sich zusammenreißt und dass Fedor nichts geschieht. Er hat ihn wirklich gern. Doch vor dem Großen hat er Respekt. Der Große redet nicht viel. Es ist schwer zu sagen, wieso. Weil er die Sprache nicht kann oder weil er nicht will.

Der Junge wartet, bis die Schritte verhallen. Der Große arbeitet weiter. Nach einer Weile lässt er sein Werkzeug liegen und geht zum Tisch hinüber. Er bleibt stehen und sieht dem Großen zu. Der reagiert nicht auf ihn. Er sagt nichts, er lässt nicht einmal erkennen, ob er den Jungen wahrnimmt oder nicht.

„Was kann ich machen?", fragt der Junge schließlich, weil ihm das Schweigen unangenehm wird. Er redet auch nicht viel, aber er braucht die Stimmen der anderen oder das Rauschen der Neiße, um sich wohl zu fühlen. Stille bringt ihn um den Verstand. Dann hören seine Gedanken nicht mehr auf und er sehnt sich nach seinen Schwestern, die immer gerufen, gebrüllt, gelacht oder gezankt haben.

„Setzen", sagt der Große und deutet auf den Platz neben sich. Die schmale Bank, auf der er sitzt, wackelt, aber der Junge ist leicht. Sie wird nicht brechen. Er setzt sich und sieht dem Großen zu, wie er einen großen Kreis aus dem Leder schneidet. Er legt ihn sorgfältig zur Seite, zur Seite des Jungen.

„Du musst gucken, ob alles sauber ist", erklärt der Große und fährt mit der Hand über das ausgeschnittene Leder. „Keine Flecken, keine Risse in den Rändern." Seine Worte klingen fremd, manchmal braucht der Junge zwei Anläufe, um das Wort richtig zu verstehen, aber er begreift, was der Große von ihm will. Er legt seine Hand auf das weiche Stück und betastet es vorsichtig. Es ist sauber bearbeitet. Auch am Rand zeigen sich keine Einrisse, die es wertlos machen würden. Nur ein gutes Stück Leder kann zur Wiederverarbeitung genutzt werden. Weist es Fehler oder Risse auf, wird der Kunde es zurückgeben und der Vater wird wütend sein.

„Ich glaube, es ist alles in Ordnung", sagt der Junge, nachdem er sich sicher ist. Der Große ist mit einem neuen Stück beschäftigt. Er muss es erst anreißen, um es dann zu schneiden. Dabei vergeudet er keinen Zentimeter. Als er fertig ist, nimmt er das kreisrunde Stück in die Hände und hält es gegen das Licht. Es ist so fein, dass die Sonnenstrahlen hindurchdringen und der Junge die Musterung erkennen kann.

„Du hast Recht. Kein Fehler", stellt der Große zufrieden fest. „Gut gemacht."

„Ich hab es nicht gut gemacht, du warst das. Du hast es zugeschnitten."

„Wichtig ist gutes Auge und du hast gutes Auge." Der Große wickelt das kreisrunde Leder in Papier ein. So werden es die Junge zu dem Kunden bringen. Und der Kunde wird es nicht zurückgeben, denn es ist ohne Fehler.

„Wie schaffst du es, niemals Fehler zu machen? Alle deine Stücke sind großartig."

„Großartig? Großartig ist ein Maler oder ein Musiker, aber nicht ich. Ich schneide nur Leder."

Der Junge sieht den Großen an. Er arbeitet einfach weiter, ohne sich ablenken zu lassen, bis auch das nächste Stück ausgeschnitten ist. Der Junge untersucht es. Er lässt sich Zeit, er will keinen Fehler machen, für den Kasimir bestraft wird. Das hat er schon einmal bei August getan. Als er fertig ist, wartet er, bis der Große sein nächstes Stück angerissen hat. Obwohl er schnell arbeitet, verblasst das Sonnenlicht.

„Woran denkst du, wenn du das Leder bearbeitest, Kasimir?"

Jetzt sieht der Große auf, als würde ihn die Frage verwirren. Seine Augen sind ganz grün, passen zu den stammbraunen Haaren. Er ist größer als sie alle. Manchmal nur ein paar Zentimeter, aber die reichen. Wenn sie nebeneinanderstehen, wenn der Vater sie alle aufreiht, ragt er über sie hinaus. Deshalb heißt er der Große und es stört ihn nicht, dass niemand seinen richtigen Namen nennt. Kasimir.

„Ich denke an das Leder. Wie ich es schneiden muss."

„Denkst du nie an etwas anderes? An deine Familie oder die Stadt, aus der du kommst?"

„Nein. Daran denke ich nicht, dann mache ich Fehler. Mein Vater hat gesagt, wenn du arbeitest, denk nur an die Arbeit. Wenn du schläfst, dann denke an die Familie. Dort, im Traum, sind sie alle. Sie sind da."

„Was ist mit deiner Familie passiert? Warum bist du hier?"

„Meiner Familie geht es gut. Sie leben noch in Dorf in meiner Heimat. Dort liegt jetzt Schnee, viel Schnee. Die Sonne ist fern. Meine Familie ist groß. Meine Mutter hat vierzehn Kinder bekommen, dann ist sie gestorben. Mein Vater hat viele von uns verkauft, weil das Geld nicht reicht. Vier Schwestern in die Stadt, drei Brüder in die Stadt. Ich war Letzter. Ich war Jüngster. Mein Vater hat mich arbeiten gelehrt, aber ich war zu klein. Darum hat er mich verkauft."

„Wann war das? Wann bist du hierher gekommen?"

„Vor zwei Jahren."

Da waren sie alle gerade sechs Jahre alt gewesen. Das war das Jahr gewesen, in dem sie beim Vater aufgenommen worden waren. Aber woher kann der Große dann ihre Sprache?

„Aber du hast schon immer unsere Sprache gesprochen."

„Vater ist von diesem Land. Er hat sie mir gelehrt, bevor er mich verkauft hat."

Der Junge schweigt, als der Große weiter arbeitet. Ob es falsch ist, mit ihm zu reden? Ihn an das zu erinnern, was er verloren hat? Doch Kasimir zeigt keine Regung. Er arbeitet einfach weiter und das Stück wird wiederum einwandfrei. So sitzen sie beieinander, bis das fahle Licht einer angezündeten Kerze nicht mehr ausreicht, um das Leder zu verarbeiten. Der Große legt die Schere beiseite und dem Jungen fällt ein, dass er ihn noch etwas fragen wollte.

„Du bist größer als wir alle. Du bist stark. Und der Vater vertraut dir die Schere an. Du könntest ihm weh tun und wir könnten alle fliehen."

Der Große dreht sich zu ihm. In seinem Blick liegt Unverständnis.

„Fliehen? Aber er ist der Vater. Er sorgt für uns. Er ist streng und er schlägt uns, aber mein Vater hat das auch getan. Trotzdem hat er mich geliebt. Und der Vater liebt uns auch. Es geht uns gut hier."

„Nein, tut es nicht! Er hat uns gekauft, Kasimir, er hat uns gekauft und er schlägt uns und nutzt uns aus."

Dem Jungen steigen die Tränen in die Augen. Er will fort. Er will zurück zu seiner Familie.

„Und er gibt uns zu essen und er lehrt uns ein Handwerk. Er gibt uns ein Bett und ein Dach über die Köpfe."

„Er hat August getötet!", schreit der Junge und die alte Wunde reißt auf. Der Große streckt den Arm aus und zieht ihn an seine Brust. Obwohl er die filigrane Arbeit macht, ist er stärker als alle anderen.

„Das hat er getan, aber nicht, weil er ist böse. Wenn er mich nicht gekauft hätte, wäre ich verhungert mit meinem Vater und den Schwestern und den Brüdern. Er hat mich gekauft und jetzt lebe ich. Und wenn ich groß bin, werde ich ein Gerber sein und ich werde auch Jungen haben und Mädchen und eine Frau. Und warum? Weil ich lebe. Ich bin nicht tot und das bin ich nicht, weil der Vater mich gekauft hat."

Der Junge weint, aber ein beschämender Gedanke kommt ihm. Wenn der Vater ihn nicht gekauft hätte, wäre der Junge auch gestorben. Seine Familie ist tot. Er wäre verhungert, er wäre auf der Straße gestorben. Tammo hat ihm erzählt, dass es Menschen gibt, die gekauft werden und viel arbeiten müssen und dafür nicht mal etwas zu essen bekommen oder ein Bett. So ist es seinen Eltern ergangen. Ihm geht es noch gut. Der Vater prügelt zwar, aber er hat seine Regeln, an die er sich hält. Er ist nicht ungerecht.

„Und du wirst auch leben. Und du wirst eine Frau haben und Kinder. Und es wird dir gut gehen."

Kasimir lächelt ihn an, als er sich von ihm löst. Er wischt sich die Tränen weg, weil er die Schritte auf der Treppe hört. Kurz darauf kommt der Vater herein. Er ist verschwitzt und riecht nach Zigarettenrauch, aber er sieht sie milde an und legt die Hand auf die in Papier gewickelten Lederstücke.

„Gut gemacht, Großa. Hastes ihm gezeigt?"

„Da", antwortet Kasimir kurz und nickt. Der Vater ist zufrieden.

„Dann gibt's Abendbrot. Los, bevor nix mehr da is. Ihr seid wie Hunde, immer nur fressen", meckert er, aber der Junge sieht in seine im Kerzenlicht flackernden Augen. Er mag sie wirklich. Er mag seine Jungen, auch wenn er sie schlägt und beleidigt und tötet. Ob es ihm leicht gefallen ist, August zu töten? Der Junge weiß es nicht, aber in ihm entwickelt sich ein Gefühl. Ein Gefühl der Vergebung.

Er folgt Kasimir hinaus in die Küche, wo die anderen sitzen und essen. Fedor freut sich, ihn zu sehen. Er hat keine Verletzungen. Es ist alles gut gegangen. An jenem Tag und an vielen anderen danach. Und in dem Jungen wächst Hoffnung. Auf eine Zukunft.

Kapitel 10

Der Anblick war hypnotisch. Obwohl ihr Magen rebellierte und ihr Inneres sich nach außen kehren wollte, um davon zu laufen, beobachtete sie, wie Gremlich und Frau Hauptmann die Gedärme des Mannes aus seinem Bauchraum zogen, um sie zu untersuchen. Neben ihr würgte Jona so heftig, dass sie fürchtete, das Waschbecken würde den nächsten Schwall nicht überleben. Das Geräusch war grässlich, aber wenigstens hielt die Übelkeit die junge Frau davon ab, Frau Hauptmann anzustarren und sich in Schwierigkeiten zu bringen. Vi tat, als würde nichts von all dem sie beeindrucken. Sie wollte sich nicht anmerken lassen, wie schlecht es ihr ging. Nicht nur wegen der Gerüche und der Geräusche, sondern besonders wegen des Mannes, der an der Tür lehnte, ein Taschentuch vor den Mund gepresst. Sie hätte ahnen müssen, dass Walter sofort hier auftauchen und sich das neue Skelett ansehen würde. Sie hätte nur nicht gedacht, dass er so schnell war. Immerhin ermittelte die Polizei auch im Falle des im Ölberggarten ermordeten Mannes, den Gremlich und seine Assistentin so eben in seine Einzelteile zerlegten.

„Der ist übel zugerichtet. Sehen Sie sich nur diese Perforationen im oberen Bereich des Intestinum crassum an."

„Äußerlich waren keine Stichwunden festzustellen."

„Aber genügend Hämatome. Jemand hat dem armen Wicht so oft in den Bauch getreten, bis sein Darm förmlich aufgeplatzt ist. Das muss ziemlich weh getan haben", drückte Gremlich seine Art von Mitleid aus und wischte sich mit dem nicht blutverschmierten Teil seines Armes die Stirn ab. Es war unerträglich heiß in seinem neuen Untersuchungsraum trotz der zwei kleinen, offenen Fenster und des wieder kühler werdenden Wetters.

„Den Kopfverletzungen nach zu urteilen war der Mann gar nicht mehr in der Lage, sich zu wehren. Warum diese Brutalität? So etwas habe ich noch nie gesehen."

„Ihnen fehlt eben die Erfahrung, Frau Hauptmann. Und glauben Sie mir, es ist einfach in einen Blutrausch zu verfallen. Es gibt einige Varianten, warum sein Mörder ihn so übel zugerichtet hat. Rivalitäten, Neid, Hass, Provokationen, Gier. Wenn ein Mann vor Ihnen auf dem Boden liegt, den Sie abgrundtief verabscheuen, würden Sie nicht immer und immer wieder zutreten, bis Sie vor Erschöpfung nicht mehr können?"

Frau Hauptmann hob den Kopf und ihre dunklen Augen richteten sich auf Gremlich. Sie waren voller Abscheu.

„Es tut mir Leid, nein. Das würde ich sicherlich nicht tun. Ich halte Respekt, Mitgefühl und Mitleid nicht nur für Gerüchte. Es fiele mir schon schwer, jemanden überhaupt zu hassen."

„Ich vergaß", seufzte Gremlich. „Sie sind Katholikin, richtig? Liebe deinen Nachbarn und halte auch die zweite Pobacke hin, wenn du in die andere getreten wurdest oder so ähnlich?"

Vi verdrehte die Augen, als Gremlich sich über den Glauben seiner neuen Assistentin ebenso lustig machte wie über die Tatsache, dass sie deutlich jünger war als er und andere Erfahrungen gemacht hatte. Der Mann war ein armseliger Kauz mit einer ungesunden Neigung zum boshaften Zynismus. Es war kein Wunder, dass seine Frau ihn verlassen hatte. Andererseits konnte sie nicht abstreiten, dass seine Äußerungen ab und an ein Lächeln auf ihr Gesicht zauberten. Dieses Mal aber musste sie an ihre Mutter denken, die sicher ebenfalls gekränkt gewesen wäre.

„Das hat weniger mit meinem Glauben zu tun als mit der Tatsache, dass ich mich für einen normalen Menschen halte, der eine gesunde und gute Erziehung genossen hat und auf das Wohlergehen seiner Mitmenschen ebenso viel Wert legt wie auf das eigene. Dass Sie das nicht nachvollziehen können, wundert mich jedoch überhaupt nicht. Bei Ihrer Fra –"

„Entschuldigung!", ging Vi dazwischen, bevor Gremlichs Assistentin sich um Kopf und Arbeit reden konnte. „Ich störe ja ungern, aber wie lange wird denn die Untersuchung Ihres Patienten noch dauern?"

„Frau Sperber? Was machen Sie denn schon wieder hier? Haben Sie sie reingelassen?", schnauzte Gremlich seine Assistentin erneut an, die nur nickte und den Dickdarm des Mannes wieder in seine Bauchhöhle stopfte.

„Ich habe mich gewissermaßen selbst eingeladen. Sie vergessen das ja sehr häufig", versuchte Vi die Stimmung zu lockern und Gremlich endlich davon abzuhalten, seine Assistentin zu malträtieren, die langsam zornig wurde.

„Es gibt Gründe dafür, Frau Sperber. Unter anderem halte ich es für völlig verantwortungslos, dass Sie andauernd Ihre junge Begleitung mitbringen, die mir meinen Untersuchungsraum mit Bakterien verseucht! Leidet sie an einer Magen-Darm-Infektion oder warum übergibt sie sich ständig?"

Er lächelte bei Jonas Verpönung so süffisant, dass Vi sein Gesicht am liebsten mit in die Bauchhöhle des toten Mannes gestopft hätte, aber sie riss sich zusammen. Vor Walter würde sie sich keine Gefühlsregungen anmerken lassen oder gar in Ausbrüche verfallen. Zudem würde sie

Gremlich nur die Genugtuung verschaffen, die er weder bei ihr noch bei seiner Assistentin fand.

„Es wäre denkbar, eine Schwangerschaft schließe ich jedenfalls aus."

„Vi!", empörte sich Jona krächzend, weil die ganze Magensäure inzwischen ihre Stimme angegriffen hatte.

„Bitte, mein Herr, meine Damen, könnten wir wie erwachsene Menschen miteinander reden?", kam Walter hinzu. Seine Stimme klang durch das Taschentuch ganz verschnupft und gedämpft.

„Es tut mir Leid, Herr Polizeirat, aber ich kann mich nicht entsinnen, dass Kinder sich auf so hohem Niveau beschimpfen! Aber wie dem auch sei. Ich werde mich gleich unserem Neuankömmling widmen, sobald wir – Frau Hauptmann, können Sie mir sagen, was Sie da tun? Wir sind noch nicht fertig."

Frau Hauptmann streifte sich eben die Handschuhe von den Händen und ging hinüber zu Jona. Sie öffnete einen der zahlreichen mit toten Kindern gefüllten Schränke und holte aus einer kleinen Kiste ein Tuch und eine Flüssigkeit in einem kleinen, braunen Fläschchen hervor. Unterdessen krampfte sich Jona am Waschbecken erneut zusammen. Als sie schließlich wieder den Kopf hob, presste ihr Gremlichs Assistentin das Tuch auf Nase und Mund.

„Einatmen!"

Es dauerte nur wenige Augenblicke, dann schien es Jona endlich besser zu gehen. Sie stand entspannt am Waschbecken mit dem Tuch vor dem Mund und würgte nicht mehr. Frau Hauptmann kam an den Untersuchungstisch zurück, zog sich die Handschuhe wieder an und widmete sich ihrer Arbeit. Gremlichs Gesichtsausdruck machte deutlich, wie sehr er mit sich rang. Schließlich unterdrückte er den Wunsch, seine Assistentin erneut zurechtzuweisen und wandte sich an Vi: „Was ich sagen wollte, war, dass wir uns dem Neuankömmling widmen, sobald wir unseren Freund hier verschlossen haben."

Da Walter zustimmend nickte, blieb Vi nichts anderes übrig, als auf ihren Platz neben dem Untersuchungstisch mit den Knochen des zweiten Skelettes zurückzukehren und abzuwarten. Die Knochen waren in einem unordentlichen Haufen in ein Tuch geladen und hierher gebracht worden. Vi hätte sie gerne noch an Ort und Stelle besichtigt, auch um einen Eindruck vom Fundort zu gewinnen, aber Stadtrat Kolmbach hatte, wie Cilia wundervoll zu imitieren wusste, einen halben Herzinfarkt erlitten und somit war es notwendig geworden, auf der Stelle die Polizei zu rufen. Zu allem Unglück war dem ersten eintreffenden Polizisten eine ganze Horde Schaulustiger gefolgt, so dass sich der Fund in weniger als einer

Stunde herumgesprochen hatte und bis zur örtlichen Schmierblattdruckerei vorgedrungen war. Im Görlitzer Anzeiger würde sie erst am späten Abend davon lesen, aber Schmierblätter gab es genügend, die von den Zeitungsjungen in Umlauf gebracht wurden. Zum ersten Mal waren damit jedoch die Skelettfunde in den Fokus der Aufmerksamkeit geraten. Das Skelett auf der Neiße hatte niemanden trotz der Inszenierung beeindruckt, doch der Fund eines zweiten Skelettes durch zwei Stadträte war Grund genug für schlecht recherchierte und aufwieglerische Artikel.

„Willst du auch?" Jona hielt ihr das Tuch hin, das Frau Hauptmann ihr gegeben hatte. „Das riecht gut und du siehst so aus, wie ich mich vor ein paar Minuten noch gefühlt habe. Du wirst doch nicht wieder ohnmächtig, oder?"

Vi roch kurz an dem Tuch, das tatsächlich einen angenehmen Minzgeruch verströmte, dennoch lehnte sie ab und wagte einen flüchtigen Blick zu Walter, der aber bemüht war, Gremlichs Arbeit zu verfolgen, ohne es Jona gleich zu tun.

„Nein. Keine Sorge. Es geht mir gut. Hilft wohl gegen die Übelkeit, was?"

„Ganz prima", strahlte Jona und sah dabei zu Gremlichs Assistentin hinüber. Vi legte ihr die Hand auf den Kopf und drehte ihn zu sich. Es war ihre Art, Jonas Aufmerksamkeit zu gewinnen, und es gelang fast immer.

„Hör mal zu", flüsterte sie leise. „Bild dir nichts ein. Lass die Augen von ihr und konzentrier dich auf unser neues Skelett oder ich nehme dich nie wieder mit hierher."

„Ich weiß sowieso nicht, warum du mich mitgenommen hast. Ich kotze die ganze Zeit und Oda hat gesagt, ich soll mich ein paar Tage wegen der Platzwunde schonen."

Sie deutete auf die lädierte Stelle an ihrem Kopf, die wahrlich nicht schön aussah. Aber Vi sah nicht ein, warum eine von ihnen wegen so einer lächerlichen Kleinigkeit nicht arbeiten sollte. Außerdem erinnerte sie sich noch an das Stück Papier, das Jona Gremlich das letzte Mal gereicht hatte. Es schien ihr, als könne die junge Frau auch dieses Mal nützlich sein, besonders da ihr aufgefallen war, wie Walter reagiert hatte, als er Jona gesehen hatte.

„Ach, Oda macht sich ohnehin immer viel zu viele Sorgen um dich."

Bevor Jona protestieren konnte, presste Vi ihr erneut das Tuch auf den Mund. Es dauerte noch eine vollständige Ewigkeit, bis Gremlich und Frau Hauptmann mit der Untersuchung des toten Mannes fertig waren. Sie nähten ihn wieder zu und wirkten danach beide sehr erschöpft, so dass Gremlich noch nicht einmal die Kraft fand, weiter zu frotzeln. Müde und eher gelangweilt, kam er daher zum Untersuchungstisch und besah sich den Knochenhaufen, der von dem Schädel gekrönt wurde.

„Was genau wollen Sie denn jetzt wissen?", wandte sich Gremlich an Walter und ignorierte Vi.

„Wir gehen aufgrund des Fundes und der Umstände davon aus, dass dieses Skelett und das andere vom Floß in direkter Verbindung stehen. Aber wir müssen ausschließen, dass es sich um eine Nachahmung handelt. Außerdem brauche ich Angaben zum Umstand des Todes und zum Zeitpunkt. Vielleicht lassen sich an diesem Skelett mehr Spuren finden."

„Und das soll ich Ihnen jetzt innerhalb der nächsten fünf Minuten vorlegen, oder was?"

„Wir warten hier auch gerne noch bis zum Abendessen", mischte sich Vi ein.

„Ja, wenn Sie soviel Zeit haben. Frau Hauptmann, ich gehe eine Kleinigkeit essen. Kümmern Sie sich bitte solange um den Bericht über unseren Freund dort drüben."

Damit zog sich Gremlich die Handschuhe aus und verließ den Raum. Er reagierte nicht einmal auf Proteste von Walters Seite, der ihm sogleich folgte. Vi seufzte und rieb sich die Stirn, hinter der sich ein hartnäckiger Kopfschmerz festzusetzen begann. Es war eine Frechheit, was sich dieser Mann vor dem Polizeirat herausnahm und dass Walter sich dies auch noch gefallen ließ.

„Wenn Sie wollen, kann ich Ihnen helfen."

Gremlichs Assistentin stand am Kopfende des Untersuchungstisches und hielt einen der kleineren Knöchel des Skelettes in der Hand. Sie riskierte damit, von ihrem Vorgesetzten nicht nur zurechtgewiesen zu werden, aber ihr Blick war so trotzig, dass Vi ihr nicht widersprechen konnte.

„Ich will Sie nicht in Schwierigkeiten bringen, aber Ihr Angebot abzulehnen, wäre Dummheit. Und wenn man mir eines bisher noch nicht nachsagen konnte, dann die Behauptung, dass ich dumm sei."

„Gut", war die schlichte Antwort. In den nächsten zehn Minuten sortierte Frau Hauptmann die Knochen grob, bis sich ein ähnliches Bild wie beim ersten Skelett ergab. Sie nahm ein paar Maße und sah sich verschiedene Verletzungen an den Knochen an.

„Einer ersten, nicht sehr gründlichen Untersuchung nach würde ich behaupten, dass das Kind im selben Alter war wie unser erster Fund und vermutlich auch in einem ähnlichen Zeitraum verstorben ist. Es gibt wie beim ersten Fund deutliche Anzeichen für häufige Frakturen, was dafür spricht, dass das Kind misshandelt wurde. Zudem habe ich im Bereich des Kiefers Spuren von Gewalteinwirkung gefunden. Leider ist der Kehlkopf nicht erhalten, aber es könnte sein, dass das Kind erwürgt wurde."

„Sind Sie sicher oder wäre auch jede andere Todesart denkbar wie bei Anton?"

Frau Hauptmann drehte sich um. Sie war erschrocken darüber, dass Vi den Namen des Jungen gebrauchte.

„Da ich nach so langer Zeit keine eindeutigen Anzeichen finden kann, wäre es möglich, ja. Die Verletzungen am Kiefer können auch von Schlägen herrühren, die nicht unmittelbar mit dem Tod in Verbindung stehen. Andere schwerwiegende Verletzungen lassen sich nicht ausmachen."

„Aber Sie würden sagen, dass das Kind unter denselben Umständen gelebt hat wie Anton?"

„Ja, das lässt sich ohne Zweifel sagen. Aber etwas ist mir aufgefallen. Ich kann es nicht mit Bestimmtheit sagen, dafür müsste ich mir einige neuere Fachartikel ansehen –", antwortete Gremlichs Assistentin. „Aber die Schädelform ist nicht europäisch."

„Was soll das heißen, sie ist nicht europäisch?"

„Ich würde sagen, der Junge stammte aus südlicheren Gebieten, aus Afrika."

„Ein Schwarzhäutiger?"

„Schwer vorstellbar, aber ja. Ich habe bisher erst einen Schwarzen in meinem ganzen Leben gesehen und er war in Begleitung einer weißen Familie. Daher nehme ich an, er hat ihnen gedient."

„Gedient? Sie meinen, er war ein Sklave? Aber ist die Sklaverei nicht abgeschafft worden?"

„Es ist über zehn Jahre her, dass ich dieser Familie begegnet bin. Bedenken Sie, dass es trotz der Abschaffung der Sklaverei und zahlreicher Gesetzesänderungen noch immer genügend Menschen gibt, die gewissermaßen in Leibeigenschaft leben. Aber ich kann mir nicht vorstellen, dass unser Junge hier ein Sklave war. Zumindest nicht im eigentlichen Sinne. Es wäre aber denkbar, dass er vielleicht mit seinen Eltern hierher gekommen ist. Soweit ich weiß, wurden Tausende Afrikaner nach Europa eingeschifft."

„Aber ein schwarzer Junge wäre doch sicher aufgefallen."

„Wenn es jemanden interessiert hätte."

„Das heißt, die beiden Jungen könnten Arbeiter gewesen sein, Diener oder schlimmer noch Sklaven? Und nicht nur sie, sondern vielleicht auch noch fünf andere?"

„Sind Sie wirklich überrascht? Kinder arbeiten doch überall in Fabriken. In den meisten werden sie aber vermutlich besser behandelt als unsere beiden Jungen. Deshalb waren die beiden wahrscheinlich nicht in einer Fabrik angestellt, sondern haben in einem kleineren Betrieb gearbeitet."

„Wovon es hier unzählige gibt."

„Ja. Aber wie Sie schon sagten, ein schwarzer Junge wäre aufgefallen. Vielleicht gibt es doch noch jemanden, der sich an ein afrikanisches Kind erinnern kann. Es würde sich jedenfalls lohnen, sich umzuhören."

„Sklaven wurden doch auch verkauft. Es könnte Aufzeichnungen geben."

„Vi, glaubst du echt, dass jemand, der Kinder an irgendwelche fiesen Kerle verkauft, der sie verprügelt und für sich schuften lässt, irgendwo eine Notiz hinterlässt?", fragte Jona.

„Nein, wahrscheinlich nicht. Du hast Recht."

Vi stützte sich auf dem Untersuchungstisch ab und ließ ihren Blick über die Knochen gleiten. Dieses Mal überwältigte sie die Erinnerung an ihre toten Kinder nicht. Nur eine Art von Trauer befiel sie. Dieser Junge war aus Afrika gekommen. Ein Sklave, der nicht gut behandelt worden war. Er war seinen Eltern entrissen und an jemanden verkauft worden. Ein Leben mit ein paar Münzen aufgewogen. Hatte er gewusst, was mit ihm geschah? Er sprach ihre Sprache nicht, er kannte sich hier nicht aus. Er war demjenigen, dem er verkauft worden war, hilflos ausgeliefert und niemand hatte ihm geholfen, niemand hatte hingesehen.

„Aber wir wissen wenigstens, wie er hieß." Frau Hauptmann hielt ihr den Schädel des Jungen entgegen. Vi nahm ihn zwischen die Hände und betrachtete die Kopfform, die für sie keinen deutlichen Unterschied zu Anton zeigte. Sie drehte ihn vorsichtig, bis sie ins Schädelinnere sehen konnte. Dort war nicht nur der Name des Jungen in derselben feinen Pinselschrift verzeichnet, sondern auch zwei weitere Strophen des Gedichts.

„Tammo. Sieben kleine Knaben sehen sein Gesicht, sehen seine Augen und das flackernde Licht. Sie fürchten sich vor ihm, dem Vater, dem Lieben, der sich sorgt und sich kümmert um die zitternden Sieben. Sieben kleine Knaben ziehen durch die Nacht, sie folgen dem Vater, der sie führt und lacht. Sie hassen ihn sehr, den Vater, den Lieben, der sich sorgt und sich kümmert um die zitternden Sieben."

„Wieder der liebe Vater, vor dem sie sich fürchten. Ich schätze, das ist der Mann, der sie gekauft hat."

„Aber die Nacht? Warum in der Nacht? Mussten sie da arbeiten? Oder ist das die Nacht, in der sie umgebracht wurden? Hat er sie umgebracht?"

Vi gab Frau Hauptmann den Schädel zurück, forderte Jona aber dazu auf, die Strophen zu notieren. Es war noch immer stickig und heiß in Gremlichs Untersuchungszimmer. Vi spürte den Schweiß in ihrem Nacken, aber dennoch fror sie und auf ihren Armen hatte sich eine Gänsehaut gebildet. Was war mit diesen Jungen passiert? Wie sehr hatten sie leiden müssen? Und würden wirklich noch fünf weitere Skelette folgen?

„Entschuldigen Sie, dass ich Ihnen nicht mehr sagen kann. Doktor Gremlich wird sich das Skelett später ansehen. Vielleicht finden wir noch einen Hinweis."

„Sie haben uns schon weiter geholfen, Frau Hauptmann, wirklich. Vielen Dank. Aber falls Ihnen doch noch etwas auffällt, möglicherweise auch etwas, was Gremlich übersieht, versuchen Sie es für sich zu behalten und damit zu uns zu kommen. Wäre das in Ordnung?"

„Es tut mir Leid, Frau Sperber, aber wir arbeiten hier auch für die Polizei. Ich denke, es wäre nicht richtig, Herrn Seebitz Informationen vorzuenthalten."

„Aber wir arbeiten für Herrn Seebitz!"

„Tun wir ni –"

Vi streckte die Hand nach hinten aus und hielt Jona den Mund zu.

„Wir arbeiten für ihn. Ich will ihm nichts vorenthalten, aber ich will es Gremlich vorenthalten. Verstehen Sie, der Mann ist nicht nur ein Scheusal, sondern er hat im letzten Frühling auch die Ermittlungen im Fall des Sagenmörders behindert, indem er Informationen an die Presse gegeben hat. Also wenn Ihnen etwas auffällt, was wichtig ist und was Gremlich nicht sieht, kommen Sie damit bitte zu uns. Wir geben es an Herrn Seebitz weiter."

Frau Hauptmann wirkte unsicher. Sie strich sich die dunklen Haare hinter die Ohren und ihre Augen wanderten unstet zwischen Vi und Jona hin und her. Sie war nicht dumm, sie durchschaute Vis Lüge, aber sie hatte ihr immerhin gegen Gremlich beigestanden und nahm sie ernst im Gegensatz zu dem Arzt.

„Ich werde darüber nachdenken. Sie sollten jetzt gehen."

„Natürlich. Komm, Jona, wir werden mal nach unserem Herrn Seebitz Ausschau halten. Vielen Dank, Frau Hauptmann, und einen angenehmen Tag."

„Wiedersehen, Frau Hauptmann", säuselte Jona, bevor Vi ihr eine Hand auf den Rücken legte und sie aus dem Untersuchungszimmer in den beklemmenden Flur schubste.

„Du hast sie angelogen. Wir arbeiten doch gar nicht für Seebitz."

„Na und? Wir brauchen Informanten und Gremlich ist derzeit noch unkooperativer als sonst. Ich vermute, er darf wohl keine Pilze mehr züchten. Für den eigenen Konsum."

„Oder er hat eine Menge zu tun. Hast du den Mann da gesehen? Das war ja ekelhaft!"

„Das ist nicht ekelhaft, das ist die Natur. So sieht dein Inneres auch aus."

„Mag sein. Ich hoffe nur, dass mir niemals jemand die Gedärme aus dem Bauch rupft."

Schweigend ließen sie den Gang hinter sich und machten sich im Krankenhaus auf die Suche nach Gremlich. Eine Schwester wies ihnen den Weg zu einem Zimmer, in dem Schwestern und Pfleger ihr Essen zu sich nahmen. Aber das Zimmer war verlassen.

„Dieser Mistkerl. Lässt seine Assistentin weiter schuften und macht ein gemütliches Päuschen!"

„Du bist nicht besser, du nutzt sie auch nur aus."

„Jetzt hör aber auf! Ich habe sie lediglich um einen Gefallen gebeten."

„Und sie angelogen!"

Vi blieb stehen und wollte sich gerade über Jonas geistige Verwirrtheit in Bezug auf die junge Assistentin äußern, als sie aus dem Fenster in den Innenhof des Krankenhauses und dort Gremlich mit Walter debattieren sah.

„Ach, da sind sie ja!"

Ohne auf ihre Begleiterin zu warten, stürzte Vi in den Innenhof. Sie war wütend. Nicht nur wegen Walters Auftauchen, auf das sie gut hätte verzichten können, sondern auch wegen Gremlichs Hochmütigkeit. Sie wusste, dass sie einander aus nahe liegenden Gründen nicht leiden konnten, aber sie würde es nicht zulassen, schon wieder von einem Mann so ruppig abgewiesen zu werden. Die Begegnung mit Surek war einfach zu frisch.

„Wollte der Herr nicht eine Kleinigkeit essen und sich dann endlich seiner Arbeit widmen?"

„Nur Geduld, Frau Sperber. Wir können heute die ganze Nacht miteinander verbringen, wenn Sie wollen. Der Herr Polizeirat hat mir gerade mitgeteilt, dass Sie auch an diesem Fall arbeiten. Hätte ich das zuvor gewusst, hätte ich Sie natürlich nicht warten lassen", antwortete Gremlich und klang dabei so sympathisch wie ein sich in sein Opfer verbeißender Straßenköter.

„Das ist sehr freundlich von Ihnen, Gremlich, aber ich verzichte. Ich arbeite nicht an diesem Fall. Ich habe mir lediglich Gedanken um Ihre Assistentin gemacht, die dazu genötigt wird, Ihre Arbeit zu machen."

„Was sie ja gerne möchte. Aber wenn das so ist, darf ich mich entschuldigen und wünsche Ihnen einen angenehmen Tag." Gremlich sah noch kurz irritiert zu Walter, doch versuchte er, sich Vi gegenüber nichts anmerken zu lassen, als er in aller Gelassenheit an ihr vorbei schlenderte.

„Ich werde nicht für dich arbeiten", sagte Vi in ruhigem Ton, unterließ es aber nicht, jedes einzelne Wort zu betonen. Walter machte eine resignierende Geste mit seinen Händen, die sich in die Luft schwangen und wieder sanken.

„Vi, was soll das? Wir haben Differenzen miteinander, ja. Aber das ist wichtig. Es geht hier um zwei tote Jungen. Es mag sein, dass sie nicht in diesem Jahr ums Leben gekommen sind, aber das ändert nichts am Umstand, dass wir herausfinden müssen, wer das getan hat und wer ihre Skelette in der ganzen Stadt verteilt. Kannst du dir vorstellen, was jetzt passieren wird, jetzt, da zwei Stadträte eines der Skelette gefunden haben? Ich stehe unter Druck!"

„Die Parade in Breslau ist doch lange vorbei. Setz ein paar Männer darauf an."

„Ja, die Parade ist vorbei, aber wir haben derzeit soviel mit Kindesentführungen und anderen Toten zu tun, dass wir nicht mehr wissen, wo man unsere Köpfe hingesteckt hat. Ich brauche deine Hilfe."

Sie hätte gerne nachgegeben, hätte ihm und sich diesen Wunsch erfüllt. Die Ermittlungen wären einfacher geworden, sie hätten Geld erhalten, das sie benötigten, aber sie konnte nicht. Sie konnte ihm nicht nachgeben. Sie wusste nicht, wieso. Sie wusste nicht, wieso sie so wütend auf ihn war. Wieso er sich so hatte verändern müssen. Früher waren sie einander so nah gewesen, doch jetzt sah sie einen Fremden vor sich.

„Ich habe keine Zeit. Ich muss mich um mein Geschäft kümmern."

„Und deshalb bist du hier? Weil du dich um dein Geschäft kümmern musst? Deshalb bist du sofort nach dem Fund des Skelettes hierher gekommen? Vi, ich weiß, dass du dich für den Fall interessierst. Dass du herausfinden willst, was passiert ist. Du kannst mir nicht einreden, dass die Frau, die sich vor Jahren als Mann verkleidet hat, nur um an ein wertvolles Buch zu gelangen, sich so verändert hat, dass sie nur noch an ihr Geschäft denkt. Vi, es geht hier um Kinder. Sie mögen tot sein, aber sie haben es verdient, dass wir herausfinden, was passiert ist. Das kann dir doch nach all dem, was du durchgemacht hast, nicht egal sein. Vi, ich bitte dich!"

Ihr Herz schlug so schnell. Sie schaffte es nicht, ihren heftigen Atem zu kontrollieren. Natürlich war ihr all das nicht egal, waren ihr die Kinder nicht egal. Aber sie würde nicht mehr für Walter arbeiten. Er hatte sich zu sehr verändert. Und sie sich auch.

„Nein."

Sie wandte sich ab und ging zurück ins Krankenhaus, um Jona zu holen, die ihr nicht in den Innenhof gefolgt war. Aber sie kam nicht sehr weit. Sie musste sich auf einen Stuhl vor einem der Schwesternzimmer setzen und kurz durchatmen. Sie reagierte zu persönlich. Sie hätte den Auftrag annehmen und eine ordentliche Bezahlung herausschlagen sollen. Es wäre für sie und das Geschäft und ihre Mitarbeiterinnen besser gewesen. Doch stattdessen wehrte sie sich mit Händen und Füßen wie ein kleines Kind. Nur um es Walter heimzuzahlen, nur um den Mann leiden zu sehen, den sie eigentlich –

„Sie hat immer noch nicht zugestimmt? Warum nicht?"

„Ich nehme an, sie ist wütend auf mich. Aber bei unserer Abmachung bleibt es?"

Vi hob den Kopf. War das nicht Jonas Stimme? Und da war doch jemand bei ihr. Vi stand auf und schlich langsam am Schwesternzimmer vorbei in Richtung eines abgelegenen Krankenzimmers. Es wurde eben neu gestrichen, wie sich an den davor stehenden Farbeimern erkennen ließ, weshalb es nicht genutzt wurde. Dennoch stand die Tür offen und Vi konnte deutlich Jonas und Walters Stimmen hören.

„Vi wird mich umbringen."

„Hier ist eine unterzeichnete Erklärung, dass ihr für die Polizei auch in diesem Fall tätig seid. Und hier sind zwanzig Mark im Voraus für deine Hilfe."

„Aber wenn wir den Fall lösen, dann übernehmen Sie alle unsere Schulden!"

„Das ist versprochen. Du zeigst mir eure offenen Rechnungen, ich bezahle sie. Und du bekommst noch einen Bonus."

„Das kann doch wohl nicht wahr sein", murmelte Vi, ging auf die Tür zu und hielt dann inne. Sie reagierte zu persönlich. Schon wieder. Sie war wütend, aber das durfte sie dieses Mal nicht beeinflussen. Jona betrog sie zwar, aber es hatte auch etwas Gutes. Sie hatten die schriftliche Einwilligung in diesem Fall zu ermitteln, was ihnen vieles erleichtern würde. Außerdem bekamen sie Geld, ohne dass Vi sich vor Walter erniedrigen musste. Das war gut für das Geschäft.

„Es ist gut für das Geschäft. Es ist gut für das Geschäft", sagte sie immer wieder vor sich hin, auch als sie längst vor dem Krankenhaus stand und auf Jona wartete. „Es ist gut für das Geschäft."

„Was ist gut für das Geschäft?"

Da stand sie neben ihr, die kleine Verräterin. Vi wollte am liebsten ausholen und ihr eine Maulschelle verpassen, aber sie hielt sich zurück. Sie wusste nicht, warum Jona ihr dermaßen in den Rücken fiel, aber es war gut für das Geschäft.

„Das Wetter. Sieh dir den Nebel an. Die Leute können keine Ausflüge am Wochenende machen. Vielleicht geben sie ihr Geld dann ja eher für ein wenig Lektüre aus."

Die Baustelle auf der schräg gegenüberliegenden Seite des Krankenhauses war kaum zu erkennen. Seit Wochen wurde dort eine neue Gebäudefront geschaffen. Nur das laute Hämmern und Sägen der Handwerker war zu hören, obwohl der Nebel auch die Geräusche dämpfte. Vi fiel es schwer zu atmen, während sie und Jona zurück zur Buchhandlung gingen. Sie schwiegen die ganze Zeit, redeten nicht, hingen Gedankenfetzen nach. Gerne hätte Vi ihre junge Begleiterin auf ihren Verrat angesprochen, hätte sie zur Rechenschaft gezogen, hätte erfahren, warum sie von ihr betrogen wurde. Aber sie brachte es nicht über sich. Es mochte Gründe geben. Walter hatte Jona ja nicht das erste Mal gezwungen, ihm behilflich zu sein, doch dieses Mal hatte Jona anders geklungen. Nicht so ängstlich.

Als sie endlich in der Apothekergasse ankamen, ging Vi ohne ein weiteres Wort die Treppe nach oben in ihre Wohnung. Sie musste wieder an Florian denken, wie er nach seinem Vater gerufen hatte. Nach seinem Vater, obwohl sie an seinem Bett gesessen hatte. Und nun hatte sich Jona an Walter gewandt, hatte sich mit ihm zusammen geschlossen, obwohl sie es gewesen war, die Jona ein neues Zuhause gegeben hatte. Sie war wieder verraten worden.

Kapitel 11

Es war spät am Nachmittag. Zwei Tage waren seit dem Fund des neuen Skeletts, seit Tammos Entdeckung, vergangen. Jeden Abend hatten sie darüber beraten, was zu tun sei, waren den Spuren nachgegangen, die Gremlichs Assistentin ihnen aufgetan hatte, aber bisher ohne Erfolg. Ewa hatte sich in allen kleineren Betrieben in der Altstadt und entlang der Neiße umgehört, aber von einem schwarzen Jungen wusste niemand etwas. Auch alle Nachforschungen hinsichtlich Sklaven- und Kinderverkäufen waren im Nichts verlaufen. Dabei waren sie optimistisch gewesen, dass sich jemand an einen schwarzen Jungen sicher erinnern würde oder an eine Horde Jungen, die gekauft und zur Arbeit gezwungen worden war. Entweder man belog sie oder die Menschen wussten wirklich nichts. Bei manchen war sich Ewa nicht sicher, aber sie glaubte, eine gute Menschenkenntnis zu haben, die meisten hatten tatsächlich noch nie einen schwarzen Jungen gesehen.

„Ewa, kannst du mir mal den Vierkantschlüssel geben?"

Eine Hand wedelte durch ihr Blickfeld. Vor ihr tauchte Ieva auf, die zwei metallische Bretter hielt, die sie mit einer Schraubverbindung befestigen wollte. Ewa nickte mechanisch, noch ein wenig gefangen in ihren Gedankengängen. Die letzten zwei Tage hatte sie darüber nachgedacht, wer Kinder kaufen und sie zu billigen Arbeitskräften machen könnte. Sie kannte sich in der Stadt gut aus, aber wenn die Kinder schon vor zehn oder gar fünfzehn Jahren gelebt hatten, stand es schlecht mit ihren Erkenntnissen. Sie war erst vor sechs Jahren nach Görlitz gekommen. Außerdem bedeutete das auch, dass es manche der Fabriken oder Handelsgeschäfte heute gar nicht mehr gab. Viele waren umgesiedelt in andere Städte oder hatten sich an besseren Orten in der Stadt niedergelassen. Sie musste den Bereich ihrer Suche ausweiten.

„Ewa! Was ist los? Du weißt doch noch, wie ein Vierkantschlüssel aussieht, oder?"

„Ja, entschuldige. Ich habe nur gerade wieder an die beiden Jungen denken müssen."

Sie reichte Ieva den Vierkantschlüssel und half ihr, die Bretter so zu stabilisieren, dass sie sie miteinander verschrauben konnte. Ieva war die letzten Tage wegen eines größeren Auftrages, den Gudruns Gaststube bekommen hatte, viel eingespannt gewesen. Das war der erste Abend seit langem, an dem sie an ihrem Projekt arbeiten konnten. Da es ruhig war und sie Platz brauchten, bauten sie einen Teil der Apparatur vor dem Geschäft auf. Es behagte ihnen nicht, aber es blieb ihnen auch keine andere Wahl. Außerdem hatte sich Oda über den Schmutz beklagt, den sie überall hinterließen.

„Du hast noch nichts herausfinden können, oder?"

„Nein. Niemand weiß etwas von einem schwarzen Jungen oder Kinderarbeitern. Nun ja, ich habe zahlreiche Hinweise von verfeindeten Handwerksmeistern bekommen, die behaupteten, ihr Konkurrent würde ein oder zwei Jungen unter neun Jahren beschäftigen, was ja verboten sei, aber es waren stets die eigenen Kinder und nicht mehr als zwei. Außerdem hat jemand von einer Knabenerziehungsanstalt gesprochen. Es gab tatsächlich vor ein paar Jahren eine. Sie wurde von diesem Kunden geleitet, von dem ich dir erzählt habe. Der neulich da war."

„Dieser Wasser?", fragte Ieva, beugte sich vor und befestigte eine weitere Schraube, um die beiden Bretter fester miteinander zu verbinden. „Aber der wird doch keine Kinder gekauft haben."

„Nein, ausgeschlossen. Warum sollte er? Er wurde gut bezahlt für die Kinder, die er aufnahm. Und ein schwarzer Junge wäre dort bestimmt aufgefallen. Aber mehr habe ich leider nicht herausfinden können. Wir stecken wieder in einer Sackgasse. Und Vi ist auch so eigenartig."

„Ja, ich weiß, was du meinst." Ieva seufzte und wischte sich die Stirn ab. Obwohl es kalt war und der Nebel vom Fluss heraufzog, schwitzte sie nach der anstrengenden Arbeit. Die Bretter waren schwer und nun kramte sie in einer hölzernen Kiste nach verschiedenen Kabeln. „Sie ist ja noch nie das Taktgefühl in Person gewesen, aber jetzt ist sie andauernd ruppig und vor allem in sich gekehrt."

„Ich vermute, sie hat sich wieder mit Walter gestritten."

„Dass die beiden sich aber auch nicht wieder vertragen können. Warum ist sie nur so stur?"

Ewa beobachtete eine Nebelschwade, die zwischen ihren Knöcheln hindurchzog und auf der Langenstraße verschwand, wo eine ganze Wand aus feuchter Luft jede Sicht unmöglich machte.

„Wir sollten uns beeilen. In einer Viertelstunde sehen wir nichts mehr."

„Ich bin gleich fertig, ich will nur noch die Kabel befestigen. Reichst du mir bitte die kleine Zange?"

Ewa gab ihr das verlangte Werkzeug. Aus dem Nebel tauchte unterdessen eine kleine Gestalt auf und schmiegte sich an die ausgestreckte Hand. Smuts Fell war feucht, aber sauber. Dennoch versperrte ihm Ewa den Weg, als er zielgerichtet in die Buchhandlung marschieren wollte.

„Tut mir Leid, kleiner Freund, aber der Aufenthalt in unserem bescheidenen Wohlfühletablissement ist dir leider verwehrt. Aber ich habe vielleicht was für dich."

Ewa griff in die kleine Rocktasche, in der sie das eine oder andere Gut mit sich herumschleppte, um Befragte gesprächiger zu machen. Und einige dieser Menschen legten mehr Wert auf etwas zu essen als auf Geld. Tatsächlich befand sich noch ein kleines Stück Hartkäse darin. Sie reichte es Smut, der es mit einem Happen verschlang.

„Nicht so gierig, junger Mann. Wir lassen dich schon nicht verhungern."

Auf der anderen Seite der Gasse, die nur noch schemenhaft zu erkennen war, obwohl die Gasse keine drei Meter breit war, wurde eine Tür geschlossen. Smut rannte sofort los und begrüßte eine menschliche Gestalt, die sich langsam den Frauen näherte.

„Ist ja gut, Smut. Ich habe doch an dich gedacht und dir etwas von meinem Mittagessen aufgehoben."

Die Gestalt, deren Stimme männlich klang, beugte sich hinunter und legte etwas auf den Boden, über das sich der Kater sofort her machte. Ewa musste lächeln. Das Tier wusste, wie es den Monat überlebte. Die Frauen dagegen steckten immer tiefer in den Schulden. Und dank der Verleumdungen der Marek wurde es nicht besser.

„Guten Abend!", grüßte sie freundlich in den Nebel, aus dem nun ein Mann mit müden Augen, aber einem herzlichen Lächeln trat. Er sah gut aus, aber sein Alter war schwer zu schätzen. Anhand der Erscheinung und der Tatsache, dass er aus dem Rathaus gekommen war, dämmerte Ewa schnell, um wen es sich handelte.

„Einen schönen guten Abend, meine Damen."

„Ach herrje", stöhnte Ieva, als auch sie den Mann erkannte. „Das hat ja gerade noch gefehlt."

„Keine Angst, Vi ist nicht in der Nähe", flüsterte ihr Ewa zu.

„Entschuldigen Sie bitte, aber störe ich etwa?"

„Nein, keine Sorge, Herr Surek. Sie sind auf dem Nachhauseweg?"

„Erstaunlich, dass Sie sogleich wissen, wer ich bin. Ich versuche dies als ein gutes Zeichen zu werten, wobei ich nach der letzten Begegnung mit der Leiterin dieser Buchhandlung und Ihrer Freundin Frau Sperber eher dazu tendiere, anzunehmen, sie hat Ihnen eine Beschreibung meinerseits gegeben, damit Sie mich auf offener Straße erschlagen für mein zweifellos sehr unangemessenes Verhalten vor einigen Tagen."

„Ich glaube, sie sprach vom Lynchen", erwiderte Ieva kurz, bevor sie sich wieder den Kabeln zuwandte, die sie auf der Oberfläche der beiden Bretter befestigte.

„Das habe ich mir schon gedacht. Aber möglicherweise gibt es etwas, was das Töten überflüssig macht. Ich habe unter den fälschlicherweise besorgten Titeln in unserem Archiv einen gefunden, der eher für Frau Sperber von Interesse sein dürfte. Er ist zweifellos ein paar Mark wert, wenn man den richtigen Käufer findet. Würden Sie ihn ihr geben?"

Er reichte Ewa ein in Zeitungspapier eingeschlagenes Buch. Es war klein, aber überraschend schwer. Sie fragte sich, ob Vi dieses Friedenszeichen annehmen würde, nachdem sie zurzeit eher unleidlich war. Aber gut möglich, dass es sie auch aufheiterte.

„Natürlich. Das mache ich gern. Sie scheinen mir gar nicht so geizig, wie Vi Sie beschrieben hat. Zumal Sie da eben unseren Hausfreund gefüttert haben." Ewa deutete auf Smut, dessen lautes und schmatzendes Kauen wohl auch noch am anderen Ende der Gasse zu hören war.

„Ich war sehr unhöflich zu ihr und habe sicher noch weitaus schlechtere Charaktereigenschaften gezeigt. Doch bin ich derzeit so beschäftigt, dass ich manchmal den Blick für andere Menschen verliere. Ich bedauere dies sehr. Falls ich ihr oder auch Ihnen einmal behilflich sein könnte, zögern Sie bitte nicht, mich zu fragen. Eventuell auch bei handwerklichen Tätigkeiten. Ich glaube nämlich, dass Sie diese beiden Kabel lieber nicht in Reihe schalten sollten, sonst müssen Sie einen hohen Widerstand einbauen."

Ewa sah hinunter auf die beiden Bretter, an denen Ieva ein Konstrukt aus Kabeln befestigt hatte und gerade mit den letzten Stücken beschäftigt war. Surek hockte sich hin und deutete auf die zwei Kabel, die sie in ihrer Hand hielt.

„Darf ich?"

Obwohl ihr anzusehen war, dass es ihr nicht behagte, dass der fremde Mann ihr half, reichte sie ihm Kabel und Zange und innerhalb weniger Minuten war das Konstrukt verbessert.

„Daran habe ich nicht gedacht", murmelte Ieva, nahm Surek dann jedoch die Zange aus der Hand und verschob zwei Kabel, die an der falschen Stelle waren. „So, jetzt ist es richtig. Aber ich muss sagen, für einen Bibliothekar haben Sie recht viel Ahnung von Physik. Ist es nur eine Marotte?"

Surek lachte und erhob sich, wobei er leise stöhnte und kurz seine Knie massierte. Auch Ewa ging es oft so, dass sie aus der Hocke nur noch schwer nach oben kam, obwohl sie sich jeden Morgen vor dem Fenster einigen sportlichen Übungen verschrieben hatte. Der Mann war wirklich wesentlich älter, als er aussah.

„Gewissermaßen ein Überbleibsel. Ich war in einer Knabenschule. Das, was heute wohl Internat genannt wird. Wir haben dort nicht nur Latein gelernt. Zu einem meiner liebsten Fächer gehörte die Physik. Allerdings waren unsere Lehreinheiten zumeist praktischer Natur und hatten wenig mit der Theorie zu tun. Dafür hat es bei mir dann auch nicht gereicht. Aber ich schätze, ich würde eine Glühlampe mit einem Schalter, ein paar Kabeln und einer Stromquelle noch zum Leuchten bekommen. Dürfte ich interessehalber fragen, was das werden soll?"

„Dürfen Sie leider nicht, fürchte ich", antwortete Ewa, bevor Ieva Surek zurechtstutzen konnte. Sie hasste es, wenn sie danach gefragt wurde, was ihre Gebilde eigentlich darstellen sollten. „Wir werden uns jetzt auch langsam zurückziehen. Der Nebel wird schlimmer und für heute Abend soll es genug sein."

„Ich –, ja, natürlich. Entschuldigen Sie, falls ich Sie gestört haben sollte. Bitte richten Sie Frau Sperber mein Bedauern über mein Verhalten aus, wenn Sie ihr das Buch geben."

„Das mache ich. Einen schönen Abend, Herr Surek!"

„Ihnen auch." Er neigte kurz den Kopf und ging dann in Richtung Langenstraße davon. Ewa konnte Sabins und Vis eher negative Beurteilungen Sureks nicht teilen. Auch wenn seine Worte mehr als gewählt waren, so waren sie doch ehrlich ausgesprochen. Er hatte sich auch nicht darüber ausgelassen, dass Frauen von der Physik die Finger lassen sollten. Sie wog das Buch in ihren Händen und hätte nur zu gern gewusst, was er Vi schenken wollte. Während sie Ieva dabei half, die Konstruktion ins Haus zu tragen, hoffte sie, das Buch würde Vis Laune heben. Aber der Nebel, der mit ihnen ins Haus wallte, ließ selbst ihre Hoffnung verblassen.

Er weckt sie mitten in der Nacht. Es ist kalt. Das Rauschen des Wassers ist laut und kämpft gegen die Stimme des Vaters an. Der Junge öffnet die Augen. Sie sind schlafverkrustet und er muss sie reiben, damit sie nicht ständig zufallen. Sie schmerzen, weil er nicht viel geschlafen hat und müde ist. Sie sind spät zu Bett gegangen. Der Vater ist die letzten Wochen oft sehr launisch und aufgebracht gewesen. Sie haben nicht viel zu essen bekommen. Sie haben weniger gearbeitet, weil sie keine Stoffe erhalten haben. Der Junge weiß nicht, was passiert. Doch er hat eine Ahnung. Eine Ahnung, die ihm Angst macht.

Er erhebt sich von der Pritsche und zieht den zitternden Fedor zu sich. Der Vater befiehlt, dass sie sich anziehen sollen. Sie brauchen nichts zu packen, sagt er. Sie sollen nur ihre Sachen anziehen und sich im Arbeitsraum versammeln. Er ist jetzt ruhiger, aber sein Gesicht ist von tiefen Furchen gezeichnet, in denen die Schatten liegen, die sich vor dem Licht der Gaslaterne verstecken, die er in seiner Hand hält. Sie folgen seinem Befehl ohne Widerstand. Sogar Anton sagt nichts, selbst als der Vater den Schlafraum verlässt. Er kann es auch spüren. Er kann spüren, dass sich etwas verändern wird. Auch ihn beschleicht die Angst, denn er erinnert sich noch daran, was der Vater mit ihm und August gemacht hat. Der Junge sieht ihm an, wie sehr er sich fürchtet.

Sie gehen die Treppe hinauf in den Arbeitsraum, wo es wie gewöhnlich nach Tod riecht. Er hat sich daran gewöhnt, aber in dieser Nacht wird ihm übel, als sie eintreten. Sie müssen sich in einer Reihe aufstellen. Fedor hält die Hand des Jungen fest umklammert. An seiner anderen Seite steht der Große. Er zittert nicht. Er folgt den Worten des Vaters, denn er glaubt daran, dass er ihn beschützen wird. Ihr Gespräch ist nur wenige Wochen her. Der Junge hat es sich gut gemerkt. Seither mag er den Vater ein wenig mehr, doch nun tritt seine Furcht in den Vordergrund, als der Vater mit der Gaslaterne eintritt und ihre Reihe abschreitet. Sein Gesicht ist bleich. Der Junge kann all die Narben erkennen. Er stellt sich vor, wie sie entstanden sind. Anton behauptet, er sei ein Säufer und würde sich andauernd prügeln. Kasimir hat erklärt, dass sie von seiner früheren Arbeit auf See herrühren. Der Junge weiß nicht, was er glauben soll. Wenn er an die Narben denkt, denkt er an sein eigenes Leben beim Vater. Er denkt daran, wie oft er geschlagen wurde. Ob es dem Vater auch so ergangen ist, als er ein Kind war? Kommen daher die Narben?

Der Vater bleibt vor ihnen stehen. Er wispert leise vor sich hin. Der Junge würde gerne wissen, was er sagt, aber er kann ihn nicht verstehen. Was treibt ihn an? Warum wirkt er so verzweifelt? Dann hebt er den Kopf. Die Gaslaterne wandert von Antons Gesicht bis zu Heinrichs, der am Ende ihrer Reihe steht. Selbst im faden Licht wirkt er unbeschreiblich schön und zerbrechlich. Ruht deshalb der Blick des Vaters am längsten auf ihm? Der Junge beobachtet die zitternde Hand, die das Licht flackern lässt.

„Habt gut gearbeitet, die letzten Jahre", fängt der Vater an und seine Stimme bricht dabei. Wie kann es sein, dass der starke Mann, der sie so oft geprügelt und angeschrien hat, nun an Worten scheitert? „Seid gute Bengels. Aba manchma, da, da hilft's nich' gut zu sein. Da muss man bessa sein."

Der Junge sieht, wie der Vater die Stirn runzelt und seine eigenen Worte verdammt. Er weiß nicht, wie er es formulieren soll, was er ihnen mitzuteilen hat. Der Junge würde ihm gerne helfen. In diesem Augenblick hat er ihn so gern wie noch nie zuvor.

„Reicht's Geld nich', Vater?", fragt der Große und seine Stimme ist laut und fest und sorgt dafür, dass das Klappern der Kinderzähne, das den Raum erfüllt hat, verstummt. Alle sehen sie zu ihm auf. Zu Kasimir, der sie alle überragt, der nie gezweifelt, der nie gejammert, der nie geweint hat. In all den Jahren nicht, die sie beim Vater gelebt haben.

„N-Nee", antwortet der Vater zaghaft. „Nee, reicht nich'. Kann euch nich' mehr durchfüttern. Aba ich hab' wen gefundn, der uf euch ufpasst. Is'n netta Kerl. Bissl komisch manchma, aba nett."

Der Junge sieht es. Der Vater lügt. Er hat noch nie gelogen. Er war immer ehrlich zu ihnen. So brutal ehrlich, dass es oft weh getan hat, aber er hat nie gelogen, nie einen Rückzieher gemacht, nie seine Regeln gebrochen. So unerbittlich wie er bei August war, so schwach ist er jetzt. Er kann ihnen nicht die Wahrheit sagen. Er kann ihnen nicht sagen, dass sie zu einem Mann gebracht werden, der sich nicht so gut um sie kümmern wird, wie er es getan hat.

„Is' gut", sagt Kasimir und der Vater sieht ihn an und der Junge sieht den Vater an und die Tränen, die in seinen Augen schwimmen und sie überfluten und sich Bahn brechen. Noch nie hat der Vater vor ihnen geweint. Noch nie hat er gezeigt, dass er sie gern mag. Es erschüttert den Jungen. Jetzt, wo er weiß, dass der Vater sie alle liebt. Jetzt, wo er spürt, dass er den Vater gern hat. Jetzt muss er fort.

„Nein, nein, das ist nicht gut! Du lügst! Der Mann ist nicht nett!", schreit der Junge und der Vater sieht ihn an wie das Kaninchen, das plötzlich dem Fuchs gegenübersteht. Noch nie hat er so ängstlich ausgesehen.

„Ich lüg nich'", presst der Vater hervor. „Ich lüg nich'!"

Er tritt auf den Jungen zu. Der lässt Fedors Hand los und geht einen Schritt auf den Vater zu. Sie stehen sich direkt gegenüber. Der Junge reicht ihm nur bis zur Brust. Er muss den Kopf in den Nacken legen, um ihn mit wutverzerrtem Gesicht in die Augen zu sehen.

„Tust du doch! Warum bringst du uns weg?", schreit der Junge weiter. Der Vater ist ganz außer sich. Er zittert und fährt sich mit der Hand über das Gesicht, das heftig schwitzt. Er riecht so schlimm wie an warmen Tagen, nur ist es kalt, der Boden unter ihren Füßen eisig.

„Ich hab' keen Geld mehr! Geschäft läuft nich' mehr, die ganzen Fabriken und so", sagt der Vater und der Junge sieht, wie er zerbricht. Jahrelang hat er sie für sich arbeiten lassen, sie aber auch versorgt. Er hat seine Arbeit nicht gern getan, aber er hat sie getan. Jetzt wird sie ihm weggenommen und mit ihr auch die Jungen. Der Junge sieht, wie der Vater in Zwei bricht, wie er zusammenfällt.

„Dann machen wir was anderes! Du darfst uns nicht weggeben!", brüllt der Junge ihn an und weint dabei. Hinter ihm ist es still. Die anderen Jungen schweigen. Der Vater ringt mit sich, hat einen Moment die Hoffnung, der Junge könnte Recht haben, und sinkt doch in sich zusammen. Dann, es geht sehr schnell, hebt er die Lampe und lässt sie auf den Jungen niedergehen. Er trifft seine Schulter und schreit dabei so laut, dass der Junge minutenlang nichts mehr hören kann. Er fühlt nur den Schmerz, der ihn durchfährt, als der Vater die Lampe, deren scharfe Grate sich in sein Fleisch gebohrt haben, fortzieht. Er geht in die Knie. Sein Gesicht lehnt an den Oberschenkeln des Vaters. Neben ihm tauchen andere Beine auf. Die Farbe der Hose sagt ihm, dass es Kasimir ist. Er stößt den Vater fort. Der Junge kippt nach vorn, aber der Große fängt ihn, hält ihn in seinen Armen.

Weinen zerreißt die Stille, die den Jungen umgibt. Der Vater spricht, aber die Worte klingen noch dumpf. Kasimir hilft dem Jungen, aufzustehen, denn sie müssen jetzt fort. Ob er verletzt ist, interessiert den Vater nicht. Es darf ihn nicht mehr interessieren, denn sie sind nicht länger sein. Sie gehören nicht mehr länger zu ihm. Er bringt sie jetzt an einen anderen Ort, zu einem anderen Mann, der nicht nett zu ihnen sein wird.

Der Große stützt ihn, hilft ihm laufen. Sie verlassen das Haus und gehen in die Nacht, die kalt über ihnen zusammenschlägt. Der Junge zittert am ganzen Leib. Seine Schritte sind unsicher und wenn der Große nicht wäre, würde er der Länge nach hinschlagen.

„Sei nich' sauer", flüstert Kasimir, während sie dem Lauf der Neiße folgen, die wild rauscht. So gerne würde der Junge hineinspringen und ertrinken, denn er weiß, was nun auf sie wartet, wird schlimmer sein als der Tod. „Der Vater kann sich nicht mehr kümmern. Musst du akzeptieren."

„Man muss nicht immer alles hinnehmen, Kasimir. Er verkauft uns einfach weiter. An irgendeinen Kerl."

„Ist nicht wichtig. Wichtig ist zu überleben."

„Wie kann dir das alles egal sein? Ich dachte, du magst den Vater."

„Ja, das tue ich. Ich mag den Vater. Er ist streng, aber gerecht. Und es tut ihm weh, dass er uns weggeben muss, aber es geht nicht anders. Manche Dinge kann man nicht ändern."

Die Worte trösten ihn nicht, während sie durch die Nacht wandern unter einem verdeckten Mond, nur begleitet vom Strömen des eiskalten Wassers. Seine Schulter schmerzt, aber weit mehr glüht sein Inneres, verglüht unter dem Zorn und der Angst, die er empfindet. Er ist froh, als die Dunkelheit sich seiner bemächtigt und das Glühen erlischt.

Der braune Riese

Denn sieben kleine Knaben wissen genau,
der Vater war böse und streng und nicht schlau,
er hat sie geschlagen, getreten, gebissen,
doch er hatte es noch, das schlechte Gewissen.

Der Mann, der sie aufnimmt, er kennt es nicht.
Für ihn ist Recht, was er selber spricht.
Er sorgt und kümmert sich um die zitternden Sieben,
er will es, er sagt es, doch er kann sie nicht lieben.

Er pflegt sie, er hegt sie, er achtet auf sie,
die Sonne aber, die sehen sie nie.
Er sorgt und kümmert sich um die zitternden Sieben,
er will es, er sagt es, er gibt vor, sie zu lieben.

Kapitel 12

Ewa musste an die alte Sage denken, der zufolge in der Nähe des Kaiser-
trutzes vor vielen Jahren blutiges Wasser entdeckt und als schlechtes O-
men gewertet worden war, das sich tatsächlich erfüllte. Der Schnee der
ersten Wintertage war von großen, blutigen Flecken bedeckt gewesen
und bald darauf war Görlitz besetzt worden. Aber dies hier war kein
Schnee. Es handelte sich um sonst reines und klares Brunnenwasser. Nur
war es nicht klar. Es war blutrot gefärbt. Eine Frau, die vor dem Brunnen
stand und mit hektischen Handbewegungen erklärte, was geschehen war,
hatte im Morgengrauen versucht, ihre Wäsche in dem Brunnenwasser zu
reinigen, was eigentlich verboten war. Dann aber fiel ihr auf, dass ihre
Wäsche sich rot färbte. Sie war in Aufregung geraten und hatte weitere
Frauen hinzugezogen, doch diese konnten sich keinen Reim auf das blutige Wasser machen.

Sie stand auf dem schmalen Platz zwischen der Peterskirche und dem
Vogtshof, der Königlichen Straf-Anstalt oder auch dem Zuchthaus. Der
Brunnen war nahe einer Birke eingelassen und vor einhundertzwanzig
Jahren gebaut worden. Die einzelnen, grob behauenen Steine waren ver-
wittert. Der Brunnenrand zeigte deutliche Spuren von Abnutzung, einzelne Steine waren herausgebrochen und in das Wasser gefallen. Birken-
blätter säumten den Rand des Brunnens, auch im Wasser lagen ein paar
von ihnen und färbten sich rot wie die Wäsche der aufgebrachten Frau.

„Und du bist sicher, dass dir da nicht nur ein kleines Missgeschick passiert ist?", rief ein grobschlächtiger Kerl mit zerfressenem Hut auf dem
Kopf, dessen Geruch, obwohl er mehrere Meter entfernt stand, Ewa bei-
ßend in die Nase stieg. Doch auch wenn er ein Säufer war, der keinen
Wert auf seine Körperpflege legte, begannen die Umstehenden zu lachen
und bald sogar in ein Grölen zu verfallen über den derben Spaß, den der
Mann gemacht hatte. Ewa schüttelte langsam den Kopf. Sie lebten in
aufgeklärten und modernen Zeiten und dennoch nahm man die Bedenken eines anderen Menschen nicht ernst, sondern erfreute sich noch an
seiner Hilflosigkeit und Verzweiflung.

„Wenn ich mich einmischen darf, aber ich glaube, bei dieser Menge an
Blut ist es wahrscheinlicher, man hat einen Hornochsen aufgeschlitzt
und ihn im Brunnen ersaufen lassen", ließ ein anderer Mann das Lachen
verstummen. Ewa streckte den Kopf nach vorn, um an ihrer Nebenfrau
vorbeisehen zu können. Neben dem eben benannten Hornochsen stand
ein etwa vierzigjähriger Mann mit gescheiteltem, braunem Haar, einem
gut geschnittenen Anzug und einer runden Brille auf der Nase. Auch

wenn er an jenem Morgen weitaus struppiger ausgesehen hatte, erkannte Ewa in ihm den Mann wieder, der mit der Ebersbach in einem Haus gewohnt und mit ihnen die Untersuchung der Wohnung vorgenommen hatte. Sie konnte sich nicht daran erinnern, ob er ihr damals einen Namen genannt hatte, aber sie war sicher, dass es sich um denselben Mann handelte.

„Ach ja?", fragte der Säufer und stellte sich breitbeinig neben den gut gekleideten Mann. Sie war neugierig, wie dieser auf die offensichtliche Provokation reagieren würde. Damals, als sie die Wohnung der Ebersbach vorgefunden hatten, war er sehr ruhig und diszipliniert vorgegangen, hatte den Jüngling, der die aufgebrochene Wohnungstür entdeckt hatte, sofort zur Polizei geschickt und war dann systematisch mit ihnen durch die Räume gegangen. Auch jetzt schien er sich nicht beirren zu lassen. Stattdessen trat er an dem Säufer vorbei und legte der aufgebrachten Frau, die während die Umstehenden lachten, in verzweifeltes Weinen ausgebrochen war, einen Arm um die Schulter.

„Ja. Diese Menge an Blut rührt sicher nicht von einem weiblichen Missgeschick. Daher muss ich Sie alle bitten, den Platz um den Brunnen zu räumen, denn hier handelt es sich offensichtlich um eine Gewalttat."

Wie der Mann sprach, wie er die Hand ausstreckte und deutlich machte, dass niemand ausser der Frau und ihm etwas an diesem Ort verloren hatte. Der Mann war Polizist. Ewa spürte, wie ihr Mund sich ein kleines Stück vor Überraschung geöffnet hatte. Sie schloss ihn schnell und beobachtete die Menschenmenge, die langsam zurückwich. Sie selbst blieb an ihrem Platz etwas abseits stehen und beobachtete die zwei leise miteinander Redenden.

Dass er Polizist war, erklärte, warum er so besonnen in der Wohnung der Ebersbach vorgegangen und nicht schockiert gewesen war. Jeder andere wäre wohl in Panik geraten. Aber wieso sah er nicht aus wie ein Polizist? Er hatte weder damals eine Uniform getragen, noch trug er sie jetzt. Das sprach dafür, dass er wie Seebitz einen höheren Posten bekleidete oder dass er sich gerade außer Dienst befand. Auch der gute Anzug ließ darauf schließen, dass er mehr war als ein einfacher Wachtmeister.

„Aber wie soll das denn gehen? Hat jemand ein armes Schwein übern Brunnenrand gelegt und ausbluten lassen oder wie stellt sich der Schnösel das vor?", fragte die Frau, die neben Ewa stand, einen korpulenten Herren in Hemd und Hosenträgern, der keinen sonderlich interessierten Eindruck machte. Obwohl ihr die Ausdrucksweise der Frau nicht gefiel, musste Ewa zugeben, dass dies keine dumme Frage war. Soviel Blut floss nicht innerhalb von wenigen Minuten aus einem Körper. Aber wer hatte die Zeit, eine Leiche so lange über dem Brunnen ausbluten zu lassen? Und wo war die Leiche? Oder hatte der Täter sie in den Brunnen geworfen? Aber sie hätte oben schwimmen müssen. Es sei denn, man hatte sie mit etwas beschwert, damit sie auf den Grund des Brunnens sank.

Ewa stürmte nach vorn, um dem Mann ihre Erkenntnis mitzuteilen, doch der war über den Überfall nicht erfreut. Bis er erkannte, wen er vor sich hatte. Ewa schob wieder eine ihrer Haarsträhnen hinter ihr Ohr, wie sie es damals an der Tür getan hatte, bevor er sie ins Haus gelassen hatte. Der Polizist begann zu lächeln.

„Eine angenehme Überraschung", sagte er, nachdem er eine leichte Verbeugung angedeutet hatte.

„Die Überraschung ist ganz auf meiner Seite. Doch bevor wir uns einem höflichen Gespräch hingeben, würde ich Sie bitten, den Grund des Brunnens zu untersuchen. Wenn hier wirklich eine Gewalttat vorliegt, ist die Leiche –"

Die Frau neben dem Polizisten brach zusammen, als sie das Wort Leiche hörte. Der Polizist half ihr, sich neben den Brunnen zu setzen, als drei Uniformierte sich durch die Reihen von Schaulustigen schoben und sich näherten.

„Entschuldigen Sie bitte, Frau Bornzahrod, ich habe gleich Zeit für Sie. Warten Sie doch bitte am Westeingang der Peterskirche auf mich." Damit wandte er sich ab und ließ Ewa erneut sprachlos zurück. Er kannte ihren Namen. Aber natürlich! Er hatte im Frühjahr in allen Zeitungen gestanden und es gab genug Zeichnungen, die sie abgebildet und zur Schau gestellt hatten. Er hatte sie nicht nur am heutigen Tag wiedererkannt, sondern durch die Zeitung auch ihren Namen erfahren. Und was noch viel wichtiger war, er hatte sich ihren Namen auch gemerkt. Das bewog Ewa dazu, seinen Worten Folge zu leisten, obwohl sie ihm ihre Überlegungen dringend mitteilen wollte. Sie kämpfte sich durch die Menge an Umstehenden und zog sich zum Westeingang der Peterskirche zurück. Durch diesen Eingang waren Oda und Vi im Frühjahr in die Kirche gelangt, nachdem der Pfarrer vom Turm gestürzt war. An diesem Morgen war der Wind nicht so stürmisch, aber hier in der Nähe des Flusses war der Nebel dicht und hatte sich trotz der aufsteigenden Sonne noch nicht verdrängen lassen.

Es dauerte lange, bis weitere Polizisten eintrafen und die Menschen dazu aufforderten, den Platz zu verlassen. Ein paar Hartnäckige wurden mit Drohungen verwiesen, dann ließ man den Brunnen mit einem schnell zusammengebauten Zaun aus verwitterten Holzplanken umstellen. Zwei Polizisten sollten Wache halten. Sie sah, wie sich der Mann aus dem Haus der Ebersbach aus der Menge an Uniformierten löste und zu ihr kam. Er hielt Wort.

„Es freut mich, dass Sie gewartet haben."

„Natürlich. Ich wollte mit Ihnen über den Grund des Brunnens sprechen."

„Ich nehme an, es geht darum, dass eine mit Steinen beschwerte Leiche dort unten liegen und den Blutschwall verursachen könnte, liege ich da richtig?"

Er lächelte, aber Ewa kam sich dumm vor. Er war Polizist. Wie es schien, nicht ohne Grund. Er wusste, was er tat, und er wusste auch, wie er bei einem Verbrechen vorgehen musste. Natürlich hatte er den Brunnen nur darum umstellen lassen, weil er darauf warten musste, dass jemand kam, um den Grund des Brunnens zu untersuchen.

„So in der Richtung, ja", gab sie kleinlaut zu.

„Ich danke Ihnen für diesen Hinweis, wir werden ihm nachgehen. Aber ich muss zugeben, dass ich nicht wirklich an ein Verbrechen glaube. Sehen Sie, hier in der Nähe gibt es viele Schlachter und Metzger und Fleischer. Es würde mich nicht wundern, wenn diese ihre Abfälle aus Faulheit an einem unpassenden Ort entsorgt hätten. Was denken Sie, was wir manchmal in der Neiße finden? Allzu oft schon sind uns Kinderknochen gemeldet worden und was wir fanden, waren die Überreste eines Schweinelaufs."

Kinderknochen. Ewa dachte wieder an die beiden Skelette, die gefunden worden waren. Ob das Blut im Brunnen vor dem Vogtshof möglicherweise mit den Skeletten in Verbindung stand? Aber wie?

„Außerdem sind die Abflüsse und die unterirdischen Anlagen marode. Vielleicht gab es irgendwo ein Leck und das Blut, das ein Metzger in einen Gully vor seinem Haus geschüttet hat, ist in den Zulauf für das Brunnenwasser geraten."

„Glauben Sie das ernsthaft? Das Brunnenwasser wird doch vom Grundwasser gespeist und steht in keiner Verbindung zu den Abwasserkanälen", antwortete Ewa, war sich aber nicht sicher. Sie würde Sabin fragen müssen. Aufgrund ihrer Arbeit kannte sie sich am besten mit der Kanalisation der Stadt aus.

„Ich weiß es nicht, aber ich glaube auch nicht daran, dass wir einen Toten am Grund des Brunnens finden werden."

„Es wäre nicht der Erste in diesen Tagen, oder?"

„Hm, leider nicht, nein", bedauerte der Mann. „Als sie mich nach Görlitz versetzt haben, dachte ich, ich könnte hier als Kommissar ein ruhigeres Leben führen als in Berlin. Aber jetzt haben wir inzwischen sieben

Leichen von Männern, zum Teil Obdachlose, zum Teil Straftäter. Und wir haben fünf verschwundene Kinder, zwei Kinderskelette und blutiges Brunnenwasser. Ganz abgesehen natürlich von jenem Mann, den Sie im Frühjahr gestellt haben."

Ewa hörte von den sieben Leichen und den Kindesentführungen nicht zum ersten Mal, aber bisher war sie nicht von einer solch hohen Anzahl an Verbrechen ausgegangen. Sie gab zu, dass der Mann, der Kommissar, Recht hatte. Die Verbrechensstatistik für dieses Jahr war außergewöhnlich hoch.

„Wir haben ihn nicht gestellt. Es war vielmehr Glück, dass wir ihn gefunden haben, bevor er eine von uns töten konnte", versuchte sie sich herauszureden, weil sie nicht wieder von den Erinnerungen an den Sagenmörder eingeholt werden wollte.

„Viel mehr Glück, ja. Glück war es wirklich, so ich den Ausführungen des Polizeirates Glauben schenken kann. Aber Sie haben ihn nicht nur gefunden, Sie haben ihm aufgelauert. Vergessen Sie nicht, wie wir einander kennengelernt haben. Sie haben die Arbeit gemacht, die die Polizei hätte tun sollen."

„Also Sie?"

„Nun ja, ich habe eine gute Entschuldigung. Ich bin erst im Verlauf der Sagenmorde in die Stadt gezogen und habe erst einen Tag nach der Verhaftung des Mörders mit der Arbeit begonnen."

„Wenn man Ihre Hilfe bei der Untersuchung der Wohnung der Ebersbach nicht mitzählt."

„Ja, gewiss." Er sah zu Boden und schwelgte kurz in der Erinnerung an jenen frühen Morgen. Dann hob er den Kopf und betrachtete ihr Gesicht. Sie war von einem Mann schon lange nicht mehr so angesehen worden. Es behagte ihr nicht. Er versuchte sie einzuschätzen und sie las Sorge in seinen Augen.

„Versprechen Sie mir, dass Sie dieses Mal vorsichtiger sind. Und dass Sie sich aus polizeilichen Angelegenheiten heraushalten. Das letzte Mal war es knapp und ich fände es sehr schade, wenn Ihnen etwas zustoßen würde. Bisher wurden zwar nur Männer getötet und Kinder entführt, aber wenn Sie jemandem zu nahe kommen, der das gar nicht gerne sieht, dann wird unserer Verbrechensstatistik vielleicht bald eine weitere tote Frau hinzugefügt."

„Keine Angst, Herr Kommissar. Wir, wenn ich für meine Mitstreitenden sprechen darf, können gut auf uns aufpassen. Wir wissen, dass das Leben in der Regel nicht aus Zucker besteht."

„Und ich weiß, dass es schon viele Menschen gab, die an dasselbe glaubten wie Sie und die dennoch auf offener Straße aufgeschlitzt wurden. Und ich weiß auch, dass ich Sie trotzdem nicht abhalten kann. Aber ich bitte Sie, nicht leichtsinnig zu sein und sich nicht in unnötige Schwierigkeiten zu bringen. Sie stehen, soweit ich weiß, unter dem Schutz des Polizeirates, aber vor einem Messer kann Sie das nicht bewahren."

Ewa wollte gerne Einspruch erheben, erklären, dass sie keine schwache Frau war, aber sie beließ es bei seinen Worten, denn sie waren freundliche Mahnungen und sie erinnerten sie auch daran, dass sie nicht unsterblich war. Was im Frühjahr geschehen war, hätte auch anders ausgehen können. Sie war froh, dass sie alle noch lebten.

„Danke, Herr Kommissar. Ich werde Ihre Warnung beachten. Aber ich muss gestehen, dass es mir dennoch eine Freude wäre, Sie wiederzusehen."

„Diese Freude wäre ganz auf meiner Seite, solange Sie nicht am Grund eines Brunnens liegen und ihn mit Blut tränken. Können wir uns darauf einigen, dass wir uns bei Gelegenheit zu einem Kaffee treffen?"

„Dagegen gibt es nichts einzuwenden."

„In Ordnung. Ich melde mich bei Ihnen, wenn meine Zeit es mir ermöglicht. Guten Tag, Frau Bornzahrod."

„Guten Tag, Herr Kommissar."

„Es reicht, wenn Sie mich Johannes nennen. Zumindest wenn ich nicht im Dienst bin."

Ewa blieb am Westeingang stehen, bis der Kommissar wieder bei den Uniformierten angelangt war und mit ihnen über die weiteren Maßnahmen sprach. Dann löste sie sich vom kalten Stein und machte sich auf den Weg zur Buchhandlung. Vi würde sich gewiss für den blutigen Brunnen und die vielen toten Männer interessieren. Ewa würde nur darauf achten müssen, ihr eigenes Interesse – Johannes – nicht zu sehr hervorzuheben.

Der Junge liegt in einem Bett, einem weichen und warmen Bett. Nicht auf einer Pritsche mit einer Decke darüber. Es ist ein Bett. Er weiß nicht, wo er sich befindet. Er muss auf dem Weg die Besinnung verloren haben. Er kann den Schmerz in seiner Schulter spüren, aber sie ist behandelt worden. Ein straffer Verband sorgt dafür, dass er seinen Arm nur mäßig bewegen kann. Er liegt auf dem Rücken. Als er die Augen öffnet, sieht er an eine hölzerne Decke. Warmer Kerzenschein flackert und lässt an der Decke und den Wänden Schatten entstehen. Schatten von zwei großen Männern. Die Lider drohen ihm zuzufallen, während er das Spiel der Schatten verfolgt.

Er wendet leicht den Kopf, um die Männer zu sehen, die dort im Raum stehen und leise miteinander sprechen. Da sind noch mehr Betten und in ihnen liegen die anderen Jungen. Sie regen sich nicht. Ob sie schlafen? Der Junge ist auch müde. Die Augen fallen ihm zu. Er hört die wispernden Stimmen und sieht in dem langsam kommenden Traum die Schatten, die sich zu wilden Spielen hinreißen lassen. Er hört Schritte, die näher kommen und sich entfernen. Geräusche mischen sich in die Phantasien, die seine Träume entstehen lassen. Er wacht auf und drängt sich dazu, die Lider nach oben zu bewegen, um sehen zu können. Doch ist das, was er sieht und hört nur Teil seines Traumes?

„Für den Verletzten gebe ich dir zwanzig. Ein hübscher und starker Junge, aber ich kann keinen Krüppel gebrauchen. Wenn sein Arm steif wird, ist er nichts mehr wert."

„Nichts mehr wert? Aber er kann doch trotzdem noch lernen und er kann einen guten Beruf kriegen." Es ist die Stimme des Vaters, die sich müht, ohne Dialekt zu sprechen. Es fällt ihm schwer, er findet nicht die richtigen Worte, die in dieser Gesellschaft angemessen wären. „Ist doch deswegen kein Krüppel."

„Herr Groll, ich habe Ihnen doch erklärt, dass Sie mir die Knaben nicht nur bringen, damit sie hier eine vernünftige Ausbildung erhalten. Sie haben einen bestimmten Wert für mich und ein verkrüppelter Junge ist deutlich weniger zu gebrauchen als, sagen wir, dieser hübsche Bursche."

Worüber reden sie? Über den Verkauf der Jungen? Traurigkeit weckt ihn und lässt den Schlaf vergehen. Er hebt leicht den Kopf und kann den Vater sehen, wie er am Bettende eines Jungen steht. Wenn die letzten Reste des Traumes ihn nicht täuschen, ist es Heinrich, der dort liegt und sich nicht bewegt. Schläft er?

„Wie ist der Name des schönen Knaben?", fragt der andere Mann. Er ist groß und seine Haare sind von keiner Farbe, die der Junge kennt. Sein

Gesicht ist noch jugendlich, aber er muss älter sein. Nicht so alt wie der Vater, aber auch kein Jüngling mehr.

„Ich hab ihn Heinrich genannt, der Herr des Hauses, weil er so wie ein Mädchen ist und die hüten ja auch das Haus."

„Sie haben ihnen ihre Namen gegeben? Warum haben Sie sie umbenannt?"

„Weil –, weil –", stottert der Vater. Er ist noch aufgebracht und unruhig, wie er es war, als er sie aus ihren Betten geholt hat. Der Junge möchte ihn umarmen, sich an ihn pressen, bei ihm Trost suchen und Trost spenden. Er will nicht fort vom Vater zu einem Mann, der ihren Wert an Äußerlichkeiten bemisst. „Weil sie ein neues Leben angefangen haben, als sie zu mir kamen."

„Jetzt beginnen sie wiederum ein neues Leben. Es wird ihnen bei mir gut gehen. Ich werde für sie sorgen und mich um sie kümmern. Sie brauchen sich keine Gedanken zu machen, mein lieber Groll. Ich passe gut auf die Jungen auf."

Der Mann klopft dem Vater freundschaftlich auf den Rücken. Es dröhnt dumpf, aber die anderen Jungen erwachen nicht. Sie liegen einfach da, als seien sie tot. Aber das glaubt er nicht. Sie sind nicht tot. Sie schlafen. So fest?

„Sie ham ihnen was zum Schlafn gegeben, oda?", verfällt der Vater in seinen Dialekt. Der Mann sieht ihn an. Seine Augen sind groß, aber die Pupillen sind scharf umrandet, was sie stechend und kalt macht. Sie sind nicht so weich wie die des Vaters. „Warum ham Se das gemacht?"

„Sie waren alle sehr aufgeregt und ich wollte sie mir in Ruhe ansehen. Sie kaufen doch auch keine Ware, die Sie zuvor nicht inspiziert haben, nicht wahr?"

Ware. So sieht der Mann die Jungen. Als Ware. Sollen sie auch für ihn arbeiten, wie sie für den Vater gearbeitet haben? Darf sein Arm darum nicht steif bleiben? Was, wenn er ihn nicht mehr bewegen kann, wenn die Wunde verheilt ist? Was wird dann mit ihm geschehen?

„Was solln se hier machn, außa lern?", fragt der Vater und müht sich nicht mehr, seine Mundart zu verbergen. Er scheint zu verstehen, dass der Mann nicht ehrlich zu ihm war. Dass er anderes mit den Jungen vorhat, als sie nur aus Freundlichkeit und Hilfsbereitschaft bei sich aufzunehmen. Der Junge hätte es ihm sagen können. Der Junge ist nicht so naiv wie der Vater. Er weiß, dass Menschen nur für andere zahlen, wenn sie sich eine Gegenleistung erhoffen.

„Lieber Herr Groll, diese Jungen werden es gut bei uns haben. Aber jeder hier hat seine Aufgabe zu erfüllen und seinen Beitrag zum Zusammenleben zu leisten. Daher müssen die Jungen gesund und kräftig sein."

„Und schön?", fragt der Vater. Da wendet sich der große Mann ihm zu. Seine Augen verengen sich, sein Körper gewinnt an Spannung. Es sieht aus, als würde er den Vater angreifen wollen, doch er hält sich zurück. Baut sich nur vor ihm auf, macht sich noch größer, als er ist, und verdunkelt seine Stimme.

„Sie können froh sein, dass ich Ihnen ein solch gutes Angebot mache. Ich muss diese Jungen nicht nehmen. Schicken Sie sie auf die Straße hinaus, dort mögen sie sich verdingen oder in der Gosse sterben. Sie haben die Wahl, Groll. Nehmen Sie mein Geld oder nehmen Sie die Kinder und lassen Sie sie verhungern."

Der Junge sieht es, der Vater zögert. Er hofft, er werde sie mit sich nehmen, sie fortbringen von diesem Ort. Aber der Körper des Vaters erschlafft, als er sich beugt und resigniert. Der Mann fasst sich, tritt einen Schritt zurück und zeigt ein Lächeln mit weißen und sauberen Zähnen. Es sieht gut aus, aber es ist nicht richtig. Etwas daran ist falsch, es ist nicht echt.

„Eine weise Entscheidung, zu unser aller Vorteil. Ich will auch kein Unmensch sein, Herr Groll. Für diesen Jungen hier biete ich Ihnen vierzig an. Was sagen Sie dazu? Das ist doch ein sehr gerechter Tausch, nicht wahr? Das macht zusammen mit den anderen Knaben zweihundertzehn. Kommen wir ins Geschäft?"

Des Vaters Augen gleiten über die Betten, in denen die schlafenden Knaben liegen. Der Junge verhält sich ruhig und hält die Lider geschlossen, bis er Hände hört, die zueinanderfinden. Er kann noch sehen, wie sie geschüttelt werden. Dann begleitet der Mann den Vater aus dem Zimmer. Die Kerze brennt weiter, aber es sind keine Schatten mehr zu sehen. Der Junge hat Angst. Er hat so große Angst wie nach dem Tod des Großvaters nicht mehr. Aber er traut sich nicht zu weinen, denn er hört die Tür, die geöffnet wird. Der große Mann tritt ein und schreitet die Betten erneut ab. Als er vor Heinrichs Bett zum Stehen kommt, wagt der Junge, hinüber zu schauen.

„Sie werden dich lieben, mein schöner Knabe. Ich frage mich, ob du den Erlkönig kennst. So wie dich habe ich mir den kleinen Knaben stets vorgestellt, der mit seinem Vater durch die Nacht reitet und am Ende verstirbt. Von nun an wirst du mit uns spielen, mit den Söhnen des Erlkönigs und wir werden dir kein Leid zufügen."

Der Mann küsst Heinrich auf die Stirn. Er streicht durch sein Haar. Obwohl seine Worte liebevoll klingen, fürchtet sich der Junge, als er sie hört. Er sieht zur Kerze hinüber, die auf einem kleinen Tisch in der Mitte des Raumes steht. An den Wänden spielt der Schatten des Mannes, beugt sich hinab, streckt sich wieder. Hände und Arme verschwimmen, der Kopf reckt sich in unzähligen Winkeln und in seinen Träumen fliegt der Schatten durch den Raum und verschlingt sie alle.

Kapitel 13

Die Hand des alten Mannes zeigte Altersflecken und war so durchscheinend, dass Oda jede darunter liegende Ader erkennen konnte. Auch die Knochen zeichneten sich in ihrem schmalen, zerbrechlichen Dasein ab. Dennoch konnte sie sich gut vorstellen, wie diese Hände einst über Druckfahnen geglitten waren, um jeden noch so winzigen Fehler zu entdecken, bevor das Buch endgültig produziert werden konnte. Seine Augen, die jetzt trübe und tränennass waren, waren damals noch von einem metallischen Grau gewesen. Jeder Buchstabe gestochen scharf vor seinem alles sehenden Blick. Sie konnte sich gut vorstellen, wie er an dem Tisch gestanden, sich tief über die Druckfahne gebeugt und seinem kleinen Sohn, der neugierig über die Tischkante lugte, erklärt hatte, was es zu beachten galt. Wie mochte André damals ausgesehen haben? Sicher war sein Gesicht runder, die Augen größer und glücklicher, die Gesichtsfarbe kräftiger gewesen. Doch jetzt, da es mit seinem Vater zu Ende ging, waren seine Wangen eingefallen, seine Haut blass und trotz seiner Statur wirkte er wie ein gramgebeugter Trauernder.

„Frau Minzer, Sie sind immer noch hier?"

Der alte Setz schlug die Augen auf. Sein Mund bewegte sich kaum, die Stimme war nur schwer zu hören. Doch Oda hatte sich so daran gewöhnt, seinen Worten zu lauschen, dass sie sich nicht bemühen musste, um ihn zu verstehen. Außerhalb des Zimmers herrschte die gewohnte vormittägliche Hektik. Sie war froh, ihr eine Weile entkommen zu können.

„Ich bin erst vor einer Stunde gekommen. Sie haben sehr lange geschlafen."

Sie war am gestrigen Nachmittag noch einmal bei ihm gewesen. Er hatte es geschafft, die Augen kurzzeitig zu öffnen, aber dann war er eingeschlafen und seither anscheinend nicht mehr erwacht. Seine Schlafphasen wurden länger und Oda betete dafür, dass er friedlich entschlafen konnte und nicht länger leiden musste. Das Hospiz war noch wenige Tage entfernt. Auch wenn ihr der Gedanke widerwärtig erschien, hoffte sie, er werde hier sterben. Hier bei ihr, wo sie Abschied von ihm nehmen konnte.

„Ich hole viel nach", antwortete er und lächelte. „Wissen Sie, als ich noch in unserem Verlag gearbeitet habe, da habe ich ganze Nächte hindurch gearbeitet. Deswegen ist meine Frau krank geworden. Vor Sorge und Gram. Nur wegen mir. Das habe ich mir später nie verzeihen können. Und wie viel Zeit mir mit meinem Sohn verloren gegangen ist. Tun

135

Sie das nie, meine Liebe. Tun Sie das nie. Gehen Sie nach Hause, wenn es sein muss. Wenn es um Ihre Familie geht."

„Aber Herr Setz, Sie tragen doch keine Schuld an dem Tod Ihrer Frau. Soweit ich weiß, ist sie an einem Hirnschlag verstorben. Und Ihr Sohn hat es Ihnen sicher nie übel genommen. Immerhin galt es auch Geld zu verdienen."

„Ja ja", nickte der Alte. „Das Geld. Was nützt es Ihnen schon, wenn Ihre Familie zerstört wird? Aber was rede ich? Der Schlaf nimmt mich mit, Frau Minzer. Manches Mal träufelt er mir Erinnerungen ein. Schöne Erinnerungen an Stunden, die ich gerne wiederholen würde. Aber dann kommt er daher und entreißt sie mir, zeigt mir, wie es war und wie es ist. Und mir wird bewusst, dass ich sterbe. Sie wissen, dass ich keine Angst vor dem Tod habe. Aber ich habe Angst vor dem Schlaf."

Oda verstand nicht ganz, was er damit meinte. Für sie war der Schlaf die angenehmste Weise, um zu sterben. Aber all die Erinnerungen, die kommen würden. Im Halbschlaf jeden Tag zu verbringen, nicht wissend, ob man wach lag oder träumte. Vielleicht war es dieser Zustand, den der alte Setz fürchtete. Sie kannte diese Morgenstunden, in denen sie oft nur unruhig schlief und sich allerlei Traumgebilde mit den Geräuschen der Straße mischten und die absurdesten und schrecklichsten Szenen kreierten.

Sie sah aus dem Fenster in den Innenhof des Krankenhauses. Der Nebel zog sich zusammen, obwohl die herbstliche Sonne ihr Bestes tat, um ihn zu vertreiben. War es so, wenn man starb? Wurde man dann von Nebelschwaden umhüllt und was blieb, waren nur Gespinste, weit entfernt, denen man nachrennen musste, um herauszufinden, ob sie echt waren oder nichts als Einbildung? Und sie waren nur Einbildung, die verpuffte, sobald man sie berührte.

„Frau Minzer?"

Sie drehte sich um, aufgeschreckt aus ihren Gedanken, und erkannte den Mann zunächst nicht, dem sie seit längerer Zeit Gefühle entgegenbrachte, die ihr lange nicht möglich gewesen waren. André Setz hatte dunkle Augenringe, die von schlaflosen Nächten sprachen. Sein Haar war ungekämmt, seine Kleidung hing schlaff an ihm hinab, als habe er abgenommen. In seinen Händen hielt er einen neuen Blumenstrauß. Der letzte war längst verblüht.

„Sie müssen nicht unentwegt am Bett meines Vaters wachen. Ich weiß, Sie meinen es gut, aber dies ist meine Aufgabe und auf Sie warten noch andere Patienten", erklärte der Mann sachlich und wechselte die Blumensträuße aus. Auch wenn sie sehen konnte, wie er unter dem Zustand, unter dem langsamen Sterben des Vaters litt, ließ André Setz mit keinem Wort seinem Kummer seinen Lauf. Er wollte vor ihr keine Schwäche zeigen. Und obgleich sie das verstehen konnte, fand sie doch, dass es der einzige ärgerliche Zug an ihm war.

„Ich weiß. Ich kam nur eben vorbei und wollte nach ihm sehen. Da ist er aufgewacht."

„Und nun schläft er wieder."

Als Oda den Blick zum alten Setz wandte, hatte dieser die Augen geschlossen und atmete tief. Er war eingeschlafen, ohne dass sie es gemerkt hatte, und er würde sterben, ohne dass jemand es mitbekam. Er würde irgendwann einfach einen letzten Atemzug tun und dann würde der Nebel hinter ihm liegen und strahlendes Licht ihn erwarten. So jedenfalls stellte Oda es sich vor, so jedenfalls hoffte sie, würde es sein. Sie glaubte an Gott, der ihr in den letzten Jahren soviel Halt gegeben hatte, und sie glaubte an das Jenseits, in dem es möglich sein würde, all jenes wiederzusehen, was man so schmerzlich vermisst hatte. Aber dieser Glaube half ihr dennoch nicht über die Traurigkeit hinweg, die sie empfand, als sie den schlafenden Mann vor sich sah.

„Sie mögen meinen Vater sehr, nicht wahr?"

„Er ist mir der liebste Patient hier. Er ist klug, sehr gewandt, charmant und dennoch stets von beglückender Ehrlichkeit. Es gibt nur wenige Menschen, die ehrlich sein können, ohne gefühllos zu wirken. Aber Ihr Vater weiß mit Menschen umzugehen."

„Das war nicht immer so. Der Tod meiner Mutter hat ihn sehr getroffen und verändert."

„Ja, er hat mir geraten, ich solle mich immer um meine Familie kümmern, ganz gleich ob mir etwas wichtiger erscheint. Er sagte, er trage die Schuld am Tod seiner Frau und er bereut, dass er Ihnen nicht genug Zeit gewidmet hat."

„Mein Vater hat für die Arbeit gelebt. Er wusste, dass meine Mutter sich um mich kümmern würde. Für ihn stand an erster Stelle der Verlag, den er eigenhändig unter vielen Schwierigkeiten aufgebaut hat. Meine Mutter hatte immer Verständnis dafür, ich erst, als ich älter wurde und begriff, wie wichtig diese Erfüllung für meinen Vater war. Er hat keine Schuld an ihrem Tod. Sie starb, weil sie ein schwaches Herz hatte."

André Setz ließ sich auf der Bettkante seines Vaters nieder und nahm dessen knochige Hand. Sie ging in seinen kräftigen und großen Händen völlig unter. Unweigerlich erinnerte sich Oda an ihren Mann. Daran, wie er ihre Hand das erste Mal gehalten hatte. Wie sie gemeinsam Hand in Hand durch die Straßen gegangen waren und wie viel wert ihr dieser

Moment gewesen war, weil er bedeutete, dass sie zusammengehörten. Noch nie hatte sie sich in ihrem Leben so wichtig, so aufgehoben gefühlt, als eine Einheit mit einem anderen Menschen. Wann immer sie seines Todes gedachte, dachte sie an diesen Augenblick, der nie mehr wiederkommen würde. Es schmerzte sie und doch ließ sich das wunderbare Gefühl, das sie damals empfunden hatte, nicht vertreiben. Es blieb, es milderte die Sehnsucht und es ließ die klaffende Wunde, die sein Tod gerissen hatte, heilen.

„Sind Sie verheiratet, Frau Minzer?"

„Ja, ich – ich war verheiratet, mein Mann ist vor siebzehn Jahren gestorben."

Das schien den jungen Setz zu überraschen. Es gab nicht viele Menschen, die verstanden, warum sie nicht wieder geheiratet hatte. Aber sie hatte Paul in sehr jungen Jahren ihr Ja-Wort gegeben und sie hatten eine gute Zeit gehabt. Sie hatte lange geglaubt, dass sie niemals mehr einem solchen Menschen, einem solchen Mann begegnen würde. Und sie hatte doch geschworen, dass sie ihn ewig lieben würde. Auch über den sie trennenden Tod hinaus. Nun saß sie André gegenüber und empfand zum ersten Mal seit vielen Jahren wieder jene Sehnsucht, die sie mit Zwanzig in sich trug.

„Haben Sie ihn geliebt?"

„Keinem anderen Menschen auf der Welt habe ich mich mehr offenbart."

„Wissen Sie, meine Mutter hat es ähnlich formuliert, als ich sie in meinen jugendlichen und sehr stürmischen Jahren, in denen meine Beziehung zu meinem Vater sehr litt, gefragt habe, ob sie ihn wirklich liebte. Sie sagte, dass es nur einen Menschen gäbe, dem sie bedingungslos vertrauen würde. Und dieser Mensch war mein Vater. Damals konnte ich das nicht verstehen, aber heute weiß ich, wie wichtig und wie wunderbar es ist, einen solchen Menschen kennenlernen zu dürfen, auch wenn das notwendigerweise irgendwann einen Verlust nach sich ziehen muss. Ich habe nie eine Frau getroffen, von der ich das behaupten könnte. Ich habe nie geheiratet oder Kinder bekommen, was mein Vater sehr bedauert hat. Aber – Sie mögen mich dafür auslachen – je älter ich werde, desto größer wird meine Hoffnung, dass ich erleben darf, was er erlebt, was meine Mutter erlebt hat, und was Sie erleben durften."

Oda griff nach seinen Händen, ohne zu wissen, was sie tat. Sie musste an Paul denken, an ihre Kinder, an ihre Enkel, sie musste daran denken, wie sie sich vor siebzehn Jahren gefühlt hatte, als Paul bei einem Unfall ums Leben gekommen war. Wie leer, wie unvollständig sie plötzlich gewesen war. Aber in diesem Moment, als ihre Hand auf den Händen André ruhte, fühlte sie sich seit langer Zeit wieder ganz.

„Ich –"

„Oda!", unterbrach sie eine junge Männerstimme. Je war der wunderbare Augenblick vorbei, aber er hallte noch in ihr nach, würde sie den ganzen Tag erfüllen und wenn er genug Bestand hatte, würde er bleiben, bis auch sie den Nebel hinter sich ließ.

„Entschuldigung. Ich wollte nicht stören. Aber wir haben gerade einen Notfall bekommen!", rief David erneut. Oda zog ihre Hand zurück, aber sie blieb warm. Es war wie an jenem Tag, als sie mit Paul das erste Mal durch die Straßen gelaufen war. Als Paar. Als menschlicher Verbund. Als vollständiges Wesen.

Sie erhob sich und entschuldigte sich bei dem jungen Setz, der ihr ein freundliches Lächeln schenkte, das er normalerweise gut zu verstecken wusste. Sie folgte David nach draußen in den Flur und war froh, dass der Pfleger wie immer ein Gespür für seine Mitmenschen bewies und ihr einen kurzen Augenblick Ruhe gönnte, bevor er sagte:

„Es handelt sich um einen Mann, etwa sechzig Jahre alt. Er ist während der Arbeit zusammengebrochen. Doktor Jüder ist bei ihm. Er hat nach dir verlangt, ich wollte nicht stören."

„Das hast du nicht, David. Alles, was zu sagen war, ist gesagt worden. Jetzt kümmern wir uns um den Patienten. Kannst du mir noch mehr sagen? Wie ist der bisherige Zustand?"

Während David ihr erklärte, dass der Mann nicht ansprechbar war, hörte Oda konzentriert zu. Aber auch wenn sie jedes Wort verstand und wusste, was sie tun musste, wenn sie den Behandlungsraum betrat, so war sie doch nicht dort in dem Flur bei dem jungen Pfleger, sondern saß am Bett von Eduard Setz und hielt die Hand seines Sohnes und war ganz und gar und vollkommen.

Kapitel 14

Sie konnte Florian vor sich sehen, diesen kleinen Jungen von kaum drei Jahren, der beim Spielen auf harten Stein gefallen war und sich das Knie blutig geschlagen hatte. Sie konnte sein Schluchzen hören und die schmutzigen Schlieren auf seinen Wangen wahrnehmen, die von Tränenbächen geschaffen wurden. Sie konnte fühlen, wie sie ihm durch das dichte Haar fuhr, das schweißnass an seinem Kopf klebte. Sie konnte seine Angst spüren und ihren eigenen Herzschlag, der so schnell gemeinsam mit seinem schlug. Vierundzwanzig Jahre war es her, dass sie zuletzt wegen einer Verletzung mit einem Kind im Krankenhaus gewesen war.

„Ich glaub', es klebt hinten fest", erklärte Jona und deutete mit einer vorsichtigen Bewegung ihres rechten Zeigefingers auf ihren Rücken. Ihre Pupillen waren vor Schmerz stark geweitet und füllten das Innere beinahe vollständig aus. Ihre Augenbrauen waren in der Mitte ganz in die Nähe des Scheitelansatzes gerückt. So hatte Florian damals auch ausgesehen. Ein Bild des Elends. Sie konnte nur schwer dem Impuls widerstehen, Jona auch durch das Haar zu fahren. Zu oft erinnerte die junge Frau sie an ihre Kinder, holte die schrecklichen Erinnerungen wieder hervor. Dabei war sie nicht mehr als eine Betrügerin. Sie war ihr in den Rücken gefallen. Sie hätte sie alleine herschicken sollen, nachdem die Marek sie erneut verprügelt hatte. Dieses Mal war sie mit dem Stock auf Jonas Rücken losgegangen und hatte ihn so sehr zerfleischt wie ihr Hinterteil vor einigen Wochen.

Vi wagte einen zaghaften Blick auf Jonas Rücken, der über und über mit Blut befleckt war, das langsam trocknete und den Stoff ihres zerrissenen Hemdes in sich aufnahm. Es würde schrecklich weh tun, ihn von ihrer Haut zu trennen. Aber sie hatte es nicht besser verdient. Gut, dass Oda zu beschäftigt war, um sich sofort um sie zu kümmern. Sollte sie noch eine ganze Weile leiden. Das sollte der Lohn für ihren Verrat sein.

Im Krankenhaus ging es hektisch zu. Sie saßen auf zwei Holzstühlen in einem beengten Flur und Vi musste unentwegt die Beine anwinkeln, damit die Schwestern und Pfleger an ihnen vorbei laufen konnten. Ab und an war ein Arzt darunter, der so grimmig dreinblickte, als seien ihm an diesem Tag schon drei Patienten unter den Fingern weggestorben. Sie war froh, dass sie das Krankenhaus nur als Begleitung aufsuchen musste. Sie hasste diesen Ort. Nicht nur, weil sie hier vor einigen Jahren fast selbst krepiert war, oder wegen der Ereignisse des letzten Frühjahrs. Nein, es war das Gefühl, dass hier nicht Heilung, sondern das Ende lauerte. Dass es darauf wartete, sie zu packen und sie mit sich zu nehmen.

Der Tod ging hier von Zimmer zu Zimmer. Und sie hasste ihn. Sie hasste dieses unsichtbare Wesen, das ihr ihre Kinder genommen hatte.

„Kannst du nich' mit Seebitz reden? Dass er die wegholt und ins Gefängnis steckt? Ist mir egal, was die erzählt, aber die soll mich nich' wieder verkloppen", sagte Jona leise und blickte zu Boden. Seitdem sie wusste, dass Jona mit Walter gemeinsame Sache machte, hatten sie nicht viel miteinander gesprochen. Jona schien zu spüren, dass etwas nicht in Ordnung war, wie es auch die anderen Frauen mitbekommen hatten. Deshalb jammerte sie nicht so sehr wie sonst, sondern bemühte sich nur, umso elender auszusehen. Aber darauf würde Vi nicht hereinfallen, auch wenn sie ihr gerne tröstend über die Wange gestreichelt hätte. Es war immerhin ihre Schuld, dass sie ständig von der Marek verprügelt wurde. Sie schickte Jona unentwegt auf die Brüderstraße, um für das Geschäft in der Apothekergasse zu werben. Allerdings, in Anbetracht des Verrates, war es wohl ausgleichende Gerechtigkeit, dass Jona jetzt litt.

„Verfall nicht andauernd in deine Gossensprache. Ich werde nicht mit dem Herrn Polizeirat reden. Wir haben schon genug Ärger mit dieser Frau. Ich werde das auf meine Art regeln."

„Du zündest ihren Laden an?"

Es war so schwierig, nicht zu lächeln und zu zwinkern, als Jona diesen Vorschlag machte. Doch sie wollte nicht suggerieren, dass sie beide sich verstanden. Denn so war es nicht. Bis vor Kurzem hatte sie geglaubt, dass Jona in gewisser Hinsicht zu ihr gehörte, dass sie sich ergänzten und sich ähnlich waren, aber sie war ihr in den Rücken gefallen, mit einem langen und scharfen Messer. Daher erwiderte sie nichts, sondern verfiel in ihr mürrisches Schweigen.

„Meinst du, das werden wieder Narben?"

„Ich will dir mal was zeigen." Vi streckte ihre Hand aus und deutete auf die Fingerkuppe ihres linken Ringfingers. „Siehst du diesen weißen Strich? Da habe ich mich mal an einer Blattseite geschnitten. Es war nicht tief und ist schnell verheilt, aber es ist eine Narbe geblieben. Jetzt überlege dir, was passieren wird, wenn jemand mit einem Stock auf halbnacktes Fleisch schlägt, das aufplatzt und auf jeden Fall genäht werden muss. Außerdem müsstest du doch wissen, was mit deinem Hintern passiert ist."

„Aber meinen Po kann ich nicht sehen. Ich weiß nicht, ob da Narben sind."

Vi öffnete den Mund und atmete tief aus. Es gab Momente, in denen sie sich nicht nur aufgrund ihrer Größe ernsthaft fragte, wie alt Jona wohl wirklich war. Sie schüttelte nur den Kopf, verschränkte die Arme vor der Brust und starrte an die gegenüberliegende Wand. Jona sah sie eine Weile an, wandte dann den Blick ab und unterließ es, weitere Fragen zu stellen, auf die sie keine Antwort bekommen würde.

„Oh, schau mal, da ist Frau Hauptmann!"

Erst wollte Vi der Aufforderung nicht folgen, aber dann sah sie in die Richtung, in die Jonas Finger deutete. Gremlichs Assistentin unterhielt sich mit einem Pfleger und lachte. So entspannt hatte sie im Untersuchungsraum noch nie ausgesehen, aber andererseits wirkte Gremlich auch nicht so sympathisch wie der junge Mann, mit dem sie sich auf dem Flur unterhielt.

„Sieht so aus, als läuft da was", merkte Vi an und beobachtete aus dem Augenwinkel Jonas Reaktion. Unerklärlicherweise schmerzte es sie, als Jona sich mit leicht geöffneten Lippen zu ihr wandte und ihre großen, verletzten Augen auf sie richtete.

„Ich –", sie zögerte. „Ich kann mich auch täu –"

In diesem Moment nahmen sich Gremlichs Assistentin und der Pfleger kurz bei der Hand. Es war keine Verabschiedung, es war eine zärtliche Geste, die keine Spekulation zuließ. Jonas Schultern sanken tief. Am liebsten hätte Vi sie geschnappt und fortgebracht. Weg von dieser Frau, damit sie nicht wieder eine Enttäuschung erleben musste. Aber wieso eigentlich? Sie hatte Vi immerhin auch enttäuscht. Und mit Enttäuschungen musste man lernen umzugehen.

„Frau Sperber? Was machen Sie denn hier?"

Zu allem Unglück blieb Gremlichs Assistentin auch noch direkt vor ihnen stehen. Vi warf einen kurzen Seitenblick auf Jona, aber die reagierte gar nicht auf die Ansprache. Die Hände waren ineinander verknotet und die Augen nach unten gerichtet, als ob sie beten würde, dass der Moment schnell vorbei ging.

„Wir wollten zu Frau Minzer, einer der Krankenschwestern. Leider ist es heute zu einem für Jona unangenehmen Zwischenfall gekommen und sie braucht ärztliche Versorgung."

Noch immer reagierte Jona nicht, außer dass ihre Fingerknöchel weiß und bleicher wurden.

„Was ist denn passiert?"

„Sie wurde von einem Monster angegriffen, das seine Klauen in ihren Rücken geschlagen hat!", versuchte Vi es lustig zu beschreiben und Jona zum Lächeln zu bringen, aber jetzt hatte sie die Augen geschlossen und bewegte leicht die Lippen, als beschwöre sie einen Geist, der sie aus dieser furchtbaren Situation erretten könnte. Verdammt, sie hatte es verdient, aber warum tat sie Vi dann trotzdem so Leid?

„Wenn Sie wollen, kann ich mir das auch ansehen. Kommen Sie, ich wollte ohnehin gerade in den Notfallsaal."

Jona packte Vis Arm, schüttelte leicht den Kopf und machte deutlich, dass sie nicht mit Frau Hauptmann mitgehen wollte. Aber Vi hatte auch nicht vor, den Rest des Vormittags im Krankenhaus zu verbringen und auf Oda zu warten. Außerdem würden die Wunden sich noch entzünden und Jona würde nur noch mehr zu jammern haben.

„Wenn Sie so nett wären, gerne. Komm schon."

„Aber Vi", heulte Jona auf. Frau Hauptmann interpretierte ihre Abwehr falsch.

„Keine Angst. Ich kenne mich nicht nur mit Toten aus. Eine Wunde nähen, schaffe ich schon noch und vielleicht ist es ja auch gar nicht so schlimm."

„Da hörst du es. Die Frau weiß, was sie tut. Jetzt komm schon."

Vi zerrte Jona nach oben und in den Notfallsaal, in dem sich jede Biene beengt gefühlt hätte. Am anderen Ende des langen Saals war noch eine Pritsche frei, auf die sich Jona setzen musste. Ihre kurzen Beine baumelten in der Luft, während Frau Hauptmann ein zischendes Geräusch von sich gab, als sie die Verletzungen sah.

„Ich dachte erst, das mit dem Monster sei ein Scherz gewesen, aber das sieht wirklich so aus."

„Zugegeben, es war ein menschliches Monster mit einem harten Stock."

„Du lieber Himmel! Sie sollten auf jeden Fall zur Polizei gehen!"

„Wir regeln das auf unsere Art. Meinen Sie, Sie kriegen sie geflickt?"

„Ja, aber ich glaube, es wird weh tun."

„Es tut doch immer weh", nuschelte Jona und Vi war sich nicht sicher, ob sie die Prügeleien der Marek meinte oder vielmehr die Tatsache, dass sie erneut ein Auge zuviel auf die falsche Frau geworfen hatte.

Während Frau Hauptmann damit begann, Jona die Fetzen ihres Hemdes vom Rücken zu ziehen, was zu diversen Schmerzensschreien führte, sah Vi sich in dem überfüllten Saal um und versuchte, Oda ausfindig zu machen. Doch die Krankenschwester war nirgendwo zu sehen. Stattdessen bemerkte Vi eine junge Frau, die kreidebleich in den Saal kam, um mit einer schwergewichtigen Frau in Weiß, die offensichtlich die Oberschwester war, zu sprechen, bevor sie zu Boden fiel. Lautere Worte wurden gewechselt, die Schwestern und Pfleger wurden unruhig. Die vorherige Konzentration auf die Patienten ließ nach und innerhalb von wenigen Minuten gelangte Vi zu Ohren, was die in Ohnmacht gefallene Schwester zu berichten hatte.

„Sie haben eine Mumie gefunden", raunte eine Schwester am Nebenbett einem Pfleger zu.

„Eine Mumie?"

„Ja, eine Mumie, einen ausgemergelten, toten Körper. Drüben in der Chirurgie."

Eine Mumie? Das konnte doch nur ein Scherz sein. Soweit sie wusste, gab es in diesen Breitengraden keine Mumien. Ab und an eine Torfleiche, die noch einen frischen, menschlichen Eindruck verströmen konnte, aber eine Mumie? Als die Oberschwester den Saal verließ, folgte Vi ihr, ohne auf Jonas Flehen, sie möge bleiben, zu hören. Die Chirurgie war nur zwei Flure entfernt. Menschen in Weiß und Grau standen in Gruppen da und flüsterten, blieben aber einem Zimmer am Ende eines kurzen Ganges fern. Selbst die Oberschwester, die gerufen worden war, um sich anzusehen, was die Ohnmächtige gesehen hatte, zögerte, bevor sie die Klinke hinunterdrückte. Vi schob sich an zwei Schwestern vorbei, um besser sehen zu können. Als die Tür aufschwang, gab sie den Blick frei auf ein weiteres Kinderskelett, das in einem Krankenbett lag. Die Arme waren auf der Brust gekreuzt und überall spannte noch braune, ledrige Haut über den Knochen. Die Oberschwester schlug die Tür sofort wieder zu und befahl, die Polizei zu holen.

Schultern rammten Vi, bis sie dicht an die Wand des Ganges gedrückt wurde. Drei. Das war der dritte Junge, das dritte Skelett. Anton und Tammo. Wie hatte der Junge geheißen, der dort hinter der Tür im Bett seine letzte Ruhe gefunden hatte? Woran sollte sein toter Körper gemahnen? An einen unmenschlichen Vater? An die Ungerechtigkeit, die Menschen zuteil wurde? Vis Kiefer knirschten leise, als sie sie übereinander gleiten ließ. Ihr wurde klar, dass dies erst mit dem siebten Kind ein Ende finden würde. Dass sie noch vier weitere Skelette finden mussten, bevor sie Ruhe finden konnten. Dass sie mit Walter würde zusammenarbeiten müssen, um die Vergangenheit der Kinder aufzuklären. Dass sie all das nicht wollte und ihr doch keine andere Wahl blieb.

Es ist der Morgen, nachdem er zum ersten Mal geholt worden ist. Er sitzt auf seinem Bett. Die anderen Jungen schlafen noch, die Sonne wagt sich kaum über den Horizont, der Tag ist kalt, die Wolken schieben sich über den Himmel, er kann nichts mehr sehen, nichts mehr hören. Er sieht nicht die Vögel, die an dem Fenster, an der Dachluke vorüber fliegen. Er hört nicht ihr fröhliches Guten Morgen, das sie zwitschern, ohne zu wissen, was Menschen anderen Menschen antun können. Sie fürchten sich nicht. Sie werden eines Tages vom Himmel fallen oder im Flug von einem größeren Vogel gefangen werden. Es wird schnell für sie zu Ende gehen, aber er wird hier sterben. Jede einzelne Nacht wird ein Stück von ihm zerbrechen, in Scherben zerfallen, die er begraben muss. So stirbt er, Teil für Teil, erst die Beine, dann die Arme, dann sein Rumpf, sein Kopf, zuletzt wird sein Herz zerspringen und sie werden nur dastehen und über ihn lachen. Sie werden sich nehmen, was von ihm übrig bleibt. Die Hülle, in der nichts Lebendiges mehr Bestand haben kann.

Eine Decke wird leise zurückgeschlagen, ein Laken raschelt, als ein Junge aus seinem Bett aufsteht und mit nackten Füßen zu ihm tapst. Er nimmt ihn wahr, bemerkt ihn jedoch nicht. Er ist in einem Zustand gefangen, in dem seine Körperfunktionen intakt sind, aber sein Geist die Eindrücke nicht mehr verarbeiten kann. Er wird sehr viel später erst lernen, dass er sich im Schock befindet. Im Schock darüber, was ihm heute Nacht geschehen ist. Wie fürchterlich, wie erschreckend, wie erbarmungslos ein Mensch sein kann, wenn er sich einem Schwächeren gegenübersieht. Der andere Junge setzt sich neben ihn. Er riecht seinen Duft. Ganz gleich ob sie baden oder sich waschen dürfen, ganz gleich ob er geschwitzt hat, er riecht gut. Heinrich ist mit Schönheit gesegnet, aber Fedor mit einem Duft, der die Männer schier wahnsinnig macht. Fedor hat ihm davon erzählt, wie sie ihn beschnüffelt haben wie Hunde. Er möchte es auch. Aber nicht, um Fedor weh zu tun, sondern nur um in diesem Duft zu versinken. Denn er bedeutet für ihn Halt und Zuneigung.

Seit dem Tag, als August sterben musste, sind sie unzertrennlich. Fedor ist immer an seiner Seite. Doch seit sie hier sind, wird er ihm entrissen. Heute Nacht musste er selbst bluten, doch Fedor für Stunden zu verlieren, zu wissen, was sie mit ihm tun, ist für ihn noch unerträglicher. Es ist nicht nur die Sorge um ihn, es ist auch Eifersucht. Er schämt sich sehr dafür, denn er will nicht sein wie sie. Aber Fedor gehört zu ihm und zu keinem anderen Menschen. Seit Jahren sind sie ein Mensch, eine einzige Seele in zwei Körpern. Es ist Frevel, es ist Ketzerei, sie voneinander los zu reißen. Sie können nicht ohne einander überleben, er kann nicht ohne ihn überleben. Fedor ist alles, was ihm geblieben ist.

„Ich kann mir die Wunden ansehen, wenn du möchtest", flüstert Fedor und streicht ihm durch das Haar. Er nickt, denn er weiß, dass es besser ist, damit sie sich nicht entzünden. Dennoch ist es ihm unangenehm, als er sich auszieht und sich auf den Bauch legt. Fedor fährt sanft mit den Fingern über seinen Rücken, betastet die Wunden, die sie ihm geschlagen haben, hält kurz vor seinem Hintern inne. „Es ist gut. Sie sind sauber und werden schnell heilen. Doch achte darauf, wenn du dich hinsetzt. Die ersten zwei Tage sind die schlimmsten."

Er dreht sich um. Fedor legt sich zu ihm und breitet die Decke über ihnen aus, bis auch ihre Köpfe verborgen sind. Er flüstert leise Worte und streicht ihm über die Wange, küsst seine Stirn, küsst seine Nase, küsst seine Lippen. Er hält still, genießt nur diesen Moment, in dem er wahrhaftig und zum ersten Mal seit dem Tod seiner Familie geliebt wird. Er weiß nicht, was für eine Art von Liebe Fedor ihm entgegenbringt, aber sie ist zärtlich und ohne Gewalt. Er fühlt keinen Schmerz. Sie ist gut.

Sie liegen da und reden nicht mehr. Sie sehen sich nur an und er kann in Fedors Augen erblicken, was er selbst denkt. Er kann sich sehen, er kann sich mit den anderen Jungen gemeinsam auf der anderen Seite der Neiße durchs Gras rennen sehen. Erinnerungen an die Angeltage mit dem Vater kehren zurück, sie vermischen sich mit der Vorstellung, ein erwachsener Mann zu sein und mit seinen Söhnen fischen zu gehen. Wenn er den Vater sieht, sieht er sich auf der anderen Seite. Wenn er die Knaben sieht, sieht er seine Söhne, die mit ihm lachen und einen Wurm nach dem anderen an die Fische verlieren. Fedor ist wie ein Spiegel, durch dessen Augen er in eine Zukunft sehen kann. Doch da ist auch Angst, dass es diese Zukunft nie geben wird.

„Meine Mutter hat oft gesagt, dass Tränen unseren Körper reinigen."

Der Junge hat nicht gemerkt, dass er weint, bis Fedor die Tränen mit dem Finger fortwischt.

„Sie sagte, dass Tränen all das Schlechte in uns fortspülen. Unser Körper krampft sich zusammen und presst es hinaus. Entlässt unsere Sorgen und unser Leid. Sie hat gesagt, dass man einen guten Menschen daran erkennen kann, dass er in der Lage ist, zu weinen. Nicht nur aus Mitleid, sondern aus der eigenen Qual heraus. Wenn er es fortspülen kann, so wird nie das Böse aus ihm sprechen."

Der Junge rollt sich zusammen, presst sein nasses Gesicht gegen das Nachthemd Fedors und weint und krallt sich in den Stoff. Er hört lange nicht auf. Seine Schreie werden von Fedors Brust gefangen, seine Krämpfe nur durch den Halt gelindert, den er empfängt. Er begreift, dass Weinen bedeutet, schutzlos zu sein, doch dass es nicht schlimm ist, sich zu offenbaren, wenn jemand da ist, der ihn schützt. Als das Weinen aufhört, blickt er auf. Er hat geschworen, er hat fest geglaubt, dass er nie mehr wird vertrauen können und wollen, aber Fedor wird er trauen.

„Meinst du, dass der Rektor weinen kann oder die anderen? Meinst du, dass sie auch nur eine Träne vergießen, wenn sie daran denken, was sie getan haben?"

Fedor zieht ihn dichter zu sich und gibt keine Antwort auf diese Frage. Sie kennen sie beide. Sie wissen, dass die Männer, der ihnen Schmerzen zufügen, niemals weinen. Fedor hat gesehen, wie ihre Augen vor Feuchtigkeit geglänzt haben, als sie zum ersten Mal seinen Duft gerochen haben. Aber dies waren keine Tränen. Es war ein Ausdruck der Erregung, der Vorfreude. Der Junge hat es auch gesehen, bevor sie ihn geschlagen haben. Er kann den ersten Hieb noch fühlen, als hätte er sich tiefer in sein Fleisch eingegraben, als die oberflächliche Wunde weismachen will. Viel später erst wird er lernen, dass Schmerzen vorbei gehen und vergessen werden können, aber das manche von ihnen bleiben, selbst wenn die Ursache längst vergangen ist. So wird es ihm ergehen, sein restliches Leben lang.

Im Gegensatz zu anderen Menschen aber wird sein Schmerz stets mit etwas Gutem verbunden sein. Mit diesem Morgen, dieser Umarmung, diesem Kuss und diesem Geruch des einzigen Menschen, dem er, nachdem der größte Teil von ihm schon tot war, Vertrauen schenken konnte.

Kapitel 15

Als Vi in den Notfallsaal zurückkehrte, war dieser von Personal überfüllt. War zuvor das Vorankommen schon schwer gewesen, so musste sie sich nun durch eine Masse aus Grau und Weiß kämpfen, die sich immer mehr verdichtete. Wenn sie sich auf die Zehenspitze stellte, konnte sie am anderen Ende des Saales auch den Grund für die enorme Ansammlung von menschlichem Leben erkennen. Die Polizei war eingetroffen und anstatt die zum Teil aufgebrachten und verängstigten Frauen und Männer in kleine Gruppen zu trennen, um eine Panik zu verhindern, wurden sie alle in den viel zu kleinen Saal gezwängt. Wenn sie die Handvoll Polizisten ansah, die abgestellt worden war, wusste sie auch warum.

„Nicht zu fassen. Sie schicken sechs Wachtmeister, um eine Horde von hundert Menschen zu befragen", murmelte sie leise und drückte sich an der Oberschwester vorbei, die wenige Minuten zuvor die Tür zum dritten Skelett geöffnet hatte. An der Tür, durch die sie eben den Saal betreten hatte, erschienen zwei weitere Männer in Zivil und drei Wachtmeister. Vi seufzte, als sie Walter erkannte. Nun hatte sie keine andere Wahl mehr. Sie musste mit ihm sprechen.

„Vi?" Sie horchte auf. Hatte eben jemand ihren Namen gesagt oder hatte sie sich verhört? „Vi."

Durch die Menge kämpfte sich eine blonde Frau, die eine Pritsche auf Rädern mit sich zog. Hinter der Pritsche lief ein Pfleger, der Vi bekannt vorkam. Die Pritsche selbst war von einem ausgemergelten Mann belegt, dem es nicht gut zu gehen schien. Seine Stirn war schweißnass und das Hemd, das er trug, war geöffnet worden. Sie erkannte Druckstellen auf der Haut seiner Brust. Ein Herzinfarkt?

„Was machst du denn hier? Was ist überhaupt passiert? Warum ist die Polizei da? Wieso werden wir hier eingesperrt?" Odas Fragen waren durchaus berechtigt, aber es war zu laut und zu eng, um vernünftig mit ihr sprechen zu können. Sie deutete in die Ecke, in der sie sich von Jona getrennt hatte. Oda und der Pfleger fuhren die Pritsche mit dem kranken Mann durch die Reihen und ermöglichten es Vi, ungehindert laufen und atmen zu können. Sie hasste es, sich in einer großen Menschenmenge zu befinden. Es war ein Gefühl, als würde sie zermalmt von den Geräuschen und Gerüchen und den unzähligen Eindrücken.

„Jona? Was um Himmels Willen machst du hier?", fragte Oda, als sie Jonas Pritsche erreichten. Obwohl die Menge sie ablenken musste, arbeitete Frau Hauptmann konzentriert an Jonas Verletzungen und nähte die Haut der jungen Frau wieder zusammen. Als Jona Odas gewahr wurde, schlich sich endlich wieder ein Lächeln auf ihre Lippen und ob sie es nun wollte oder nicht, aber Vi war erleichtert, es zu sehen. Trotzdem gab es Wichtigeres zu besprechen.

„Hör zu, Oda, die haben gerade ein weiteres Skelett gefunden", erklärte Vi. „Es ist in einem Zimmer in der Chirurgie und ich würde da unglaublich gerne hin, wie du dir vorstellen kannst. Aber die Polizei und insbesondere unser werter Herr Polizeirat haben das ganze Personal hier eingepfercht und bewachen die Eingänge."

„Du kannst doch mit Walter reden", fing Jona an, aber Vi hob sofort die Hand. Es war ihr übliches Zeichen, um Jona zu sagen, sie könne sich mit ihrer Hand unterhalten, aber sie wolle nichts von ihr hören.

„Ein weiteres Skelett? Drei inzwischen. Mein Gott, wer macht so etwas?", sagte Oda und sah sich in der Menge um, als hätte sie dieselbe Vermutung wie die Polizei. Nämlich dass derjenige, der das Skelett in der Chirurgie platziert hatte, unter ihnen sein musste. Vi war anderer Ansicht. Im Krankenhaus war ständig reger Betrieb. Jona und sie waren vorhin nicht aufgefallen. Niemand hatte sie angesprochen. Auch ein Fremder hätte mit einer Pritsche und einem abgedeckten Skelett darauf ungehindert durch die Flure laufen und es in dem Zimmer in der Chirurgie platzieren können.

„Das will ich herausfinden, aber vor allem will ich mir das Skelett ansehen. Die letzten beiden Skelette habe ich nicht an ihrem Fundort anschauen können. Ich glaube aber, dass es uns weitere Hinweise geben könnte."

„Es gibt doch Polizeiberichte", meinte Frau Hauptmann und schnitt einen Faden ab. „Das hätten wir. Aber es werden wohl Narben bleiben. Ich gebe Ihnen eine Salbe, die die Wundheilung verbessert, sobald wir hier raus dürfen."

„Polizeiberichte!" Vi riss die Arme in die Höhe und reagierte nicht auf Jonas Versorgung. „Die werde ich wohl nicht zu sehen bekommen. Außerdem achten diese Stümper nicht auf Details. Wichtige Details, die uns Aufschluss über den Mörder geben können oder in diesem Fall über jenen, der die Skelette drapiert hat."

„Mörder?", ächzte der Mann auf der Pritsche und hob sacht den Kopf. Er war gut sechzig Jahre alt. Ein Herzinfarkt.

„Bleiben Sie ruhig, Herr Groll. Machen Sie sich keine Gedanken. David, schau doch mal, ob du frisches Wasser auftreiben kannst, in Ordnung?", beruhigte Oda den Mann und wandte sich an den Pfleger. „Und du, Vi, brüll nicht so herum. Hier sind schwerkranke Menschen. Du darfst sie nicht aufregen."

„Entschuldigung, ich versuche hier ein mögliches Verbrechen aufzu-klären!", echauffierte sich Vi.

„Dort hinten gibt es einen Raum für Verbandszeug und Apparaturen. Von da geht eine weitere Tür ab zum Flur, der zur Chirurgie führt. Ich weiß nicht, ob sie abgeschlossen ist oder bewacht wird, aber vielleicht kommen Sie so zu dem Skelett", erklärte David. „Falls Ihnen das hilft."

„Aber ja doch, das hilft mir sehr. Sie haben ein Buch bei mir gut, Da-vid", antwortete Vi und fühlte ihre alte Begeisterung. Diesen Drang, einer Sache leidenschaftlich bis zu ihrem Grund nachzugehen. Sie wusste nicht, woher er so plötzlich kam. Die letzten Monate hatten sie ermüdet und der Fall im Frühjahr saß ihr noch in den Knochen. Aber nun war wieder dieses Etwas in ihr geweckt, das mehr wollte. Dieses Etwas, das sie, abgesehen von den anderen Frauen, damals auch davor bewahrt hat-te, einfach vor depressiven Gedanken in ihrem Bett zu sterben. „Jona, ko _"

Jona sah sie an. Aus diesen grauen Augen, denen sie so etwas wie Zu-neigung entgegengebracht hatte. Seit mehr als einem halben Jahr war es ihr liebster Satz gewesen, sie zu rufen und sie aufzufordern, ihr zu folgen. Doch nun brachte sie ihn nicht mehr über die Lippen.

„Du bleibst hier. Hier bei Oda."

Sie wollte noch etwas ergänzen. Eine Begründung, warum sie sie nicht mitnahm, aber ihr fiel nichts ein. Darum ließ sie die ungläubige Jona und die ebenfalls verwirrte Oda einfach zurück und duckte sich ab in die Menge aus Menschen, die ihr jetzt Schutz gewährten vor den Blicken der Obrigkeit.

Als sie die Tür zu dem kleinen Raum erreichte, streckte sie sich und konnte erkennen, dass Walter mit dem anderen Mann in Zivil auf dem Weg zu Jona und Oda war. Sie konnte nur hoffen, dass die Zwei sie nicht verraten würden. Die anderen Wachtmeister sprachen mit den umste-henden Schwestern, die wissen wollten, was vor sich ging. Sie öffnete die Tür, achtete darauf, dass keiner sie bemerkte, und schlüpfte in den win-zigen Raum. Er war nicht mehr als eine Abstellkammer, kaum so groß wie ein Abort. Sie durchquerte ihn mit einem Schritt und stand dank offener Tür auf dem Flur zur Chirurgie. Zwei Wachtmeister standen in der Nähe der Tür, unterhielten sich aber mit einem Arzt, der zu erkennen gab, dass es ihn nicht erfreute, nicht an seinen Arbeitsplatz zu dürfen.

Sie schlich sich zurück zu dem kurzen Gang, an dessen Ende sich das Zimmer mit dem Skelett befand. Erwartungsgemäß standen auch dort zwei Wachtmeister und leider war auch Gremlich bereits vor Ort. Vi fluchte innerlich. Wäre sie doch nur nicht zurück in den Notfallsaal gegangen. Aber sie hatte der Masse folgen müssen, ansonsten wäre sie zerquetscht worden. Daher blieb ihr nichts anderes übrig, als sich zu räuspern, ihre Kleidung zu ordnen und zu den Wachtmeistern zu treten, die sie überrascht anstarrten.

„Guten Tag, meine Herren", grüßte sie und ging einfach an ihnen vorbei.

„Moment! Sie dürfen da nicht rein! Wer sind Sie?", wollte einer der Männer wissen.

„Eine Nervensäge. Aber leider eine, die wir erdulden müssen, meine Herrschaften. Lassen Sie sie durch", rief Gremlich, der im rechten Moment aufgeblickt hatte. „Frau Sperber, sagen Sie bloß, Sie wissen schon wieder Bescheid!"

„Eine Frau sollte immer gut informiert sein, Gremlich. Doch heute kam mir der Zufall zur Hilfe. Wir haben also ein drittes Skelett. Können Sie mir sagen, ob es den anderen gleicht?"

Gremlich seufzte. Er wirkte müder als sonst und schien kein Interesse daran zu haben, Vi zu schikanieren, was äußerst selten vorkam. Musste sie sich Sorgen um ihn machen?

„Frau Sperber, ich bin jetzt zwei Minuten hier. Ich wurde aus meinem wohlverdienten Schlaf gerissen, nachdem ich die ganze Nacht über einer stinkenden Leiche gesessen habe, die unter dem Hausmüll eines Miethauses mit zweiunddreißig Parteien gefunden wurde. Ich habe mich noch nicht einmal richtig umsehen können."

„Ist ja schon gut. Wir müssen nicht gleich wieder mürrisch werden."

„Ich werde nicht erst mürrisch, ich bin es schon! Erst recht wenn ich Ihre Persönlichkeit zu Gesicht kriege, nachdem ich Maden aus einem aufgeplatzten Leib gefummelt habe!", regte sich Gremlich auf und atmete danach heftig.

„Sehen Sie es positiv, ich bin keine Made. Ich bin nur die lästige Schmeißfliege, die aber sofort abhaut, wenn sie bekommen hat, was sie will. Was also können Sie mir über das Skelett sagen?"

Gremlich stieß erbost Atem aus, dann konzentrierte er sich auf die Untersuchung des Skelettes. Vi sah sich unterdessen in dem kleinen Zimmer um. Es war nur für eine Person gedacht, schien aber lange nicht genutzt worden zu sein, obwohl doch ansonsten stets Bettenmangel herrschte. Die Fenster waren nicht geputzt und überall standen Gerätschaften wie Besen, Scheuerhader und Eimer herum. Wie groß war die Wahrscheinlichkeit, dass jemand das Skelett schnell finden würde? War es möglich, dass es hier schon seit einigen Tagen lag?

„Im Unterschied zu den anderen Skeletten ist diese Leiche hier recht gut erhalten. Am Anfang dachte ich, sie sei gänzlich unbeschadet, aber das stimmt nicht. Der Kopf ist lose, obwohl jemand versucht hat, das zu kaschieren. Das Genick ist gebrochen und der Hinterkopf ist zerstört. Die Knochen sind gebrochen an mehreren Stellen. Anders als bei den anderen Jungen hatten sie keine Möglichkeit mehr, zusammenzuwachsen. Derjenige, der ihn uns hier präsentiert hat, hat ihm die Arme aber über der Brust gekreuzt. Er sieht friedlich aus."

„Christliche Motive, oder?"

„Wie meinen Sie das?"

„Der erste Junge wurde aufgebahrt wie in einem Beinhaus. Die Knochen sorgfältig zusammengelegt und obenauf der Schädel. Laut meiner Kollegin war der zweite Junge an Stöcken festgebunden, fast so als sei er gekreuzigt worden. Jetzt liegt hier dieser Junge vor uns und seine Arme sind verschränkt, wie es üblicherweise bei Toten gemacht wird."

„Nur ist das kein rein christliches Motiv. Ich glaube vielmehr, dass es Symbole sind, der Toten zu gedenken und ihnen damit Ruhe und gleichzeitig Unsterblichkeit zu schenken."

Vi dachte über Gremlichs ungewohnt sanfte Worte nach. Es würde dazu passen, dass der- oder diejenige die Toten ausgrub und dann an öffentlichen Orten zur Schau stellte. Die Orte. Der eine Junge in der Neiße, der zweite im Stadtpark, der dritte im Krankenhaus, aber alle auf ihre Weise verborgen, damit sie nicht gleich gesehen werden würden. Das ergab keinen wirklichen Sinn. Sie musste sich in Sabins Wohnung einen der Stadtpläne ansehen, einen der älteren aus den letzten zehn oder zwanzig Jahren. Gab es eine Verbindung?

„Die Haut, die über den Knochen spannt, ist gut erhalten bis auf die Bruchstellen. Der Junge wurde nicht zu Tode geprügelt. Ich vermute, er ist aus großer Höhe gefallen. Dafür sprechen auch die enorme Schädelverletzung und das gebrochene Genick. Die Zähne sind dieses Mal gut erhalten, so können wir eine genaue Angabe machen, wie alt der Junge war. Aufgrund des Zustandes der Leiche würde ich vermuten, dass er annähernd zur selben Zeit gestorben ist wie die anderen Jungen."

„Also ist er Nummer Drei."

„Davon würde ich ausgehen, ja. Nur dieses Mal kann uns unser Freund keinen dichterischen Hinweis hinterlassen haben, denn unserem armen Jungen fehlt die Hälfte des Schädels."

„Richtig. Die Reime. Aber wo hat er sie dann hinterlassen? Er wird seine Vorgehensweise jetzt nicht ändern. Er will uns auf etwas hinweisen."

Vi betrachtete die konservierte Leiche. Wo in aller Welt war der Junge begraben worden, damit sein Körper so erhalten blieb? Es gab Moorleichen, die in dem Schlick jahrhundertelang schlummerten. Aber gab es in der Stadt einen Ort, der mit einem Moor vergleichbar gewesen wäre? Und wo waren die Reime? Wie ging das Gedicht weiter? Was geschah mit den Jungen? Wie hieß der Junge, der vor ihr lag?

„Mag sein, ich gebe Ihnen Bescheid, sobald ich –", antwortete Gremlich und hob eben die Leiche ein Stück an. Er stockte und drehte den Körper weiter zur Seite. Auf dem Rücken des Kindes kamen weiße Buchstaben zum Vorschein. Sie waren ebenso fein und sorgfältig auf der ledernen Haut aufgetragen wie die Botschaften in den Schädeln der anderen Skelette.

„Kasimir", begann Vi vorzulesen. „Sieben kleine Knaben erreichen das Haus, es ist groß und sehr hell, doch sie wollen hinaus. Sie werden verlassen, vom Vater, dem Lieben, der sich nicht mehr sorgt um die zitternden Sieben. Sieben kleine Knaben werden empfangen, nachdem der Vater ist fortgegangen. Sie vermissen ihn schon, den Vater, den Lieben, der sich sorgte und kümmerte um die zitternden Sieben."

„Wenn Sie mich fragen, ist das absoluter Humbug. Er hätte demjenigen, der diese Kinderleichen zu verschulden hat, einfach den Schädel einschlagen sollen."

„Nein, Gremlich. Sie haben es selbst gesagt. Es geht hier darum, diesen Jungen, diesen Kindern zu gedenken. Ich weiß noch nicht einmal, ob es wirklich um Rache geht. Vielleicht will er nur, dass sie gefunden werden, dass man sich an sie erinnert und daran, was ihnen angetan wurde."

„Sie sind schon lange tot. Sie wurden ihr Leben lang nur geschlagen. Wer soll sich an sie erinnern, Frau Sperber?"

„Wir", antwortete Vi und wandte sich ab. Die Verse wiederholte sie solange, bis sie in den Notfallsaal zurückgekehrt war und Jona darum bitten konnte, sie aufzuschreiben. Wie immer trug die junge Frau ihr Notizbuch bei sich.

„Dann wurden die Jungen nicht alle am selben Ort begraben. Wieso nicht?", fragte Oda. Im Saal herrschte immer noch Gedrängel und Aufregung, aber nach und nach wurden die Schwestern zur Befragung geholt, in Gruppen eingeteilt und fortgeführt. Walter war nirgendwo zu sehen. Vi überlegte noch immer, ob sie mit ihm sprechen sollte, aber es blieb ihr keine andere Wahl.

„Ich glaube, dass sie an unterschiedlichen Orten gestorben sind. Vielleicht an jenen Orten, an denen sie nun wieder auftauchen", erklärte Vi, glaubte aber nicht recht an ihre Theorie. Dennoch würde sie die Archive des Krankenhauses prüfen, ob es vor zehn bis zwanzig Jahren einen Jungen gab, der aus einem Fenster oder vom Dach gestürzt war.

„Kasimir. Ich finde, der Name klingt auch nicht, als käme der Junge aus der Gegend", fügte Jona hinzu, die ein ergrautes Pflegerhemd trug, weil ihres endgültig hinüber war.

„Der Friedensbringer", sagte jemand hinter Odas Rücken. Vi trat an ihr vorbei. Neben der Pritsche des alten Mannes mit dem Herzinfarkt saß David und wischte dem Mann den Schweiß von der Stirn. Als er Vis überraschten Blick sah, ergänzte er schnell: „Das bedeutet der Name. Friedensbringer."

„Sie kennen sich mit Namen aus?"

„Nur ein bisschen." David lächelte vorsichtig und legte dem alten Mann den kühlenden Stoff auf die Stirn.

„Dann sagen Sie mir, was bedeutet Anton?"

„Oh, ich – ich denke, er ist eine Ableitung. Von Antonius, aus dem Griechischen."

„Und die Bedeutung?"

„So etwas wie unverkäuflich, glaube ich. Ich bin mir nicht sicher."

„Und Tammo? Was ist mit diesem Namen? Woher kommt er? Aus dem Afrikanischen?"

„Tammo?"

„Nein", sagte Frau Hauptmann und unterbrach das Gespräch. „Tammo ist nicht afrikanisch. Es ist eine Herleitung eines nordischen Namens und bedeutet Denker. Sie spielen sicher auf das zweite Skelett an, nicht?"

„Ja, irgendwie, als David grad die Bedeutung von Kasimirs Namen genannt hat, hatte ich für einen Moment den irrsinnigen Gedanken, dass uns das weiterhelfen könnte. Aber jeder verfluchte Name hat eine positive Bedeutung. Das bringt nichts. Verdammt noch mal! Den einzigen Zusammenhang, den es zwischen den Jungen gibt, ist, dass sie verprügelt wurden und offensichtlich nicht von ihrem Vater oder dem Mann, den sie den Vater genannt haben. Jedenfalls nicht nur. Da kommt noch irgendwas. Verflucht!"

„Vi, beruhige dich! Wir werden herausfinden, was mit den Jungen passiert ist", versuchte Oda sie zu beschwichtigen, aber Vi spürte, wie dieses Etwas in ihr zu nagen begann, sie antrieb, sie nicht mehr ruhen lassen würde, bis sie herausgefunden hatte, was mit den Jungen geschehen war.

„Er-erha", stotterte der alte Mann vor David. Der Pfleger beugte sich über ihn. Das blonde Haar streifte das Gesicht des Mannes und schien ihn zu beruhigen. „Erha-erhab –"

„Nicht aufregen. Es ist alles gut. Sie werden es schaffen", sagte der Pfleger leise zu ihm. Vi senkte den Blick. Es war ein schreckliches Gefühl, einem anderen Menschen beim Sterben zusehen zu müssen. Sie dachte an Florian und an Felicitas. Sie dachte an die drei Jungen, die gestorben waren und an die sich nur noch ein Mensch zu erinnern schien.

Der Friedensbringer, der Unverkäufliche, der Denker.

Kapitel 16

Sie saßen sich am Tisch gegenüber. Jonas Rücken stieß pulsierenden Schmerz in ihre Eingeweide aus und es fiel ihr schwer, Vis Blick standzuhalten. Aber sie spürte, dass sie nicht nachgeben durfte. Sie war ein Feigling, niemand, der sich gerne seinen Ängsten oder der Konfrontation mit anderen Menschen stellte, aber dieses Mal war es wichtig. Sie durfte Vi nicht gewinnen lassen, denn dieses Mal ging es um mehr als ihr eigenes Leben. Es ging um mehr als die Zurückweisung und Ablehnung, die sie erfahren würde. Sie fühlte sich schuldig, weil sie Vi hintergangen hatte, aber das sollte sie nicht daran hindern, dieses eine Mal standhaft zu sein.

„Seht ihr, ich dachte an diese Farbe für die Dekoration des Tisches, was meint ihr?", fragte Sabin in die Runde. Die Frauen hatten sich in ihrer Wohnung versammelt, um über Sabins Hochzeit zu sprechen. Es waren noch zahlreiche Entscheidungen zu treffen und auch wenn es sicher dringlichere Probleme zu lösen galt, so halfen alle Frauen mit, sie dabei zu unterstützen. „Andererseits ist sie vielleicht etwas opulent für eine einfache Hochzeit, oder?"

„Ganz und gar nicht. Eine Hochzeit ist etwas Besonderes. Da darf es auch mal etwas opulenter sein", antwortete Oda und griff nach dem Stoffmuster, das für die Tischdecke ausgewählt worden war. Jona wagte es nicht, sich die Farbe anzusehen. Sie war weiterhin auf Vi fixiert, die sie ihrerseits seit einer Stunde anstarrte. Sie wusste es. Jona konnte es fühlen. Sie hatte es irgendwie herausgefunden. Es mochte an dem Brief liegen, den Jona Gremlich in die Hand gedrückt hatte, oder Walter hatte selbst eine dumme Andeutung gemacht. Es wäre ihm zuzutrauen. Hatte sie etwas gesagt, was Vi auf den Verrat gestoßen hatte? Hatte sie einmal zu oft Seebitz' Namen erwähnt? War Vi etwas im Krankenhaus aufgefallen, nachdem sie alle zum Verhör zu Seebitz und seinem Kollegen gerufen worden waren? Es war gleich, wie sie es herausgefunden hatte. Es war nur entscheidend, wie sie jetzt damit umgehen würde.

„Übrigens Vi, ich glaube, ich habe eine Idee, wo der Junge begraben worden sein könnte", wechselte Sabin das Thema und holte eine alte Karte aus einem Fach ihres Schreibtisches. Sie war so groß, dass alle Stoffproben unter ihr verschwanden. Sie stammte aus den frühen sechziger Jahren dieses Jahrhunderts. „Es gab sehr viel sumpfiges Gelände rund um die Stadt, bevor die Befestigungen, also die Stadtmauer und die Türme, gebaut und das Land trockengelegt wurde. Aber so wie ihr mir die Leiche beschrieben habt, glaube ich nicht, dass es sich um eine Moorleiche handelt."

„Was? Die Haut spannte noch über dem Skelett!" Vi wandte den Blick ab und sah auf die Karte.

„Das mag sein, aber du hast gesagt, die Gesichtszüge waren nicht mehr zu erkennen und die Haut war ledrig und ausgetrocknet. Das spricht nicht für eine Moorleiche. Moorleichen sind zum Teil so gut konserviert, dass du noch das Gesicht erkennen kannst", erklärte Sabin.

„Es gibt aber noch mehr Konservierungsmöglichkeiten von Leichen", setzte Ewa fort. „Ich habe mich mal belesen. Abgesehen natürlich von den ägyptischen Methoden und anderen künstlichen Varianten, gibt es auch noch Mumien, die aufgrund der Wetterverhältnisse oder der Bodenbeschaffenheit entstehen. Am ehesten", Ewa wuchtete ein umfangreiches, aber kleines, gebundenes Werk auf den Tisch und verdeckte die Karte. Sie schlug eine Seite auf, auf der eine Zeichnung von einem Skelett zu sehen war, das jedoch noch mit Haut bedeckt war. „Am ehesten gleicht deine Schilderung diesem Freund hier. Einer Trockenmumie."

„Eine Trockenmumie?", fragte Vi und betrachtete das Bild, während sich Oda entsetzt abwandte.

„Ganz ehrlich, ich zweifle langsam an eurem Verstand. Nicht nur, dass ihr ständig an irgendwelchen technischen Gerätschaften herumbastelt, jetzt sucht ihr auch noch Zeichnungen von backpflaumenartigen Toten heraus. Muss ich mir Sorgen machen?", wollte Cilia wissen und beäugte das abgebildete Wesen voller Ekel.

„Das nennt man wissenschaftliche Forschung, Cilia", erwiderte Ewa. „Aber um auf die Trockenmumie zurückzukommen. Sie entstehen unter der Einwirkung von Hitze und unter Ausschluss von Sauerstoff. Das Problem ist, wir liegen nicht in einer Region, in der hohe Temperaturen alltäglich sind."

„Und in und um unsere Stadt sind die Böden recht feucht, was die Entstehung einer Trockenmumie noch unwahrscheinlicher macht", sprach Sabin weiter. „Allerdings nicht unmöglich. Sie könnte in einer Gruft aufbewahrt worden sein oder aber an einem Ort, an dem aus unerfindlichen Gründen die Verwesung gleichermaßen unterbrochen wurde."

„Das heißt, du kannst mir nicht sagen, wo das Skelett begraben war?"

„Nein, tut mir Leid. Das kann ich nicht. Es könnte überall in der Stadt begraben gewesen sein oder auch an einem ganz anderen Ort. Wir wissen ja auch nicht, woher die anderen Skelette stammen. Es wäre auch möglich, dass sie jemand aus einer anderen Stadt hierher gebracht hat."

„Was aber keinerlei Sinn ergäbe", mischte sich Jona ein. „Warum sollte jemand drei Kinderskelette in eine fremde Stadt bringen, um an sie zu erinnern? Es erinnert sich ja schon jetzt niemand an sie."

„Es könnte eine allgemeine Botschaft sein. Jener Kinder zu gedenken, die misshandelt werden", gab Ieva zu bedenken und sah immer noch auf die Zeichnung des ausgedörrten Leichnams.

„Das passt nicht zu den Namen", widersprach Jona. „Wenn es nur um Symbole geht, warum den Kindern Namen geben? Und warum dieses Gedicht? Nein, es geht eindeutig um diese sieben Knaben, derer gedacht werden soll. Man soll sich an sie erinnern und daran, welches Unrecht ihnen angetan wurde. Für mich stellt sich nur die Frage, warum gerade jetzt? Warum nicht vor fünf Jahren oder schon kurz nach ihrem Tod? Und wer macht auf sie aufmerksam? Für mich klingt es, als hätten sie einen Vater gehabt, der sie aber nicht sonderlich gut behandelt hat, und sonst niemanden mehr auf der Welt."

„Ich gebe Jona Recht", sagte Vi und fixierte die Jüngere wieder. „Es geht um diese sieben Jungen. Das Problem ist, dass wir nichts von ihnen wissen, außer der Tatsache, dass sie misshandelt wurden, wie Ieva gesagt hat, und dass sie alle im etwa selben Alter gewesen sind. Ansonsten kamen die Jungen aber scheinbar aus unterschiedlichen Regionen. Wir haben einen Schwarzhäutigen dabei und einen Knaben, der aus dem Osten stammen könnte. Er könnte ein ehemaliger Pole gewesen sein oder aus dem Russischen Kaiserreich kommen. Das heißt, die Jungen könnten Einwanderer gewesen sein."

„Arme kleine Kerle", sagte Ewa und schlug langsam das Buch zu. „Allein in einem fremden Land und dann solch ein grausamer Tod."

„Wir können nicht mit Bestimmtheit sagen, wie sie gestorben sind, Ewa. Einer ist vermutlich tief gestürzt. Dabei kann es sich auch um einen Unfall gehandelt haben. Mitleid mit den Kindern bringt uns jetzt nicht weiter", sagte Vi und stand auf. Jona beobachtete sie, wie sie am kleinen Stubenfenster entlangging. Ruhelos. Als würde sie etwas von innen zerfressen. So war sie im Frühjahr auch schon gewesen, ein ungestümer, ein aufgebrachter Geist. Aber dieses Mal schien sie noch etwas anderes zu beschäftigen und dabei ging es nicht um den Verrat. Es hatte schon zuvor begonnen. In Gremlichs Untersuchungszimmer mit dem ersten Skelett.

„Aber das ist es doch, was derjenige will, der die Skelette aufbahrt." Jona erhob sich ebenfalls. Sie musste es tun, auch wenn sie sich dabei unwohl fühlte. Sie ging nicht gern auf Konfrontation, aber es war jetzt notwendig. „Er will, dass wir Mitleid mit den Kindern haben. Er will, dass wir herausfinden, was mit ihnen geschehen ist. Er will uns gemahnen, hinzusehen. Darum versteckt er sie doch auch, oder nicht?"

Vi blieb je stehen und sah sie an, als ob sie einander zum ersten Mal begegnen würden. Nicht feindselig, nur überrascht. Hatte sie diesen Fakt noch nicht bedacht? Dass er sie versteckte, weil sie gefunden werden sollten? Weil die Menschen richtig hinsehen sollten? Jona spürte, wie ihre Ohren zu glühen begannen und rot wurden. Die Narben in ihrem Gesicht begannen zu brennen und die Schmerzen auf dem Rücken wurden schlimmer.

„Und es werden noch mehr, Vi. In dem Gedicht ist von sieben Knaben die Rede. Wir haben erst drei gefunden. Wir müssen jetzt etwas tun. Wir müssen herausfinden, was am Ende steht. Denn du weißt genau, dass der Fund des siebten Kindes noch etwas anderes mit sich bringen wird."

„Was meinst du damit, Jona?", fragte Oda und Jona bemerkte, dass alle sie anstarrten. Ihr wurde schlecht.

„Ich meine damit, dass es hier vielleicht nicht nur ausschließlich darum geht, der Kinder zu gemahnen. Es könnte sich auch um eine Art von Rache handeln. Was ist, wenn derjenige noch lebt, der ihnen das angetan hat? Es wäre möglich. Wenn die Taten erst zehn oder fünfzehn Jahre zurückliegen, könnte derjenige noch leben. Das bedeutet, dass am Ende, wenn wir den siebten Jungen finden, etwas passieren wird."

„Du willst andeuten, dass jemand sterben könnte", sagte Sabin und Jonas Herz schlug immer schneller.

„Ja. Ja, ich denke, dass jemand sterben wird."

„Und vergessen wir die Kinder nicht, die entführt worden sind." Ewa erhob sich und hielt sich am Tisch fest. „Fünf. Es sind inzwischen fünf Knaben entführt worden und es gibt kein Lebenszeichen von ihnen."

„Vi, wir müssen jetzt etwas unternehmen." Jona konnte ihr Herz schmerzhaft gegen ihre Rippen klopfen fühlen. Es blieb ihr jetzt keine andere Wahl mehr. „Wir müssen mit der Polizei zusammenarbeiten."

„Mit der Polizei zusammenarbeiten. Richtig. Walter hat mich bei der Befragung erneut darum gebeten."

„Und? Was hast du gesagt?", wollte Cilia wissen.

„Dass wir doch schon von Anfang an mit ihnen arbeiten."

„Ach ja?", fragte Ieva und runzelte die Stirn. Jona brach der Schweiß aus. Ihre Hände wurden feucht. Sie ahnte, was passieren würde. Sie begann heftig zu schlucken. Sie hatte nur alles richtig machen und helfen wollen, aber es hinter Vis Rücken zu tun, war falsch gewesen, nur leider nicht zu ändern.

„Ja. Nun, wir vielleicht nicht. Das wäre nicht richtig. Eher eine von uns."

Die Frauen sahen einander an, dann folgten sie Vis Blick, der unverwandt auf Jona gerichtet blieb. Diese wollte sich hinsetzen, am liebsten unter dem Tisch verkriechen, sich vor dem verbergen, was kommen musste.

„Ja, das stimmt. Ich habe von Anfang an Herrn Seebitz unterstützt. Ohne euch etwas zu sagen. Aber dafür gibt es auch einen Grund, Vi."

„Und der wäre, außer dass du uns verraten hast?"

„Vi, ich bitte dich", wollte Oda sich einmischen, aber Vi gab ihr ihr übliches Zeichen zu schweigen.

„Ich habe dir nichts davon gesagt, weil ich wusste, dass du nicht mit Herrn Seebitz würdest zusammenarbeiten wollen. Du stellst dich stur, weil du persönliche Probleme mit ihm hast. Aber du hast dabei ganz vergessen, dass wir nicht mehr sind als ein Haufen Frauen. Wir sind keine Polizisten, wir haben noch nicht einmal dieselben Rechte wie Männer. Du glaubst, nur weil du die letzten Jahre mit Herrn Seebitz zusammengearbeitet hast und allerlei Menschen kennst, dass du dadurch weiterkommst. Aber falls du es vergessen hast, wir hätten noch nicht einmal über das erste Skelett Informationen erhalten, wenn Herr Seebitz mir nicht den Brief für Gremlich mitgegeben hätte." Jona holte tief Luft. Sie musste das jetzt alles auf einmal los werden, weil sie gegen Vis Worte nicht ankommen würde. „Es geht hier aber nicht nur um deine Probleme mit ihm. Es geht hier um Kinder. Und ich glaube nicht, dass du wirklich angenommen hast, dass nach dem ersten Skelett Schluss sein würde. Nicht nach dem Anfang des Gedichtes. Du wusstest, dass da noch mehr Skelette kommen und du hast dich trotzdem geweigert, ihn zu unterstützen. Und da ist noch etwas. Hast du dir mal die Zahlen angesehen, Vi? Die Zahlen, mit denen wir hier arbeiten? Wir haben seit Monaten ein riesiges Loch in unseren Geldbeuteln. Wir verdienen keinen Heller mit diesem Geschäft hier. Wir brauchen das Geld von Herrn Seebitz, ob du willst oder nicht. Wenn wir es nicht nehmen, werden wir das alles hier aufgeben müssen." Jona schluckte die Angst herunter, die mit diesen Worten über ihre Lippen gekommen war. „Wir werden das alles hier verlieren, Vi, wenn wir das Geld nicht nehmen. Und das will ich nicht."

„Jona." Oda griff nach Jonas Hand, aber da lief Vi mit mehreren großen Schritten durchs Zimmer und packte die Jüngere am Kragen des nur geborgten Hemdes.

„Hör auf! Hör auf, so einen Unsinn zu erzählen! Es geht dir hier nicht um das Geschäft! Es geht dir ganz allein um deine eigene Bereicherung.

Hast du vergessen, was für ein Abkommen du ohnehin schon mit Seebitz geschlossen hast? Willst du den anderen nicht auch davon erzählen?"

„Was denn für ein Abkommen? Könntet ihr uns vielleicht mal ordentlich aufklären?", geriet Sabin in Aufregung.

„Werde ich, Sabin. Vor einigen Tagen habe ich unser Unschuldslamm hier verfolgt, weil ich wissen wollte, mit wem sie sich mitten in der Nacht trifft. Wie sich herausstellte, hat sie sich mit Walter verabredet, der ihr Geld dafür angeboten hat, mich auszuspionieren."

„Ist das wahr, Jona?", fragte Ewa. Und wie sie sie ansah. Jona blieben die erklärenden Worte, die Rechtfertigung im Halse stecken. Vi erwähnte nicht, dass sie abgelehnt hatte und dass Seebitz sie letztendlich gezwungen hatte, einzuwilligen. Sie sagte auch nicht, dass sie alles mit angesehen und dafür gestimmt hatte, das Geld anzunehmen.

„Es ist wahr. Und sie hat es angenommen! Und jetzt arbeitet sie hinter unserem Rücken auch noch für diesen Mann, der einfach alleine nicht zurechtkommt und dafür einfach ein paar wehrlose Frauen in Gefahr bringt. Einen rückgratlosen Kerl, einen verdammten –"

Vi ließ ihren Hemdkragen los. Jona spürte Ärger in sich aufwallen. Sie musste sich wehren. Sie musste sich verteidigen. Sie musste es für sich und für die anderen Frauen tun, auch wenn sie Vis Zorn nur noch mehr provozieren würde.

„Aber falls du es vergessen hast, warst du dabei und hast es begrüßt, dass ich das Geld genommen habe. Und du hast auch vergessen zu erwähnen, dass Seebitz mir nicht nur Geld geboten hat, sondern dass er mich erpresst hat. Dass er mir gedroht hat, mich wegen meiner Vergangenheit wieder ins Zuchthaus zu bringen. Warum verschweigst du das den anderen? Du willst doch nur, dass Seebitz schlecht aussieht, dass sie auf deiner Seite sind. Aber darum geht es hier nicht, Vi! Es geht darum, dass wir herausfinden müssen, was es mit den Skeletten auf sich hat, dass wir Geld dabei verdienen müssen, dass wir auch uns selbst retten müssen!"

„Du bist genauso rückgratlos wie er. Du glaubst nicht an das, was wir hier tun, oder? Sobald es Ärger gibt, kriegst du Angst. Vielleicht läuft es in letzter Zeit nicht gut, aber uns deshalb in den Rücken zu fallen? Ist das die Lösung? Und wie wäre es gewesen, mit uns darüber zu reden? Mir zu sagen, was du zu sagen hast, bevor du zu Seebitz läufst."

„Und was hättest du erwidert? Du hättest Nein gesagt und für uns alle gesprochen. Selbst wenn wir abgestimmt hätten, hättest du gesagt, wir arbeiten nicht mit ihm zusammen. Und warum? Weil du genauso bist, wie du es mir vorwirfst. Sobald es Ärger gibt, gehst du ihm aus dem Weg, anstatt es zu klären. Mir blieb keine andere Wahl, als es hinter deinem Rücken zu tun. Und weißt du was? Es tut mir nicht mehr Leid. Nicht mehr, nachdem ich erlebt habe, wie du reagierst und dass du überhaupt nicht einsichtig bist und dass du die Realität völlig verkennst. Cilia, sag ihr doch mal, wie es die letzte Zeit wirklich gelaufen ist!"

Cilia atmete tief aus und wollte erst die Hände heben, doch dann ließ sie sie flach auf dem Tisch liegen.

„Sie hat Recht, Vi. Es läuft beschissen."

Jona konnte sehen, wie Vis Gesichtszüge sich veränderten. Sie kämpfte mit ihrer Wut und einer verborgenen Traurigkeit und diesem anderen Gefühl, von dem Jona nicht sagen konnte, woher es kam.

„Denkt ihr anderen auch so? Denkt ihr, dass es beschissen läuft und wir deshalb das Geld von Seebitz annehmen sollten?", fragte Vi in die Runde. Langsam begannen die Frauen zu nicken. Jona sank auf ihren Stuhl zurück. Es war geschafft. Wenn Vi jetzt nicht auf die Frauen hörte, dann würde alles auseinanderbrechen und sie wusste, dass Vi das nicht zulassen würde.

„In Ordnung. Dann gehe ich morgen in aller Frühe zu Seebitz und werde mit ihm über unsere Zusammenarbeit sprechen. Ich denke, ich werde einen guten Preis aushandeln können."

Im nächsten Moment wurde Jona von ihrem Stuhl hochgerissen. Ihr Rücken begann so schlimm zu brennen, dass ihr übel wurde. Vi zerrte sie aus Sabins Wohnung die Treppen hinunter und öffnete die Haustür.

„Aber du wirst nicht weiter mit uns zusammenarbeiten. Du kannst gehen."

Sie beförderte sie auf die Gasse hinaus. Jona fiel zu Boden und ertrank förmlich in dem aufgezogenen Nebel. Sie sah nur noch, wie die Tür zuflog. Das Geräusch hallte lange in der Gasse nach. Hinter der Tür erklang aufgebrachtes Gerede, aber sie wurde nicht mehr geöffnet. Sie wartete noch einige Minuten, spürte die Feuchtigkeit auf ihrer Haut und stand dann auf, um sich eine Unterkunft für die Nacht zu suchen.

Sie hatte geahnt, dass es soweit kommen würde. Etwas war seit dem ersten Skelettfund mit Vi passiert und es hatte ihre Sturheit gegenüber Seebitz und ihren natürlichen Argwohn gegenüber allen Menschen nur verstärkt. Sie war wütend und traurig und dagegen kamen logische Argumentationen nicht an.

Der Nebel kühlte ihre brennende Haut. Sie steckte die Hände in die Hosentaschen und ging in Richtung Langenstraße davon. Sie würde Jakob aufsuchen und ihn fragen, ob sie eine Weile bei ihm bleiben konnte, bis sie eine neue Wohnung, ein neues Loch gefunden hatte, in dem sie sich fortan verkriechen konnte. Sie hatte nur verhindern wollen, dass alles zerbrach, was sie sich aufgebaut hatten, aber genau das war nun geschehen.

Es ist unsagbar kalt. Schnee fällt auf ihre nackten Füße. Wind streift ihre Haut, beißt sich darin fest und zerrt sie mit sich. Der Junge glaubt, dass seine Finger taub werden, dass seine Zehen sterben, aber lange bleibt ihm keine Zeit, darüber nachzudenken. Vor ihm steht der Rektor. Er ist ein großer Mann mit kurzem Haar, das in den Böen flattert und die Wildheit seiner stierenden Augen noch schrecklicher erscheinen lässt. Er trägt keinen Wintermantel, nur einen dünnen Pullover, doch an seinen Füßen befinden sich Schuhe, die ihn schützen. Er friert nicht. Seine Wut ist zu groß.

In seiner Hand hält er die roten Haare Antons. Der Junge baumelt an seinem Arm und schreit, aber der heulende Sturm übertönt ihn und lässt sein Wimmern ersterben. Der Rektor packt ihn fester, zerrt ihn weiter nach oben, bis nur noch Antons Fußspitzen den Boden berühren. Gleich wird er in der Luft schweben, nur gehalten durch das Teufelshaar. Teufelshaar, so haben sie es genannt. Weil es selbst in der Dunkelheit rot leuchtet. Selbst wenn nur fades Mondlicht durch einen wolkenbedeckten Himmel drängt. Darüber war der Junge glücklich. Darüber, dass sie Anton oft bestraft haben. Darüber, dass Anton oft zum Rektor musste.

Aber das schmerzverzerrte Gesicht des Rothaarigen lässt tief in dem Jungen ein Gefühl von Angst aufkommen. Angst, Anton zu verlieren. Welch Wendung! Nie hat er es für möglich gehalten, dass er Angst haben würde, Anton könnte nicht mehr bei ihm sein. Doch die letzten Jahre haben viel verändert. Sie haben ihn verändert und auch den Rothaarigen. Obgleich sie einander hassen, so sind sie doch Brüder. Sie sind eine Familie, diese sieben kleinen Knaben. Er will ihn nicht verlieren.

Der Rektor wendet sich ihnen zu. Seine Wut weicht einem grausamen Lächeln, das keine Wärme mehr erkennen lässt. Als sie ihn zum ersten Mal sahen, glaubten sie, ihr Leben würde fortan einfacher und besser werden. Doch die Wahrheit war nur zu schnell über sie gekommen. Ein paar von ihnen haben sich ihr ergeben. Andere wie er glauben noch immer, dass es ein anderes Leben für sie geben wird. Und manche – wie jener, der am Arm des Rektors baumelt – meinten, sie müssten sich mit der Wahrheit verbünden, um sie weniger schrecklich werden zu lassen.

„Ich möchte, dass ihr nun aufmerksam hinseht, Burschen. Ich möchte, dass ihr euch anseht, was ich mit Jungen mache, die glauben, schlauer zu sein als ich. Die glauben, sie könnten mir Märchen erzählen und sich dadurch Vorteile erschleichen."

Er packt Anton fester und zieht ihn nach oben. Dem Jungen wird übel, als er sieht, wie Haarsträhnen aus der Kopfhaut reißen. Anton brüllt und zappelt, doch der Arm des Rektors ist stark und hält ihn fest. Etwas

Dunkles benetzt die Hand, die Anton weiter nach oben zieht. Der Junge will die Augen schließen, will sich abwenden, aber er kann nicht. Er glaubt, es sei seine Pflicht, Anton beizustehen. Jenem Jungen, der Augusts Tod zu verantworten hat. Jenem Jungen, der ihn über Jahre hinweg nur schikaniert hat. Jenem Jungen, dessen Augenweißes deutlich hervorsticht, während er die anderen flehend ansieht.

„Ich mag keine Burschen, die zu mir petzen kommen, die mir Versprechungen und sich bei mir liebkind machen. So etwas dulde ich nicht. So etwas muss bestraft werden. Deswegen sind wir hier. Wir werden jetzt eine Bestrafung durchführen. Wir alle. Niemand soll die Schuld allein auf sich nehmen, denn wir alle sind eine Gemeinschaft. Ihr habt trotz all der Jahre noch nicht gelernt, euch dieser Gemeinschaft anzuschließen. Ihr seid die Einzigen, die sich dagegen wehren. Nun hat einer von euch nicht nur mich, sondern euch alle betrogen. Und warum konnte er das? Weil ihr euch nicht der Gemeinschaft gebeugt, sondern euch nur aufeinander verlassen habt. Jetzt werdet ihr ihn dafür bestrafen. Ihr werdet ein Teil der Gemeinschaft, denn alle tragen Schuld."

Der Junge versteht den Rektor nicht. Das ist nicht das erste Mal. Er redet oft von Dingen, die der Junge nicht begreifen kann. Er will keine Schuld auf sich nehmen. Er spürt noch jenes Gewissen, das ihn wegen August plagt. Er will niemanden bestrafen.

„Kommt schon. Bewegt euch!"

Sie gehen hinunter ans Ufer des Flusses. Es sind nur wenige Meter bis zu jenem Ort, an dem er Anton das erste Mal begegnet ist. Es ist jedoch so dunkel, dass er das Haus nicht erkennen kann. Ob es noch steht? Viele Jahre sind seither vergangen. Er fragt sich, was aus ihnen geworden wäre, wenn sie noch in dem Haus arbeiten würden.

„Sebastian, komm zu mir."

Der Rektor streckt die Hand aus. Sebastian, der Anton immer geholfen hat, zögert. Er steht hinter ihnen allen und wendet sich ab. Die Hand des Rektors wird energischer und je wütender er ihn auffordert, zu ihm zu kommen, desto mehr Haare reißen aus Antons Kopfhaut. Schließlich stößt der große und starke Kasimir Sebastian vor. Der Rektor ergreift ihn. Anton fällt zu Boden. Seine Füße tauchen in das eiskalte Wasser. Er hält sich schreiend den Kopf. Warum nur hört niemand diese Schreie? Warum will sie niemand hören? In all den Jahren hat niemand hingehört.

„Nimm seinen Kopf und steck ihn ins Wasser."

Der Junge starrt den Rektor an. Sebastian tritt einen Schritt zurück, als Zeichen der Weigerung.

„Nimm seinen Kopf und steck ihn ins Wasser. Wasch das Blut fort."
Erst bei den letzten Worten geht Sebastian auf Anton zu. Er glaubt, er solle ihm nur helfen. Doch der Junge ahnt, dass dies die Bestrafung ist. Den Kopf ins eiskalte Wasser. Den verletzten Kopf ins eiskalte Wasser.
„Jetzt du, Fedor. Hilf Sebastian. Steck Antons Kopf ins Wasser."
Fedor gehorcht sofort. Er hat zu große Angst und der Junge kann ihn verstehen. Er geht zu Anton und Sebastian. Er kniet sich neben sie ans feuchte Ufer. Anton schüttelt den Kopf, wehrt Sebastians Hände ab.
„Steck seinen Kopf ins Wasser!", brüllt der Rektor und Sebastian packt Anton und presst seinen Kopf in die eisige Kälte. Anton schlägt um sich. Sebastian fängt an, ihm die Haare auszuwaschen. Der Rektor packt Kasimir und bringt ihn zum Ufer. Er soll Anton festhalten und Fedor muss helfen, das Blut auszuwaschen.
Der Junge steht nur da. Sieht, wie auch Tammo und Heinrich geholt werden. Sieht, wie Anton sich immer heftiger wehrt. Immer wieder kommt sein Gesicht nach oben. Der Junge kann ihn hören, wie er hektisch einatmet, bevor der Rektor den Befehl gibt, ihn erneut ins Wasser zu tauchen, weil das Haar noch nicht von all dem Rot befreit sei. Das Teufelshaar. Dann steht der Rektor vor ihm.
„Du auch. Heute Nacht wird jeder die Schuld auf sich nehmen."
Der Junge will den Kopf schütteln, stattdessen tragen ihn seine Füße, seine halberfrorenen Füße, ans Ufer der Neiße, wo das rote Teufelshaar Antons wieder zum Vorschein kommt, bevor es erneut in den Fluten verschwindet. Er packt Antons Füße, als dieser austreten will. Sebastian wäscht weiterhin Antons Haare, als würde er ihm nur helfen wollen.
„Ihr müsst seinen Kopf im Wasser behalten, sonst geht das Blut nicht raus", sagt der Rektor. Seine Wut hat sich gelegt. Er steht einfach nur da. Seine Arme hängen an seinen Seiten herab. Seine Schultern sind weder gestraft noch krumm. Er steht nur da und beobachtet sie. Der Junge dreht sich nach ihm um und erkennt das Lächeln in seinem Gesicht.
„Er wird ertrinken", sagt er. Der Rektor nickt. Langsam und bedacht bewegt sich sein Kopf von unten nach oben.
Der Junge lässt Antons Füße los, aber sie regen sich nicht mehr. Seine Arme hängen schlaff in Kasimirs Griff. Fedor sitzt mit vor dem Gesicht erhobenen Händen am Ufer und weint. Sebastian lässt Antons Kopf los, der in den Wellen hin und her geworfen wird.
Sie warten. Sie sehen, wie der Rektor Anton vom Ufer fortschleift und ihn auf den schneebedeckten, harten Boden wirft. Sie wissen, dass sie es getan haben. Sie wissen, dass Anton sich wegen ihnen nicht mehr bewegt, dass er sich nie mehr bewegen wird. Doch soviel Pein haben sie

durchgestanden, dass sie nicht mehr weinen. Selbst Fedors Tränen sind versiegt.

„Kommt mit. Es wird Zeit, ihn zu begraben."

Dieses Mal muss er sie nicht mehrmals auffordern. Sie ergreifen Antons Körper und folgen dem Rektor. Die Nacht ist dunkel und kein Mensch begegnet ihnen. Zwischen den Gassen zuckt ab und an eine Bewegung, aber sie rührt nur von Ratten oder Trunkenen, die ihre eigenen Kinder nicht erkennen würden, hätten sie welche. Sie betreten einen kleinen Pfad und der Junge kann die Kirche aufragen sehen. Im Licht des faden Mondes erkennt er die Totenschädel, die ihn belächeln. Niemals wird er diesen Anblick vergessen. Ewig werden ihre höhnenden Fratzen ihn verfolgen.

Der letzte Glockenschlag

Dann fangen sie an, ihm endlich zu trauen,
sie wollen ihm glauben und auf ihn bauen.
Er sorgt und kümmert sich um die zitternden Sieben,
sie wissen es, sie fühlen es, er wird sie stets lieben.

Der Mann will das Beste für die sieben kleinen Knaben,
er will sie berühren, sich an ihnen laben.
Er sorgt und kümmert sich um die zitternden Sieben,
sie haben Angst, sie wollen nicht, doch er wird sie lieben.

Sieben kleine Knaben sind keine kleinen Knaben mehr,
sie fühlen sich schlecht und unendlich leer.
Niemand kümmert sich um die zitternden Sieben,
niemand ist da, um sie doch noch zu lieben.

Kapitel 17

Es handelte sich um eine öffentliche Sitzung des Stadtrates. Cilia saß auf einem der harten Stühle und hielt sich an dem Brett fest, auf dem sie ein Blatt für Notizen befestigt hatte. Zwischen ihren Fingern ruhte ein Bleistift. Sie war angespannt. Der Streit am Abend zuvor beschäftigte sie. Obwohl sie, anders als die anderen Frauen, ihre stetigen Zweifel an der Unternehmung Buchhandlung und Zusammenleben hegte, ließ sie der beunruhigende Gedanke nicht los, dass mit Jonas unfreiwilligem Fortgang ihr Leben in eine nicht abzuschätzende Bewegung geraten könnte. Sie wollte nicht noch einmal umziehen und auch wenn sie es nur ungern zugab, sie mochte es, ein oder zwei Abende in der Woche mit den Frauen zu verbringen. Sie liebte die Arbeit in der Buchhandlung, als Ausgleich zu ihrer normalen Beschäftigung. Sie mochte auch die Frauen und ihre Eigenarten – oder hatte sich vielmehr daran gewöhnt. Sie hegte nicht die Absicht, diese nun in ihren Alltag integrierten Umstände erneut zu ändern. Insgeheim hatte sie daher beschlossen, sich auf die Suche nach Jona zu machen und dafür zu sorgen, dass Vi sie wieder bei ihnen aufnahm. Außerdem würde sie ihr die Unterlagen über die Einnahmen der Buchhandlung zeigen und bestätigen, was Jona ihr bereits klar gemacht hatte.

Doch zuvor musste sie sich der Sitzung und den Themen des Stadtrates widmen. Kolmbach hielt sie dazu an, sich allerlei Notizen zu machen, besonders über den neuen Stadtrat, der ihm ein Dorn im Auge war. Aus Gründen, die Cilia nicht nachvollziehen konnte, schien Kolmbach seinen alten Konkurrenten Köppel regelrecht zu vermissen. Trotz all ihrer Differenzen waren sie aneinander gewöhnt. So ging Hass doch wohl immer auch mit einer abstrakten Form von Liebe einher. Sie wollte sich darauf konzentrieren und nach getaner Arbeit gleich nach Jona suchen, um alles einzurenken, was ihr derzeitiges Leben gefährden konnte. Nur eines konnte sie nicht ändern und das waren die Skelette der Kinder. Drei Stück waren gefunden worden, vier fehlten noch. Wenn es nur einfach enden würde.

„Ich wünsche Ihnen einen recht angenehmen, guten Tag, Frau Rieber. Es ist mir eine große Freude, Sie zu sehen."

Cilia bemerkte nicht, dass sie angesprochen worden war. Sie reagierte eher instinktiv auf die sachten Worte und die Hand, die neben ihr ausgestreckt wurde. Ohne sich über den Umstand recht bewusst zu sein, legte sie ihre in die deutlich größere. Sie fühlte sich weich an, aber kräftig. Ihr Blick streifte das Gesicht, das zur Hand gehörte, und sie musste überlegen, woher sie den Mann kannte, bis ihr einfiel, dass es jener war, der sie zum ersten Mal seit langer Zeit zu einer Verabredung eingeladen hatte. Durch die Umstände war es ihnen noch nicht möglich gewesen, den Kaffee gemeinsam zu sich zu nehmen, aber Cilia hatte Lothar März trotz all der Aufregung nicht vergessen.

„Es freut mich auch", erwiderte sie und schämte sich gleichzeitig für ihre, im Vergleich zu ihm, eher plumpen Worte, die sie noch dazu mit einer wesentlich höheren Stimmlage als gewöhnlich aussprach.

„Sie sind sicher im Auftrag Ihres Vorgesetzten hier, um sich Aufzeichnungen über die Stadtratssitzung zu machen, die normalerweise nicht im Protokoll stehen, nehme ich an?"

Er saß leicht gebeugt, was den kleinen Buckel auf seinem Rücken nahezu verschwinden ließ. Sein Gesicht war braungebrannt und zeigte wesentlich mehr Vitalität als an dem Tag, an dem sie sich kennengelernt hatten. Auch seine Augen waren nicht mehr trübe, sondern glänzten. Was sich jedoch nicht verändert hatte, war sein Lächeln, das ihr weiterhin ausgesprochen gut gefiel.

„Sie liegen ganz richtig, Herr März. Herr Kolmbach legt sehr viel Wert auf wortgetreue Übernahmen der gesamten Sitzung, was, wie Sie sich sicher vorstellen können, mich vor ein Dilemma stellt. Ich muss mich oft entscheiden, welchen Fluch welches Ratsmitgliedes ich notiere und welchen ich aus Gründen der Überlagerungen zweier, laut geäußerter Beleidigungen weglassen muss."

Sein Lächeln veranlasste sie dazu, ruhiger zu werden und sich zu entspannen, auch wenn am Grunde ihres Magens eine leichte Aufregung bestehen blieb. Sie war angenehm und erregte in ihr eine wohltuende Euphorie, die sie von den unangenehmen Auseinandersetzungen der letzten Tage ablenkte.

„Ich kann Ihr Dilemma sehr gut verstehen. Wenn ich mir die Anmerkung gestatten darf, so würde ich es stets vorziehen, jene Worte zu notieren, die zum eigentlichen Geschehen weit mehr beitragen als ein Fluch, der selbst die Ohren eines alten Haudegens zum Vibrieren bringen würde."

Haudegen. Dieses Wort war ihr noch nicht oft untergekommen, aber er verwendete gerne Wörter, die sonst niemand in den Mund nahm. Ein weiterer Umstand, der ihr sehr an ihm gefiel. Sie beugte sich leicht zu ihm hinüber, um leiser antworten zu können.

„Wenn ich mir eine andere Anmerkung erlauben darf, ich denke, dass es meinem Vorgesetzten gerade darum geht, die Ohren eines möglichen Konkurrenten bei der Erwähnung dessen, was er einmal Unflätiges von sich gegeben hat, zum Vibrieren zu bringen und ihn somit vor der versammelten Ratschaft zu diffamieren."

Der Raum begann sich zu füllen, doch das hinderte März nicht daran, ein lautes, aber keineswegs belästigendes Lachen von sich zu geben, das sie unweigerlich dazu veranlasste, einzustimmen. Erst als Kolmbach sich brüskiert nach ihr umsah, räusperte sie sich und tat, als würde sie bereits ihrer Aufgabe nachkommen, um die ihr Vorgesetzter sie gebeten hatte.

„Dürfte ich fragen, aus welchen Gründen Sie heute hier sind? Die Planung des Humboldt-Brunnen ist doch abgeschlossen, wenn ich Herrn Kolmbach richtig verstanden habe."

„Ihre Quelle ist von bestechender Genauigkeit, Frau Rieber. Ich bin eher aus privatem Interesse hierher gekommen. Ich wurde vor einigen Wochen gebeten, als Lehrer an der neuen Knabenmittelschule am Elisabethplatz tätig zu werden, insofern meine Arbeit es mir ermöglicht. Ich wollte mich daher gerne darüber erkundigen, wer heute zum Direktor berufen wird."

Cilia erinnerte sich an den für sie nicht sonderlich interessanten Tagespunkt. Sie war zudem der Meinung gewesen, dass der Direktor durch die Schulräte berufen wurde, aber da die Schule neu gegründet wurde, hatte der Stadtrat diese Befugnis übernommen.

„Ich dachte, Sie seien Landschaftsarchitekt", bemerkte Cilia, blickte aber konsequent auf ihr Schreibbrett, um zu vermeiden, dass Kolmbach sie bei einem Gespräch mit März beobachtete.

„Das bin ich. Ich habe Architektur studiert, aber auch Geschichte. Außerdem bin ich bewandert in Altgriechisch und Latein. Die Kombination hat den Entscheidungsträgern anscheinend so gefallen, dass sie an mich herangetreten sind. Es scheint zurzeit einen akuten Mangel an Lehrern zu geben, die über Kenntnisse des Altgriechischen verfügen."

Er zwinkerte ihr zu und sie verstand, dass seine Worte nicht einer gewissen Spur von Ironie entbehrten. Sie konnte einfach das Lächeln nicht zurückhalten, das sich daraufhin in ihr Gesicht stahl. Es war ihr unangenehm und sie spürte, wie ihre Wangen sich mit zuviel Blut füllten. Der Beginn der Stadtratssitzung rettete sie davor, etwas erwidern zu müssen. Sie begann mit ihren Notizen und März hinderte sie nicht daran. Die ganze Zeit saß er ruhig neben ihr und verfolgte interessiert die ewigen Diskussionen, die ausnahmsweise nicht ausfallend wurden, was wohl nur an der Anwesenheit des Publikums lag. Selbst Kolmbach in seiner aggressiven Art hielt sich zurück. Er erhoffte sich immer noch gute Aussichten zum nächsten Oberbürgermeister gewählt zu werden.

„Der nächste Tagespunkt ist die Berufung des Direktors", flüsterte ihr März nach mehr als zwei Stunden zu. Seine Stimme klang heiser, weil er so lange nicht gesprochen hatte. Cilia nickte nur und umklammerte fester ihren Stift. Sie musste sich auf ihre Aufgabe konzentrieren und durfte sich auch nicht von dem Duft ablenken lassen, den der Mann verströmte. Da sie beinahe ausschließlich mit Männern zusammenarbeitete, war sie an die Gerüche gewöhnt, doch März roch nicht herb oder gar nach Schweiß. Er trug feine Spuren von Pfeifenrauch mit sich, der sich mit dem Geruch von frischer Luft mischte. Eine Kombination, die Cilia kurzzeitig völlig durcheinanderbrachte, denn wer roch schon nach frischer Luft?

„Der Rat hat sich für einen seiner Meinung nach geeigneten Kandidaten entschieden. Neben dem hochverehrten Doktor Radebrecht und dem geschätzten Herrn Groß stand noch ein weiterer Bewerber zur Auswahl, Herr Nathanael Wasser. Es wird beschlossen, Herrn Wasser zum Direktor der neuen Knabenmittelschule zu berufen. Die Gründe sind nachfolgend", erklärte der neue Stadtrat Burg und begann eine Liste an Reputationen aufzuführen, die Wasser zum geeigneten Kandidaten machten.

„Bedauerlich", flüsterte März und Cilia kam nicht umhin, ihn anzusehen. Er wirkte besorgt und gleichzeitig verärgert, Züge, die ihm nicht standen. Sie ließen sein Gesicht hart und verbissen aussehen. Seine Äußerung ließ sie den Rest der Sitzung über nicht los. Als der Stadtrat die Auflösung der Sitzung beschloss, blieben sie beide sitzen und warteten die Leerung des Saales ab. Kolmbach warf ihr einen flüchtigen Blick zu, als er mit den anderen Räten den Saal verließ. Erst dann erhob sich Cilia, gefolgt von März, und trat hinaus in den Flur, in dem noch allerlei Grüppchen standen und diskutierten. Sie lief schneller, um dem Andrang zu entkommen. März blieb ihr beharrlich auf den Fersen und als sie in den Innenhof des Rathauses traten, atmeten sie beide gleichzeitig durch.

„Ist es nicht schrecklich, dieses Bedürfnis des Menschen, sich in Gruppen zu formieren und allerlei Banalitäten auszutauschen, nur zum Zwecke des instinktiven Wunsches nach Schutz und Zugehörigkeit?"

„Ein nachvollziehbarer Wunsch, wenn Sie mich fragen, aber oft kein Grund für mich, nicht die Abgeschiedenheit der Menge vorzuziehen."

Sie lehnten sich gegen die Mauer des Rathauses und blickten nach oben. Die großen Vogelschwärme waren längst gen Süden gezogen und alles, was man, wenn der Nebel es zuließ, noch sah, waren Krähen, die sich auf dem Rathausdach versammelten. Sie mochte den Sommer nicht besonders, aber die trostlosen, nebligen Tage der vergangenen Wochen machten selbst ihr zu schaffen.

„Wieso finden Sie es bedauerlich, dass Wasser der neue Direktor der Schule geworden ist?", fragte Cilia schließlich und hielt sich konsequent an ihrem Schreibbrett fest, denn hier mit März allein zu sein, erhöhte nur ihre Euphorie.

„Kennen Sie Nathanael Wasser?"

„Er ist mir nur flüchtig bekannt. Er war ein paar Mal bei uns in der Buchhandlung und hat nach alten Ausgaben von einem ehemaligen Lehrer gefragt."

„Dann haben Sie vermutlich nichts über den Umstand gehört, dass er vor einigen Jahren eine Knabenerziehungsanstalt hier in der Stadt geleitet hat, die aus moralischen Gründen geschlossen werden musste. Danach ist er für einige Zeit nach Dresden gegangen und hat dort unterrichtet. Dass er es gewagt hat, sich als Direktor zu bewerben, ist an Dreistigkeit kaum zu überbieten."

„Die Schule musste aus moralischen Gründen geschlossen werden?", fragte Cilia. Sie hatte nie von einer solchen Erziehungsanstalt gehört, obwohl sie schon über zehn Jahre in der Stadtverwaltung arbeitete.

„Eine ungewöhnliche Begründung, wie Sie zurecht befinden, aber eine durchaus zutreffende. Es gab Beschwerden von Schülern, dass die Lehrer mit besonderer Grausamkeit zu Strafen auch in ungerechtfertigten Fällen gegriffen haben und es gab Hinweise darauf, dass mit den Knaben Unzucht betrieben wurde."

Cilia zuckte zusammen. Dieses Wort. Es war in diesem Jahr einmal zu oft benutzt worden. Ein Gefühl ersetzte schlagartig die Euphorie. Eine Knabenerziehungsanstalt. Vor einigen Jahren geschlossen. Grausame Strafen und Unzucht. Sie dachte an die drei toten Jungen, von denen niemand etwas wusste. Sie dachte an die verschwundenen Jungen der letzten Wochen.

„Gab es Hinweise, dass Herr Wasser sich daran beteiligt hat?", wollte sie wissen, doch drängte es sie schon, den Innenhof zu verlassen und zu Vi zu gehen, um ihr mitzuteilen, was sie eben von März erfahren hatte.

„Den Aussagen der Jungen zufolge nicht. Sie haben Wasser als streng, aber väterlich empfunden. Dennoch muss ich Ihnen sagen, dass es nicht für einen fähigen Pädagogen spricht, wenn er es zulässt, dass seine Untergebenen sich an den Jungen in welcherlei Hinsicht auch immer vergreifen. Darum finde ich es bedenklich, dass er nun Direktor der Mittelschule werden soll. Dort wird er zwar aufgrund des Schulalltags nicht dieselben Befähigungen und Möglichkeiten haben wie in der Erziehungsanstalt, aber seine Berufung ist mir sehr suspekt."

„Guten Tag, Herr März, Frau Rieber!" Aus der Tür zum Archiv trat Surek und kam zu ihnen hinüber. Er wirkte heiter und Cilia kam der spontane Gedanke, auch dies Vi sogleich mitzuteilen, um neue Verhandlungen zwischen den beiden einzuleiten. „Sie sehen aber mitgenommen aus. Hat die Stadtratssitzung solange gedauert?"

„Sie haben Wasser zum neuen Direktor gewählt", erklärte März knapp. Cilia war bereits aufgefallen, dass er bei Anwesenheit anderer Menschen weitaus weniger gesprächig war als bei ihr. Sureks Gesicht wurde ernst.

„Unglaublich! Nach dem Skandal. Aber das wundert mich, ehrlich gesagt, überhaupt nicht. Sie haben damals schon versucht, das alles zu überspielen. Haben die Lehrer entlassen und nichts weiter darüber verlauten lassen. Und jetzt wählen sie ihn zum Direktor, um es so aussehen zu lassen, als hätten sie nie Zweifel an ihm gehegt."

Cilia war überrascht von den erregten Worten, war sie doch in der Annahme gewesen, Surek sei erst vor kurzem nach Görlitz gezogen.

„Ich muss los", hauchte sie und lief eilenden Schrittes davon. Den beiden Männern blieb nicht mehr, als ihr hinterher zu sehen. Von März kam eine leise Verabschiedung, die traurig klang und die vorhin empfundene Euphorie wieder in ihr aufsteigen ließ. Zu ihr gesellte sich Freude. Freude darüber, dass sie möglicherweise einen neuen Hinweis auf die Herkunft der Skelette entdeckt hatte.

Er spürt seinen Blick auf sich. Er weiß, dass er ihn schon seit Stunden, seit Tagen beobachtet und ihn nicht einen Moment aus den Augen lässt. Er verfolgt jede seiner Bewegungen und der Junge weiß, was er vorhat. Er will einen günstigen Moment abwarten, um ihn anzugreifen. Er gibt ihm die Schuld an Antons Tod. Er gibt ihm die Schuld daran, dass der Rothaarige nicht mehr da ist, sein einziger Freund. Der Junge weiß, wie sehr er an ihm gehangen hat. Anton war seine Familie und er war gezwungen worden, ihn umzubringen.

Der Junge kann nicht sagen, warum er Schuld daran sein soll, dass Anton sterben musste. Es war die Entscheidung des Rektors. Des Mannes, dem Sebastian von Anfang an Glauben geschenkt hat, anders als die anderen. Ja, als sie hier ankamen, glaubte er für einige Zeit, es werde ihnen nun besser gehen. Auch der Junge wollte daran glauben. Immerhin versorgte der Rektor doch seine Wunde an der Schulter, die mühsam verheilt war. Aber sie fanden schnell heraus, was der Rektor unter Zuwendung verstand.

Nun fühlt sich Sebastian von allen verraten, aber er gibt dem Jungen die Schuld. Weil er ständig Streit mit Anton hatte? Weil er den Rektor nicht aufgehalten hat? Der Junge kann es nicht sagen. Es ist ihm auch gleich. Er wird auf den Angriff gefasst sein, wenn er kommt. Er wird stärker sein als Sebastian. Er nämlich hat noch Freunde. Er kann sich auf den Großen verlassen. Er weiß, dass Tammo, Fedor und Heinrich hinter ihm stehen. Aber Sebastian steht allein. Ist es die Angst, die ihn so viel Hass empfinden lässt, dass er es riskieren würde, den Jungen anzugreifen? Glaubt er, er hat nichts mehr zu verlieren?

Der Junge erinnert sich an den Tag, als August sterben musste. Daran wie er Anton verprügelt hat. Wie er Sebastian davon abgehalten hat, ihm zu helfen. Auch das wird er nicht vergessen haben. Danach ist die Freundschaft zwischen ihm und Anton nur noch gewachsen. Sie waren Aussenseiter in ihrer kleinen Gruppe, aber sie gehörten doch zur Familie. Eine Familie, die es zu verteidigen galt, und der Junge will genau das tun. Er will sie alle verteidigen, er will sie alle retten, auch Sebastian.

Er betrachtet den Braunhaarigen aus dem Augenwinkel. Er ist durchschnittlich in seiner ganzen Erscheinung. Er ist nicht größer und nicht kleiner als sie. Seine Statur ist normal, weder so kräftig wie Kasimirs noch so zart wie Fedors. Sein Gesicht ist fein geschnitten, aber er ist bei Weitem nicht so schön wie Heinrich. Alles, was ihn je ausgezeichnet hat, war die Freundschaft zu Anton. Er war zwar nur sein Handlanger, aber damit hatte er eine Position, eine Rolle, die er ausfüllen konnte. Nun hat er nichts mehr. Seit Antons Tod redet er nicht mehr mit den anderen

Jungen. Sie gehen ihm ängstlich aus dem Weg, außer dem Jungen und Kasimir. Sie ahnen, dass er ausbrechen wird wie die Landeskrone es vor vielen tausend Jahren getan hatte. Es wird unvermittelt sein und schrecklich.

„Warum glotzt du mich die ganze Zeit an?", fragt Sebastian. Er sitzt auf seinem Bett. Auf dem runden Tisch in der Mitte ihrer Betten steht eine einzelne, zur Hälfte abgebrannte Kerze. Er hat seine Arme locker um seine Knie geschlungen. Die Schatten um seine Augen bewegen sich mit der zitternden Flamme der Kerze. Der Junge überlegt, ob er antworten soll, aber es würde Sebastian nur provozieren. Darum sieht er weg und widmet sich dem Holzstück in seiner Hand. Er will daraus eine Figur schnitzen und sie Fedor schenken. Als Glücksbringer.

„Ich hab dich was gefragt!", ruft Sebastian und seine Stimme hallt laut in die Stille. Der Junge bekommt Angst, dass der Rektor oder einer von den anderen Lehrern ihn hören könnte. Wenn das geschieht, werden sie heute Nacht alle geholt. Das will er nicht. Heinrich ist vom letzten Mal noch ganz erschöpft und etwas geht in Kasimir vor, was er sich nicht erklären kann.

„Sei lieber ruhig oder der Rektor wird kommen", sagt der Junge und achtet darauf, seine Stimme gleichmäßig erklingen zu lassen, nicht laut zu werden oder die Angst zu äußern, die ihn auffrisst. Er weiß nicht, was geschehen wird, wenn Sebastian ihn angreift. Er weiß, er kann sich wehren, aber er hat Angst davor, dass er nicht aufhören kann, zuzuschlagen. In ihm entsteht etwas, was er sich nicht erklären kann. Es ist überwältigend und beängstigend. Er fürchtet sich davor, dass es aus ihm herausbricht. Aber eines Tages wird das geschehen.

„Denkst du, ich hab Angst vor dem? Vor diesem Scheißkerl?", brüllt Sebastian. Kasimir erhebt sich von seinem Bett. Fedor, der auf Tammos Bett sitzt, kugelt sich zusammen und der Dunkle streichelt ihm vorsichtig über das Haar.

„Halt jetzt den Mund", sagt der Junge und bemüht sich, Ruhe zu bewahren. Aber er legt das Schnitzmesser und die Holzfigur für Fedor zur Seite und steht auf. Er sieht Kasimir an, der eingreifen wird, wenn es Not tut. Sebastian springt je von seinem Bett und stürzt sich auf den Jungen, der überrascht zu Boden geht. Die braunen Haare seines Angreifers streifen seine Stirn, als sich Sebastian tief hinunterbeugt, die Hände um die Kehle des Jungen.

„Du bist Schuld. Du hast ihn umgebracht. Du hast ihn umgebracht!", schreit Sebastian. Der Junge bekommt keine Luft mehr, aber er denkt immer noch daran, was passieren wird, wenn der Rektor oder die Lehrer sie hören. Er denkt nicht an die Luft, die ihm fehlt oder daran, dass er sterben könnte. Es gibt Schlimmeres zu befürchten. Da reißt der Große Sebastian von ihm hinunter und wirft ihn zurück auf sein Bett. Doch Sebastian springt auf und schlägt Kasimir mit voller Wucht ins Gesicht. Der Große taumelt zur Seite. Der Junge schafft es, kurz Luft zu holen, bevor die Hände wieder an seinem Hals liegen. Er kann die Tränen in Sebastians Augen sehen.

„Wir haben ihn alle umgebracht", geht eine sanfte und zarte Stimme dazwischen. Sie gehört Fedor. Er steht da in seinem Nachthemd und sieht sie an. Die Hände zu Fäusten geballt und hilflos nach oben gestreckt. „Wir haben ihn alle umgebracht."

Der Junge sieht Fedor an. Er kann Sebastian verstehen. Er weiß nicht, was er tun würde, wenn Fedor sterben müsste. Er liebt ihn wie einen kleinen Bruder. Ob seine Schwestern so für ihn empfunden haben? Wie sehr er sie vermisst, obwohl sie doch immer gemein zu ihm waren.

Sebastian lässt seinen Hals los. Der Junge hustet heftig und glaubt, er werde dennoch ersticken. Nichts regt sich mehr um ihn herum. Er spürt Sebastian neben sich. Sie liegen und sitzen beide vor dem Bett des Jungen. Dann hört er es. Dieses erbarmungswürdige Geräusch, von dem er dachte, dass nur Fedor es ausstoßen könnte. Es ist ein Schluchzen, ein Weinen, ein Flehen ohne Worte.

Der Junge richtet sich auf. Er legt seinen Arm um den zitternden Sebastian und für eine Weile ist es still und er empfindet Trost. Doch dann lösen sich die braunen Haare von seiner Wange. Sebastian steht auf und tritt ihm in den Magen. Ohne sich um ihn zu kümmern, geht er zu seinem Bett, wickelt sich in seine Decke ein und spricht kein Wort mehr.

Der Junge kämpft noch mit der Übelkeit, aber er weiß, dass es jetzt vorbei ist. Sebastian hat seine Rache genommen. Er klettert zurück auf sein Bett und sieht zu Kasimir, der ihm ein kurzes Lächeln schenkt. Er erwidert es und es wird ruhig in ihrem Zimmer. Für einen wundervollen Abend lang ist die Welt um die Jungen herum wieder in ihren Fugen.

Kapitel 18

Das Wasser der Neiße floss träge an ihr vorüber. Der Wasserstand betrug nur etwas über einen Meter. Sie saß abseits des geschäftigen Tumultes, der die Stadt jeden einzelnen Tag erfüllte. Sie war am frühen Morgen durch die enge Häuserschlucht der Hotherstraße gelaufen und hatte den Hirschwinkel weit hinter sich gelassen, doch zu ihrer Rechten ließ sich noch immer der Turm der Peterskirche ausmachen. Inzwischen war die Sonne aufgestiegen und drang doch nicht durch den dichten Nebel und die Wolkenbanken, die über der Stadt schwebten. Es war feucht und kühl, aber das Zittern störte sie nicht. Sie hörte auf das Rauschen des Wassers und blickte in die Schwaden, die mit dem Wasser trieben.

Heute Nacht hatte sie bei Jakob schlafen können, aber obwohl er nichts gesagt hatte, wusste sie, dass sie nicht bei ihm bleiben konnte. Sie musste sich eine andere Übernachtungsmöglichkeit suchen, sonst würde es über den jungen Mann erneut Gerede geben. Doch wohin sollte sie gehen? Außer den Frauen kannte sie nur Adelia und die war aufgrund ihrer Schwangerschaft zurzeit ganz und gar mit anderen Dingen beschäftigt. Außerdem war die Wohnung ihrer Familie für einen Schlafgast zu klein. Am besten war es wohl, hier sitzen zu bleiben und die Nacht abzuwarten und sich dann selbst in Nebel aufzulösen, wie es ihr Dasein schon getan hatte. Sie tat sich selbst Leid und ärgerte sich doch darüber. Darüber und über Vis unnachgiebiges Verhalten.

Auf der anderen Seite der Neiße ließen sich Schemen von Anglern erkennen. Angler. Natürlich. Sie hätten das Skelett, selbst wenn es an der Vierradenmühle ins Wasser gespült worden wäre, entdeckt und in Einzelteilen aus dem Fluss gefischt. Jona hob den Kopf. Sie lag richtig mit ihrer Vermutung. Derjenige, der die Skelette versteckte, wollte, dass man hinsah, dass man genau hinsah und sie fand. Mit einem Atemstoß ließ sie den Kopf wieder auf ihre Arme sinken, die ihre Knie umschlangen. Wen interessierte das jetzt noch? Sie war nicht länger Teil der Buchhandlung, nicht länger ein Teil dieser Gemeinschaft. Vi würde ihr nicht zuhören, wenn sie ihr davon erzählte, und es änderte nichts an dem Umstand, dass sie nicht wussten, woher die Jungen kamen und warum sie gestorben waren.

„Un`, beeßen de – oh, hast ja gar keene Angel bei", sprach sie eine tiefe Männerstimme an, die von einem Husten begleitet wurde. Jona blickte auf und entdeckte einen älteren, recht mitgenommen aussehenden Mann, der mit einer Angel und einem Dreibein ausgestattet neben ihr stand.

Sie kannte das Gesicht des Mannes, konnte sich aber nicht erinnern, wo sie ihn schon einmal gesehen hatte.

„Ich sitz hier nur so", sagte sie. „Stör ich?"

Das fehlte ihr noch, dass ihre Anwesenheit selbst für so einen verlausten Kerl zuviel war. Aber der Mann schüttelte den Kopf, stellte sein Dreibein hin und ließ sich darauf nieder. Kurze Zeit später tauchte ein aufgespießter Regenwurm in das trübe Wasser und harrte dort seines endgültigen Endes. Jona konnte nachempfinden, wie es ihm dabei gehen musste.

„`N schöner Tag zum Angeln", sagte der Alte nach einer Weile, aber sie versuchte ihn zu ignorieren. Warum hatte er sich ausgerechnet neben ihr niederlassen müssen? Das Ufer der Neiße war lang. Zwar war ein gutes Stück bebaut, aber es gab reichlich freie Flecke, wo er einen besseren Fang hätte machen können. Hier schien ihr das Wasser zu schmutzig, um genießbare Fische zu beherbergen. „Hab ich imma mit`n Jungs gemacht. Imma bei so`nem Wetter sin` mia runtergekommen un` ham geangelt. Hatt`n Mordsspaß bei."

Sie drehte den Kopf weg und antwortete nicht. Sie wollte die Lebensgeschichte des Mannes nicht hören. Gleich würde er anfangen, ihr zu erzählen, wie sie in irgendeinem Kampf, Krieg oder bei einem Unfall ums Leben gekommen waren oder dass sie geheiratet und Kinder bekommen hatten, das Verhältnis zwischen ihnen und ihrem Vater aber so gestört war, dass er sie nicht mehr zu Gesicht bekam. Sie wollte das nicht hören. Sie wollte keine traurige Geschichte vom Verlust einer ganzen Familie hören.

„Eenma hat Fedor `ne Äsche rausgeholt. Halb so groß wie er. Kannste dir das vorstelln? Da steht so`n kleener Kerl un` neben ihm an`ner Angel hält er`n Brocken von fast drei Kilo un` der reicht ihm vom Hals bis zu`n Knien. Er konnte das selbst nich` glauben. Hat den Fisch angeglotzt un` der Fisch hat zurückgeglotzt." Der Mann lachte, aber seine Stimme klang heiser und der Husten, der folgte, ungesund. Als Jona ihn ansah, um ihm zu sagen, dass sie nicht glauben würde, dass ein Kind eine so große Äsche, die es in diesem Dreckwasser sicher nicht gab, hätte aus dem Fluss ziehen können, fiel ihr endlich ein, wo sie ihn schon einmal gesehen hatte.

„War`n se nich` neulich im Krankenhaus?", fragte sie und verfiel, ohne dass sie es merkte, in denselben Dialekt wie der Mann neben ihr. Seit ihren Zuchthaustagen hatte sie gelernt, sich den Menschen um sie herum anzupassen.

„Ja. Herz hat bissl schlapp gemacht", gab der Mann zu und zuckte die Angel zurück. Der Wurm war verschwunden, steckte in einem Fischmaul. Vielleicht in dem einer Äsche.

„Hat man se schon entlassen?"

„Hab mich selbst entlassn. Könn`mir eh nich` helfn. Gebrochenes Herz kannste nich` flicken."

Ein gebrochenes Herz? Jona dachte an Marie, dachte an Frau Hauptmann, an die Frauen, deren Gesellschaft sie schon nach wenigen Stunden heftig zu vermissen begann. Ein gebrochenes Herz kannst du nicht flicken. Der Mann besaß Lebensweisheit, auch wenn er wie ein zerlumpter Säufer aussah. Aber vielleicht spiegelte sein Äußeres auch nur seinen seelischen Zustand.

„Könn`se laut sagn", murmelte und starrte weiter in die trübe Brühe des Flusses, der unaufhaltsam weiterströmte. Ihn zu brechen, war schwer. Die Menschen versuchten, ihn einzudämmen, ihm einen Weg vorzugeben, aber sobald der Wasserspiegel sich hob, waren sie alle bedroht. Denn das Wasser ließ sich nicht aufhalten. Es drang durch jeden Mauerschlitz, hob sich kraftvoll an und riss alles mit sich.

„Deins is` wohl och hinüba, wa Kleener?"

Sie korrigierte ihn nicht. Es war ihr egal, für wen oder was er sie hielt. Was machte schon den Unterschied? Sie nickte beklommen und klammerte sich fester an ihre Knie. Der Mann streckte den Arm aus und legte ihr eine Hand auf die Schulter, packte kräftig zu, ließ wieder los. Sie kannte solch Gesten des Trostes. Vi machte es ähnlich. Ihr kamen die Tränen, als sie daran dachte, dass sie nie wieder so miteinander umgehen würden. Auch wenn sie es für die Buchhandlung und die anderen getan hatte, bereute sie, dass sie Vi nichts von der Vereinbarung mit Seebitz erzählt hatte. Sie wollte zurück. Zurück auf ihren kleinen Dachboden. Zurück zu Oda, die ihr in jeder kalten Nacht einen Platz an ihrem Ofen gab. Zurück zu Cilia, die ihr heimlich, wie sie wusste, ab und an ein Brot mitbrachte und es durch ihr altes Hartes ersetzte. Zurück zu Ieva, die versprochen hatte, ihr eine Wärmequelle für den Winter zu bauen. Zurück zu Ewa, mit der selbst Gespräche über einen Gott, an den sie nicht glaubte, noch Sinn ergaben. Zurück zu Sabin, die sie in jeglicher Stimmung mitreißen konnte und ihr Geschichten von all ihren Reisen erzählte. Zurück zu Smut, den sie oft ohne das Wissen der anderen mit auf den Dachboden nahm, um Gesellschaft zu haben. Zurück zu Vi, selbst wenn sie den Rest ihres Lebens enttäuscht und wütend auf sie sein würde.

„Meine sin` tot, allesamt. Is` meine Schuld. Hab`se weggegeben, weil`s Geld ni gereicht hat", sagte der Alte und begann heftig zu zittern. Er legte eine Hand über seine Augen und weinte. Es war schrecklich anzuhören. Nicht weil seine Kehle voller Schleim zu sein schien, sondern weil Jona den Schmerz spüren konnte, der ihn ob der vermeintlichen Schuld quälte.

„Aba dann konntn`se doch nix dafür. Wär`n doch bei Ihn`n och verhungat", versuchte sie ihn zu trösten. Der Mann zog die Nase hoch und wischte sich über die feuchten Augen. Er sah sie an. Sah direkt in ihr Gesicht. Es war zerfurcht von dem Gewissen, das ihn belastete.

„Besser verhungat als das. Un` jetz` komm`se zu mir zurück."

„Se komm` zu Ihn`n zurück?", fragte Jona und ließ ihre Knie los, um sich ihm zuzuwenden. Was meinte er damit? Dass er von ihren Geistern verfolgt wurde? Sie kannte das aus den vielen Büchern, die Vi ihr zum Lesen gegeben hatte. Vorwiegend Autoren des Russischen Kaiserreiches. Vi liebte die Art, wie sie schrieben. Für Jona waren die Texte oft nur Kauderwelsch, das keinen Sinn ergeben wollte, bis Vi mit ihr jedes Detail besprach. Sie musste an das Werk eines Russen denken, der vor wenigen Jahren für kurze Zeit in Dresden gelebt hatte. Die Dämonen. Sie erinnerte sich an das düstere Werk, dessen Ende keinen Raum für Hoffnung mehr ließ.

„Eener nach`m andern. Anton, Tammo, Kasimir. Bald sin`se alle wieda da. Dann sin` wir wieda vereint."

Anton. Tammo. Kasimir. Jonas Ohren begannen so heftig zu glühen, wie sie es früher nur in Maries Anwesenheit getan hatten. Ihr Herz schlug so schnell, dass ihr schwindlig wurde. Anton. Tammo. Kasimir. Sollte das heißen, dass dieser Mann die Jungen kannte? Dass sie seine Jungen waren?

„War`n das Ihre Söhne?"

„Gewissermaßen. War`n gute Jungs. Alle ohne Eltern. Sin` zu mir gekomm`. Ham für mich gearbeitet. Liebe Jungs. Ganz liebe Jungs. Meine Jungs, meine Jungs", wiederholte er und weinte, bis ein Hustenanfall ihn davon abhielt. Jona saß da, starrte den Mann an. Sie musste sofort zu Vi. Sie musste ihr sofort von dem Mann erzählen.

„Un`–, un` was is` mit ihn`n passiert?"

„Weeß ich nich`. Hab se verkauft, an so`n Kerl. Der hat gesacht, der bringt ihn`n was bei. Aba der war komisch. Eigenartig. So`n Abartiga."

Ein Abartiger? Der Vater, vor dem sie sich gefürchtet haben, aber der sie trotz allem geliebt hat. Das war der Mann, der da vor ihr saß. Und in der Nacht, als er die Knaben fortgebracht hat, da brachte er sie zu dem Mann, der ihr Ende bedeutet haben musste.

„Se ham nie wieda was von`n Jungs gehört?"

„Nie wieda, bis Anton wieda gekomm` is. Er war`n miesa, kleena Dreckskerl, aba er war mein Junge. Un` Tammo, der konnt` mich nich verstehn un` seine Haut war so dunkel, aba er hat gemacht, was ich wollte. Und Kasimir, mein Junge, mein Kasimir.“

Obwohl die Kinder ihn gefürchtet hatten und für ihn arbeiten mussten, hatte Jona doch das Gefühl, dass der Mann sie wie seine eigenen Jungen geliebt hatte. Aber ihr Mitleid hielt sich in Grenzen, denn auch er hatte sie nur gekauft und wieder verkauft, nur des Geldes wegen.

„Aba wieso komm` se wieda?“

„Wegen mir. Se komm` alle und zeig`n uf mich. Ich hab`se umgebracht, weil ich se an den Kerl verkauft hab.“

Konnte das sein? Waren die Jungen ein Zeichen für ihren Vater, ihn daran zu erinnern, was er getan hatte? Aber das passte nicht zu dem versteckten Auftauchen der Skelette, zu dem Gedicht, das als Mahnung auf die Knochen und die Haut der Knaben aufgetragen worden war. Es ging nicht um den Vater, nicht ausschließlich um ihn, aber war er der befürchtete Abschluss? Derjenige, der würde sterben müssen?

„Könn`se mir sagn, wer die Jungen gekauft hat?“

Der Mann nickte langsam, aber seine Stimme erstarb in einem ihn völlig erschütternden Schluchzen. Wer immer auch die Skelette wieder aufbahrte, um sie für alle Welt sichtbar zu machen, diesen Alten zu töten, wäre reine Verschwendung gewesen. Er war schon tot. Gestorben an gebrochenem Herzen.

Kapitel 19

Es war ruhig auf dem Flur in dem abgelegenen Teil des Krankenhauses. Ein Fenster ermöglichte ihr den Blick auf den grauen Himmel, der keinen Sonnenstrahl durchließ. Nebel wallte am Boden entlang, wie er es sehr konsequent die letzten Wochen getan hatte. Das Wetter verhielt sich völlig untypisch für die Lage der Stadt. Doch sie hatte sich mittlerweile daran gewöhnt, ließ sich von dem bedrückenden Nebel nicht länger die Stimmung verderben. Dafür sorgten die derzeitigen Entwicklungen in ihrer kleinen Gemeinschaft schon eher. Der Streit am Vorabend hinterließ einen bitteren Beigeschmack. Jona war verschwunden und Vi sprach kein Wort mehr. Ihre zuvor gezeigte Ablehnung und ihre Zurückgezogenheit hatten sich in Ignoranz gewandelt. Sie war am Morgen nicht in der Buchhandlung erschienen und auch nicht in ihrer Wohnung anzutreffen gewesen. Ewa bezweifelte allerdings, dass sie sich wie versprochen zu Seebitz aufgemacht hatte. Sie hoffte, dass sie versuchte, Jona zu finden und zurückzuholen, aber angesichts des heftigen Ausbruches von letzter Nacht glaubte sie nicht recht daran.

Am anderen Ende des Flures gingen zwei Schwestern vorüber, die sich leise miteinander unterhielten. Ewa kannte andere Tage, an denen die Menschen hier keine Zeit hatten, sich auszutauschen, weil sie von einem Patienten zum anderen laufen mussten, ohne Luft holen zu können. Heute aber vergingen die Sekunden und Minuten langsamer. Sie schlichen dahin, unterließen jede Eile, trieben durch den Raum. Es war beklemmend, wenn die Zeit sich nicht fortbewegte wie sonst, sondern es vorzog, durchzuatmen und schwer auf den Schultern der Menschen zu liegen, für die sie die größte Bedeutung hatte.

Sie wartete seit zwei Stunden auf eine Nachricht von Oda. Am späten Vormittag war David in die Buchhandlung gekommen und hatte sie in Odas Namen gebeten, ihn zu begleiten. Es stand schlecht um einen von Odas Patienten. Er lag schon seit Monaten im Krankenhaus und nach einer kurzen Erholungsphase, in der es ausgesehen hatte, als könne er wieder zu Kräften kommen, griff nun der Tod nach ihm. David hatte sie hierher gebracht und sie gebeten zu warten. Ab und an war er gekommen, um ihr Wasser zu bringen und eine Kleinigkeit zu essen, doch von Oda war nichts zu hören. Dabei war sie nur eine Tür weit von ihr entfernt.

Ewa sah auf die weiß gestrichene Holztür, die ihr gegenüber in der Wand thronte. Sie war nur ein schmales Ding, leicht mit einer Axt, einem Tritt oder einem Faustschlag zu durchbrechen. Nichts von Bestand, aber

183

doch eine solche Barriere, dass Ewa nicht hören konnte, was dahinter vor sich ging. Sie war nur froh, dass sie keine Schreie oder ein Wehklagen vernahm. Der Tod hatte seine verschiedenen Erscheinungsformen, die fließend ineinander übergehen konnten, doch hier schien die Stille sein Ausdrucksmittel zu sein. Auf ihn zu warten, war selbst von ihrer Position aus gesehen eine Qual. Es tat ihr einerseits um den Mann Leid, andererseits ertrug sie es nicht, Oda in der Stimmung zu sehen, in der sie heute Morgen das Haus verlassen hatte und die durch den Tod des Patienten nicht besser werden würde.

Weil die Tür kein Zeichen von sich geben wollte, sah sie wieder durch das Fenster hinaus in den grünen Hof, der seine Farbe verloren hatte. Eine Weile darauf setzte sich der junge Pfleger mit dem weichen Haar auf den Boden neben ihrem Stuhl und betrachtete gemeinsam mit ihr die geschlossene Zimmertür. Sie schwiegen. David verströmte einen leichten Duft nach Desinfektionsmittel. Noch bevor ein Gedanke in ihr gereift war, den sie verwerfen konnte, legte sie dem jungen Mann eine Hand auf den Kopf und strich ihm über das Haar. Es war so weich, wie es aussah. Er ließ es ohne ein Wort geschehen. Oda hatte Recht, er wusste, was sein Gegenüber benötigte. Er handelte instinktiv und voller Bewusstsein für den anderen Menschen. Eine seltene Gabe.

„Haben Sie sich schon einmal gefragt, was nach dem Tod auf uns wartet?", fragte er und flüsterte, aber Ewa bezweifelte, dass das standhafte Ding von einer Tür seine Worte hätte durchdringen lassen. Von der Frage war sie keineswegs überrascht. In solchen Momenten war sie eine häufig gestellte. Für sich selbst kannte sie eine Antwort darauf, aber verallgemeinernd zu sprechen, lag ihr fern.

„Wir alle stellen uns diese Frage, wenn wir mit dem Sterben in Kontakt kommen. Wir alle haben unsere eigene Vorstellung. Nenn es das Jenseits, das auf uns wartet. Nenn es das Nichts, nenn es die Auslöschung. Am Ende wirst du es erst erfahren, wenn dein Leben vorbei ist. Und solange solltest du jede Minute genießen."

„Das ist Unsinn, eine reine Plattitüde."

Sie war überrascht von der ruhig ausgesprochenen, aber doch heftigen Reaktion. Eine Plattitüde? War es falsch, sich vorzunehmen, sein Leben zu genießen, das Große wie auch die kleinen, wunderbaren Dinge, die am Rand geschahen? Oder ging es ihm viel mehr um ihren Glauben?

„Was möchten Sie hören, David? Dass ich glaube, dass ich nach meinem Tod einen wunderschönen, paradiesischen Ort vorfinden werde, an dem ich all jene wiedersehe, die mir lieb waren? Ist das weniger eine Plattitüde?"

„Ich möchte Ihre ehrliche Meinung hören, Frau Bornzahrod. Ich möchte nur wissen, was Sie wirklich glauben. Was Sie sich vorstellen. Wie Sie die Angst vor dem Tod und dem Sterben überwinden. Wie Sie es schaffen, jede Minute zu genießen, obwohl Sie wissen, dass es in einer dieser Minuten vorbei sein kann."

„Sie haben düstere Gedanken für einen Mann Ihres Alters. David, Sie haben noch viele Jahre vor sich."

„Sie weichen mir aus."

Tat sie das? Warum wollte sie ihm keine Antwort darauf geben? Weil sie sich vor dem Tod fürchtete wie jeder andere Mensch auf der Welt? Oder fürchtete sie vielmehr den Moment, in dem ihr klar wurde, dass es vorbei war und sie nicht mehr die Möglichkeit gehabt hatte, mit Joachim zu sprechen, ihn noch einmal in den Arm zu nehmen?

„Gut, wenn Sie wollen, dass ich ehrlich bin, dann sage ich Ihnen, dass ich mir die Frage häufig schon gestellt habe, aber keine Antwort darauf kenne. Ich habe keine Vorstellung von dem, was mich danach erwartet. Ich bin gewiss gläubig, ich kenne viele andere Religionen, weiß um deren Glaubensinhalte, aber bei Gott, David, ich habe keine Ahnung, was kommt. Keinen Begriff von Jenseits. Ja, es gibt Gott, es gibt ihn, der uns erschaffen hat. Aber gibt es ein Himmelreich, in das all seine Seelen eintauchen? Oder endet unser Leben schlicht und ergreifend? Alles, was ich sicher weiß, David, ist, dass wir etwas hinterlassen. Und ich rede nicht von einer Seele, die zurückbleibt. Ich rede von dem, was wir geschaffen haben. Mag es etwas Materielles sein, mag es die Liebe sein, die wir anderen gegeben haben. Wir hinterlassen Kinder, wir hinterlassen einen Menschen, der uns seine Zuneigung geschenkt hat. Das ist das, woran ich glaube."

Sie zog ihre Hand zurück, spürte aber noch die Weichheit der blonden Haare des jungen Mannes.

„Ich habe noch nie darüber nachgedacht, dass vielleicht nichts mehr kommt, aber etwas bleibt." Er sah zu ihr auf. Unweigerlich musste Ewa an ihren Sohn denken. Sie würde ihn hinterlassen, nur dass er sich nicht an sie erinnern würde. „Ich finde, das ist ein sehr schöner Gedanke. Und einer, den man nicht beweisen muss, weil er sichtbar ist."

„Gott ist auch sichtbar. Sieh dir all das dort draußen an, sieh dir an, was wir Menschen geschaffen haben, sieh dir die Menschen an."

„Für mich sind die Menschen eher ein Beweis für die Existenz des Bösen als für Gott."

„Manche großen Denker unserer und vergangener Zeiten würden sagen, dass dies dasselbe ist. Gott ist das Gute und das Böse, er vereint diese beiden Unterschiede und lehrt uns damit, dass das Eine nicht ohne das andere existieren kann. Für mich ist Gott sowohl die Liebe als auch die Trauer, die Freude und auch der Gram. Wenn er all dies nicht wäre, hätte er den Menschen all jene Fähigkeiten nicht geben können. David, wir sind nur ein Abbild Gottes, es ist nicht verwunderlich, dass viele von uns grausam und bösartig sind."

Sie ließ ihn eine Weile mit seinen Gedanken in Ruhe und fragte sich, ob Gott jetzt dort hinter der Tür war, um einen der seinen zu sich zu holen. Oder ob das Leben des Mannes ausgehaucht war und das blieb, was er geschaffen hatte.

„Ich beginne zu verstehen, warum Oda manchmal mehr Zeit mit Ihnen und den anderen Frauen verbringt als mit ihrer eigenen Familie."

Ewa lachte leise, hielt sich jedoch sofort die Hand vor den Mund. Es war nicht angemessen, aber sie verspürte den Drang danach, ihrer Freude über seine Worte Ausdruck zu verleihen.

„Ich glaube, das liegt vielmehr daran, dass Menschen deines Alters lieber über ihr eigenes Leben bestimmen, als sich unentwegt von der Mutter rein reden zu lassen. Das war schon so, als ich eine Jugendliche war, und auch, wenn sie vielleicht etwas anderes behaupten mag, ging es auch deiner Großmutter so. Wenn es nach Oda ginge, würden wir Paul jeden Tag bei uns haben. Insofern sind wir womöglich eher ein Ersatz."

„Nein, für die eigene Familie kann es keinen Ersatz geben. Es kann nur eine zweite Familie geben."

„Das hast du sehr schön gesagt, David."

Wieder sahen sie beide zu der Tür, hinter der so eben eine Familie Abschied voneinander nehmen musste. Nach einer Weile ging David fort, um seine Aufgaben zu erledigen, und Ewa blieb dort auf ihrem Stuhl. Der Mittag zog vorüber, der Nebel begann sich zu verdichten, sobald die Intensität der bemühten Sonne nachließ. Endlich öffnete sich die Tür und eine mitgenommene Oda trat hinaus. Sie hatte offensichtlich geweint, doch als sie Ewa sah, lächelte sie.

„Danke, dass du gekommen bist und solange gewartet hast."

„Ist es vorbei?"

„Ja, er hat eben seinen letzten Atem ausgehaucht. Ich würde aber gerne noch eine Weile hier bleiben und mich um ihn kümmern. Könntest du mir den Gefallen tun und Paul abholen?" Sie reichte ihr einen Zettel, eine Vollmacht, die es ihr ermöglichen würde, Paul aus dem Kindergarten zu holen. Sie musste an das Gespräch mit David denken.

„Das mache ich. Ich bringe ihn gleich in die Buchhandlung und lese ihm was vor, bis du kommst."

„Das ist lieb von dir. Ich danke dir, Ewa."

Sie umarmten einander kurz, dann schloss sich die weiße Holztür wieder, verbarg, was hinter ihr lag. Ewa atmete ein paar Momente lang bewusst durch und machte sich dann auf den Weg zum Kindergarten in der Nähe des Theaters. Obwohl soeben ein Mensch gestorben und Oda davon mitgenommen war, schwelte doch wieder der altbekannte Optimismus in ihr, der sie bisher noch nie verlassen hatte. Das Gespräch mit David war nicht nur interessant, sondern auch aufmunternd gewesen, selbst wenn der junge Pfleger recht düstere Gedanken hegte.

Sie ließ den Postplatz hinter sich und schlenderte den Demianiplatz in Richtung Theater entlang. Schon von Weitem wurde ihr klar, dass etwas nicht stimmte. Mehrere Wachmänner hatten sich auf dem Platz vor dem Theater und in der Nähe des Kindergartens versammelt. Ihr so eben aufwallender Optimismus fiel in sich zusammen. Sie rannte los.

Sie sitzen in dem Raum und warten. Es ist dunkel, aber sie können einander atmen hören. Sie wissen, was geschehen wird. Sie werden geholt. Nicht zusammen. Sie werden nie zusammen geholt. Aber erst wird einer von ihnen verschwinden und dann der andere. Und alles, was ihnen bleibt, ist zu hoffen, dass sie einander danach wieder sehen. Der Junge kennt den Ablauf, der Junge weiß, was er tun muss, um am Leben zu bleiben. Doch das bewahrt ihn nicht vor der Angst. Vor der Angst, welcher Schmerz ihn dieses Mal erwarten wird. Wie viele es sein werden. Er hat Angst davor, alles zu verlieren. Er hat Angst davor, dass sie ihm auch noch die letzte Hoffnung nehmen. Das, was ihn noch zu einem Menschen macht. Was ihn durchhalten lässt.

Er tastet in der Dunkelheit nach der Hand des anderen. Tammos Finger sind schweißnass. Er ist außergewöhnlich in ihren Augen. Für ihn wird ein hoher Preis gezahlt. Der Junge greift nach der Hand des Dunklen und hält sie fest umklammert. In den letzten Jahren hat Tammo ihre Sprache immer besser gelernt, aber sie brauchen die Worte nicht. Seit dem Tag, an dem sie sich zusammen gewehrt haben, verstehen sie einander ohne die Worte. Doch heute, an diesem dunklen Ort, glaubt er, mit ihm sprechen, ihm Mut machen zu müssen.

„Keine Angst. Es geht vorbei. Denk dir einfach, dass du an einem anderen Ort bist, an dem es sie nicht gibt. Keinen Schmerz. Sie können dir dort kein Leid zufügen, sie können dich dort nicht brechen, sie können dich dort nicht besitzen. Dort bist du allein und niemand kann dir folgen."

„Werden mich totmachen", sagt der Dunkle und seine Stimme, die tiefer geworden ist, bricht.

„Nein. Du musst tun, was sie sagen, dann werden sie dich nicht umbringen. Das machen sie nicht. Du musst nur gehorsam sein und dann, Tammo, dann gehen wir von hier fort zu dem sicheren Platz am anderen Ufer der Neiße, wo sie uns nicht kriegen können."

Er kann hören, wie der Dunkle den Kopf schüttelt. Seine Haare sind schwarz und viel voller als die der anderen Jungen. Sie haben ihn oft daran gezerrt und ihm weh getan, aber diesen Schmerz kann er ertragen. Er hat gelernt, sich zu wehren, ist nicht mehr schwach, nicht mehr klein, nicht mehr nur ein Kind. Aber der andere Schmerz, dem sie ihm zufügen werden, der wird ihn brechen. Hat ihn schon gebrochen. Hat sie alle gebrochen.

„Werden nie fort, werden immer hier", stammelt der Dunkle und der Junge spürt, wie Tammos Kopf auf seine Schulter fällt. Er kann fühlen, wie die Tränen seine nackte Haut benetzen. Ihm fallen keine Worte mehr ein, um ihm Trost zu spenden. Was soll er noch sagen? Wie viele Lügen soll er ihm noch erzählen, an die er selbst nicht mehr glauben kann? Es wird nie mehr alles gut sein. Sie werden nie ans andere Ufer der Neiße gelangen und dort ein neues, ein gutes Leben anfangen. Sie werden hier sterben. Sie werden hier sterben, wie auch Anton gestorben ist.

„Vielleicht. Vielleicht wird das so sein, aber wir werden nicht vor ihnen weinen. Sie haben uns, sie können alles mit uns machen, aber sie sollen nicht sehen, wie es in uns aussieht, wie sehr sie uns weh tun. Sie dürfen das nicht sehen, verstehst du das?"

Der Dunkle hebt den Kopf. Der Junge wünscht, er könnte ihn ansehen, seine weißen, schwarzen Augen ansehen und sich darin spiegeln und seine eigene noch verbliebene Hoffnung erkennen, die ihm neuen Mut geben würde. Aber es ist finster. Sie fühlen einander und sie können hören, wie der andere atmet, aber sie können sich nicht mehr ansehen. Und das ist nicht nur an dem dunklen Ort so. Manchmal können sie einander auch nicht ansehen, wenn sie in der grellen Sonne stehen.

„Weißt du noch, wie wir im Grünen waren? Weißt du noch, wie frisch die Luft war? Weißt du noch, wie die Sonne unsere Haut berührt hat? Du hast dort gestanden, auf der Wiese, vor den Bäumen, die aussehen wie Menschen. Du hast gelacht. Du hast gelacht und dich über die Wärme und das Licht gefreut."

„War schön Tag."

„Ja, und diesen Tag darfst du niemals vergessen. Wann immer sie dir weh tun, erinnere dich an diesen Tag. Hol die wunderbaren Gefühle zurück, die du damals gespürt hast. Hol sie dir zurück und lass sie nicht mehr los. Dann werden sie nicht sehen, was sie mit dir tun. Dann wird es ihnen nicht einen solchen Spaß machen."

„Will rennen. Wie an den schön Tag."

Der Junge erinnert sich. Der Rektor ist mit ihnen auf die Wiese gegangen. Dort stand eine Baumgruppe mit Stämmen, die aussahen wie Menschen. Sie haben ihre Äste ausgestreckt wie Finger. Dort haben sie sich aufgereiht, wie er es befohlen hat. Es war ein sonniger, warmer Tag. Es kam ihnen wie eine Belohnung vor. Sie sind gerannt, sie haben gelacht, sie haben sich an der Luft und den Sonnenstrahlen erfreut. Er hat sie rennen lassen. Stundenlang. Er hat sie rennen lassen, bis sie bei Einbruch der Dunkelheit zusammenbrachen. Und er hat sie dafür bestraft, dass sie so schwach waren. Aber das war damals nicht wichtig. Wichtig war, dass sie rennen durften. Dass sie sich bewegen durften. Dass sie den Duft von Frühlingsblühern in sich aufsaugen konnten.

„Das wirst du. Nicht mehr lange. Dann kannst du wieder rennen wie an dem schönen Tag auf der Wiese. Nur wird er nicht da sein. Du kannst rennen, wohin du willst. Und wenn du nicht mehr rennen möchtest, kannst du dich einfach auf den Boden setzen und dir die Sonne ins Gesicht scheinen lassen."

„Du nicht Angst? Angst, dass sie totmachen dich?"

Er hat Angst. Aber nicht vor dem Tod, sondern vor dem, was davor kommt. Er hat geholfen, Anton umzubringen. Er ahnt, dass Anton nicht der letzte von ihnen sein wird, der sterben muss. Er hat Angst vor dem Moment, in dem er sterben muss. Er will, dass es schnell geht. Er hat schon daran gedacht, es selbst zu tun, aber er kann es nicht. Er hat Fedor. Er muss auf Fedor aufpassen. Und Tammo. Was würde Tammo machen, wenn er sich umbrächte?

„Nein. Wenn du tot bist, spürst du keinen Schmerz mehr. Sie können sich nicht mehr an dir ergötzen. Sie können nichts mehr mit dir anfangen. Dann hast du gesiegt. Der Tod ist eine Erlösung."

„Dann ich totwerden."

Der Junge packt Tammo an der Schulter und schüttelt ihn leicht. Er schüttelt ihn, weil ihn plötzlich die Angst beschleicht, allein zu sein. Wenn sie alle sterben, wenn sie ihn alle verlassen. Das kann er nicht ertragen.

„Nichts da. Wir haben doch einen Plan. Wir gehen auf die andere Seite der Neiße und dann wird alles gut."

„Kein Plan. Nur glauben."

„Das ist besser, als nichts zu haben, Tammo. Eines Tages werden wir –"

Die Tür öffnet sich. Grelles Licht blendet sie. Sie schließen die Augen. Jemand packt Tammo. Der Dunkle schreit und wehrt sich. Wenn er nur gehorsamer wäre. Der Junge bleibt sitzen und wieder umhüllt Finsternis ihn. Jetzt ist er allein. Sie haben alle geholt. Er wird der nächste sein. Doch er wird nicht schreien. Er wird einfach tun, was sie ihm sagen. Er wird den Schmerz ertragen. Er wird hoffen, dass er die anderen wieder sieht. Er wird an den Tag denken, an dem sie auf der Wiese gerannt sind. Er weiß, dann wird er es schaffen. Er wird weiterleben. Sie werden ihn nicht besiegen.

Kapitel 20

Walter schritt an den Regalen entlang und widmete sich einigen größeren Bänden über die Geschichte des siebzehnten Jahrhunderts. Sie wusste, dass er daran sehr interessiert war und ließ ihn in Ruhe stöbern, während sie im Lager nach einem Stück Papier und einem Stift suchte. Sie wollte mit Walter einen gültigen Vertrag schließen. Einen Vertrag, der vorsehen sollte, was geschah, wenn sie jenen fanden, der die Skelette in der Stadt präsentierte. Mit Jona war vereinbart worden, dass Walter die Schulden der Buchhandlung übernahm, aber das Kind war keineswegs dazu bevollmächtigt worden und hatte sich noch dazu mit Kleingeld abspeisen lassen. Sie würde härter verhandeln. Sie wusste nur noch nicht, was sie vorbringen sollte. Sie wussten, dass die Jungen schwer misshandelt worden waren, aber darüber hatte Gremlich Walter bereits in Kenntnis gesetzt. Es gab nichts, womit sie den Polizeirat hätte beeindrucken können. Sie würde demnach ihre weibliche Ausstrahlung sprechen lassen müssen, auch wenn sie sich nicht recht wohlfühlte. Sie dachte unentwegt an den Streit des Vorabends, daran wie sie Jona auf die Straße geworfen hatte. Die ganze Nacht hatte sie darüber gegrübelt, ob sie im Recht gewesen war oder nicht. Einerseits war Jona ihr in den Rücken gefallen, andererseits hatte sie es nur getan, um die Buchhandlung zu retten. Auf der einen Seite konnte sie Jona nicht mehr vertrauen, auf der anderen Seite hatte sie unter Beweis gestellt, wie viel ihr das Zusammenleben mit den Frauen bedeutete, denn sonst wäre sie nie das Risiko eingegangen, sich gegen sie aufzulehnen. Ihre Wut rührte nur von einem Faktum, das durch das Auftauchen der Skelette hervor gespült worden war. Es ging nicht um Jonas Verrat, sondern darum, dass sie sich von ihren Kindern verlassen glaubte.

„Das ist eine außerordentliche Sammlung, die du hier hast. Sobald ich Zeit habe, würde ich sie gerne erwerben. Wird es noch einen sechsten Band geben oder ist die Reihe abgeschlossen?", fragte Walter und streckte den Kopf durch die Tür ins Lager. Sie hatte seine Schritte nicht gehört, so vertieft war sie in ihre Gedanken gewesen. Er trat durch die Tür und kam auf sie zu. Es war lange her, dass sie an einem so ruhigen Ort allein gewesen waren, dass sie miteinander sprachen. Sie hatte ihn gebeten, in die Buchhandlung zu kommen, weil sie sich hier sicherer fühlte als in seinem Bureau. Er war bereitwillig gefolgt und nun stand er vor ihr, dieser andere Mann, den sie nicht mehr kannte. Wie war es möglich, dass man eine Zeit lang Intimität teilte, sein Leben mit einem anderen Menschen teilte, und sich plötzlich dennoch so fremd war? Wie konnte es sein, dass sie ihn trotz dieser Distanz umarmen und gehalten werden wollte? War es nur Gewohnheit, ein alter Reflex, der sie befiel? War es noch Zuneigung? Noch Liebe?

„Ich bin froh, dass du dich dazu entschlossen hast, mit mir zusammenzuarbeiten. Ich brauche eure Hilfe. Meine Männer laufen nur noch von einer Leiche zur nächsten und versuchen die vermissten Kinder aufzuspüren. Wir können uns nicht noch um die Skelette kümmern."

„Das hast du bereits erwähnt, Walter. Ich habe deine Bedürfnisse nicht vergessen. Aber du weißt auch, dass ich hier ein Geschäft zu führen habe, und selbst wenn meine natürliche Neugierde es mir sehr erschwert, mich nicht für den Fall der Skelette zu interessieren, so darf ich nicht vergessen, dass es hier um meine und die Existenz se –, fünf weiterer Frauen geht. Seit wir durch die Mareks eine sehr starke Konkurrenz erhalten haben, leidet unser Umsatz. Aber ich denke, dass ich dir nichts Neues erzähle. Wie ich letzthin hörte, zwitschert dir unser Vögelchen vom Dach gerne Informationen gegen ein paar Körnchen Futter zu."

Sie wandte sich ab und untersuchte ihren Schreibtisch, um das noch immer fehlende Stück Papier und einen Stift zu finden. Dabei fiel ihr das Geschenk von Surek in die Hände, das sie noch nicht ausgepackt hatte. Es hatte sie versöhnlich gestimmt, aber dennoch ihre Meinung über den arroganten Herren nicht geändert. Dennoch würde sie nicht anders können, als neue Verhandlungen mit ihm aufzunehmen. Bis dahin musste das Geschenk warten.

„Du redest von Fräulein Buchwald, nehme ich an?"

Sie erinnerte sich, dass dies Jonas wahrer Name war. Sie hatte ihn abgelegt, nachdem sie das Zuchthaus verlassen konnte. Unter einem handgeschriebenen Käferkompendium fand sie das gesuchte Blatt und griff sich einen Stift, den sie zwischen die Seiten eines neuen russischen Romans gesteckt hatte. Sie betrachtete kurz ihren Schreibtisch und beschloss, dass Jona ihn als Strafe würde aufräumen müssen, sobald sie sie zurückgeholt hatte.

„Ich rede von Jona, ja. Du hast sie bezahlt, damit sie mit dir zusammenarbeitet, weil ich mich dagegen geweigert habe. Du hast hinter meinem Rücken eine meiner Angestellten dazu bewogen, sich mit dir zu verschwören, weil ihr beide der Ansicht ward, es sei besser so für mich. Aber sie hat es in gewisser Weise aus nachvollziehbaren Gründen getan, du hast es nur gemacht, um dich selbst besser zu fühlen. Was aber noch schlimmer ist, ich weiß von eurem zweiten Abkommen und davon, dass du sie regelrecht erpresst hast. Du hast sie mit deinem Wissen über ihre Vergangenheit gezwungen, dir Informationen zu meiner Person herauszugeben. Ich wusste schon immer, dass Männer deiner Größe eines Tages tief fallen werden, aber dafür müsstest du vor Scham gleich im Boden versinken."

Sie ging zur Ladentheke und legte das Stück Papier darauf ab. Der Stift machte ab und an einen Satz, weil das Holz der Theke nicht eben war, obwohl Ieva schon mehrfach versucht hatte, es zu schleifen. Das Holz aber arbeitete noch so energisch, dass es ständig neue, kleine Erhebungen ausbildete.

„Es war ein Fehler, das weiß ich. Besonders da ich Fräulein Buchwald dafür benutzt habe."

„Nenn sie nicht so. Das ist nicht länger ihr Name. Wenn die von der Stadtverwaltung erfahren, ist sie ihre Arbeit los und muss ins Gefängnis wegen Betruges oder noch schlimmer zurück ins Zuchthaus. Denk einmal an andere!"

„Als ob du das tun würdest!", verlor Walter die Kontrolle über seine Stimme. Er stand dicht hinter ihr und als sie sich umdrehte, konnte sie jede seiner Poren erkennen. Es war lange her, dass sie einander so nah gewesen waren. Der Wunsch, ihn zu umarmen, wurde stärker, aber die Veränderung, die sie beide voneinander getrennt hatte, hielt sie zurück. Was sie im Frühling noch für Liebe gehalten hatte, war nicht mehr als eine Erinnerung. Wovon es in ihrem Leben zurzeit zu viele gab.

„Das stimmt. Ich war in der letzten Zeit sehr auf mich selbst bezogen. Diese Kinder, die sieben Knaben, haben alte Bilder in mir heraufbeschworen, die ich nicht einfach so los werde. Ich habe mich zu sehr darauf konzentriert und übersehen, wie mein Jetzt aussieht. Du bist der Einzige, der weiß, wie es mir damals ging. Ich habe den anderen nicht viel über meine Vergangenheit erzählt. Wozu denn auch? Das war nie notwendig. Dieses Leben ist begraben und schon lange nicht mehr relevant. Aber es hat Gefühle geweckt, die sich sehr negativ ausgewirkt haben. Ich gebe zu, dass ich nach dem Fund des ersten Skelettes mit dir hätte arbeiten sollen. Unser Verhältnis ist momentan zwar schwierig, aber wenn ich klar hätte denken können, wäre ich sicher zu der Einsicht gekommen, dass es nur von Vorteil für alle, besonders für die Kinder, sein kann, wenn wir gemeinsam in dem Fall ermitteln. Leider kam diese Einsicht erst jetzt."

Sie sprach so ruhig wie möglich, auch wenn es ihr schwer fiel einzugestehen, dass sie einen Fehler gemacht hatte. Sie war zwar der Ansicht, dass dieser Fehler weit weniger gewichtig war als Walters, aber es war doch ein Fehler, den sie wohl auch gegenüber Jona noch einmal zugeben musste. Hoffentlich stieg dem Kind das nicht zu Kopf.

„Ich schätze, dass wir beide nicht gut darin sind, unsere Gefühle aus beruflichen Angelegenheiten hinaus zu halten. Ich möchte mich dafür entschuldigen, dass ich Jona dazu angestiftet habe, dich zu hintergehen. Auf beiderlei Art. Es war ein Fehler. Aber ich konnte nicht anders, Vi. Seit dem Frühjahr ignorierst du mich. Es interessiert dich nicht, dass ich mich von meiner Frau getrennt habe. Es interessiert dich nicht, dass ich mich um dich bemühe. Ich weiß im Moment nicht, wo ich stehe, und wo du hinwillst. Und nun noch dieser Fall und deine vehemente Weigerung, mit der Polizei zu kooperieren. Aber vielleicht verstehen wir einander jetzt besser. Ich jedenfalls weiß jetzt, wie schwer es dir fallen muss, die Skelette zu sehen. Florian und Felicitas sind zwanzig Jahre tot. Möglicherweise genauso lange wie die Jungen."

„Es geht nicht nur darum. Nicht nur darum, dass sie tot sind. Ich muss so oft daran denken, wie Florian nach seinem Vater gerufen hat. Nach dem Mann, der nicht für ihn da war. Nach dem Mann, der nicht tagelang an seinem Bett gesessen hat. Ich verstehe bis heute nicht, wieso er ihn wollte. Wieso er nach ihm gerufen hat, obwohl ich es war, die seine Hand im letzten Moment gehalten hat. Und nun betrügt mich noch das einzige Kind, das mir geblieben ist, mit –, mit dir!" Es war befreiend, darüber reden zu können. Es war gut, mit Walter reden zu können. Auch diese Art von Gesprächen mit ihm hatte sie vermisst. Er war einer der wenigen Menschen, denen sie sich anvertrauen, denen sie vertrauen konnte. Ein Mensch, der mehr über sie wusste als jene, die mit ihr zusammenlebten.

„Wie hast du einmal zu mir gesagt? Notlügen sind erlaubt? Sieh es als eine Notlüge, sieh es als den Versuch, dir zu helfen, ohne dass du involviert warst. Wir haben es nur getan, weil du uns keine Wahl gelassen hast."

Er trat einen Schritt näher, legte seine Hände auf ihre Hüften und senkte seinen Kopf hinab, um sie zu küssen, als die Tür zum Geschäft so scheppernd aufflog, dass einige Bücher aus den Regalen fielen. Vi entwand sich dem Griff, auch wenn sie es kurzzeitig genossen hatte, und sah sich zwei rot gefärbten Gesichtern gegenüber.

„Ich rede zuerst mit ihr! Auf mich ist sie nicht wütend!", rief Cilia, als Jona sich an ihr vorbei in den Laden kämpfte. Sie sah übernächtigt aus, aber die Röte in ihrem Gesicht und an den Ohren zeigte Vi, dass sie weit weniger gelitten hatte, als es ihr lieb sein konnte. Ein wenig mehr Verzweiflung hätte sie sich schon erhofft.

„Ich muss zuerst, es ist ganz doll wichtig!", protestierte Jona und schüttelte Cilias Hand von ihrer Schulter. „Vi, ich weiß, du tust noch sauer auf mich sein, aber ich hab ihn gefunden! Ich hab den Vater gefunden!"

„Den –"

„Was?", fragten drei Stimmen gleichzeitig, nachdem sie Vi unterbrochen hatten. Sabin stand im Türrahmen, der Laden und Hausflur voneinander trennte und hielt ein verschmutztes Wischtuch in der Hand.

„Den Vater! Der tut unten am Fluss angeln. Komm schnell!"

Dass Jona wieder in ihre Gossensprache verfiel, bedeutete, dass sie aufgeregt war. Sie griff nach Vis Hand und zog sie mit sich, aber bevor sie auf die Gasse hinaustraten, zog Vi einmal kräftig ihre Hand zurück und blieb stehen.

„Moment! Jetzt rede ordentlich mit mir. Welchen Vater hast du gefunden und warum redest du schon wieder so komisch? Kann man dich keine drei Stunden aus der Gesellschaft zivilisierter Menschen entlassen, ohne dass du anfängst wie ein grenzdebiler Straßenjunge zu reden?"

„Entschuldige." Jona legte die Hände auf den Rücken und senkte den Blick. „Ich weiß, du bist noch böse auf mich, aber ich war gerade unten an der Neiße und da kam dieser Mann. Er hat geangelt und mit mir geredet und dann hat er mir von seinen Söhnen erzählt. Sieben Knaben. Sieben Knaben, die er gekauft hat, damit sie für ihn arbeiten. Sie trugen ihre Namen. Anton. Tammo. Kasimir. Er ist ihr Vater. Und er hat gesagt, dass er sie an einen Mann verkauft hat. An einen Perversen, der den Jungen etwas lehren wollte, aber Schuld an ihrem Tod ist."

„Das passt zu dem, was ich gerade erfahren habe", mischte sich Cilia ein und schob sich vor Jona. „Bei der Stadtratssitzung ist heute Nathanael Wasser zum neuen Direktor der Knabenmittelschule am Elisabethplatz berufen worden. Du erinnerst dich? Der seltsame Kunde mit den weißblonden Haaren, der Bücher von dem Wander haben wollte?"

„Ja sicher, er war auch in der Zeitung."

„Anscheinend haben die Räte dabei jedoch ganz vergessen, dass er schon einmal eine Schule geleitet hat. Eine Erziehungsanstalt für Knaben hier in Görlitz. Die musste aber vor einigen Jahren aus moralischen Gründen geschlossen werden. Es gab Beschwerden, dass die Lehrer die Kinder geprügelt und anderweitig grausam bestraft hätten. Auch Missbrauchsvorwürfe wurden laut." Ewa hatte so etwas kurz erwähnt und von der Knabenerziehungsanstalt gesprochen.

„Das war bestimmt der Mann, an den Herr Groll die Jungen verkauft hat", ergänzte Jona und stellte sich auf die Zehenspitzen, um über Cilias Schulter blicken zu können.

„Habt ihr Beweise dafür finden können, dass Wasser die Jungen gekauft hat?", wollte Walter wissen und trat neben Vi. Diese geriet in Aufregung. Wenn es wahr war, was der Angler Jona erzählt hatte, und wenn die Gerüchte um Wasser stimmten, dann war es möglich, dass sie den Mann gefunden hatten, der für den Tod der Jungen verantwortlich war.

„Beweise! Du willst immer nur Beweise! Als wir dir im letzten Frühjahr Beweise geliefert haben, hast du sie abgetan. Jetzt musst du ohne leben. Ich will jetzt mit diesem Angler sprechen. Du kannst gerne mitkommen, wenn du magst. Jona, die Sache von gestern ist noch nicht vergessen, aber jetzt bringst du mich erst einmal zu diesem Mann, der vorgibt, der Vater der Jungen gewesen zu sein. Cilia, Sabin, ihr haltet hier die Stellung und unterrichtet die anderen, wenn sie kommen. Jona, komm!"

Es fühlte sich gut an, Jona wieder zu rufen und zu sehen, wie sehr sich die junge Frau darüber freute. Selbst Walter folgte auf dem Fuße, aber sie hatte erkannt, dass sie nicht mehr dieselben Gefühle für ihn aufbrachte wie noch ein gutes Jahr zuvor. Er war der Mann, den sie geliebt hatte, aber gleichzeitig noch jener, dem sie am meisten vertraute. Sie hätte gerne mit ihm in Ruhe geredet, das Gespräch fortgesetzt, doch vorerst ließ ihr ihre Neugierde keine andere Wahl, als sich auf die Jungen zu konzentrieren. Die sieben kleinen Knaben in den Görlitzer Nebelschwaden.

Kapitel 21

Der Kindergarten lag gegenüber des Theaters. Sie musste durch die Wachmänner hindurch, die vor einem Wohnhaus an der Südseite des Demianiplatzes einen kleinen Bereich mit ihren Körpern abschirmten. Etwas lag am Boden und war mit einem weißen Tuch abgedeckt worden. Menschen drängten sich um die Wachmänner, wollten erfahren, was vorgefallen war, aber die Polizisten ließen sie nicht durch und äußerten sich nicht zu dem Fund. Ewa beschlich der Verdacht, dass unter dem Tuch ein Kind lag, das vor langer Zeit gestorben war. Sie schloss kurz die Augen. Das durfte alles nicht wahr sein. Noch schlimmer war nur, dass auch vor dem Kindergarten Wachmänner standen und unter ihnen Johannes. Er nahm gerade die Aussage einer Frau mittleren Alters auf, die völlig aufgelöst wirkte. Hatte sie dasjenige gefunden, was dort unter dem Tuch bewacht wurde?

„Guten Tag! Können Sie mir sagen, was hier passiert ist?", fragte Ewa einen Passanten, der in der Menge stand, die auch den Kindergarten umringte. Es war merkwürdig, dass die Menschen soviel Interesse an einer aufgelösten Frau zeigten, die soeben eine erschreckende Entdeckung gemacht hatten. Hier gab es nichts zu sehen.

„Das kann ich!", rief der Mann laut und hob drohend die Faust den Polizisten entgegen. „Diese unfähigen Hunde schaffen es nicht, unsere Kinder zu beschützen. Jetzt werden sie schon aus öffentlichen Einrichtungen entführt!"

Ewa wurde warm. Entführt? Es war ein weiteres Kind entführt worden? Sie sah hinüber zu dem abgedeckten Fund. Das Kind war doch nicht tot? Paul! Sie musste zu Paul. Sie drängte sich an dem fluchenden Mann vorbei, direkt zu Johannes, der sie an den Armen packte und festhielt, bevor einer der Polizisten handgreiflich werden konnte.

„Frau Bornzahrod! Was machen Sie hier? Sie können hier nicht durch. Es handelt sich um einen Tatort!", versuchte der Kommissar sie aufzuhalten. „Frau Bornzahrod!"

Ewa brauchte ein paar Sekunden, um sich zu fangen. Die Sorge um Paul, die Angst davor, dass er es war, der dort unter dem Tuch lag, hatte sie instinktiv handeln lassen. Auch wenn sie nicht mit Paul verwandt war, auch wenn er nur der Enkel ihrer Freundin war, so hatte sie ihn lieb gewonnen. Erinnerte er sie doch beständig an ihren Joachim, der nur wenige Jahre älter war. Paul durfte nichts zugestoßen sein.

„Es tut mir Leid, Herr Kommissar, aber ich muss wissen, was passiert ist. Der Enkel einer Freundin ist hier im Kindergarten untergebracht und der Mann dort drüben hat gesagt, dass eines der Kinder entführt wurde. Und dort drüben, was ist dort drüben passiert? Das ist doch nicht etwa das Kind?"

„Beruhigen Sie sich, Frau Bornzahrod. Kommen Sie. Kommen Sie mit."

Er führte sie fort in den Kindergarten. Dort stand eine kleine Gruppe an aufgeregten Frauen, die sich unterhielten. Von Kindern war nichts zu sehen. Sie waren längst von ihren Eltern abgeholt worden. Aber wo war Paul? Hatte man seine Mutter Franziska informiert? Hatte sie ihn schon geholt und in Sicherheit gebracht?

„Wie heißt das Kind, das Sie abholen sollten?", fragte Johannes und zog ein kleines Notizbuch aus seiner Jackentasche. Es war eng beschrieben, aber seine Handschrift war sauber und gut lesbar.

„Paul. Paul Minzer. Nein, nein, er muss einen anderen Nachnamen haben, aber den kenne ich nicht. Seine Mutter heißt Franziska, geborene Minzer. Hat sie ihn schon geholt? Hat sie ihn abgeholt?" Sie ergriff Johannes' Arm, erkannte aber an seinem Blick, dass ihre schlimmste Befürchtung wahr wurde. Paul war nicht abgeholt worden. Er war das Kind, das entführt worden war.

„Es tut mir Leid, Frau Bornzahrod, aber der Junge wurde vor einer halben Stunde als vermisst gemeldet. Als auf der anderen Seite ein Passant einen Fund gemacht hat, haben die Kindergärtnerinnen beschlossen, die Kinder zusammenzurufen und sie zu ihren Eltern zu bringen, um sie vor dem Aufruhr zu schützen. Dabei wurde bemerkt, dass einer der Jungen fehlte. Paul. Paul Wegenath. Seine Mutter Franziska Wegenath ist auf dem Weg hierher. Ursprünglich sollte der Junge von seiner Oma abgeholt werden, haben die Kindergärtnerinnen gesagt. Oda Minzer. Das ist Ihre Freundin, ja?"

„Oh Gott, Oda. Wie soll ich ihr das nur beibringen?" Ewa fuhr sich durch das zerzauste Haar. Sie war völlig ausser sich. So schrecklich hatte sie sich zuletzt gefühlt, als ihr Joachim vom Gericht weggenommen wurde. Als sie ihn das letzte Mal gesehen hatte. Nur wusste sie, dass Joachim lebte, dass es ihm aller Wahrscheinlichkeit nach gut ging. Aber Paul war entführt worden. Entführt wie fünf andere Jungen. Von einem Mann oder einer Frau, die sicher nichts Gutes mit den Kindern im Schilde führte.

„Ich bitte Sie, bleiben Sie ruhig. Ich weiß, dass das schwerfällt, aber es besteht die Möglichkeit, dass Paul nur weggelaufen ist, dass wir es hier nicht mit einer Entführung zu tun haben wie in den anderen Fällen. Wir dürfen nichts überstürzen. Meine Männer durchsuchen bereits die umliegenden Wohngebiete und zwei von ihnen verfolgen den Weg, den der Junge zurücklegen müsste, um zu seiner Mutter zu gelangen. Es wäre mir am liebsten, wenn Sie seine Oma aufsuchen. Eventuell ist der Junge auch dorthin gelaufen."

„Aber von ihr komme ich gerade. Sie hat mich vor keiner halben Stunde darum gebeten, ihn abzuholen, weil sie sich um einen verstorbenen Patienten kümmern muss."

„Dennoch, Frau Bornzahrod. Sie können hier nichts tun und vielleicht ist der Junge einen anderen Weg gelaufen als Sie und jetzt längst bei seiner Oma. Ich bitte Sie, gehen Sie zu ihr. Ich muss mich jetzt um die Zeugenaussagen kümmern und um das, was der Passant gefunden hat."

„Es ist ein weiterer Junge, nicht wahr? Sie haben wieder ein Skelett gefunden."

Johannes rang mit sich. Er war Polizist und durfte nicht einfach mit einer Passantin sprechen. Andererseits war Ewa involviert, das wusste er. Er kannte das Geflecht, das Seebitz und Vi verband, und wusste, dass die Frauen auch im Fall der Skelette der Polizei behilflich waren, auch wenn ihm dies nicht zu gefallen schien.

„Also gut. Auch wenn es mir schwer fällt, aber wir haben Gott sei Dank nur ein Skelett gefunden. Ich hatte bereits mit einer weiteren entstellten Leiche gerechnet. Natürlich ist es schrecklich, dass ein weiteres Skelett aufgetaucht ist, aber diese Hinterwäldler und ihre Lust an Blut und Gedärmen zurückzuhalten, ist bei einer frischen Leiche sehr viel schwieriger. Es kommt mir vor, als würden sie in einen Blutrausch verfallen wie ein Hai."

Ewa konnte ihn verstehen. Auch sie war erleichtert, dass es sich bei dem Fund nicht um Pauls Leiche handelte. Dennoch war das Auftauchen einer weiteren Leiche in Verbindung mit dem Verschwinden von Paul ein beunruhigender Zufall, den auch Johannes zu sehen schien.

„Ich bitte Sie, gehen Sie zu seiner Oma und sehen Sie, ob er vielleicht zu ihr gelaufen ist. Bitte, Frau Bornzahrod."

Ihr blieb nichts anderes übrig, als sich von ihm zurück auf den Demianiplatz geleiten zu lassen. Dort waren weitere Wachmänner eingetroffen, die sich bezüglich der Suche nach Paul verständigten. Ewa verabschiedete sich matt von Johannes, der ihr noch eine Weile nachsah, und schlich an den Männern an der Westseite des Platzes vorbei, bis sie sicher war, dass Johannes sie nicht weiter beobachtete. Dann trat sie an einen der Wachmänner heran.

„Mein Name ist Ewa Bornzahrod, ich wurde vom Polizeirat, Herrn Seebitz, gebeten, mir einen ersten Eindruck über die Auffindungssituation des Skelettes zu verschaffen. Würden Sie mich freundlicherweise durchlassen?"

Der Wachmann sah sie verständnislos an. Eine Frau, die mit dem Polizeirat zusammenarbeitete? Das konnte er sich beim besten Willen nicht vorstellen. Aber sein Nachbar beugte sich zu ihm hinüber und flüsterte ihm etwas ins Ohr. Ewa erkannte ihn wieder. Ein gewisser Henrichs oder Heinrichs. Er war Opfer ihres Willens geworden, als sie und Ieva nach der Entführung der Ebersbach auf die Wache gestürmt waren, um Vi davon zu berichten. Seine Worte überzeugten den anderen, der daraufhin schweigend zur Seite trat.

Ihr Auftauchen sorgte bei den umstehenden Passanten für einen kleinen Tumult, aber sie ließ sich davon nicht beirren, sondern forderte einen der Wachmänner dazu auf, das Tuch so hoch zu halten, dass niemand sehen würde, was darunter war und sie sich das Skelett in Ruhe ansehen konnte. Der Wachmann war jedoch so zögerlich wie sein Kamerad, daher übernahm Heinrichs die Aufgabe. Er wirkte fast begeistert sie zu sehen, obwohl er damals von ihr recht übel zugerichtet worden war.

„Haben Sie schon eine Idee, wer das getan haben könnte?", fragte er, während sie sich die Knochen des Jungen betrachtete. Wie die der anderen waren sie unvollständig und in keinem guten Zustand. Selbst für sie als Laie war ersichtlich, dass die Knochen Opfer von Fraß geworden war. Kleinere Nagetiere mussten sich darin vergriffen haben, ohne die Knochen verschleppen zu können. Sie wiesen Brüche auf, die verheilt waren. Auf den ersten Blick ließ sich für Ewa nicht erkennen, woran der Junge gestorben sein könnte. Aber das hatte sich bei noch keinem Jungen mit Bestimmtheit sagen lassen. Für sie am interessantesten war der Schädel.

Als sie ihn aufnahm und ihm in die leeren Augenhöhlen sah, überkam Ewa unendliche Traurigkeit. Tränen traten ihr aus den Augenwinkeln. Sie musste daran denken, was mit Paul geschehen war und noch geschehen würde. Was, wenn er so enden musste wie dieser Junge? Was, wenn er sterben würde? Sie konnte sich nicht vorstellen, nicht mehr mit ihm zu spielen, ihm durchs Haar zu fahren, ihn zu umarmen, wenn er sich überschwänglich von allen verabschiedete, nur um sich ebenso freudig in die Arme seiner Mutter zu werfen. Wie er nach Hackbällchen verlangte. Oder wie er sich weigerte, schlafen zu gehen, weil Ewa ihm versprochen hatte, ihm noch etwas vorzulesen.

Am schlimmsten jedoch war, dass sie vor sich sehen konnte, wie Odas Herz brach. Dieses Herz, das viel zu groß schien, um brechen zu können, und doch in tausend Stücke zerfallen würde, wenn sie erfuhr, dass Paul verschwunden war, wenn sie erfuhr, dass er tot war. Ewa drückte den kleinen Schädel an sich und weinte so sehr, dass um sie herum völlige Stille eintrat. Heinrichs, der das Tuch hielt, rang mit seinen Tränen.

Jemand legte Ewa die Hände auf die Schultern und hieß sie aufstehen. Er führte sie durch die Tür des Wohnhauses in den dahinter liegenden Innenhof, der begrünt war und in den die Nebelschwaden noch nicht vorgedrungen waren. Sie setzten sich auf zwei große Steine, die an einem Kiesweg lagen, der zu einem winzigen Teich führte. Johannes legte ihr einen Arm um die Schultern und wartete, bis das Weinen nachließ, bis die Tränen zu trocknen begannen, bevor er sie maßregelte.

„Ich hatte Sie gebeten, zur Großmutter des Jungen zu gehen. Warum haben Sie nicht auf mich gehört?"

Darauf konnte ihm Ewa keine Antwort geben. Nicht nur weil ihre Stimme rau geworden war. Sie musste sich mehrfach räuspern und erst nachdem er ihr ein Taschentuch gereicht hatte, gelang es ihr, zu sprechen.

„Ich dachte, ich finde etwas. Etwas, das uns hilft, denjenigen zu finden, der diese Kinder zur Schau stellt. Und denjenigen, der die Jungen entführt hat", versuchte sie sich zu rechtfertigen, aber das war gar nicht das, was Johannes hören wollte. Er lächelte sie zaghaft an und strich ihr die Tränen von den Wangen.

„Ich weiß, Sie versuchen zu helfen. Aber wir alle geraten irgendwann an eine Grenze, an der wir es nicht mehr aushalten. Wenn Paul heute nicht entführt worden wäre und wir hätten uns getroffen, hätte ich Sie gebeten, sich das Skelett anzusehen. Aber vorhin, Sie waren so durcheinander. Ich musste Sie fortschicken, Frau Bornzahrod."

„Ewa."

„Ewa. Hör zu. Du bist jetzt nicht in der Lage, dich um die toten Jungen zu kümmern, und jetzt gibt es auch Wichtigeres für dich zu tun. Wir müssen Paul finden. So schnell es geht. Du musst seiner Großmutter beistehen. Das ist jetzt deine Aufgabe. Und danach versuchen wir gemeinsam, den Jungen aufzuspüren. Wenn er wieder da ist, kannst du dir so viele Skelettköpfe an die Brust drücken, wie du möchtest. Aber jetzt ist nicht der Zeitpunkt dafür."

Er nahm ihr sacht den Schädel aus der Hand. Ewa musste ihm Recht geben. Sie musste zu Oda. Sie musste ihr sagen,´ was geschehen war. Sie musste Paul finden. Aber wenn alles im Zusammenhang stand – sie griff erneut zu dem Schädel und drehte ihn so, dass sie in sein Inneres sehen konnte. Johannes wollte protestieren, doch schwieg er, als sie sprach.

„Sebastian. Denn sieben kleine Knaben wissen genau, der Vater war böse und streng und nicht schlau, er hat sie geschlagen, getreten, gebissen, doch er hatte es noch, das schlechte Gewissen. Der Mann, der sie aufnimmt, er kennt es nicht. Für ihn ist Recht, was er selber spricht. Er sorgt und kümmert sich um die zitternden Sieben, er will es, er sagt es, doch er kann sie nicht lieben."

„Ich verstehe dieses Gedicht nicht. Was will er uns damit sagen? Warum nennt er nicht den Namen des Mannes, der die sieben Knaben getötet hat?"

„Weil es ihm nicht um eine gerechte Bestrafung geht. Es geht ihm darum, die Geschichte der Jungen zu erzählen. Zu erzählen, was mit ihnen geschehen ist. Die Bestrafung übernimmt er selbst."

„Du meinst, er will den Mörder nicht offenbaren, damit wir ihn nicht vor ihm erwischen?"

Ewa nickte und gab Johannes den Schädel des vierten Jungen. Sebastian. Sie stand auf und strich sich den Rock glatt, öffnete die Spange, die ihren Dutt hielt, fuhr sich durch das Haar und band ihn sich neu. Johannes beobachtete sie aufmerksam dabei, ohne sich jedoch anmerken zu lassen, was er dachte.

„Du bist Polizist. Wie bringst du den Menschen bei, was mit ihren Angehörigen geschehen ist?"

„Ich spreche mit ihnen sachlich über den Vorgang und dann warte ich. Ich warte, ob sie wütend werden oder anfangen zu weinen. Manche brauchen eine Weile, bis sie ein Gefühl zeigen. Aber ich bleibe einfach bei ihnen. Ich beantworte ihre Fragen. Ich nehme sie in den Arm. Ich lasse mich von ihnen schlagen, wenn es nötig ist. Denn oftmals bin ich der Erste und der Einzige, der ihre Emotionen auffangen kann. Es fühlt sich nicht gut an, eine solche Hilfe zu sein, aber es ist meine Pflicht jenen gegenüber, die sonst keine Antworten finden würden und keinen Halt."

Ewa trat zu ihm, umarmte ihn kurz, aber heftig und machte sich dann ohne ein weiteres Wort auf den Weg zu Oda. Sie würde alles daran setzen, Paul zu finden, damit sie nicht jene werden musste, die Antworten geben würde, die sie selbst nicht kannte.

Er sucht ihn überall. Es ist dunkel. Der Hof liegt im Finstern, nur ein verhangener Mond spendet bedrohliches Licht. Seine Füße sind nackt. Er hat sich aus dem Schlafsaal geschlichen, um ihn zu suchen. Er ist nicht zurückgekommen. Der Junge bleibt keuchend stehen. Seine Brust schmerzt, aber er wird sich davon nicht abhalten lassen. Er muss ihn finden. Er weiß, dass sie ihn nach draußen gebracht haben. Das macht ihnen besonders Spaß. Er glaubt, es liegt daran, dass jemand die Schreie hören könnte. Jemand, der nicht weiß, was hier geschieht. Jemand, der eingreifen, der nicht wegsehen würde. Er läuft weiter bis zur Mauer und dort an dem kalten Sandstein entlang. Die Mauer ist von Büschen eingerahmt, an denen er sich Hände und Füße kratzt, aber er wird ihn finden.

Wenn nur nicht sein ganzer Körper so weh tun würde. Wenn nur nicht seine Beine unter ihm nachgäben. Er fällt auf die Knie und beginnt zu weinen. Dass er nicht zurückgekommen ist, heißt nicht, dass er tot ist. Dass er nicht im Schlafsaal liegt, heißt nicht, dass er tot ist. Sie töten nie. Das macht ihnen keine Freude. Es nimmt ihnen die Möglichkeit, weiter zu quälen. Sie töten nie. Er ist nicht tot. Aber warum ist er dann nicht da? Alle anderen sind vor Stunden in den Schlafsaal gekommen. Es ist schon mitten in der Nacht. Solange behalten sie die Jungen nicht. Je länger die Jungen bei ihnen sind, umso größer ist die Gefahr, dass sie sterben. Und sie wollen sie nicht töten. Sie wollen sehen, wie sie weinen. Sie wollen sehen, wie sie sich winden. Sie wollen sie betteln hören.

Der Junge rafft sich auf. Seine Kehle brennt, seine Brust brennt, seine Beine stehen vor Schmerz in Flammen, aber er wird ihn finden. Er ist nicht tot. Er erreicht die Stelle, die sie gerne nutzen. Er war schon oft hier. Dort der große Fels oder der alte Baumstamm. Sie sind perfekt für das, was sie wollen. Der Junge atmet. Er saugt die Luft in seine Lungen, um den Schmerz zu lindern. Eine Wolke löst sich vom Himmel, schwebt vorüber, offenbart den Mond. Das helle Licht wird reflektiert und einen Moment ist es hell. So hell, dass der Junge den dunklen Flecken erkennt, der neben dem Baumstamm liegt. Der dunkle Fleck, der sich nicht rührt. Der Junge will verzweifeln. Er fährt sich durch die Haare, sieht weg, krümmt sich zusammen, will weinen, will flehen, will schreien. Er zerrt an dem Hemdchen, das er trägt, ballt die Fäuste, presst alles, was er an Lauten von sich geben will, in seine Hände.

Dort bleibt er stehen, bis die erste Wut vorbei ist, bis die lähmende Traurigkeit zu wirken beginnt. Er lässt sein Hemd los und geht auf den dunklen Flecken zu. Er ist so klein. Er sieht so zerbrechlich aus. So verletzlich, wie er dort neben dem Baumstamm liegt, der trotz all der verrottenden Jahre noch beeindruckender ist als der kleine, dunkel gefärbte

Körper. Auf dem Körper liegt etwas Weißes. Es ist so hell im Gegensatz zu der dunklen Haut Tammos. Als trüge er einen Mantel aus Mondlicht. Neben der Leiche sinkt der Junge wieder zusammen und weint. Er kann es nicht mehr aufhalten, er kann es nicht mehr zurückhalten. Seine Laute klingen abscheulich und kläglich, aber er muss sie herauspressen, weil sie seinen Körper sonst von innen zerreißen. Er nimmt Tammos Hand und presst sie an sein tränennasses Gesicht, küsst die helle Handfläche und ruft leise den Namen desjenigen, der ihn längst verlassen hat. Er braucht lange, um sich zu lösen und die Hand wieder auf den Boden sinken zu lassen. Er weiß, dass er nicht hier sein darf. Er weiß, dass sie ihn beseitigen werden. Warum sie es noch nicht getan haben, versteht er nicht. Sie sind vorsichtiger geworden, seit ein Junge seiner Mutter von den Schmerzen erzählt hat. Sie haben ihm nicht geglaubt, weil er ein Lügner ist. Aber sie wissen, dass Gerüchte den Umlauf machen werden. Sie wissen, dass sie vorsichtiger sein müssen.

Er nimmt das Tuch, das achtlos über den Dunklen geworfen ist, hinunter. Er sieht das Gesicht. Er sieht die großen, weißen, vor Angst weit aufgerissenen Augen. Doch da ist noch etwas. Sie sind nicht so weiß wie sonst. Da sind rotschwarze Linien, die sich durch das Weiß ziehen wie ein Flussdelta. Er sieht den ausgerenkten Kiefer. Er sieht den unförmigen Hals. Sie haben ihn erwürgt. Sie haben ihn erwürgt. Sie haben seinen Kehlkopf förmlich zertrümmert. Der Junge fährt über die Haut und spürt die Verletzung, spürt die Zerstörung. Wie kann das passieren? Sie achten doch auf die Jungen. Sie fügen ihnen Schmerz zu, aber sie haben sie noch nie getötet.

Vergiss Anton nicht!

Die Stimme. Die Stimme, die ihm gehört, die ihn daran erinnert, was geschehen ist. Es stimmt nicht. Sie haben schon getötet. Sie haben es nur den Jungen überlassen, es zu tun. Sie haben ihn gezwungen, ihn zu töten. Er fällt neben Tammo zu Boden. Die kalte, harte Erde kühlt seinen vor Schmerz heißer werdenden Körper. Er will sterben. Er will Tammo und Anton folgen. Er kann das nicht mehr. Er hat Tammo gesagt, sie würden flüchten, sie würden ein neues Leben am anderen Ufer der Neiße beginnen. Er hat ihm gesagt, sie würden wieder frei über die Wiese laufen mit der Sonne im Gesicht. Aber das wird nie mehr sein. Tammo ist tot.

„Ich wusste, einer von euch würde kommen. Ich wusste, du würdest kommen."

Als er die Stimme hört, richtet er sich auf. Er springt auf die Beine, auch wenn der Schmerz höllisch ist. Er rennt los und stürzt sich auf den Rektor. Will ihn zu Boden reißen, will ihn treten, schlagen, beißen, fres-

sen, Stücke aus ihm herausreißen, ihn töten, ihn erwürgen, ihn zerflei-
schen. Aber alles, was ihm gelingt, ist ein Schrei und ein einzelner Schlag
ins Gesicht des Mannes, der sie alle umbringen wird. Er prallt an ihm ab.
Der Rektor packt ihn und wirft ihn zu Boden. Tritt ihm zwischen die
Beine, so fest, dass der Junge kurzzeitig ohnmächtig wird. Als er wieder
zu sich kommt, glaubt er, dass sein Unterleib anschwillt. Er kann sich
nicht zur Seite rollen, er kann sich nicht bewegen.

„Ich wusste auch, dass du so reagieren würdest. Ich muss sagen, es war
nicht beabsichtigt. Doch, das musst du mir glauben. Es war nicht beabsichtigt. Er ist ein außergewöhnlicher Junge gewesen. Nicht nur wegen
seiner Hautfarbe, sondern auch weil er so ruhig und sensibel war. Du
weißt, sie mögen das. Es ist bedauerlich, aber manchmal passiert es,
wenn es dich durchfährt. Es kann passieren. Aber sei unbesorgt. Er wird
dafür bezahlen."

Der Junge weint, aber unterdrückt jeden Laut. Dafür bezahlen. Es ist
wörtlich gemeint. Der Mann wird nur ein paar Mark auf den Schreibtisch des Rektors legen. Er wird ihn für den Tod eines Jungen entschädi-
gen. Wie viel ist Tammo wert? Für wie viel hat ihn der Vater gekauft und
wieder verkauft? Wie viel wird nun für ihn gezahlt? Sie sind nur Ware,
die feilgeboten wird. Sie sind nicht wie die anderen Jungen hier. Die anderen Jungen, bei denen es auffallen würde, wenn sie sterben müssten.
Für sie würden ein paar Mark nicht reichen.

„Wir müssen ihn jetzt begraben. Dort drüben ist eine Schaufel. Nimm
sie dir und grabe ein Loch."

„Nein", sagt der Junge und weiß, dass es falsch ist. Er weiß, dass der
nächste Schmerz nicht weit ist.

„Nimm die Schaufel und grabe ein Loch", wiederholt der Rektor. Seine
Stimme bleibt freundlich, aber der Junge kann hören, dass sie tiefer wird.
Er will nicht, dass ihm widersprochen wird. Der Junge steht auf. Er
humpelt zu der Schaufel und obwohl er kein Gefühl in seinem Körper
hat, beginnt er zu graben. Er weint, er weint ganze Regengüsse, aber das
hindert den Rektor nicht, sich auf den Baumstamm zu setzen und Tammo zu berühren.

„Wirklich bedauerlich", sagt er immer wieder. Der Junge sieht nicht zu
ihm, sieht nicht, was er mit Tammo macht. Will es nicht sehen. Als er
nach Stunden fertig ist, ist das Mondlicht verloschen. Tammo ist in das
weiße Laken gehüllt, nur die dunklen Füße schauen heraus.

„Wirf ihn hinein und schaufle es zu. Aber beeil dich jetzt."

Der Junge will widersprechen. Aber er geht zu Tammo, schleift das
Tuch und den darin Eingewickelten zum ausgehobenen Grab und wirft

ihn hinein. Stoisch schaufelt er Erde über den toten Körper. Er schwitzt so sehr, dass es für Tränen nicht mehr reicht. Sein Körper ist mit Dreck übersät. Fast gleicht seine Haut der von Tammo.

Im Morgengrauen wird er fertig. Der Rektor hat auf dem Baumstamm gewartet. Er kommt zu ihm und legt ihm eine Hand auf die Schulter. Der Junge will sie abschütteln, aber er hat keine Kraft mehr.

„Du bist für heute vom Unterricht freigestellt. Ich werde deinen Lehrern sagen, dass du für mich gearbeitet hast. Geh in den Schlafsaal und erhole dich. Und sprich nicht über das, was geschehen ist. Sonst wird demnächst einer für dich dieses Loch schaufeln."

Der Rektor geht davon. Der Junge schleicht zurück zum Schlafsaal. Er zieht sein Hemd aus und versteckt es in der kleinen Truhe, die alle bekommen haben. Er zieht kein neues an, sondern legt sich schmutzig und verschwitzt in sein Bett. Es ist ohnehin übersät von Wanzen. Heute werden sie ihn in Ruhe lassen, denn er riecht furchtbarer noch als sie. Als er einschläft, was sofort geschieht, sieht er Tammos weiße Augen in der morgendlichen Dunkelheit und das Flussdelta aus rot-schwarzen Linien, die zu seinen toten Pupillen führen.

Kapitel 22

Der Karren rumpelte hinter ihnen über das schwere Pflaster. Sie hörten aufmerksam auf das Geräusch der knallenden Räder und darauf, ob eine der Glasflaschen vom Karren sprang oder sich ein Tablett mit frischem Aufschnitt löste, um sich auf der Straße wieder zu finden, denn sehen konnten sie die zu liefernden Waren nicht. Der Nebel war zum Nachmittag in der ganzen Stadt undurchdringlich geworden und hier, in der Nähe der Neiße, war er ein Meer, dessen schwere Feuchtigkeit sich auf Ievas Haar legte und es noch stärker kräuselte als sonst. Sie machte sich darum keine Gedanken. Sie wollte die bestellte Ware abliefern und danach in den Feierabend. Trotz der Auseinandersetzungen mit Jona wollte sie endlich das Gerät fertig stellen, an dem sie seit Monaten bastelte, um es der jungen Frau im Winter auf ihrem Dachboden gemütlich zu machen. Gesetzt den Fall, dass Vi sie zurückholen würde.

Gudrun lief schweigend neben ihr. Es war nie zu erkennen, ob sie nachdachte oder ob überhaupt ein Gedanke sich durch ihre Hirnwindungen quälte. Ieva kannte ihr Verhalten, aber zu dieser trüben Stunde hätte sie doch gerne einen gesprächigeren Menschen an ihrer Seite gehabt. Ewa wäre ihr lieb gewesen oder Sabin. Sogar Erich hätte sie mitgenommen, auch wenn er ein ebenfalls zurückhaltender und ruhiger Mensch war. Doch seine Nähe war ihr angenehm. In Gudruns Begleitung fühlte sie sich wie ein Fremdkörper, der nur darum geduldet wurde, weil die Umstände es nicht anders zuließen. So erging es ihr auf Arbeit ständig, aber jetzt hier mit Gudrun durch die Stadt zu ziehen, war eine andere Art von Gemeinschaft, von Nähe, die sie sonst nicht pflegten. Normalerweise ging jeder ihrer eigenen Arbeit nach.

„Was feiern die denn? Ist das überhaupt erlaubt, da zu trinken und zu essen?", wagte sie es, eine Frage zu stellen. Gudrun antwortete nicht. Sie sah geradeaus und kniff gegen den Nebel gelegentlich die Augen zusammen. Ieva wusste nicht, ob sie ihr lästig war oder Gudrun einfach eine spezielle Form von Eigensinnigkeit innewohnte.

„Ist mir egal. Hauptsache, sie bezahlen", gab sie leise zurück, nachdem sie schon einen weiteren Straßenzug hinter sich gelassen hatten und nun in stille, grüne Gefilde eintauchten. Die Bäume, die sie umgaben, gehörten schon zum Stadtpark, dessen Zentrum aber einige Meter entfernt war. Hier hielt sich außer ihnen heute niemand auf. Die Äste der Linden, Eichen und Eschen waren kahl geworden, sie reckten sie wie lange Finger dem Himmel entgegen. Auf einem Friedhof hätte es nicht schauerlicher sein können.

Sie begann zu frieren. Ihr Kleid war von den dichten Schwaden recht feucht und klamm geworden, hinzu kam ein leichter, aber stetiger Wind aus Osten, der die ersten Anzeichen des Winters mit sich trug. Er drückte den feuchten Stoff gegen ihren Rücken und ihre Beine und ließ sie erzittern. Gudrun schienen weder Nebel noch Wind etwas anhaben zu können. Sie ging unbeirrt weiter, bog auf einen sandigen Weg ein, dessen Untergrund die Farbe von jungen Baumstämmen angenommen hatte, und blickte stur geradeaus. Manchmal fragte sich Ieva, wie sie es schaffte, ein solch gelassener Mensch zu sein. Sie war sich sicher, dass sie diese Ruhe nicht nur nach außen ausstrahlte, sondern innerlich empfand. Sie konnte mit den schlimmsten Raufbolden in der Kneipe fertig werden, ohne auch nur die Stimme zu erheben, obwohl sie sonst schweigsam war. Und war da nicht sogar eine liebevolle Ader an ihr? Ieva erinnerte sich an jenen Abend, als der dreibeinige Hund die Stadt unsicher gemacht hatte. Da war Jona bei ihnen im Klosterstübl gewesen und Gudrun hatte sich ihr gewidmet wie einem eigenen Kinde.

„Dich kann nichts erschüttern", murmelte sie leise, aber Gudrun blieb schlagartig stehen und sah sie an. Mit diesem Ausdruck in den Augen, von dem Ieva nie genau wusste, ob sie nicht begriff oder ob in ihr gerade komplexe, gedankliche Abläufe vorgingen, um eine passende Antwort zu finden. „Ich meine nur. Es ist kalt und windig und um uns herum herrscht Friedhofsstimmung, aber das alles stört dich überhaupt nicht."

„Lass mich eben nicht leicht beeindrucken. Solltest du auch üben." Mit diesen Worten setzte sie ihren Weg fort. Ieva konnte sich nicht entscheiden, ob sie beleidigt sein oder Gudruns Hinweis annehmen sollte. Eilig zog sie den Karren weiter. Die Glasflaschen klirrten, wenn sie aufeinander trafen und Ieva war sicher, dass sie eine ganze Ladung Bratwürste verloren haben mussten, aber sie holte Gudrun wieder ein. Sie fragte sich, wie sie sich vom Wind nicht beeindrucken lassen sollte, immerhin schlug er ihr erbarmungslos ins Gesicht. Ihr blieb keine andere Wahl, als sich ihm zu beugen und sich abzuwenden, wenn er zu stark wurde. Wieder einmal gelang es ihr nicht, aus Gudruns Worten schlau zu werden. Aber auch das war eine ihrer Eigenheiten, die Ieva einfach hinnehmen musste. Deshalb schwieg sie, ertrug Wind und Feuchtigkeit und achtete nicht länger auf die entlaubten Bäume.

Ihre Gedanken trugen sie zu dem zweiten Skelett, das Cilia inmitten einer Baumgruppe gefunden hatte. Sie war froh, dass sie nicht an ihrer Stelle gewesen war. Die Vorstellung, plötzlich vor einem Knochenhaufen zu stehen, behagte ihr ganz und gar nicht. Sie war sicher ein abenteuerlustiger und keineswegs ängstlicher Mensch, aber sie war mitnichten morbide veranlagt. Und jetzt war sogar eine Art Mumie aufgetaucht. Ein Skelett überzogen nur mit gut konservierter Haut. Sie musste sich nach dem Karren umdrehen und vorgeben, zu kontrollieren, ob möglicherweise ein Teil der Ladung fehlte, um den Gedanken an die toten Kinder loszuwerden.

„Da vorne", sagte Gudrun endlich und vor ihnen im Nebel kam die neue Hoffman'sche Badeanstalt zum Vorschein. Sie war erst in diesem Jahr eröffnet worden und Ieva war noch nicht dazu gekommen, sich ein solches Bad zu leisten, zumal sie mit Ewa daran arbeitete, eine eigene Wasserversorgung für das Haus in der Apothekergasse herzurichten.

Das Gebäude war groß und in Form eines Us angelegt. Es war so beeindruckend wie jedes neu erbaute Haus, noch frisch gestrichen und keine Spuren von Alter zeigend.

„Dass die es ausgerechnet hier gebaut haben", nuschelte Gudrun und ging weiter. Der Sandweg ging in einen Kiesweg über, der aussah, als beschriebe er schon seit längerer Zeit seine Kurven.

„Was meinst du damit? Insofern die Bäume blühen und nicht dichter Nebel über der Stadt hängt, ist das doch ein sehr idyllischer Ort. Und gleich so nah am Stadtpark."

„Wie lange lebst du schon in Görlitz?", fragte Gudrun sie und nahm ihr den Achsengriff des Karrens aus der Hand, um ihn eine Weile selbst zu ziehen. Jetzt erst spürte Ieva, wie anstrengend der Weg vom Klosterplatz bis hierher gewesen war.

„Erst seit vier Jahren." Vier Jahre. Ein kurzer Zeitraum, der ihr dennoch unendlich lang erschien.

„Dann kannst du es nicht wissen. Aber hier stand mal eine Art Schule."

„Eine Art Schule?" Hoffentlich kam ihr Gudrun jetzt nicht mit irgendeinem Schauermärchen. Es wäre ihr zuzutrauen, dass sie Ieva noch mehr beunruhigte, allein um sich einen Spaß zu machen.

„Eine Knabenerziehungsanstalt nannte man es damals. Hier kamen Kinder her, die eine gute Schulbildung genießen sollten. Es waren vorwiegend gut begüterte Eltern, die ihre Jungen hier ablieferten."

Gudrun machte eine längere Pause und begutachtete das neue Gebäude. Es war ein Wunder, dass sie überhaupt mehr als einen Satz von sich gegeben hatte. Es schien ihr wohl notwendig, nun kurz inne zu halten, um ihre Worte wirken zu lassen. War das ihr Geheimnis? Einfach nur auszusprechen, was gesagt werden musste, und hernach zu schweigen?

„Hat keiner geahnt, was hier so passiert ist."

Andererseits waren ihre ewigen Pausen vielleicht auch nur ein Mittel, um ihrem Gegenüber Geduld beizubringen. Viel Geduld. Deshalb hielt sich Ieva zurück und wartete, bis Gudrun weitersprach.

„Gehen wir."

Ieva öffnete den Mund. Möglicherweise dienten die Pausen und ihre andeutenden Worte aber auch nur dazu, Ieva zu necken und zu ärgern. Es machte ihr sicherlich Spaß, ihr die Informationen, die sie gerne haben wollte, vorzuenthalten. Lag da nicht sogar ein kleines, schmales Lächeln auf ihren Lippen?

„Moment! Was ist denn hier passiert? Was war mit dieser Erziehungsanstalt? Ist da jemand gestorben?"

„Gerüchten zufolge, ja", war die kurze Antwort. Ieva stand da, atmete tief aus und fragte weiter.

„Ein Schüler oder einer der Lehrer?"

„Angeblich sind mehrere Schüler gestorben oder verschwunden, man hat sie nie gefunden und irgendwann hieß es, es seien nur die Einbildungen der anderen Jungen gewesen, die von den traumatischen Erlebnissen mitgenommen waren."

„Ach, komm schon, Gudrun! Muss ich dir jetzt alles einzeln aus den Ohren rupfen?"

„Aus der Nase", erwiderte Gudrun und widmete sich schweigend der Begutachtung der Waren. Jetzt war sich Ieva sicher, dass sie sie nur foppen wollte.

„Also schön! Was für traumatische Erlebnisse haben die Jungen denn gemacht?"

„Darüber gibt es verschiedene Erzählungen. Manche Jungen behaupteten, sie seien geschlagen worden, andere sprachen von deutlich grausameren Strafen und wieder andere sagten aus, die Lehrer hätten sich gar unsittlich an ihnen vergriffen. Man war sich nie sicher, was der Wahrheit entsprach. Die Erzählung eines Jungen aber, dass es noch weitere Schüler gegeben habe, die aber verschwunden seien, glaubte niemand, denn es gab keine Aufzeichnungen, die die Existenz weiterer Knaben bestätigt hätten."

„Es gab also auch keine Eltern, die sich um ihre Kinder sorgten?"

„Nein. Jeder Junge konnte in sein Elternhaus zurückkehren, als die Schule wegen der Vorwürfe geschlossen wurde. Keine Mutter und kein Vater vermissten einen Knaben."

Sie sahen einander an. In Gudruns Augen spiegelte sich nun nicht mehr der Schalk, sondern eine Bekümmertheit, die sich auf Ieva übertrug. Was, wenn es diese Jungen wirklich gegeben hatte? Wenn niemand nach ihnen gesucht hatte, weil man nicht einmal an ihre Existenz glaubte? Und ihr fielen die Knaben ein, die Skelette.

„Die Kinder! Was, wenn sie die vermissten Jungen sind?"

„Wovon redest du?", fragte dieses Mal Gudrun, aber Ieva kam nicht dazu, ihr eine Antwort zu geben. Gudrun wartete kaum ein paar Sekunden ab, bevor sie energisch den Kopf schüttelte. „Wir müssen los, sonst kommen wir nicht rechtzeitig zu der Festivität."

Damit ruckte sie den Wagen an und zog ihn hinter sich her über den Kiesweg. Ieva blieb noch einen Moment stehen. Vermisste Jungen, nach denen niemand suchte. Es passte zu den Fundorten der Skelette, es passte zu den Reimen auf den Knochen, es passte zu dem schrecklichen Leben, das die Knaben geführt haben mussten. Sie war nur unsicher, wieso jemand aus einer Knabenerziehungsanstalt die Kinder hier aufnehmen sollte. Aber andererseits war ein ganzes Gebäude voller Jungen eine gute Tarnung, um sieben Knaben zu verstecken und sie zur Arbeit oder zu anderen Dingen zu zwingen. Was immer hier vor sich gegangen war, Ieva musste Vi davon erzählen. Sobald sie Bier, Käse, Brot und Wurst abgeliefert hatte.

Der Junge spürt sich nicht mehr. Kann nichts mehr fühlen von dem, was er ist. Er weiß, er müsste Schmerz empfinden, aber es gelingt ihm nicht. Da ist nur Leere an der Stelle, an der er steht. Er betrachtet sich von außen und sieht noch den Jungen, den er kennt, aber er ist nicht mehr dieser Mensch. Er ist jetzt ein anderer, dessen Wesen noch nicht hervorgebrochen ist, dessen Wesen noch keinen festen Stand hat, keinen festen Körper. Es ist nur ein momentaner Zustand, einer der vorübergeht. Er kennt das schon. Es ist jedes Mal dasselbe.

Er geht langsam weiter. Seine Beine schmerzen, sein Rücken schmerzt und mit jedem Schritt kehrt die Erinnerung daran zurück, wie es ist, lebendig zu sein, wenn auch das Leben keine Bedeutung mehr hat. Er will nur noch in das Zimmer, in sein Bett. Er will nicht mehr reden, er will den Blicken der anderen Jungen nicht begegnen, die heute Abend nicht fortgeholt worden sind. Er will einfach nur schlafen und verdrängen, was passiert ist. Er hat es bisher immer geschafft, wieso sollte es heute anders sein? Er wird schlafen, er wird von der Wiese im Stadtpark träumen, er wird von der anderen Seite der Neiße träumen, wo alle seine Wünsche wahr werden.

Er denkt daran, was Kasimir gesagt hat, über eine Frau und Kinder. Er überlegt sogar, was für einen Beruf er ergreifen will. Das Leben ist noch nicht ganz aus ihm gewichen. Er kann nicht fassen, dass er trotz all dieser Erfahrungen in den letzten Monaten noch daran glaubt, dass er eines Tages ein ganz normales Leben führen wird. Anton und Tammo sind tot. Sie sind gestorben und aus den sieben Knaben sind nur noch fünf geworden. Wie kann er da glauben, dass es ihm anders ergehen wird als ihnen? Und selbst wenn er diesem Ort entkommt, was wird er dann sein?

„Ich kann –, ich kann –"

Der Junge bleibt stehen. Im Flur ist es beengt und warm. Er schwitzt und sein Schweiß lässt die Wunden brennen. Diese Stimme. Er kennt sie. Sie ist nur wenige Meter entfernt. Hinter der Ecke. In dem kleinen Raum, in dem der Hausmeister Kerzen, Kreide, Schiefertafeln und andere Schulsachen aufbewahrt. Er ist normalerweise verschlossen und niemand darf ihn betreten.

„Ich kann die anderen überzeugen –"

Wieder bricht die Stimme unvermittelt ab und unter sie mischen sich Geräusche und Töne, bei denen dem Jungen schlecht wird. Er weiß, was dort geschieht, und er weiß auch, wem die Stimme gehört. Er traut sich nicht, weiterzugehen, weil er fürchtet, dass sie ihn hören werden. Wenn er nur wüsste, mit wem Sebastian dort in der Kammer ist. Wen will er überzeugen und von was?

„Wie willst du das machen? Sie hassen dich. Sie würden nie tun, was du sagst."

Es ist der Rektor. Der Junge lehnt sich gegen die Wand. Er will das nicht hören. Er will fort. Er will einfach weg und nicht zuhören, bei dem, was dort geschieht und was Sebastian glaubt, ihm versprechen zu können. Doch er kann seine Beine nicht mehr krümmen, um Schritte zu machen. Er versteht nicht, warum die Zwei in der Kammer sind. Das ist noch nie passiert. Sie werden dafür immer weggeholt. Ist es das Privatvergnügen des Rektors? Hat Sebastian es ihm angeboten? Der Junge geht in die Knie. Ihm angeboten? Wie kann er ihm so etwas anbieten? Wie kann er sich an ihn verkaufen, sich nicht dagegen wehren, was mit ihm geschieht? Macht es ihm etwa auch noch Spaß?

„Sie müssen mich nicht mögen, um mir zuzuhören."

Wie er das sagt. Er klingt nicht wie ein Zehnjähriger, er klingt wie ein alter Mann, dem das Leben anderer gleich ist. Der Junge zuckt zusammen. Warum kann er nicht endlich gehen? Wenn sie seine Schritte auf dem Flur hören, werden sie sich trennen oder die Tür schließen und er muss nichts sehen, nichts erklären. Er kann so tun, als hätte er nichts gehört und mitbekommen.

„Du willst ihnen drohen? Womit?"

Die Worte verstummen, stattdessen sind diese anderen Geräusche zu hören. Plötzlich schlägt etwas gegen ein Regal. Der Junge kann einen leisen Schrei hören. Er weiß, was das bedeutet. Dann der Laut von Haut auf Haut. Er will weg, er will weg, er will weg. Er hört, wie es dem Rektor gefällt, aber noch schlimmer sind die Bekundungen von Sebastian. Wie kann er das wollen? Wie kann er das mit sich geschehen lassen?

„Die haben doch vor allem Angst. Und wenn einer Angst hat, werden sie alle heulen und dann wird es einfach."

Es hört auf. Mit einem letzten Ton aus der Kehle des Rektors endet es. Der Junge atmet durch. Er muss jetzt hier weg, bevor sie ihn bemerken. Sie sollen nicht wissen, dass er ihr Gespräch mit angehört hat, auch wenn er nicht ganz versteht, worum es geht. Er weiß nur, dass er Sebastian nicht über den Weg trauen kann und dass er mit den anderen darüber sprechen muss, bevor Sebastian es tut. Denn mit einem hat er Recht. Sie alle haben Angst und sind leicht zu beeinflussen. Und wenn einer folgt, so folgen sie alle.

Er erhebt sich. Langsam geht er weiter und horcht auf jedes Geräusch. Es ist leise geworden. Er weiß, was in der Kammer vor sich geht. Er hat es selbst vor wenigen Minuten erlebt. Er geht an der Tür vorbei. Er trägt keine Schuhe, ist noch ganz nackt, hinterlässt auf dem Boden Blutspuren. Es ist Teil der Demütigung, Teil des Versuches, sie zu brechen. Als er an der Kammer vorüber ist, gestattet er sich, zu atmen. Leise öffnet er die Tür zum Schlafsaal der Jungen und schlüpft hinein. Die anderen sehen ihn an. Fedor springt auf, aber der Junge weicht ihm aus, will den Kleinen jetzt nicht bei sich, will nicht, dass er ihn in diesem Zustand ansieht oder berührt. Er kann jetzt nicht stark sein. Nicht für Fedor und nicht für sich selbst. Er kriecht nur in sein Bett und schließt die Augen.

Doch er schläft nicht. Er wartet. Er wartet darauf, dass Sebastian den Raum betritt. Er wartet darauf, dass er mit den anderen Jungen spricht und umsetzt, was er dem Rektor versprochen hat. Dann wird er ihm den Schädel einschlagen. Er wird ihn einfach solange gegen die Wand schlagen, bis er aufplatzt. Denn er wird es nicht hinnehmen, dass dieser Junge sie alle verrät, ihnen in den Rücken fällt, obwohl er doch zu ihrer Familie gehört.

Aber er ist nicht wie sie. Er genießt, was sie mit ihm machen. Er mag es. Er will sogar mit ihnen zusammenarbeiten. Hat er denn nicht von Anton gelernt? Hat er denn vergessen, was mit ihm geschehen ist, weil er sich bei dem Rektor beliebt machen wollte? Kann er wirklich so dumm sein?

Als Sebastian ins Zimmer kommt, geht er zu seinem Bett, zieht sich aus und legt sich in die Laken, ohne ein Wort zu sagen. Der Junge weiß nicht, ob er ihn ansprechen soll, ob er ihn fragen soll, was mit ihm los ist, wie er nur so sein, wie er das nur genießen kann, was sie ihm antun. Er hält es nicht mehr aus unter seiner Decke, die vom Blut benetzt wird und auf seinen Wunden schmerzt. Er wirft sie zurück und setzt sich auf.

„Wieso machst du das? Gefällt es dir? Findest du es gut? Bist du etwa so wie sie?"

Die anderen Jungen wenden die Köpfe. Es sind nur noch drei. Zwei fehlen schon. Zwei sind ihnen schon zum Opfer gefallen. Bald werden es drei sein oder vier und am Ende wird keiner mehr übrig sein, der sich ihm zuwenden kann.

„Ich weiß nur, was ich tun muss, damit sie mir nicht ständig weh tun."

„Aber sie tun dir trotzdem weh!", ruft der Junge leise und hat Mühe seine Wut zu verbergen. Es ist nicht lange her, dass er und Sebastian in Streit geraten sind. Er will nicht die Kontrolle über sich verlieren.

„Nicht, wenn sie glauben, dass es mir gefällt. Dann langweile ich sie. Dann lassen sie mich in Ruhe."

„Das glaubst du doch selbst nicht!", sagt Kasimir mit seinem gebrochenen Akzent.

Sebastian zuckt nur die Schultern und dreht sich weg. Der Junge kann nicht verstehen, wie er nach Antons Tod noch glauben kann, dass sie einen von ihnen je in Ruhe lassen werden, nur weil dieser mit ihnen zusammenarbeitet. Wenn sie sich langweilen, wird es nur noch schlimmer. Ihre Gedanken werden abartiger, widerlicher.

„Mach, was du willst, aber lass uns damit in Ruhe, verstehst du das? Weil ich es sonst sein werde, der dich umbringt!", droht der Junge und kurz glaubt er, Sebastian werde sich wehren, behaupten, dass er nicht wüsste, wovon der Junge spricht. Aber nach einem kurzen Luftholen schweigt er. Ob er es dennoch versuchen wird? Der Junge ist zu müde, um darüber nachzudenken. Er legt sich zurück in sein Bett, schiebt jedoch die Decke fort, obwohl es zu kalt ist, um ohne sie zu schlafen. Doch die Wut, die in ihm glüht, wird ihn warm halten. In jener Nacht und in all den folgenden.

Kapitel 23

Dort sitzt er, der alte Mann. Seine Knochen sind brüchig geworden, seine Ohren nehmen nicht mehr jeden Laut wahr, seine Augen sind trübe. Der Husten wird ihn umbringen, aber er kann nicht von den Zigaretten lassen. Es ist seine Strafe, die Strafe dafür, dass er die Jungen an diesen Perversling verkauft hat. Er hätte es von Anfang an spüren müssen. Er hätte verstehen müssen, was er mit ihnen vorhatte. Aber er wollte es nicht sehen. Er brauchte nur das Geld. Jetzt kehren die Jungen zu ihm zurück. Er fürchtet sich, aber er freut sich auch, wieder in ihrer Gesellschaft zu sein. Nur etwas beunruhigt ihn. Wer bringt ihm die Jungen? Wer hat sich ihrer angenommen und sie zu ihm gebracht?

An der Angel beißt ein kleiner Fisch an. Es ist ein Bachneunauge. Winzig klein, noch viel zu jung. Der alte Mann löst vorsichtig den Haken und wirft den Fisch zurück in das brackige Wasser, in dem noch soviel Färbestoffe schwimmen, dass es einem Wunder gleicht, dass überhaupt ein Fisch gedeiht. Als er noch seine Gerberei an der Neiße hatte, als die Jungen noch bei ihm waren, da war das Wasser schon eine einzige Brühe gewesen. Doch jetzt kann man selbst bei so niedrigem Wasserstand den Grund nicht mehr erkennen.

Er nimmt einen weiteren Wurm aus dem Eimer neben ihm. Der Wurm zappelt, als verstünde er, dass sein Leben ein jähes Ende finden würde, obwohl sich der alte Mann nicht sicher ist, ob Würmer wegen eines Hakens durch ihren Leib sterben. Oder ertrinken sie, wenn er sie ins Wasser wirft? Atmen Würmer überhaupt? Er denkt an Heinrich, seinen hübschen Jungen, der nicht nur schön, sondern auch wissbegierig und klug war. Er hat ihn stets nach solchen Dingen gefragt und nie konnte er ihm eine Antwort geben. Das bereut er sehr. Dass er ihm diesen einen Wunsch nicht erfüllen konnte. Wird er trotzdem zu ihm zurückkehren?

Er sieht an seine Seite. Wie oft hat er sich vorgestellt, dass seine Jungs neben ihm beim Angeln sitzen, wie sie es früher getan haben? Wie oft hat er den lieben Herrgott angefleht, sie ihm wieder zu geben? Wie oft ist er zu der Schule gegangen, die abgerissen wurde, um einem Bad Platz zu machen, um zu erfahren, was mit seinen Jungen passiert ist? Er hat gleich, nachdem er von dem Skandal in der Zeitung gelesen hat, den Mann aufgesucht. Er hat ihn gefragt, wo seine Jungen sind, aber er hat ihm nicht geantwortet, hat ihm gesagt, er solle sich fortscheren, es seien nicht seine Jungen. Es seien nie seine Jungen gewesen und nun gehörten sie ihm. Jetzt weiß er, was mit ihnen geschehen ist. Er weiß, dass dieser

Mistkerl sie umgebracht hat. Sogar seinen Kasimir, seinen großen und starken Kasimir.

Wo ist eigentlich der Bursche hin, mit dem er gesprochen hat? Er kann sich nicht erinnern, dass er fortgegangen ist, aber er muss schon eine Weile weg sein, denn er ist lange seinen Gedanken gefolgt. Sicher hat er ihn verschreckt mit den Geschichten von seinen Jungen. Das passiert ihm oft, dass die Menschen sich von ihm abwenden, ihn für einen alten Spinner halten, ihm nicht glauben, dass er so prachtvolle Söhne hatte, weil er doch selbst nicht mehr ist als ein Taugenichts, der an der Neiße aus dem Schmutzwasser Fische angeln muss, um nicht zu verhungern. Aber er hat es verdient. Er ist nicht nur äußerlich ein abgemergelter, übel riechender Geselle. Auch in seinem Inneren ist er mehr tot als lebendig. Ein Wrack, das sich durch die Jahre geschleppt hat. Verfolgt von seinem Gewissen, das keine Nacht und keinen Tag geschwiegen hat, seit die Jungen verkauft wurden. Nicht einmal Augusts Tod hat ihn so sehr mitgenommen, wie die Gewissheit, diese wunderbaren Knaben, seine Söhne, verloren zu haben.

Von hinten nähern sich Schritte. Sie sind gedämpft, aber energisch. Sie laufen direkt in seine Richtung. Es könnten Polizisten sein. Manchen gefällt nicht, dass er hier unten angelt. Sie haben Angst, dass er einen verseuchten Fisch an jemanden verkauft, dass eine neue Pest ausbrechen könnte. Ein alberner Gedanke, über den er lachen muss. Die Pest. An einer Fischvergiftung sterben, das kann er sich vorstellen, aber an der Pest? Wieder zupft ein Fisch an seinem Haken. Er zieht ihn heraus. Es ist ein schmaler Giebel, kaum einen halben Kilo schwer. Sein Fleisch schmeckt nicht sonderlich gut, aber der alte Mann nimmt ihn dennoch vom Haken und legt ihn neben sich, wo das Tier noch eine Weile zappelt, bis es ruhig bleibt. Der Nebel wird ihn feucht halten.

„Herr Groll?"

Jemand nennt seinen Namen. Das kann kein Polizist sein, die sind nicht so höflich. Er dreht sich dennoch nicht um, ist noch unsicher. Schon lange hat niemand mehr seinen Namen gesagt, ihn freundlich angesprochen, ihm so das Gefühl gegeben, ein normaler und geachteter Mensch zu sein. Es widert ihn an, denn verdient hat er es nicht.

Beine tauchen neben ihm auf. Sie hocken sich hin, ein Gesicht sieht direkt in seines. Er weigert sich, den Blick zu erwidern, senkt den Kopf, konzentriert sich ganz auf seine Angel, die heftig zu zucken beginnt. Das neblige Wetter begünstigt den Fang, was ihn verwundert. Oder hat er heute einfach nur Glück? Glück? Er? Auf keinen Fall. Das will er nicht. Er will kein Glück haben, er will kein Glück empfinden, seine Söhne sind tot.

„Herr Groll, mein Name ist Vi Sperber", redet die Person weiter. Die roten Haare sind feucht vom Nebel und sie sieht aus, als hätte sie lange nicht geschlafen. Er kennt das. Er weiß, wie sehr der Schlaf fehlt. Dieser wunderbare Begleiter, der einem für kurze Augenblicke eine Welt vorspielen kann, die es nicht gibt. Die letzten Jahre hat er oft geträumt, oft waren seine Söhne wieder bei ihm, haben mit ihm geangelt, gearbeitet, ihn Vater genannt. Vater. „Meine Begleiterin hier hat mir gesagt, Sie wüssten, wer die toten Jungen sind."

Sie deutet auf Beine, die neben ihr stehen. Die Hose gehört zu dem Burschen, mit dem er geredet hat. Oder dem Mädchen. Als er aufschaut, bemerkt er, dass die Wangen zu rundlich, die Haut zu weich und die Statur zu sanft sind, um zu einem Mann zu gehören. Aber sein Heinrich war ja auch so. So wie ein Mädchen. Deshalb hat er den Burschen nicht als Mädchen erkannt.

„Ja", meint er und zieht seine Angel zurück. Ein Fisch springt aus dem Wasser. Eine Äsche, kaum der Rede wert. Er fummelt sie vom Haken und wirft sie ins Wasser. Man sollte nicht glauben, wie viele Fische sich in diesem Dreckloch noch tummeln können. Bei den Menschen ist es anders herum. Da sind es die Dreckskerle, die sich in den schönsten Häusern herumtreiben. Wie dieser Mann, der seine Jungen umgebracht hat.

„Herr Groll, ich muss wissen, an wen Sie Ihre Söhne verkauft haben. Wie hieß der Mann?"

Der alte Mann betrachtet das müde Gesicht. Die Augen. Diese Augen. Sie erinnern ihn an jemanden. An einen seiner Jungen. Er hat so ausgesehen, als er sie zu dem Perversen gebracht hat. Er hat ihn angeschrien, ihm angeboten, ihm zu helfen, hat ihm gesagt, dass der Mann böse zu ihnen sein wird. Und was hat er getan? Er hat ihn nur schwer verletzt, hat ihm nicht zugehört, weil er so vernebelt war. Weil er so egoistisch war.

„Herr Groll, hören Sie mich? Verstehen Sie, was ich sage?"

„Meine Söhne", bringt er hervor. „Meine Söhne. Sie komm` zu mir zurück. Anton. Tammo. Kasimir. Bald werd`n mia alle wieda vereint sein."

Er kennt den Blick, dem sie ihm schenkt. Voller Mitleid mit dem alten Verrückten, aber er weiß doch, was geschehen wird. Er weiß es ganz genau. Sie werden zu ihm kommen und ihn holen und er wird freiwillig mit ihnen gehen, weil er weiß, was er getan hat.

„Und Ihre anderen Söhne, wie hießen sie?", fragt sie und er ist überrascht. Das hat ihn noch niemand gefragt. Niemand hat sich für seine Burschen interessiert. Er deutet auf den Platz neben sich.

„Hier saß Heinrich. Weiter dort hinten stand Sebastian. Hat sich nie hingesetzt, war da sehr stur. Un` dort war Fedor, gleich neben Kasimir. Manchmal hat man ihn nich` gesehen, weil Kasimir so groß un` Fedor so winzig war."

„Jona, schreib auf. Heinrich, Sebastian, Fedor. Das sind sechs. Herr Groll, wie hieß der siebente Junge?"

„Wissen Se, ich hab ihnen die Namen gegeben." Er sieht sie an und hört ihre Stimme, die irgendetwas antwortet. Da erinnert er sich. Er erinnert sich, dass er ihre Stimme gehört hat. Vor Tagen, im Krankenhaus. Sie hat nach der Bedeutung der Namen gefragt. „Anton, der Unschätzbare. `n kleener Scheißer un` so rote Haare wie Sie. Hat mir nur Ärger gemacht, aba ich hat ihn gern. Tammo. So hieß mein Großvater. Hat oben an`ner Nordsee gelebt. Un` war och so`n Ruhiger. Hat nie viel geredet, der Bursche, konnt` unsere Sprache och nich`. Die ham ihn irgendwo aus Afrika geholt. Aba hat sich Mühe gegeben, viel Mühe. Kasimir, der Friedensbringer. Das war er wirklich. Hat fast jeden Streit geschlichtet un` war der, der mich am meisten mochte. Hab nie verstanden, warum. Die ham ihn mir gebracht, da war er sechs Jahre alt un` trotzdem ging er mir schon fast bis zur Brust. Un` dann Sebastian, der Erhabene. Hat nich` richtig gepasst später dann. War auch so`n Dreckskerl wie Anton. Furchtbar stolz. Mein Heinrich, der Herr über`s Haus, weil er doch wie `n Mädchen war. So hübsch anzuschauen. Der war für die Arbeit viel zu schade. War das Kind von`ner Hure, die muss viele Freier gehabt ham, wenn se so aussah wie er. Un` Fedor, mein Geschenk Gottes. Das war er. Mein Fedor. So klein un` so zart. Hab ihn nich` beschützt, obwohl er behütet werden musste, damit ihn niemand kaputt machen konnte. Un` dann", er denkt zurück. Er denkt an den Tag, als der siebente Junge zu ihm gekommen ist. Der siebente Junge, den er am meisten geliebt hat, weil er niemals aufgegeben hat. Er hat sich nicht gefügt, aber auch nicht rebelliert. Er hat einfach immer nur gehofft. „Un` dann der von Gott Erhörte. Solche Augen. Solche Augen gibt`s niemals mehr auf`er Welt. Mein Simon."

„Simon?", entfährt es der Frau. Sie richtet sich auf, wird unruhig. Die kurzen Beine treten neben ihn, während die Frau mit den roten Haaren ständig den Namen seines Sohnes wiederholt. Simon. Simon. Simon.

„Herr Groll, an wen haben Sie die Jungen verkauft?"

Auf einmal redet der Bursche, das Mädchen, ganz fein. Nicht so wie vorhin. Auf einmal sind ihre Augen ganz anders und der Ausdruck ihres Gesichtes. Sie wirkt beinahe glücklich, obwohl sie eben noch so aussah, als wolle sie sich in die Neiße stürzen, um dort mit den verseuchten Fischen zu tanzen. Wenn er nur einmal in seinem Leben hätte so glücklich sein können. Nachdem er seine Jungen verloren hatte. Aber es geschieht ihm recht, dass ihm dieses Gefühl nicht mehr vergönnt war.

„Wasser. Nathanael Wasser", sagt er und spricht den Namen aus. Spricht ihn aus, als würde er in einen matschigen, mit Maden durchsetzten Apfel beißen müssen. Dieser Mann. Sein Name steht oft in der Zeitung. Er wird wieder ein Direktor werden. Von einer Schule.

„Vielen Dank, Herr Groll."

Das Mädchen erhebt sich. Der alte Mann packt sie am Arm, zieht sie zu sich heran, schämt sich, weil sein Atem übel riecht, aber das kann er jetzt nicht ändern.

„Ich hab se nie vergessen. Se sin` meine Söhne. Bring se mir alle zurück."

Dort steht er, der Große. Auf dem Dachfirst. Er sieht nach unten und ist ganz bei sich, nimmt niemanden mehr wahr. Der Junge zieht sich durch die Dachluke und versucht Halt an den Ziegeln zu finden, doch der Regen macht sie rutschig und er fürchtet, in die Tiefe zu stürzen. Er atmet schnell und stoßartig. Sein Herz pumpt soviel Blut durch seine Adern, dass sie alle pulsieren. Er klettert hinauf auf den First und stellt sich hin. Er will ihn rufen, aber er schafft es nicht.

Wie der Große dort steht. Gebrochen. Zerstört. Erniedrigt. Soviel hat er erduldet, soviel hat er einfach akzeptiert. Doch sie haben ihn zerstört und er kann nicht mehr weiter. Der Junge weiß, was in ihm vorgeht. Er weiß, wie er sich fühlt, wie sehr er leidet und wie es in seinem Inneren unentwegt brüllt. Nach Hilfe. Danach, dass jemand kommt und sie rettet. Aber niemand sieht hin. Niemand wird kommen und ihnen helfen.

„Kasimir, bitte, komm da weg!", ruft der Junge, aber die Worte klingen, als wüsste er, dass sie zwecklos sind. „Bitte, tu das nicht. Dann haben sie gewonnen. Dann haben sie, was sie wollen."

Aber das stimmt nicht. Das weiß der Junge. Sie wollen nicht, dass sie sterben. Sie wollten es nicht bei Anton und sie wollten es nicht bei Tammo. Wenn der Große sich hinabstürzt, werden sie sehr enttäuscht sein, denn sie mögen die Sensiblen, aber noch mehr mögen sie jene, die sie brechen können. Sie bereichern sich an den Augen, die jeden Glanz verlieren. Sie laben sich an den Schreien, die nach endlosen Stunden aus den zuvor stummen Kehlen dringen. Er hat das alles selbst erlebt. Er will vom Dach springen und sterben wie Kasimir, aber er kann nicht. Denn in ihm ist etwas Neues aus den Trümmern des Kindes entstanden, das er einmal war.

„Du hast Recht", hört er Kasimir sagen. Leise nur, aber er kann ihn verstehen. Langsam geht er vorwärts. Die Arme zur Seite ausgestreckt, um nicht zu fallen. Er weiß, dass die anderen drei Jungen sie beobachten. Sie sehen aus den beiden Dachfenstern, die zu dem kleinen Schlafraum gehören, in dem sie seit einem Jahr leben.

„Dann komm. Komm wieder rein", fleht der Junge. Er will den Großen nicht verlieren. Es war schrecklich, Anton zu töten. Es war noch schrecklicher, Tammo begraben zu müssen. Er will keinen mehr verlieren. Sie sollen bei ihm bleiben. Sie sind seine Familie. Eines Tages wird er mit ihnen auf die andere Seite der Neiße gehen und ein neues Leben anfangen.

„Man muss nicht immer alles hinnehmen", sagt der Große. Er blickt sich nach dem Jungen um. Seine Haare sind nass und hängen ihm ins Gesicht. Sie haben sie ihm wachsen lassen. Sie sagen, er sieht so hübscher aus. Doch jetzt verdecken die Haare seine Augen. Der Regen mischt sich mit seinen Tränen. Seine Hände sind zu Fäusten geballt und er macht einen weiteren Schritt zum Giebel hin. Noch ein Schritt und er stürzt in die Tiefe.

„Ja, das stimmt. Wir werden uns wehren, Kasimir. Wir gehen weg. Komm, noch heute Nacht. Du hast gesagt, es ist nur wichtig zu überleben. Das machen wir. Wir überleben und wir nehmen die anderen und verschwinden."

„Sie werden uns kriegen", sagt er, der nie Angst gezeigt hat. Sagt er, der nie aufgegeben, der alles akzeptiert hat.

„Nein, das werden sie nicht. Wir verstecken uns und dann gehen wir ganz weit weg. Weit, weit weg."

Der Große schüttelt den Kopf. Seine Haare fallen zur Seite und der Junge kann seine Augen erkennen. Sie sind schwarz auf weißem Grund. Vor einer langen Zeit waren sie grün und strahlend und stark. Doch jetzt erkennt der Junge nur das Ende darin.

„Sie haben uns schon. Wohin wir auch gehen, sie werden immer bei uns sein. Das haben sie gesagt."

Wohin sie auch gehen, sie werden nie vergessen, was geschehen ist. Wohin sie auch gehen, sie werden nie fortlaufen können vor jenen, die sie nun besitzen. Denn sie werden immer ein Teil von ihnen sein.

„Aber das ist egal, Kasimir, das ist egal! Ja, sie werden immer da sein. Aber wir auch! Wir werden leben, denn das können sie uns nicht nehmen. Sie können uns das Leben nicht nehmen, das gehört uns!", schreit der Junge gegen den Wind, aber er muss an Tammo denken und was sie mit ihm getan haben.

Kasimir schüttelt den Kopf. Der Junge kann spüren, dass es soweit ist. Er rennt über den Dachfirst. Unter ihm greift die Leere nach seinen Füßen und will ihn nach unten ziehen, aber er ist schneller. Er greift nach Kasimirs Arm, als dieser einen letzten Schritt macht. Er spürt noch das durchnässte Hemd des Großen an seinen Fingerkuppen, bevor es wegrutscht und er den fallenden Körper sieht, wie er unten auf dem steinigen Boden aufschlägt.

Es wird ruhig. Der Sturm legt sich. Der Regen verstummt. Der Junge sieht über den Giebel hinunter, sieht auf den schwarzen Schatten, der den grauen Boden bedeckt. Ein friedliches Bild breitet sich vor ihm aus.

Dort liegt er, der Große. Seine Glieder sind von ihm gestreckt und bilden ein Kreuz. Sein Blick ist nach oben in den Himmel gerichtet, von dem Tränen auf die toten Pupillen fallen. Das Haar am Hinterkopf färbt sich rot, bis es vom Regen ausgespült seine kastanienbraune Farbe zurückgewinnt. Die Gesichtszüge sind friedlich, fast lässt sich ein Lächeln erkennen.

Das alles stellt der Junge sich vor, als er hinuntersieht. Denn er kann nicht mehr erkennen als die Dunkelheit, die sich unter ihm ausbreitet. Eine Dunkelheit, die an einer kleinen Stelle noch dunkler ist. Und diese Stelle ist so klein, dass der Junge nicht glauben kann, dass es sich bei ihr um Kasimir handelt. Der Große, der über sie alle hinausragte. Er schreit. Er schreit in die Dunkelheit hinein. Es sind keine Worte. Es sind nur Töne, nur Laute, die aus seinem Inneren dringen. Sie verebben nicht. Selbst Stunden später, als sie den Großen begraben haben, schreit er noch. Tief in seinem Inneren wird er den Rest seines Lebens schreien.

Sein Zorn wächst. Sein Zorn ballt sich zusammen zu Hass.

Kapitel 24

Die Badeanstalt war hufeisenförmig angelegt. Um das Gebäude waren großzügig neue Bäume gepflanzt worden, die noch einige Jahre brauchen würden, um den Stolz ihrer älteren Verwandten zu erreichen. Doch obwohl viel an dem Gelände verändert worden war, konnte Ieva erkennen, dass der Kiesweg schon den Weg zur Erziehungsanstalt geebnet haben musste. Neben dem linken Flügel des Bades lag ein verwilderter Bereich, in dessen Mitte ein nicht mehr genutzter Komposthaufen lag. Von der Badeanstalt fort führte ein Pfad zu einer der vielen Baumgruppen hier unten in der Nähe der Neiße. Sie stellte sich vor, wie es noch vor zehn Jahren hier ausgesehen haben mochte. Es fiel ihr nicht schwer. Man schien noch nicht viel verändert zu haben.

Gudrun zog den Karren mit sich, der über die Kiesel hüpfte und verdächtig oft klirrte. Ieva betete, dass alle Flaschen heil geblieben waren, weil sie sonst an diesen Ort zurückkehren musste, der ihr nun, da sie um seine Geschichte wusste, eine Gänsehaut einflößte. Der Nebel tat sein Übriges, um den Eindruck eines schaurlichen Ortes zu hinterlassen. Sie hielt sich dicht bei dem Karren und hätte gerne mit Gudrun geredet, aber nachdem sie beinahe großzügig mit Worten um sich geworfen hatte, war ihre Arbeitgeberin wieder in ihr übliches Schweigen verfallen.

Sie erreichten den Eingang der Badeanstalt. Aus dem Gebäude drangen gedämpfte, aber erheiterte Stimmen an ihre Ohren. Die Feiernden ließen es sich schon gut gehen und Ieva hätte sich gerne zu ihnen gesellt. Nach den letzten Wochen war ihr nach Entspannung zumute. Ein paar Minuten oder Stunden an nichts denken müssen, was sie beschwerte. Es wäre erholsam gewesen. Doch stattdessen wies Gudrun sie an, allein bei dem Karren zu warten, bis sie die beiden Männer gefunden hätte, die sie beauftragt hatten. Als Gudrun in dem Gebäude verschwand, fühlte sich Ieva so einsam wie seit vielen Jahren nicht mehr. Immer wieder sah sie sich um, glaubte Schatten in dem Nebel zu erkennen, die sich eilig von Baum zu Baum bewegten. Aber es war allein ihre Phantasie, die sie neckte.

Die dichten Schwaden dämpften die umliegenden Geräusche. Selbst die Feiernden waren nicht mehr zu hören, nachdem sich die Tür hinter Gudrun geschlossen hatte. Ieva blieb beim Karren stehen, aber sie wünschte, sie hätte die Männer suchen dürfen. Stattdessen stand sie frierend und zitternd da und drehte sich einmal um sich selbst, um sich zu vergewissern, dass die Schatten hinter den Bäumen wirklich nicht da waren. Doch es gelang ihr nicht, den Eindruck abzuschütteln, dass sich im Nebel etwas bewegte.

Als sie in Richtung des schmalen Pfades blickte, der sich zwischen Linden und Eichen hindurchschlängelte, setzte ihr Herz einen Moment lang aus. Dort stand jemand. Sie war ganz sicher. Er beobachtete sie. Er sah sie direkt an, wartete, wartete auf sie. Sie musste blinzeln, weil sich ihre Augen mit Tränen füllten. Sie wollte nach Gudrun schreien oder nach Hilfe. Sie wollte einfach davonlaufen. Dieser Augenblick war schrecklicher noch als jener Abend, an dem sie Zeugin des Dreibeinigen Hundes wurde. Die Gestalt hob einen Arm. Heftiger Wind schlug ihr entgegen, Nieselregen setzte ein und trübte ihre Sicht noch mehr. Winkte er ihr? Winkte dieser Mensch ihr etwa? Sie überlegte, was sie tun sollte. Von der Badeanstalt drang kein Laut zu ihr durch. Würde man ihren Schrei überhaupt hören?

Langsam setzte sie einen Fuß vor den anderen. Nach ihren Erfahrungen im letzten Frühjahr hätte sie klüger sein und ins Bad laufen müssen, um Unterstützung zu holen. Aber was, wenn all dies nur ihrer Einbildung entsprungen war? Wenn dort niemand stand, um sie auf sich aufmerksam zu machen. Doch gerade, als sie ihren Gedanken beendet hatte, drehte sich die Gestalt um und lief in den Nebel davon. Sie konnte ihre Beine nicht daran hindern, dem Davonlaufenden zu folgen. Erst als sie den Pfad erreichte und ihr bewusst wurde, dass sie sich verlaufen oder einen Abhang hinunterstürzen konnte, wurde sie langsamer.

„Wer ist da?", hauchte sie in den Nebel hinein, sich über die Unsinnigkeit dieser Frage bewusst. Niemand würde ihr antworten, niemand würde sie überhaupt hören. Aber da war jemand gewesen. Jemand hatte dort gestanden, ihr gewunken und war dann davon gelaufen. Vorsichtiger als zuvor tastete sie sich den Pfad entlang, hielt sich, wenn der Weg abschüssiger wurde, an den Stämmen junger Bäume fest und zog den Kopf ein, wenn Äste und Zweige so tief hingen, dass sie drohten, ihr ins Gesicht zu schlagen. Nach einer Weile hatte sie jegliche Orientierung verloren. Die Badeanstalt war hinter ihr nicht mehr auszumachen. Sie lag hinter der Wand aus Nebel verborgen und der Regen wurde kräftiger, durchnässte ihre Haare, durchnässte ihre Jacke und ihren Rock, bis sie glaubte, er würde selbst ihre Haut durchdringen und ihr das Fleisch von den Knochen waschen.

Ob Gudrun die Männer gefunden hatte und nun am Karren stand und sich fragte, wo Ieva steckte? Sollte sie dem Pfad zurück folgen und jemanden zur Hilfe holen? Aber was war da schon gewesen? Ihre Einbildung, die ihr einen üblen Streich gespielt hatte. Was sie auch gesehen hatte, es konnte sich um keinen Menschen handeln, denn sie war völlig allein. Nur der Nebel und der Regen leisteten ihr Gesellschaft und sie waren keine freundlichen Gesprächpartner. Während der Nebel unerbittlich schwieg und sie kalt einhüllte wie eine Gruft, rauschte der Regen so stark, dass sie Gudruns Rufe nicht hätte hören können.

Wasser lief ihr in die Augen, der Weg wurde rutschiger, ihr Fuß glitt zur Seite, sie fiel und schlug mit dem Unterarm gegen einen harten Gegenstand. Sie hatte ihn reflexartig über ihren Kopf gezogen und so verhindert, dass sie sich den Schädel einschlug an einem – an einem Stein. Er war nicht groß. Nur eine Markierung, aber er wäre trotz eifriger Verwitterung noch in der Lage gewesen, ihr eine ordentliche Platzwunde beizubringen und sie für einige Zeit bewusstlos zu schlagen. Bei der Kälte und einem solchen Wetter hätte das ihren Tod bedeuten können. Sie ärgerte sich, dass sie einem Hirngespinst hinterher gelaufen war und sich selbst in Gefahr gebracht hatte. Zudem war ihr Kleid mit schlammigem Waldboden bedeckt, was sie Gudrun würde erklären müssen. Wütend raffte sie sich auf, unterließ es, gegen den Stein zu treten und suchte nach dem Pfad, der sie zur Badeanstalt bringen würde, als ihr erneut eine Gestalt im Regen auffiel. Sie war kleiner als diejenige, die sie gesehen zu haben glaubte.

„Nur ein Baumstumpf", murmelte Ieva und verstand sich wegen des Regens selbst nicht. Aber konnte sie sich trauen? War das ein Baumstumpf oder ein hockender Mensch? Derjenige, der ihr gewunken hatte.

„Du da!", schrie sie gegen den Regen an. „Sag was!"

Sie kam sich lächerlich vor, aber niemand war in der Nähe, um sie auszulachen. Jedenfalls hoffte sie das. Entgegen ihrer Überzeugung, dass es besser wäre, zur Badeanstalt zurückzukehren, ging Ieva mit festen Schritten auf die Gestalt zu. Im schlammigen Boden fanden ihre Füße kaum geeigneten Halt, aber sie schaffte es, ohne ein weiteres Mal hinzuschlagen, den Schatten im Nebel zu erreichen.

Auf einem alten Baumstumpf saß das Skelett eines Kindes. Die Beine waren leicht angewinkelt, die Arme um die Knie geschlungen, der Kopf sanft darauf abgelegt. Die Augenhöhlen sahen hinauf zur Badeanstalt, sehnsüchtig, verloren, traurig. Die Knochen waren verfärbt und an den Armen und Beinen konnte sie schlecht verheilte Bruchstellen erkennen, aber sonst war das Skelett des Kindes unbeschadet, der Schädel ebenmäßig und glatt, ein zugleich verstörender, jedoch auch schöner, melancholischer Anblick. Sie trat vorsichtig näher, als könnte sie das Kind aufschrecken, als wäre es möglich, dass der Schädel sich drehte und sie direkt ansah.

Die Knochen waren mit Drähten verbunden, um die aufrechte Sitzposition des Skelettes zu gewährleisten. Dennoch nahm Ieva den Schädel in ihre Hände und zog ihn vorsichtig von den Halswirbeln. Langsam drehte sie den Kopf um.

Er sieht auf das leere Bett. Heinrich ist noch nicht zurückgekommen. Er ist noch bei ihnen. Oder tot. Der Junge denkt an Tammo, an die zerbrechliche, kleine Gestalt unter dem weißen Laken. Er denkt an das Grab, das er ausgehoben hat und über das nun unzählige Jungenfüße trampeln. Sie wissen nicht, dass der schwarze Junge dort begraben liegt. Nur er weiß es und der Rektor. Vielleicht wissen es auch die Lehrer, aber es stört sie nicht. Es hindert sie nicht, sie dennoch zu dem Ort zu bringen, wenn sie Lust darauf haben. Ob Heinrich gerade an diesem Ort ist? Ob er dort am Boden liegt, wo er, der Junge, Tammo begraben musste?

Heinrich muss immer länger bei ihnen bleiben. Es liegt daran, dass er mit jedem Jahr, das er älter wird, nur reift. Seine Glieder werden kräftiger, seine Gesichtszüge feiner und zugleich herber. Er sieht nicht mehr aus wie ein Kind, aber von einem Erwachsenen ist er noch entfernt. Der Junge stellt sich vor, wie es sein wird, wenn ihm erste Bartstoppeln wachsen und ihm Männlichkeit verleihen. Sie werden nicht mehr von ihm lassen. Selbst sein Alter wird sie nicht davon abhalten, ihn zu holen.

„Was glotzt du denn dauernd?", fragt ihn Sebastian schroff. „Immerfort glotzt du auf sein Bett."

„Er ist schon lange weg", antwortet der Junge, ist jedoch nicht bei sich, nicht in diesem Raum, sondern noch dort, wo er Tammo begraben musste. „Es dauert schon viel zu lange."

Normalerweise sind sie nur zwei oder drei Stunden bei ihnen, dann dürfen sie gehen. Doch Heinrich ist schon seit dem frühen Nachmittag fort. Die Glocke der Peterskirche, die sie bis in ihr Zimmer hören können, läutet die zehnte Stunde. Wie lange wird er noch bei ihnen bleiben? Mit jeder Stunde steigt das Risiko, dass er stirbt. Er will ihn nicht dort unten finden, bedeckt mit einem weißen Laken.

„Jetzt mach dir nich' in die Hose. Der kommt schon. Hat halt grad richtig Spaß", grinst Sebastian. Der Junge ekelt sich vor ihm, seit er weiß, dass er sich ihnen hingibt, dass er es in gewisser Hinsicht sogar genießt. Dass er glaubt, sich an sie verkaufen zu können und Privilegien zu bekommen.

„Halt die Klappe", ruft Fedor, aber seine hohe, dünne Stimme versagt ihm, als Sebastian sich zu ihm dreht. Sie sind nur noch vier. Sie dürfen Heinrich nicht verlieren. Er ist wie Fedor. Sehr sensibel und zurückhaltend, was seine Schönheit nur noch unterstreicht. Das ist ein weiterer Grund, warum sie ihn gerne holen. Warum sie den Dunklen gerne geholt haben, weshalb ihnen Fedor gefällt. Aber sie können sich auch am Gegenteil berauschen, an jenen, die sich wehren wie er oder wie Kasimir, der nun in seinem dunklen Grab liegt.

„Ich weiß nicht, warum ihr euch so aufregt. Er wird schon kommen." Sebastian legt sich in sein Bett und schließt die Augen, aber der Junge kann spüren, dass er auch auf Heinrichs Rückkehr wartet. Ist er eifersüchtig, weil Heinrich länger bei ihnen bleiben kann oder ist dies alles nur ein Spiel? Gibt er vor, es zu mögen, weil er hofft, dass es dann nicht so schlimm wird? Bleibt er wach, um zu sehen, wie es Heinrich nach dieser langen Tortur geht?

Die Kerze ist zur Hälfte verloschen, das Licht flackert matt, als die Tür zum Zimmer der Jungen sich öffnet. Dort steht der Rektor in der Tür. Auf dem Arm trägt er Heinrich, der nicht bei sich ist. Der Junge springt auf, aber er traut sich nicht, zum Rektor zu laufen, zu fragen, was geschehen ist. Lebt Heinrich noch? Ist er tot? Ist der Rektor nur gekommen, um sie dazu zu bringen, ihn zu beerdigen? Doch er legt ihn in sein Bett und deckt den nackten und geschändeten Körper zu. Überhaupt sind blutige Striemen zu sehen, die das Bettlaken rot färben.

„Ihr schlaft noch nicht?", fragt der Rektor und geht zu dem Jungen, um ihn sanft auf sein Bett zu drücken. „Ich verstehe. Ihr könnt nicht, wenn einer von euch fehlt. Aber jetzt ist er ja da. Legt euch hin."

Er packt ihn bei den Schultern und zwingt ihn, sich hinzulegen, sich zudecken zu lassen. Fedor kriecht sofort in sein Bett und zieht die Decke bis unter die Nase. Er will nicht, dass der Rektor noch einmal zu ihm kommt. Seine Liebenswürdigkeit ist erschreckend und beängstigend. Damit hat er sie von Anfang an getäuscht. Selbst der Junge ist kurzzeitig auf ihn hereingefallen. Dann lässt er sie in Ruhe und verlässt das Zimmer.

Der Junge wartet, bis die Schritte verklungen sind und er sicher ist, dass der Rektor fort ist. Er schlüpft aus dem Bett und schleicht zu Heinrich hinüber. Das Bettlaken und die Decke zeigen die Stellen, an denen er verwundet ist. Sie haben sich schon um die Schnitte und Striemen gekümmert, aber sie bluten dennoch. Vorsichtig deckt der Junge ihn auf, damit der Stoff nicht an seinen Wunden kleben bleibt.

„Warum?", bringt der Verletzte hervor. Der Junge zuckt zusammen. „Warum immer ich?"

Der Junge betrachtet Heinrich. Seine schwarzen Haare sind verklebt, aber sie liegen dennoch in so perfekter Anordnung, dass sie ihm einen Hauch von Ungestümsein verleihen. Als er die Augen aufschlägt, schimmert dem Jungen ein Grün entgegen, wie er es noch nie gesehen hat. Er versteht sie. Er versteht, dass sie ihn begehren. Er hasst sie nur für die Art, wie sie es ihm zeigen.

„Weil du aussiehst wie ein verdammter Engel", murmelt Sebastian in sein Kissen, ohne sich umzudrehen.

Der Junge ringt mit seinen Worten. Wie soll er Heinrich trösten? Wie soll er ihm erklären, was sie ihm antun? Er versteht selbst nicht, wie sie etwas so Schönes und Reines verderben können. Sie tragen kein Mitleid in sich. Sie hören nur auf ihre Gelüste. Sie folgen einzig dem Wunsch ihres Körpers. Ihnen ist gleich, was sie den Jungen antun.

„Ich bring uns hier raus, das verspreche ich dir. Ich finde einen Weg, damit es aufhört", sagt der Junge und geht hinüber zu der Truhe, in der er unter ihren Sachen Arznei verborgen hält. Er hat sie aus dem Krankenzimmer gestohlen, nachdem er im Sportunterricht mit einem anderen Jungen zusammengeprallt ist und versorgt werden musste. Es ist nur ein Desinfektionsmittel, um Wunden sauber zu halten, aber es wird helfen, um Heinrich zu behandeln. Er nimmt den Ärmel seines Nachthemdes und lässt die braune Flüssigkeit darauf tröpfeln, dann beginnt er, Heinrichs Wunden zu säubern. Manchmal versorgen sie ihre Wunden, wenn sie zu tief sind oder zu stark bluten, aber die Striemen und Schnitte sind nur oberflächlich. Sie werden schnell heilen, wenn sie sich nicht entzünden.

Heinrich sieht ihn die ganze Zeit an, beobachtet seine Bewegungen, zuckt zusammen, wenn die Verletzungen auf das Desinfektionsmittel treffen, zuckt zusammen, wenn der Junge eine Stelle berührt, die nicht berührt werden sollte. Der Junge versucht, schnell, aber gründlich zu sein und nicht zu genau hinzusehen. Er stellt sich vor, er bearbeitet ein Stück Holz und so steif liegt Heinrich auch da. Aber er ist lebendig. Er atmet, er bewegt sich, er leidet.

„Ich bringe uns hier raus, das verspreche ich dir", flüstert der Junge wiederholt und selbst Sebastian widerspricht ihm nicht. Doch Heinrich liegt da und sieht ihn an aus den grünen Frühlingsaugen und badet sie in Tränen.

Kapitel 25

Ein kleiner Junge und ein großer Mann sitzen in einem finsteren Keller. Das Licht ist fortgegangen und hat den Jungen allein gelassen. Er fürchtet sich, obwohl der große Mann ihm einen Arm um die Schulter gelegt hat und leise mit ihm spricht. Um ihn herum ist nur die Dunkelheit und in dieser Dunkelheit, da sind noch andere wie er. Sie weinen und sie haben Angst, das fühlt er ganz deutlich. Er kann sie nur nicht sehen. Sie reden nicht, sie sagen ihre Namen nicht, sie weinen nur. Der kleine Junge hofft, dass der Keller nicht von ihren Tränen überschwemmt wird. Deshalb hat er aufgehört, sie zu weinen. Deshalb zittert er nur noch und hofft, dass der große Mann netter ist als der, der ihn im Kindergarten abgeholt hat. Der Mann war nicht nett. Er ist über den Innenhof gekommen, dort wo sie spielen. Tante Barbara war nicht da. Sie war mit Angelika auf der Toilette, weil sie sich das Knie aufgeschürft hat. Es hat schlimm geblutet. Da sind sie weggegangen, um es sauber zu machen, und Tante Josefine war auch nicht da, weil sie die Teller vom Mittagessen weggeräumt hat. Es hat Sauerkraut und Rouladen gegeben mit Kartoffeln, die nicht so schön weich waren wie bei seiner Mama oder bei seiner Oma Oda. Oma Oda wollte ihn heute abholen. Ob sie ihn wohl suchen wird? Bestimmt ist sie jetzt ganz aufgeregt, weil er nicht da ist. Sie ist immer aufgeregt, wenn er weg ist. So wie damals, als er bei dem Fest einfach am Stand mit den bunten Bonbons stehengeblieben ist. Da hat sie ihn gesucht und war ganz aufgeregt und hat geweint, als sie ihn wiedergefunden hat. Er war auch ganz aufgeregt, weil er ganz schön Angst hatte, als Oma Oda nicht mehr da war. Jetzt kann er auch nicht zu ihr, weil er in dem Keller sitzt. Der große Mann sagt, er brauche keine Angst mehr vor dem anderen Mann haben. Aber er hat sie dennoch. Der Mann, der über den Hof gekommen ist, sah ganz seltsam aus. Er hatte ganz lange Haare wie eine Frau und sie waren weiß. Aber am schlimmsten waren die Augen, die ihn angesehen haben. Sie haben nicht gelächelt wie der Mund. Sie waren ganz eisig, als ob sie aus den Schollen gemacht seien, von denen Tante Sabin ihm erzählt hat. Am Nordpol gibt es ganz viele davon, hat sie gesagt. Sie schwimmen auf dem Wasser und wenn es ganz kalt wird, dann verbinden sie sich und schaffen ein ganz neues Land. Wenn er groß ist, will er dorthin und sich das ansehen. Zusammen mit Oma Oda, damit sie nicht aufgeregt ist, wenn er wegfährt.

„Soll ich dir eine Geschichte erzählen, Paul?"

Der Junge hat dem großen Mann seinen Namen gesagt, als er ihn gefragt hat. Er weiß nicht, ob das richtig war, aber der große Mann ist sehr nett und hält ihn und passt auf ihn auf. Er hat gesagt, er bringt ihn zu seiner Oma zurück, aber es wird ein bisschen dauern. Der Junge glaubt, dass der große Mann auch jemanden zum Umarmen braucht, darum ist er einverstanden, dass er noch bei ihm bleibt.

„Ja, ich mag Geschichten", antwortet er und seine Stimme klingt ganz fest, weil er sich viel Mühe gibt. Er will nicht weinen wie die anderen in der Dunkelheit, die still werden, als der große Mann zu erzählen beginnt. Es ist eine traurige Geschichte, das weiß der Junge von Anfang an. Sie ist so schlimm, dass sich ein gewaltiges Schweigen um ihn ausbreitet.

„Er holt sie, mitten in der Nacht. Der Junge weiß nicht, wie spät es ist. Nur dass der Mond durch ihre kleine Dachluke scheint und ihn blendet, als er die Augen öffnet. Eine Hand liegt auf seinem Mund, aber sie drückt nicht zu wie sonst. Sie will ihn nicht dazu bringen, Angst zu haben, sondern nicht zu schreien. Langsam entfernt sich die Hand und fährt durch sein nasses Haar. Er hat wieder von Kasimir und dem Sturz geträumt. Er hat wieder davon geträumt, wo sie den Leichnam hinbringen mussten. Er will ihn am liebsten von dort fortbringen. Es ist dort schrecklich warm und trocken und so dunkel. Dabei wollte Kasimir doch eines Tages auch Kinder und eine Frau und er wollte sicher nicht in einer stickigen Gruft ganz allein in der Finsternis liegen. Er dämmert wieder fort, doch die Hand, die sein Haar berührt hat, schüttelt ihn leicht. Dort an der Schulter, wo ihn der Vater verletzt hat. Die Wunde ist inzwischen verheilt. Viele Narben sind dazu gekommen.

Über ihn hat sich der Rektor gebeugt. Sein Gesicht erscheint mild im Schein des Mondes. Er lächelt zärtlich und berührt den Jungen wie ein liebevoller Vater. Er hat sich um ihn gesorgt, sich um ihn gekümmert, als er verletzt war. Im Halbschlaf glaubt der Junge, dass er zuhause ist. Bei seinem Vater, dem Großvater, den Schwestern, dass er geborgen ist und alles nur ein schlechter Traum war. Aber als die Hand des Rektors weiter wandert, wird ihm klar, dass der Alptraum kein Ende genommen hat. Er ist noch hier. Er ist wahrhaftig noch hier an diesem schrecklichen Ort. Und Anton und Tammo und Kasimir sind tot. Von den sieben Knaben leben nur noch vier."

Regen fiel auf die Inschrift des Schädels, als Ieva ihn so gedreht hatte, dass sie hineinsehen konnte. Dennoch blieben die Buchstaben erhalten. Sie erkannte die feine Schrift, von der Vi ihnen erzählt hatte. Die sorgfältig aufgetragenen Worte mit dem weiblichen Schwung. Der Schädel fühlte sich in ihren Händen hart, aber glatt und geschmeidig an. Sie hätte nie geglaubt, dass dieser Knochen so zart sein konnte, wo er doch das Wichtigste ihres Körpers schützen musste. Ohne das ihn umgebende Fleisch wirkte der Schädel selbst jedoch so zerbrechlich, dass es ihr unmöglich schien, ihn nicht zwischen ihren Händen zerquetschen zu können. Von ihren nassen Haaren lief das Wasser in ihre Augen. Sie zwinkerte, aber wagte es nicht, den Schädel abzulegen. Sollte der Regen in ihren Augen brennen, die Worte, die dort in das Innere des Kinderkopfes aufgetragen waren, würde sie nicht mehr vergessen können. Selbst wenn sie eines Tages erblinden würde, würden ihr die Worte stets vor Augen stehen.

„Komm. Ich will euch etwas zeigen", sagt der Rektor und ergreift seine Hand, um ihn aus dem Bett zu ziehen. Der Junge folgt gehorsam, weil er zu müde ist, um sich zu wehren. Seine Beine sind schlaff und er tapst hinter dem Rektor her, als stände er zum ersten Mal auf den eigenen Füßen. Immer wieder fallen ihm die Augen zu. Erst als Fedor sich an seinen Arm hängt, wird er munterer. Seine Beine werden leichter und er kann besser laufen. Heinrich folgt ihnen. Nur Sebastian ist nicht da. Schlagartig ist der Junge munter.

Ich will euch etwas zeigen.

Nein. Nein. Nein. Der Junge sagt es, der Junge schreit es in seinem Inneren, aber das Wort ändert nichts. Es kann nicht aufhalten, was geschieht. Es ist nur ein Wort. Worte haben Macht, hat der Großvater ihm erklärt, aber das ist nicht wahr. Sie können bewegen, aber nicht verhindern. Sie sind keine Mauer, die er aufbauen kann, um sich zu schützen, um sich zu retten. Sie können nichts rückgängig machen oder den Schmerz mildern, der ihn zerfrisst. Es sind nur Buchstaben, es sind nur Laute. Sie haben eine Bedeutung, aber diese muss nicht gehört, nicht wahrgenommen werden. Der Rektor setzt sich ständig darüber hinweg, als wären sie nichts. Denn sie sind nichts.

Oda setzt sich, fällt beinahe auf den Stuhl, während die Sekunden verstreichen. Ewa steht vor ihr, hält die zitternde, magere, knochige Hand und muss unweigerlich an die Jungen denken, die zerbrechlichen, kleinen Skelette. Sie hat es ihr gesagt, aber jetzt weiß sie nicht weiter. Wie soll sie Oda sagen, dass Paul sicher nichts geschehen ist, dass es ihm gut geht, wenn sie selbst daran nicht glaubt? Er ist nicht davon gelaufen, er ist nicht einfach so zu seiner Oma gerannt. Er wäre doch hier, er wäre doch jemandem aufgefallen, jemand hätte ihn zu Oda gebracht. Sie kann sehen, wie Odas Augen sich verändern, wie das bestechende Grau zu einer trüben Masse wird, die jede Lebendigkeit verliert. Sie kann sehen, wie

Oda darüber nachdenkt, was sie jetzt tun soll. Wie soll sie es ihrer Tochter sagen? Wie soll sie ihr sagen, dass Paul verschwunden, dass er ein weiteres Opfer geworden ist, von einem Mann, den sie nicht kennen, von dem sie nicht wissen, was er vorhat? Sie wissen nichts, das wird Ewa klar. Sie haben Vermutungen, sie haben Zeugen aus einer Zeit, die lang vergangen ist und die keine Auskunft mehr geben können. Sie haben nichts.

„Wer kann mir die Geschichte von Judas erzählen?", fragt der Rektor, als sie auf dem Hof angekommen sind und in Richtung eines kleinen Schuppens gehen. Der Junge war noch nie dort. Er weiß nicht, was sich darin befindet. Normalerweise. Doch in dieser Nacht ahnt er es und er will es nicht mehr wissen. „Na, nun kommt schon! Ihr habt doch sicher aufgepasst. Heinrich, erzähl!"

„Judas hat Jesus verraten", bringt Heinrich hervor. Selbst im Mondlicht, selbst herausgerissen aus dem Schlaf und mit wirrem Haar ist er unglaublich schön. Der Junge wendet den Blick ab. Ein solches Wesen sollte nicht sehen, was sie nun sehen werden.

„Und was ist dann mit ihm passiert, Fedor?"

Fedor schüttelt den Kopf. Er kennt die Geschichte, aber er will es nicht sagen. Er mag derjenige unter ihnen sein, der am meisten weint, der noch ein kleineres Kind ist, noch nicht so groß und erwachsen wie sie. Aber er ist nicht dumm. Er kennt die Geschichte und er weiß von Sebastians Verrat.

„Was ist mit dir?"

Der Rektor sieht zum Jungen. Er starrt zurück. Richtet seinen Hass auf ihn und hofft, dass wenn Worte nichts bewegen können, doch zumindest dieser Hass ausreicht, um den Rektor auf der Stelle zu töten. Es würde ihm nicht Leid tun. Er hätte kein Mitleid mit ihm oder mit jenen, die ihnen angetan haben, was sie gebrochen hat. Soweit ist es gekommen, dass er kein Mitleid mehr empfindet.

Ieva las die Inschrift. Sie las sie einmal, ein zweites Mal, solange bis sich ihr jeder einzelne Satz, jedes Wort einprägt hatte. „Heinrich. Er pflegt sie, er hegt sie, er achtet auf sie, die Sonne aber, die sehen sie nie. Er sorgt und kümmert sich um die zitternden Sieben, er will es, er sagt es, er gibt vor, sie zu lieben. Dann fangen sie an, ihm endlich zu trauen, sie wollen ihm glauben und auf ihn bauen. Er sorgt und kümmert sich um die zitternden Sieben, sie wissen es, sie fühlen es, er wird sie stets lieben."

„Er hat sich umgebracht. Hat sich erhängt", antwortet der Junge schließlich, lässt aber den Blick nicht sinken.

„Richtig. Sehr gut aufgepasst", lobt der Rektor, als ob er eine große Erkenntnis gewonnen hätte. Dann dreht er sich um und öffnet die Tür zum Schuppen.

Zuerst können sie nichts erkennen. Doch ihre Augen gewöhnen sich an die Dunkelheit, die darin herrscht, und als der Mond über das Gebäude in ihrem Rücken steigt, offenbart sich ihnen jenes, was den Rektor so freudig erregt. Er klatscht in die Hände, als hätte er so eben eine schöne Fee gesehen. Was aber dort durch die Luft baumelt, ist Sebastians toter Körper an einem Strick. Der Junge spürt die Tränen. Sie kommen nicht, weil Sebastian tot ist. Er hat es ihm gewünscht. Er hat gewusst, dass es passieren würde, weil er nicht aus Antons Tod gelernt hatte. Sie kommen, weil ihre Familie schrumpft. Weil es immer unwahrscheinlicher wird, dass sie das hier noch vier oder fünf weitere Jahre überstehen. Sie müssen von hier fort. Sie müssen weg, bevor es noch einen von ihnen erwischt.

Ewa hält sie fest, als sie aufspringt, um nach Paul zu suchen. Sie will los, sie will ihn finden, will, dass er wieder in ihre Arme gleitet und sie Oma Oda nennt, worüber sich die anderen Frauen stets belustigen. Sie will ihren kleinen Enkel in die Arme schließen. Sie will nicht, dass ihm irgendetwas Schreckliches widerfährt. Er ist so klein. Er kann für all dies nichts. Er ist ein guter, kleiner Junge. Einer, der das Böse nicht kennenlernen soll, das seit dem Frühjahr zu ihrem Leben gehörte. Er muss es noch nicht wissen. Er muss noch nicht wissen, wie grausam, erbarmungslos und schlecht die Welt sein kann. Das kann er nicht aushalten. Er wird daran zerbrechen wie die Knochen der gefundenen Jungen unter den Schlägen jener, die ihnen das angetan haben. Doch Paul soll dies nicht zustoßen. Sie muss ihn finden. Sie muss ihn finden. Paul.

„Ich bedaure es ein wenig, muss ich zugeben", sagt der Rektor. „Es ist selten, einen so hingebungsvollen Jungen zu haben. So leidenschaftlich. Aber wie ich euch bereits gesagt habe, mag ich es nicht, wenn einer dem anderen in den Rücken fällt, besonders dann nicht, wenn ihr alle eine Familie seid. Ihr tragt alle Schuld in euch, aber das hat nicht gereicht, um euch zu vereinen. Einer stürzt sich vom Dach, der andere will euch verraten. Es ist schade, dass Familie heutzutage keinen sehr hohen Stellenwert mehr zu haben scheint. Ihr solltet zusammenhalten."

Diese wirren Reden! Diese wirren, andauernden Reden von Familie und gemeinsamer Schuld! Der Junge atmet so heftig, dass ihm die Lunge zu zerspringen droht. Er ist so wütend. Er will vorspringen und seine Hände um den Hals des Mannes legen. Aber er kann es nicht. Weil er weiß, was dann mit Heinrich und Fedor geschehen wird. Sie werden sterben, wie auch Sebastian gestorben ist.

„Vielleicht lernt ihr ja jetzt daraus. Nehmt ihn ab und bringt ihn in den hinteren Garten. Wir wollen ihm ein schönes Grab ausheben."

Der Rektor verschränkt die Hände auf dem Rücken und sieht ihnen dabei zu, wie sie Sebastians Leiche vom Strick befreien und ihn in den hinteren Garten bringen. Es ist kein schöner Ort. Es riecht dort nicht gut, weil hier der Kompost lagert. Aber es ist der richtige Ort für einen Verräter. Der Junge hebt das Grab aus. Fedor und Heinrich legen Sebastian hinein und der Junge schaufelt das Grab wieder zu. Er klopft die Erde so fest, dass nachher nichts mehr zu sehen ist. Selbst Gras wächst hier nicht, so vergiftet ist der Boden. Der Junge will nicht wissen, was dort außer dem Kompost noch abgeladen wird. Aber an diesem Ort wird Sebastian schlafen. Die Maden werden kommen und ihn fressen. Sie werden all das Schlechte, das in ihm war, freilegen und ihn davon befreien. Da kehrt es zurück, sein Mitleid. Es kommt zurück und befällt ihn mit solcher Macht, dass die Tränen heißglühend seine Wangen hinunterlaufen. Er hat wieder einen Bruder verloren.

Der kleine Junge und der große Mann sitzen dort in dem Keller. Das Weinen um sie herum ist zu tröstender Stille geworden. Sie haben die Arme umeinander gelegt, um sich gegenseitig zu trösten, und der Junge fühlt die warmen Tränen, die an seinem Nacken entlanglaufen. Der große Mann braucht seine Hilfe und er wird ihm helfen, so wie er ihm geholfen hat. Der böse Mann mit den langen Haaren hat ihn geschnappt und ihn mit sich gezerrt und weder Tante Barbara noch Tante Josefine haben es gesehen. Sie haben nichts tun können, obwohl sie groß sind. Er hat ihn mit sich gezerrt und fort gebracht, hierher zu dem Keller. Aber da ist der große Mann gekommen und hat ihm sehr weh getan. Er hat seinen Kopf gegen die Wand geschlagen und jetzt liegt der böse Mann dort, irgendwo in der Dunkelheit. Er hat nichts gesagt und hat sich nicht bewegt, aber er ist noch da. Doch er wird ihnen nichts mehr tun können, auch nicht den anderen Jungen in der Finsternis. Der kleine Junge weiß, dass er in Sicherheit ist.

„Es wird Zeit. Wir gehen jetzt", sagt der große Mann und das Weinen fängt von Neuem an. Doch der große Mann beruhigt sie alle. Er entzündet ein Licht, das sie alle warm umgibt. Der kleine Junge greift seine Hand und steht auf. Die anderen machen es ihm nach. Es sind fünf. Sie sind nur mit Decken umwickelt und haben keine Schuhe. Der Junge denkt, dass sie arme Kinder sein müssen, aber da sieht er an der gegenüberliegenden Wand alle die Hemden und Hosen an Haken und darunter aufgereiht die Schuhe. Der böse Mann hat sie ihnen weggenommen und ihnen Decken gegeben.

„Paul, du gehst voran. Führ sie nach oben."

Er tut, was der große Mann ihm sagt. Oben regnet es schlimm. Seine Haare werden in wenigen Momenten durchweicht und er beginnt zu frieren. In dem Nebel und in der Nacht kann er nicht sehen, wo sie sind. Aber das muss er nicht. Denn der große Mann ist da. Er hat den bösen Mann auf seinem Rücken und er führt sie durch die dunkle Nacht. Als der Junge sich umsieht, folgen ihm die anderen Fünf in ihren Decken. Er kann schon gut zählen. Darauf ist Oma Oda sehr stolz. Tante Ewa hat ihm noch viel mehr beigebracht, aber das muss er jetzt noch nicht sagen. Und so gehen sie, durch den Nebel, durch die Nacht. Die sieben Knaben in den Nebelschwaden.

Angefangene Enden

Von sieben kleinen Knaben schafft es nur einer,
doch es fühlt sich an, als wär' es doch keiner.
Er ist der Letzte der zitternden Sieben,
er ist als Einziger übrig geblieben.

Der Letzte weiß, es ist seine Pflicht,
er wird ihn stellen vor ein Gericht.
Er wird ihn lieben, wie er es tat,
damit es endlich ein Ende hat.

Kapitel 26

Als sie durch die Tür trat, war sie überrascht. Die Wohnung war herrschaftlich, für ihre Verhältnisse. Vor ihr erstreckte sich ein schmaler, aber lang gestreckter Flur, der mit einer wertvollen Tapete in goldenen und beigen Farbtönen ausgestattet war. An den langen, gegenüberliegenden Wänden hingen zwei Gemälde von der doppelten Größe ihres eigenen Küchenfensters. Sie zeigten Szenen eines Waldes zu unterschiedlichen Jahreszeiten. Sie musste zugeben, dass sie ihr gefielen, auch wenn sie zu pompös waren, um sie zu beeindrucken. Allein der Flur strotzte vor Reichtum. Für einen einfachen Lehrer, sei er auch einmal Direktor an einer Erziehungsanstalt gewesen, wäre diese Ausstattung nicht zu bezahlen gewesen. Die Bilder mochten noch von einem unbekannten Maler stammen und die Tapete war aus dem vorherigen Jahrzehnt, aber allein der gewebte Teppich, der auf dem edlen Parkett lag, war mehrere Hundert Mark wert. Daher bewegte sie sich vorsichtig durch die Wohnung. Sie wollte nichts beschädigen. Der Mann war aller Wahrscheinlichkeit nach ein Mörder, aber er mochte dennoch Verwandte haben, die sie wegen der Zerstörung ihres Erbes belangen konnten.

Sie konnte deutlich in ihrem Rücken die Blicke der Polizisten spüren, der vor der Wohnungstür stehengeblieben waren und ihr dabei zusehen mussten, wie sie als Frau einen ersten Eindruck von der Wohnung des Gesuchten erhalten durfte. Es war auf Befehl des jungen Kommissars geschehen, den sie vor dem Wohnhaus des Nathanael Wasser, des Direktors, getroffen hatte. Er war von Walter instruiert worden. Keiner der Wachmänner durfte die Wohnung betreten, bis sie sich umgesehen und mögliche Hinweise gefunden hatte. Wasser war nicht nur ein Verdächtiger. Er war klar von dem alten Mann an der Neiße benannt worden. Es mochte sein, dass Herr Groll nicht mehr ganz bei sich war, aber seine Aussage bezüglich des Mannes, an den er seine Jungen verkauft hatte, war klar gewesen. Wasser war nicht bloß ein Verdächtiger, er war der Mörder der aufgefundenen Jungen und zugleich war er ein Opfer. Sollte er ein Opfer werden. Davon war Vi inzwischen überzeugt. Wie sie es vermutet hatten, ging es hier um Rache. Es ging darum, denjenigen zu bestrafen, der die Jungen vor vielen Jahren getötet hatte. Noch immer stand für sie die Frage im Raum, warum es gerade jetzt geschehen musste, aber solche Aufbahrungen, so ein Vorgehen, wie es derjenige gezeigt hatte, der die Kinder präsentierte, bedurfte einer gewissen Vorbereitung. Abgesehen davon war Wasser zum Direktor der neuen Knabenmittelschule berufen worden. War der Täter so wieder auf ihn aufmerksam geworden? Wollte er verhindern, dass weiteren Jungen Unheil zugefügt wurde? Hatte er bemerkt, dass Wasser sich erneut Kinder, kleine Jungen, schnappte? War Wasser wirklich für die Entführungen verantwortlich? Auch dessen war sie sich nicht sicher. Ebenso wenig wie bei der Frage, ob ihr Täter wirklich Täter zu nennen war. Er hatte nichts mehr getan, als die Totenruhe gestört. Bisher war er noch nicht zum Verbrecher geworden.

Die Tür links neben ihr war nur angelehnt. Sie führte in eine Küche, die mit einem prunkvollen, aber zu korpulent wirkenden Ofen ausgestattet war, bei dem Vi dennoch Neid empfand. Ihr Essen einmal auf einem solchen Ungetüm zubereiten zu können, würde wohl ewig ein Traum bleiben. Neben dem Ofen und einem weißen, mit Glasscheiben versehenen Küchenschrank, der zu viele Schnörkel aufwies, um einer pragmatischen Frau wie ihr zu gefallen, stand ein großzügiger Küchentisch in dem gefliesten Raum. Wenn Wasser sich diese Einrichtung ausschließlich mit seinem Gehalt als Lehrer finanziert hatte, bereute Vi die Tatsache, dass sie nicht, wie ihr Vater es gewollt hatte, auf eine der höheren Mädchenschulen gegangen war und etwas anderes gelernt hatte. Andererseits konnte der Prunk nicht darüber hinwegtäuschen, dass die Küche trotz einer liebevollen Einrichtung kalt und verlassen wirkte. Es ging keine Wärme von ihr aus, was nicht nur darauf hinwies, dass Wasser ein recht einsamer Mann gewesen sein musste, sondern auch, dass er seit mehreren Stunden nicht gekocht oder den Ofen zur Erwärmung geheizt hatte.

Sie verließ die Küche und begab sich in das gegenüberliegende Badezimmer. Anders als in ihrer Wohnung gab es hier eine Badewanne, in der gut zwei Personen Platz gefunden hätten. Zwei runde und verzierte Waschbecken säumten die gegenüberliegende Seite. Ein Fenster hätte Sonnenlicht eingelassen, wenn der Nebel und der einsetzende Regen es nicht verhindert hätten. Für ein paar Herzschläge hörte Vi dem prasselnden Regen zu, sah, wie die Tropfen in schmalen Bächen an der Scheibe hinabflossen, um sich aufzuzweigen und an anderer Stelle zu versiegen. Als sie den Blick wieder abwenden konnte, bemerkte sie auf den Ablagen über den Waschbecken eine Vielzahl an kosmetischen Produkten, die für einen Mann ungewöhnlich schien. Sie trat in den ebenfalls gefliesten Raum und besah sich die einzelnen Fläschchen und Tiegel. Sie fand Hautcreme, unterschiedliche Parfüms, sogar Zahnpasta. Sie selbst benutzte ein Zahnpulver mit staubkörnchengroßen Eierschalen, die nach Pfefferminz schmeckten. Der Mann schien gute Beziehungen zu haben, wenn er gar an solche Raritäten kam. Er war ganz anders als derjenige, den sie im Frühjahr gefasst hatten. Er lebte nicht zurückgezogen ohne jegliche Bekanntschaften. Wasser mochte keine tiefgreifenden Freundschaften hegen und die Wohnung zeugte trotz ihrer repräsentativen Wirkung nicht von häufigem Besuch, aber er pflegte Kontakte, gute Kontakte, die ihm allerlei Vorteile verschaffen konnten. Das konnte einer der Gründe gewesen sein, warum er trotz seiner Vorgeschichte zum Direktor berufen worden war. Ein beunruhigender Gedanke. Wer verkehrte mit einem schon äußerlich auffälligen Mann wie ihm? Doch nur Männer, die ihn bewunderten, die seine Außergewöhnlichkeit verehrten, die so waren wie er.

Die letzte Tür, die vom Flur abzweigte, führte sie in das weitläufige Wohnzimmer des Mannes. Es hatte die Größe ihrer Wohnung und war durch eine Nische in Fensternähe auffällig geschnitten. Sie blieb stehen und verschaffte sich einen ersten Eindruck von dem sie erschlagenden Raum. Er war nicht nur mit einem altertümlichen Sofa, einer Antiquität, wie sie annahm, ausgestattet, sondern auch mit einem Flügel, der nur ihre Theorie stützte, dass diese Wohnung kein Ort des Rückzugs, kein Heim war. Sie diente nur der Wirkung, der Repräsentation. Zudem füllte ein hoher, aus edlem Holz gezimmerter Schrank den Raum und schmälerte die großzügige Wirkung. Vi bewegte sich vorsichtig durch das Zimmer, wollte nichts berühren, nichts verändern. Wie die Küche und das Badezimmer besaß auch die Stube keinerlei Persönlichkeit. An den Wänden hingen weitere Gemälde, aber keine Bilder von ihm oder seiner Familie. Ein Mann seines Formats, so hatte sie gedacht, hätte sicher eine ganze Ahnentafel an seiner Wand. Doch davon ließ sich nichts finden. Sie würde Walter nach seiner Vergangenheit befragen müssen, wie er aufgewachsen war, wo er gelebt hatte, was ihn schließlich zu dem Menschen machte, der er war. Am interessantesten in der Stube war die Nische, in der ein Sekretär untergebracht war. Neben ihr prasselte der Regen kräftig gegen das Fenster, aber sie war ganz auf die Unterlagen konzentriert, die sich in dem Schreibschrank befinden konnten. Auf der Schreibfläche lag weder ein Stück Papier noch ein Bleistift oder ein Füllfederhalter. Sie öffnete die Schubladen des Sekretärs, aber sie waren leer. Der Mann war Lehrer, aber sein Sekretär diente nur dem Ansehen. Jetzt fiel ihr noch etwas anderes auf. Sie trat in die Mitte des Raumes und drehte sich einmal um sich selbst, doch so sehr sie sich bemühte, sie konnte nicht ein einziges Buch ausfindig machen. In dem Schrank standen ausschließlich Gläser oder gläserne und hölzerne Figuren, die rein als Schmuck dienten. Bis auf die Kosmetika im Badezimmer gab es nicht einen Hinweis darauf, dass hier überhaupt ein Mensch lebte.

Vom Wohnzimmer führte eine weitere Tür fort. Vi zögerte. Erwartete sie hinter dieser Tür ein weiteres kaltes und unbewohntes Zimmer oder war das jener Ort, an dem Wasser seine Geheimnisse verwahrte? Sie wusste nicht, was ihr lieber war. Wenn sie wieder nur Möbel vorfand, würde sie möglicherweise nie herausfinden, was für ein Mensch er war, warum er tat, was er tat. Aber wollte sie seine Geheimnisse wissen? Wollte sie wissen, was er mit den Jungen vor zehn Jahren angestellt hatte, außer sie zu töten? Wollte sie Hinweise darauf finden, was er mit den Jungen getan hatte, die erst vor kurzem verschwunden waren? Nein, das wollte sie nicht, aber was blieb ihr anderes übrig? Sie öffnete die Tür und trat in ein unbenutztes Schlafzimmer. Das Bett war königlich und bot drei oder vier Menschen Platz. Gegenüber war ein voluminöser Kleiderschrank. Sie öffnete ihn und atmete erleichtert aus. Es hingen Anzüge, Hemden, Krawatten und Jacken darin. Sie fand Schubladen mit Unterwäsche und Socken. Alles roch frisch, nicht als ob die Motten ihr Vergnügen daran hätten. Wasser lebte in dieser Wohnung. Auch wenn er offensichtlich nicht las und seine Schreibutensilien schon in sein neues Bureau in der Mittelschule verbracht hatte. Das war eine Erklärung, aber keine, die sie zufrieden stellte. Immerhin hatte er Bücher bei ihr bestellt. Wo stellte er die hin? Sie schloss die Schranktüren und sah sich weiter um. Neben dem Bett gab es einen Nachttisch mit einer Schublade. Sie war offen, barg jedoch kein Buch oder Schriftstücke, sondern lediglich ein paar Taschentücher. Sonst gab es in dem Raum nichts von Bedeutung zu sehen. Er war ebenso kühl und anonym wie der Rest der Wohnung, die ihr keinen Anhaltspunkt darauf geben wollte, wo die verschwundenen Jungen waren.

„Da bist du ja!"

In der Tür zum Wohnzimmer stand Walter. Er hatte eine mit grauer Pappe versehene Mappe im Arm, die mit einer feinen Lederschnur verschlossen war. Sein Gesicht war gerötet, seine Haare nass und triefend, sein Mantel an den Schultern feucht. Er war durch den Regen gerannt. Sie ließ ihn zweimal kräftig durchatmen, bevor sie ihn fragte, wie er es wagen könne, in diesem Aufzug eine solche Wohnung zu betreten, er würde ja den ganzen Teppich ruinieren. Walter sah auf seine Schuhe, sie lachte und empfand eine wohltuende Freude darüber, dass es noch immer so leicht war, ihn aus dem Konzept zu bringen. Er schenkte ihr ein nachsichtiges Lächeln und wie früher kam sie sich vor wie ein kleines Mädchen, das ihrem älteren Verehrer einen Streich gespielt hatte.

„Was gibt es denn so Eiliges, dass du nicht einmal auf deine Manieren achtest?"

242

Sie war immer noch wütend auf ihn. Doch das war sie, auch wenn sie sich dazu alle Mühe geben musste. Dennoch war sie zu der Einsicht gekommen, dass sie jetzt, so kurz vor der Lösung des Falles, zusammenarbeiten mussten, um Wasser und die verschwundenen Jungen zu finden.

„Da du dir die Wohnung unbedingt allein ansehen wolltest, habe ich mich auf die Suche nach Surek gemacht. Ich hab ihn gefunden. Er sitzt jetzt auf der Wache. Ich habe mir aus dem Rathaus seine Akte geholt. Die legen dort für jeden Mitarbeiter Personalakten an, in denen nicht nur persönliche Daten vermerkt sind, sondern sich auch Zeugnisse, Urkunden und andere Schriftstücke befinden. Jetzt rate mal, auf welche Schule Surek gegangen ist."

„Ich glaube, da muss ich nicht raten. Lass uns gehen. Ich will mich mit ihm unterhalten."

Sie verließen das Wohnzimmer und Vi konnte durch die Flurtür die zahlreichen Gesichter der wartenden Wachtmeister erkennen. Sie waren wütend, dass man sie solange wegen einer Frau hatte warten lassen. Es war spät geworden, der Nachmittag war voran geschritten und aufgrund der häufigen Leichenfunde und der verschwundenen Kinder waren sie seit Tagen nicht vor Mitternacht nach Hause gekommen. Sie konnte sie verstehen. Hätte sie eine Familie gehabt, sie wäre auch nach Hause gestürmt. Für Florian und Felicitas hätte sie jeden Mörder seiner Wege gehen lassen. Wege. Vi blieb stehen und wandte den Kopf nach rechts. Sie sah sich das Gemälde des Waldstückes an. Da war ein Weg, der in den Wald hineinführte, und dort am Ende des Weges stand da nicht ein kleines Haus. Sie drehte sich, betrachtete das Bild an der gegenüberliegenden Seite. Sie rannte ins Wohnzimmer zurück. Alle Bilder zeigten denselben Wald, denselben Weg, dasselbe Haus, aber zu unterschiedlichen Jahreszeiten.

„Was ist denn? Ich dachte, du wolltest dich mit Surek unterhalten."

„Walter, sieh dir das an! Diese Bilder. Die zeigen jedes Mal die gleiche Szene, einmal im Frühjahr, einmal im Sommer, einmal im Herbst und im Winter. Sie zeigen den Wald und den Weg und das Haus."

„Und was soll mir das jetzt sagen? Dass der Kerl eine verschrobene Ansicht von Kunst hat?"

„Nein. Jetzt schau dich doch hier mal um. Der Mann lebt hier nicht. Er empfängt hier allenfalls Gäste. Er hat Kosmetika im Badezimmer und frisch gewaschene Wäsche im Schrank. Er achtet darauf, dass alles so aussieht, als würde er hier wohnen, wenn jemand zu Besuch kommt. Aber er hat keinerlei Unterlagen in seiner Wohnung, nicht ein einziges Schriftstück, keine Schreibutensilien, keine Bücher."

„Ungewöhnlich für einen Lehrer."

„Allerdings. Aber er könnte all diese Dinge auch in seinem Bureau untergebracht haben. Nur hat er hier auch sonst nichts Persönliches. Keine Bilder von seiner Familie oder sich selbst. Keine Urkunden, obwohl er auf mich stets einen stolzen Eindruck gemacht hat. Die Küche ist sauber, da liegt kein Staub, aber da wurde auch schon länger nicht mehr gekocht. Vielleicht wurde dort noch nie gekocht. Und jetzt sieh dich hier mal um. Wie sollte sich ein einfacher Lehrer so eine Wohnung leisten können? Von seinem Gehalt?"

„Warte mal, du willst mir sagen, dass der Mann eine Wohnung angemietet hat, die er gar nicht bezahlen kann, nur um sich zu präsentieren?"

„Ich will damit sagen, dass der Mann noch weiteren Unterhalt empfängt. Geld, von dem wir nicht wissen, von wem es kommt oder warum er es bekommt. Und ich will damit sagen, dass er hier nicht wohnt, dass er noch einen weiteren Wohnsitz haben muss, einen Ort, an den er sich zurückziehen kann. Er hat diesen Ort mit hierher gebracht, um ihn ansehen zu können, wenn er doch einmal wegen einer Feierlichkeit oder meinetwegen auch weiblichem Besuch hier bleiben muss. Damit er immer einen Blick darauf hat."

„Dieses Haus im Wald?"

„Ja. Das müssen wir finden. Dort ist der Mann zuhause. Dort finden wir einen Hinweis auf das, was vor Jahren passiert ist, und wenn wir viel Glück haben, finden wir dort auch die Jungen, bevor es zu spät ist."

„Und wo soll deiner Meinung nach dieser Ort sein? Das könnte jedes beliebige Waldstück aufzeigen."

„Kann es nicht. Ich kenne diesen Ort. Ich bin einmal an dem Weg vorbei gekommen. Es ist schon länger her, fast drei Jahre, aber damals haben sie die ungenutzte Halle des Gartenbauvereins umgesetzt. Unten, in die Nähe des Exerzierplatzes, erinnerst du dich?"

„Ach richtig, das war ein ziemlicher Aufwand."

„Genau, ich wollte mir das ansehen und bin dann an der Neiße entlang spazieren gegangen. Ich bin fast bis zur Brauerei gelaufen und da war dieser Weg. Das ist in der Nähe des Obermühlberges. Das hier ist kein Wald, eher eine Art verwilderte Parkanlage. Dort hat Wasser sein Zuhause."

„Aber vor drei Jahren, Vi? Ist der Mann nicht erst vor einigen Wochen oder Monaten nach Görlitz zurückgekommen? Er war doch Lehrer in Dresden."

„Das hat doch nichts zu bedeuten. Er hat das Haus vor Jahren gekauft, als er noch Direktor an der Erziehungsanstalt war. Nach dem Skandal ist er nach Dresden gegangen, aber das Haus hat er behalten. Niemand hat gesagt, dass er sich seit damals nicht mehr in Görlitz hat blicken lassen."

„Wenn du Recht hast, müssen wir uns beeilen. Er hat einen sechsten Jungen entführt."

„Einen sechsten Jungen?"

„Paul Wegenath, ging in den Kindergarten gleich hier beim Theater."

„Paul?"

Sie griff nach Walters Arm. Paul. Noch bevor Walter sie fragen konnte, was mit ihr sei, stürmte sie an den Wachtmeistern vorbei aus der Wohnung. Sie mussten das Haus finden. Sie mussten die Jungen finden. Sie mussten Paul finden.

Sie stehen beide da, an der Tür vor dem Zimmer, das sie beide kennen und hassen. Sie stehen dort, in ihre Nachthemden gehüllt mit kalten Füßen. Sie zittern und sie warten. Sie sind geholt worden. Es ist spät, der Mond beginnt unterzugehen. Es ist weit nach Mitternacht. Heinrich ist nicht bei ihnen. Der Junge sieht zu Boden. Er sieht zu Boden mit geballten Fäusten und möchte sich erbrechen, so sehr kämpft sein Inneres mit den Hüllen, die es verbergen müssen. Er möchte es speien vor die Füße jener, deren Stimmen hinter der Tür zu vernehmen sind. Er kann ganz deutlich den Rektor hören. Seine Worte sind voller Zorn.

„Tun sie Heinrich immer noch weh?", fragt Fedor und ergreift die Hand des Jungen. Am liebsten würde er sie wegziehen und Fedor verprügeln für diese alberne und naive Frage. Niemand kann Heinrich jetzt mehr weh tun. Er ist tot. Sie haben ihn wie Tammo umgebracht. Deshalb ist der Rektor wütend. Von den sieben Knaben, die er gekauft hat, sind noch zwei am Leben. Zwei Verluste hat er selbst herbeigeführt, einer ist ihm einfach vom Dach gesprungen und zwei hat er verloren, weil die anderen sich nicht zusammenreißen konnten, weil sie im Geschehen zu weit gegangen sind. Auch sie werden sterben, das will er Fedor ins Gesicht sagen, ihm ins Gesicht schreien, diesem kleinen Bündel Unschuld, das immer noch glaubt, sie würden fortgehen können, eines Tages. Aber das Versprechen des Jungen war nur eine Lüge. Er hat weder Sebastian noch Heinrich retten können und auch sie werden es nicht schaffen.

„Nein", antwortet er steif, lässt seine Hand in der zarten Kleinen und beruhigt sich. Fedor ist der Einzige, der ihm geblieben ist, und er ist ihm seit vier Jahren der Liebste. Aber es fällt ihm schwer, jetzt für ihn da zu sein.

Die Tür zu dem Zimmer, das sie kennen und hassen, öffnet sich. Der Rektor ist ganz rot im Gesicht, seine Haare sind wirr, seine Augenbrauen fest zusammengezogen. Als er die Jungen sieht, packt er sie beide im Nacken und zieht sie mit sich in den Raum. Er schleudert sie in die Mitte des Zimmers, direkt vor die Füße der anderen.

„Hier, hier habt ihr Tiere noch mehr zum Fressen! Verdammt noch mal! Ich habe gesagt, ihr sollt vorsichtiger sein! Ich habe gesagt, nie mehr als drei auf einmal! Und was macht ihr? Könnt ihr euch denn nie beherrschen?"

Seine Stimme hallt in dem kleinen Zimmer wider und der Junge und Fedor halten sich die Ohren zu, so sehr schmerzt es, ihn wütend zu erleben. Er verliert nur sehr selten die Kontrolle über sich. Nur sehr selten gibt er preis, wer er wirklich ist. Er besitzt Selbstbeherrschung, wofür ihn der Junge, so sehr es ihn ekelt, bewundert. Als der Rektor schweigt, nur herrisch auf und ab geht, wagt der Junge es, zu dem Bett zu sehen, auf dem der zerschundene Körper seines Bruders liegt, seines Freundes. Zuerst glaubt er, Heinrich sei am Leben und sähe ihn an. Aber bald erkennt er, dass das Grün seiner Augen sich zu wandeln beginnt. Es wird matt. Die Pupillen sind geweitet. Seine letzten Atemzüge waren schmerzhaft. Er bewegt seine Lider nicht mehr, bewegt die Hand nicht, die über den Bettrand hinausragt.

„Ich werde Maßnahmen ergreifen, ich hoffe, ihr seid euch darüber im Klaren", spricht der Rektor weiter. Er hat sich beruhigt, auf seinem Gesicht ist sogar ein feines Lächeln zu erkennen. So schnell hat er sich im Griff, so schnell hat er seine Wut an einen Ort verbannt, an dem sie wachsen kann. Dort verwandelt sie sich in etwas anderes. In ein Monstrum.

„Es tut mir sehr Leid, meine Lieben, aber ich fürchte, wir werden heute Nacht noch einen Ausflug unternehmen müssen. Ich möchte nicht noch eine Leiche auf dem Boden dieser Stätte. Wir bringen ihn hinunter."

Hinunter bedeutet, dass sie ihn einfach irgendwo in dem kleinen Wäldchen begraben werden, dass ihr Zuhause von der Neiße trennt. Sie werden ihn verscharren, wie sie all die anderen auch verscharrt haben. Sie müssen sich erheben und zum Bett hinübergehen. Der Junge kann die kleinen Verletzungen sehen, aber er versteht nicht, wie er daran sterben konnte, bis sie den kalt werdenden Körper anheben und er erkennen kann, was geschehen ist. Fedor schreit auf und der Junge lässt den Körper zurück aufs Bett fallen. Was haben sie nur getan? Wie konnte das passieren?

Fedor kauert sich weinend vor das Bett. Im Hintergrund erklingt amüsiertes Gemurmel, das durch ein scharfes Wort des Rektors beendet wird. Er geht zu Fedor und streichelt ihm tröstend über den Rücken. Er befiehlt ihm zärtlich, aufzustehen und die Arbeit zu tun, die getan werden muss.

„Aber nicht von uns!", schreit der Junge in einem plötzlichen Ausbruch, den er nicht unterbinden kann. „Ihr habt das getan! Ihr habt ihn so zugerichtet! Ihr habt ihn umgebracht! Ihr seid die widerlichen –"

Eine Faust trifft ihn im Nacken. Er hat den anderen nicht bemerkt, der hinter ihm stand. Ihm wird schwarz vor Augen. Er stürzt auf das Bett, auf den nackten Leib seines Freundes. Alles dreht sich, die Ränder seines Sichtfeldes verschwimmen. Er hört den Rektor, aber seine Worte sind nicht zu verstehen, nur ein Rauschen. Jemand packt ihn, er fällt zu Boden, ein Tritt bohrt sich ihm in den Magen. Er denkt an Sebastian. An den baumelnden Körper.

„Es reicht!", brüllt der Rektor und bevor der Fuß sich erneut in seinen Magen bohren kann, hält er inne. Und er denkt an den Vater und an den Tag, an dem er all den anderen Jungen zum ersten Mal begegnet ist. Er wird hochgehoben und auf das Bett gesetzt. Sein Sichtfeld wird klarer, der Schmerz des Trittes kommt hervor. Er würgt und übergibt sich vor die Füße des Rektors, der sich darum nicht kümmert.

„Wie geht es dir?" Seine Worte klingen besorgt, aber der Junge antwortet nicht. Nicht aus Trotz, sondern weil ihm die Worte fehlen. Da ist keine Sprache mehr, kein Zusammenhang von Buchstaben mehr in seinem Kopf. Sie hatten nie Bedeutung, aber jetzt, wo sie fort sind, vermisst er sie. Er will sie zurück und seiner Wut Ausdruck verleihen. Stattdessen übergibt er sich ein weiteres Mal.

„Willst du gleich den nächsten umbringen?", fährt der Rektor denjenigen an, der den Jungen niedergeschlagen hat. Er kann ihn nur nicht sehen. Er weiß nicht, wer es war, aber es ist gleichgültig, weil sie alle diese widerlichen Monstren sind, die in dem Rektor schlummern.

Die anderen beginnen den Raum zu verlassen. Nur der Rektor bleibt bei ihnen, gibt ihnen Zeit, sich zu erholen. Es befreit sie nicht von der Aufgabe, Heinrich zu begraben. Gemeinsam mit dem Rektor bringen sie ihn fort. Sie durchqueren stolpernd das Wäldchen und bringen ihn zu einem Stein, einer Art Grenzstein, wie ihn der Junge noch vom Grundstück seines Großvaters kennt. Dort legen sie Heinrich nieder und schaufeln sein Grab aus. Vier. Es ist das vierte Grab, das er ausheben muss. Er sieht, wie Fedor schwitzt und gleichzeitig weint. Er wird der Fünfte sein.

„Es tut mir sehr Leid, was mit ihm geschehen ist, das müsst ihr mir glauben. Ein ganz bedauerlicher Unfall, der so nicht mehr vorkommen wird, das verspreche ich."

Versprechen. Versprechen sind da, um zu brechen, denkt der Junge bei sich. Er schaufelt weiter, hört nicht auf die folgenden Beteuerungen des Rektors, selbst nicht beteiligt gewesen zu sein, es nicht gewollt zu haben. Hört nicht, als er anfängt, zu bedauern, dass solche Schönheit zerstört werden musste. Der Junge legt mit Fedor den leichten Körper in das geschaufelte Grab und wie jedes Mal beginnt er sofort, es zu schließen. Er will die matten, grünen Augen nicht mehr sehen. Wütend wirft er die Erde hinunter auf seinen Freund, auf seinen Bruder, bis nichts mehr von Heinrichs Schönheit übrig ist als ein Hügel aus Boden.

„Man gewöhnt sich daran, nicht wahr?", fragt der Rektor ihn, als die Sonne aufgeht und er sie zu ihrem Zimmer begleitet. Der Junge würde gerne nicken, aber es stimmt nicht. Es stimmt nicht, dass es ihm leichter fällt. Es wird mit jedem Mal schwerer. Er kennt jeden Schritt, den er tun muss, aber es kostet ihn jedes Mal ein Stück mehr Kraft.

Als er mit Fedor im Bett liegt, den zitternden Knaben an sich gedrückt, hat er einen Entschluss gefasst. Einen Entschluss, der sie fort- oder beide umbringt.

Kapitel 27

Das Haus wirkte von außen verlassen und ungepflegt. Das Gras des Gartens, der es umgab, war lang nicht geschnitten worden, die Büsche, die das Grundstücksende markierten, wucherten wild ineinander und die Zweige und Äste der Linde, die im hinteren Teil stand, näherten sich beständig den Fenstern. Die Farbe blätterte noch nicht vom Putz, aber vereinzelt war der untere Bereich von Moos befallen, dessen Entfernung niemanden zu beschäftigen schien. Die Fenster waren alle intakt, aber zahllose Spinnweben spannten ihr Netz davor, wie um lästige Fliegen vom Inneren des Hauses fernzuhalten. Das ganze Gebäude erweckte den Anschein, dass es lange nicht aufgesucht worden war, aber ihr fielen die sauberen Holzstufen auf, die zur Eingangstür führten. Unweigerlich musste sie an jenen Tag denken, als sie das Haus in der Apothekergasse zum ersten Mal aufgesucht und saubere Stufen in den Keller vorgefunden hatte. Auch die Tür selbst war von Spinnen befreit worden.

„Sieht recht unbewohnt aus. Vielleicht gehört ihm das Haus nicht mehr und er hat diese Gemälde nur noch als Erinnerung."

„Nein. Er lebt hier, er achtet nur darauf, dass niemand etwas davon bemerkt. Er will keine Aufmerksamkeit erregen, denn dieses Haus, dieses Grundstück gehört ihm allein. Er offenbart nur soviel von seiner Anwesenheit, wie es notwendig ist, um, sagen wir, Obdachlose abzuhalten, das Haus zu betreten. Sieh dir die Gardinen dort an. Sie sind schneeweiß. Sie wurden gewaschen und das ist nicht lange her. Und im ersten Stock steht ein Fenster offen."

Walter lief die Stufen hinunter, um an dem Gebäude empor zu sehen. Er musste das Gesicht mit der Hand beschirmen, um nicht unentwegt Regen in die Augen zu bekommen. Hinter dem Haus war der letzte Hauch des Tages zu sehen. Ein blutiger Schleier drang durch den Nebel und legte sich über das Land. Ihr war elend. Sie dachte an Paul und daran, was Oda tun würde, wenn ihr Enkel verschwunden blieb. Aber jetzt waren sie hier, hatten zum ersten Mal eine Spur, der sie folgen konnten. Sie würde Paul finden.

„Ich klopfe dann mal höflich an. Würde der Herr Polizist sich möglicherweise hinter mir aufstellen, damit Herr Wasser nicht glaubt, er habe es nur mit einer unbewaffneten, harmlosen Frau zu tun, die er überwältigen kann?"

Walter kam die Treppenstufen hinauf und fuhr sich durch das nasse Haar.

„Ehrlich, Vi, ich glaube kaum, dass bei deinem im Moment recht aufgewühlten Anblick und bei deiner Vorgeschichte auch nur ein Mensch darauf kommen würde, dass du harmlos seist. Unbewaffnet, aber nicht harmlos."

„Du kannst so charmant sein, mein Lieber", antwortete sie, wandte sich jedoch ab, als sie der Wunsch überkam, ihn zu küssen. Es war nur ein alter Impuls, aber er wäre möglicherweise übermächtig gewesen und sie wollte nicht aufleben lassen, was längst tot war.

Sie hob die Hand, um an der Tür zu klopfen. Das Geräusch schreckte in der Nähe einen Schwarm Vögel auf. Sie kreisten über dem Haus und verschwanden in der Dunkelheit im Osten. Vi hörte auf ihren hämmernden Herzschlag und wartete, bis der Druck in ihrer Brust nachgelassen hatte, bevor sie ein weiteres Mal klopfte. Niemand öffnete. Hinter den Fenstern regte sich kein Mensch. Kein Licht ging an. Es gab mehrere Möglichkeiten. Wasser war im Keller und folterte dort seine Jungen, falls dieses Haus einen Keller besaß. Wasser war in seinem Bureau in der Schule und wusste noch nichts davon, dass er unter Mordverdacht stand. Wasser war längst tot. Sie hoffte darauf, dass er nicht zuhause war. Dass sie die Jungen holen und ihn danach festnehmen konnten und dass Paul zu ihnen zurückkehren würde. Er war noch nicht lange fort. Es bestand noch die Hoffnung, dass ihm nicht weh getan worden war.

„Niemand ist hier, Vi. Und wir können nicht einfach eindringen, ohne zu wissen, ob ihm das Haus gehört."

„Walter, da drinnen sind vielleicht sechs Jungen, denen Fürchterliches angetan wird, und du zögerst, weil das Haus ihm eventuell nicht gehört, obwohl er ein halbes Dutzend Bilder davon in seiner Wohnung hat, die er offensichtlich gar nicht bewohnt?"

„Vi, ich bin Polizist. Ich darf mich nicht über das Gesetz erheben."

„Es ist Gefahr in Verzug, Walter! Hier geht es um Kinder, das hast du doch selbst gesagt!"

„Es ist Gefahr im Verzug, ja, aber wir haben nicht die geringste Ahnung, ob hier oder an irgendeinem anderen Ort. Vi, ich werde nicht einfach in dieses Haus einbrechen."

„Gut, dann mache ich es!"

Im nächsten Moment schoss ihr Ellenbogen durch die Glasscheibe eines Fensters. Ein tiefer Schnitt drang durch das Fleisch ihres Unterarms, aber er würde sie nicht umbringen. Walter zerrte sie zur Seite und sie glaubte schon, er wolle sie fortbringen und einsperren, wie er es schon einmal getan hatte, als er seinen Schlagstock zog und damit den

Rest der Scherben und des Glases entfernte, bevor er die Verriegelung des Fensters öffnete und hineinkletterte.

„Ich mach dir die Tür auf. Warte kurz!"

Es dauerte nur wenige Augenblicke, bis die Tür sich öffnete. Walter hielt den Knauf in der Hand und schüttelte den Kopf.

„Sie war offen."

„Ach", meinte Vi nur und betrachtete ihren blutigen Arm. Die warme Feuchtigkeit durchdrang den Ärmel ihres Kleides und der Schmerz pulsierte entlang der Schnittkante, aber darum konnte sich Oda kümmern, sobald sie ihren Paul in die Arme geschlossen hatte.

Wie sie vermutet hatte, war das Haus nur dem Anschein nach unbewohnt. Es war klein, aber sehr geschmackvoll und warm eingerichtet, ganz anders als die Wohnung in der Stadt. An der Wand hingen die vermissten Bilder von Wasser und verschiedenen Jungen, die letztlich auch Walter überzeugten, dass der Mann hier ein zweites Domizil unterhielt. Auf keinem Bild waren andere Familienangehörige zu erkennen. Eine Wand des Wohnzimmers war mit Regalen versehen, in denen Vi auch die Bücher fand, die Wasser bei ihr erstanden hatte. Bücher über Pädagogik, darüber, wie man Jungen und Mädchen zu anständigen Menschen erzog. Die Menschen in Wassers Vergangenheit hatten offensichtlich versäumt, diese wichtigen Lehren zu studieren. Möglicherweise fand sich darum nicht ein Portrait von ihnen an der Wand.

Sie gingen in den ersten Stock, wo das Fenster offen stand. Es war Wassers Schlafzimmer, in dem allerlei Gemälde antiker Szenen hingen. Die meisten zeigten nackte Menschen in verschiedenen Posen, Männer wie Frauen.

„Schwer zu sagen, ob es sich um Pornografie oder Kunst handelt", murmelte Walter, während er für Vis Geschmack die Bilder ein wenig zu lange begutachtete. Sie dagegen wandte sich dem Nachttisch des Mannes zu, auf dem sich Bücher stapelten. Alle beschäftigten sich mit der Erziehung von Kindern. Nicht ein einziges wies daraufhin, dass der Mann eine unnatürliche Veranlagung hatte. Ihr kamen Zweifel. Der alte Mann an der Neiße mochte die Jungen an Wasser verkauft haben, aber was war dann wirklich mit ihnen geschehen? Die Jungen im Internat hatten ausgesagt, Wasser habe ihnen nichts getan, im Unterschied zu den anderen Lehrern.

„Wenn du dich dann an den vollen Pobacken dieser jungen Dame genug ergötzt hast, kannst du nach unten kommen, wo ich den Zugang zum Keller suche", spöttelte Vi, als sie bemerkte, dass Walter eines der Gemälde sehr genau betrachtete. Sie verließ das Schlafzimmer, warf flüchtige Blicke in die zwei anderen Zimmer des ersten Stocks und suchte einen Hinweis auf einen Zugang zum Dachboden. Die schmale Luke, die sie schließlich in der Holzdecke ausmachen konnte, war zu weit oben, um sie ohne Leiter zu erreichen. Sie würde zuerst nach dem Keller und einer Leiter suchen, bevor sie nach oben ging. Sie hatte ohnehin Zweifel, ob dort oben Kinder zu verstecken waren. Von der Dachkonstruktion her musste es sehr niedrig sein und es gab nur zwei schmale Dachluken.

Sie ging nach unten und suchte die Küche auf. In solchen Häusern waren die Zugänge zum Keller meistens dort versteckt. Als sie die Küche betrat, ergriff sie wiederum der Neid. Sie war ebenso opulent ausgestattet wie in der Stadtwohnung und hier schien ab und an auch gekocht zu werden, denn es fanden sich kleine Fettspritzer am Fliesenspiegel neben dem Herd und es gab Lebensmittel und nicht nur Geschirr im Küchenschrank. Wasser hatte ein ganzes Arsenal an Gewürzen, von denen Vi ihren Lebtag noch nichts gehört hatte. Wie bei der Zahnpasta musste sie dem Wunsch widerstehen, etwas davon einzustecken. Als sie um den Küchentisch ging, spürte sie unter ihren Fußsohlen eine größere Erhebung. Sie hockte sich hin und konnte im Holzboden schmale Risse erkennen. Sie ertastete in der zunehmenden Dunkelheit eine Kerbe, in die ihre Finger hineinglitten. Langsam hob sie die schwere Tür hoch, bis zwei weitere Hände unter die Kanten griffen und ihr halfen. Sie lehnten die Tür gegen den Küchenschrank. Eine Treppe führte hinunter in den Keller.

„Dort unten ist es stockduster. Wir brauchen eine Kerze.“

Walter eilte zurück ins Wohnzimmer und kaum kurz darauf mit zwei weißen, brennenden Kerzen zurück. Eine von ihnen reichte er Vi, die sie mit einer Hand abschirmte, damit die Flamme nicht erlosch. Sie stiegen die sorgfältig bearbeiteten Stufen hinunter. Wasser hatte sie wohl vor ein paar Jahren austauschen lassen. Sie waren nicht so alt wie das Haus selbst, sonst hätte die Witterung ihnen mehr zugesetzt. Das bedeutete, er hatte sich entweder darauf vorbereitet, eine Menge Kartoffelsäcke hier hinunter schleppen zu müssen oder kleine Kinder. Hatte er das geplant? Hatte er vorgehabt, sich wieder Jungen zu schnappen? Und in der Zeit, als er in Dresden gelebt hatte, wie war es da gewesen? Hatte er seinen Trieb solange zurückhalten können?

Sie überlegte, ob sie nach den Jungen rufen sollte, aber sie wollte sie nicht aufschrecken und was hätte sie rufen sollen? Seid ihr hier? Geht es euch gut? Letztlich fiel ihr nur ein Wort ein, was Sinn ergab.

„Paul?“

Niemand antwortete. Die Treppe endete nach etwa zehn Stufen in einem düsteren, aber trockenen Raum. Von Kartoffelsäcken war nichts zu sehen, aber auch Kinder konnte Vi in der Kerzen beschienenen Dunkelheit nicht ausmachen. Alles, was sie fand, waren an fünf Haken befestigte Hemden und Hosen und darunter fünf paar Kinderschuhe. Sie hockte sich hin, kämpfte gegen das Bedürfnis, sofort zu schreien, die Fassung zu verlieren. Sie dachte an Florian und Felicitas. Wie sorgfältig sie, um Ärger mit ihrem Vater zu vermeiden, ihre Kleidung an Haken in der Wohnung befestigt, wie sie ihre Schuhe nebeneinander ausgerichtet hatten. Heute achtete sie stets darauf, dass ihre Kleidung wild verstreut in der Wohnung zu finden war. Dass ihre Schuhe manchmal sogar übereinander standen, weil sie den Anblick solch kindlicher Sorgfalt nicht ertragen konnte.

„Vi, sieh dir das mal an."

Vor der Treppe hatte Walter eine kleine Blutlache entdeckt. Sie war nicht groß genug, um davon auszugehen, dass jemand umgebracht worden war, aber doch verletzt. Sie musste sofort an Paul denken. Denn an den Haken hingen nur fünf Hemden und Hosen und unter ihnen standen auch nur fünf Paar Schuhe. Was war mit den Kindern und Paul passiert?

„Wann hast du Simon auf die Wache gebracht?"

„Surek? Ich denke, das war vor gut zwei Stunden."

„Und wann ist Paul entführt worden?"

„Noch vor dem Mittag."

„Genug Zeit, um die Jungen fortzubringen und sich an Wasser zu rächen."

„Aber wo soll er ihn denn versteckt halten? Oder hat er ihn schon umgebracht? Meinst du das? Aber wo sind dann die Jungen geblieben?"

Vi sah nach oben. Der Dachboden. Sie mussten sich den Dachboden noch ansehen. Sie stiegen die Kellertreppe nach oben. Inzwischen war es im ganzen Haus so dunkel geworden, dass sie die Kerzen weiterhin benötigten. In einer Abstellkammer unter der Treppe, die in den ersten Stock führte, fanden sie eine Leiter, die bis zum Dachboden hinauf reichen würde. Walter schleppte das klobige Holzstück nach oben, während ihm Vi mit einem flauen Gefühl im Magen folgte. Auch wenn er es ganz offensichtlich verdiente zu sterben, hoffte Vi, sie würden Wasser lebend vorfinden, als Walter die quadratische Klappe in der Holzdecke öffnete und nach oben stieg. Er nahm Vi die ihm entgegengestreckten Kerzen ab und half ihr dann nach oben.

Wie erwartet war der Dachboden niedrig und sie mussten sich ducken, um sich nicht den Kopf an einem der Balken einzuschlagen. Selbst Jona hätte nicht aufrecht stehen können. Der Dachboden war leer bis auf einen mit einem weißen Laken abgedeckten Gegenstand im hinteren Bereich. Aber der war zu klein, um Wassers Leiche zu sein.

„Lass uns gehen. Wasser ist nicht hier."

Aber Vi hörte nicht auf Walter, sondern schlich in geduckter Haltung zum Laken hinüber. Paul. Paul. Paul.

Als die das Laken fortzog, kam darunter ein weiteres Skelett zum Vorschein. Knochen eines kleinen Menschen, der schon vor langer Zeit gestorben war. Ihr kamen die Tränen. Sie hatte Paul finden wollen, doch stattdessen hatte sie nur den Tod aufgestöbert.

Sie reichte Walter ihre Kerze und nahm den Schädel des friedlich da liegenden Jungen in die Hand. Sie drehte sich und sah in das Innere.

„Fedor. Der Mann will das Beste für die sieben kleinen Knaben, er will sie berühren, sich an ihnen laben. Er sorgt und kümmert sich um die zitternden Sieben, sie haben Angst, sie wollen nicht, doch er wird sie lieben. Sieben kleine Knaben sind keine kleinen Knaben mehr, sie fühlen sich schlecht und unendlich leer. Niemand kümmert sich um die zitternden Sieben, niemand ist da, um sie doch noch zu lieben."

Walter legte seinen Arm um sie, als sie sich auf den Boden setzte. Er legte den Kopf des Jungen zurück an seinen Platz. Er war so klein, so viel kleiner noch als die anderen. Er war gerade so groß wie Paul.

Kapitel 28

Seine schlaksige Gestalt fand keinen rechten Sitz auf dem Stuhl, der ihm zugeteilt worden war. Er rutschte unentwegt hin und her, schlug die Beine übereinander, stellte sie beide wieder auf den Boden, setzte sich gerade hin, rutschte ein Stück nach unten und wirkte dabei doch nicht unruhig oder aufgebracht, nur unzufrieden mit seinem Platz. Sie saß auf einem Stuhl in der hinteren Ecke des Raumes, von wo aus sie ihn beobachten konnte. Sie hatte Walter versprechen müssen, den Mund zu halten, und die Situation kam ihr vertraut vor. Schon bei Köppels Verhör war sie zur Passivität verdammt gewesen.

Ein Wachtmeister hockte neben ihr auf einem Hocker und behandelte den verletzten Arm. Der Schnitt war nicht tief genug, um die Sehnen oder Muskeln zu verletzen, aber er blutete stark. Der Mann legte eine Kompresse auf die Wunde, nachdem er sie mit Wasser gründlich gereinigt hatte, und verband sie mit mehreren Lagen Mull. Er riet ihr jedoch, die Wunde im Krankenhaus nähen zu lassen, um Entzündungen und ein weiteres Aufklaffen zu verhindern. So werde die Wunde schneller heilen und keine große Narbe hinterlassen. Sie dankte ihm für den Verband und schwor, seinen Rat zu beherzigen. Sie erwähnte nicht, dass sie zuerst noch einen Mörder und einen Grabschänder hinter Gitter bringen und den Enkel ihrer Freundin finden musste.

Walter war noch nicht eingetroffen. Er hatte zuerst noch einige Männer angewiesen, das Skelett Fedors aus dem Haus im Wald zu bergen und das gesamte Gebäude auf den Kopf zu stellen, um Hinweise darauf zu finden, was Wasser mit den Jungen angestellt hatte und wo er sich befand. Vi dagegen war der Überzeugung, dass all diese Informationen durch Surek einfacher zu erhalten waren. Er war der siebte Junge. Er war derjenige, der die Skelette aufgebahrt, der Öffentlichkeit offenbart hatte, und sich an Wasser für die Gräueltaten, die er auch ihm zugemutet hatte, rächen wollte.

Als sie allein im Raum waren, drehte sich Surek zu ihr um. Sein Gesicht war blass und hier und da zeigten sich Falten, die seiner jugendlichen Erscheinung aber nur mehr Charakter verliehen und ihn nicht älter wirken ließen. Seine dunkelblonden Haare waren ungekämmt. Er sah nicht aus wie ein erfahrener und belesener Mann, der einer bedeutenden Stellung nachging, sondern wie ein Junge, der sich eben mit einem Gleichaltrigen gezankt hatte.

„Wenn ich mir die Bemerkung erlauben darf, ohne dass Sie es mir sehr übel nehmen, aber Sie sehen ganz und gar abscheulich aus. Was ist mit

Ihnen geschehen? Sind Sie von einem Regal gestürzt? Hat Smut sie angegriffen?"

Er deutete auf die Verletzung an ihrem Arm. Sie dachte an den fleckigen Kater, der gerne in Jonas Nähe war und der solche Wunden mit seinen winzigen Krallen nie hätte schlagen können. Der Mann wollte sie necken, doch sein Gesicht war ernsthaft und besorgt. Es lag ihm nichts daran, sie zu verspotten, er wollte sie aufheitern.

„Bei all Ihrem Charme und Ihrer Wortgewandtheit wundert es mich sehr, dass die Frauen Ihnen nicht zu jedem einzelnen Zeh liegen und Sie anbeten, Herr Surek. Aber um Ihre Frage zu beantworten, es gab einen Unfall mit einem Fenster, doch heißt es nicht, Scherben bringen Glück?"

„So sagt der Volksmund. Ich kann nur hoffen, dass Sie das Glück haben werden, dass jemand Ihre Wunde fachgerecht versorgt und zwar mit Desinfektionsmittel und nicht bloßem Wasser aus einem verschmutzten Brunnen, denn sonst laufen Sie Gefahr, dass Ihr Glück darin besteht, nicht an Wundbrand zu versterben, was, wie ich sagen muss, eine äußerst schmerzhafte Infektionskrankheit ist, die sich innerhalb weniger Tage durch Ihren ganzen Körper fressen kann, nur damit Sie letztlich nicht am Anblick Ihres zerstörten Körpers sterben, sondern an einer Blutvergiftung."

Vi spürte ein unangenehmes Kribbeln in ihrem Arm, als Surek ihr anschaulich die Risiken einer entzündeten Wunde darlegte. Sie konnte nur hoffen, dass Oda, wenn sie von Pauls Verschwinden erfuhr, noch in der Lage war, sich um sie zu kümmern. Sonst musste sie ins Krankenhaus und würde viel Zeit damit vergeuden, auf einen Arzt zu warten, der die Wunde säuberte und flickte.

„Ich glaubte, Sie seien Archivar und nicht Heiler. Haben Sie das auch in der Erziehungsanstalt gelernt, die Sie besucht haben, als Sie ein Knabe waren? Frau Bornzahrod erzählte mir, dass Sie sich sehr für Physik interessierten, wie stand es um die Medizin?"

„Wir haben anatomische Kenntnisse erlangt, jedoch nicht mehr als die Knaben heute. Ich litt nur als Junge selbst einmal an einer entzündeten Wunde, die ich mir bei einem Sturz zufügte. Sie war sehr tief und trotz sofortiger Versorgung schwoll sie alsbald an und die Entzündung breitete sich innerhalb weniger Stunden aus. Ich hatte Glück. Meine Lehrer holten einen Arzt, der sich um meine Wunde kümmerte und es schaffte, mich zu heilen. Dennoch bin ich für immer damit gezeichnet."

Er öffnete sein Hemd. Zum Vorschein kam eine gezackte, an manchen Stellen schmal, an anderen breiter zulaufende Narbe, die sich von seiner

Schulter bis zum Brustbein zog. Sie war im Laufe der Jahre verblasst, aber sie würde nie ganz verschwinden.

„Und das ist Ihnen bei einem Sturz passiert?"

„In der Nähe des Schule gibt es einen abschüssigen Weg. Dort bin ich ausgerutscht und auf einen Stein geschlagen, an dem ich entlang geschrammt bin. Erst war die Wunde nur sehr klein, aber weil sie sich entzündete, reicht die Narbe bis zu meiner Brust."

Ein Stein. Sie fragte sich, wie unglücklich der junge Simon aufgekommen sein musste, um sich an einem Stein derart zu verletzen. Konnte Wundbrand wirklich solche Auswirkungen haben? Hätte die Narbe nicht breitflächiger sein müssen? Wollte er ihr nur die Wahrheit nicht sagen, weil er sich für seine Vergangenheit schämte? Doch wieso? Er war noch ein Junge gewesen. Er hatte nichts gegen die Männer unternehmen können, die ihm und den anderen Knaben Schaden zugefügt hatten.

Er knöpfte sein Hemd wieder zu, als Walter den Raum betrat. Dieser unterließ einen Kommentar, als er Vis Kopfschütteln sah, und setzte sich hinter seinen Schreibtisch, auf dem sich Akten stapelten, die zu den toten Obdachlosen gehören mussten und zu den entführten Jungen. Eine der Akten beinhaltete Aussagen und Tatortzeichnungen im Fall Paul Wegenath. Im Fall des kleinen Jungen, der sie so oft über den Verlust ihrer eigenen Kinder hinweggetröstet hatte.

„Herr Surek, ich möchte mich dafür entschuldigen, dass ich Sie solange habe warten lassen, aber ich musste einem dringenden Verdacht nachgehen. Vielen Dank, dass Sie so geduldig waren."

„Ich kann nicht behaupten, dass ich geduldig war, Herr Polizeirat, aber wenn ich persönlich von Ihnen aus meinem Archiv geholt werde, glaube ich, dass mir keine andere Wahl bleibt, als auf Ihre Ankunft zu harren. Wie in diesem Fall. Es wäre mir jetzt aber ein Vergnügen, wenn Sie mir sagen würden, warum ich hier bin. Es ist bereits recht spät und wie Sie wissen, habe ich dank der Versäumnisse meiner Vorgänger sehr viel zu tun."

„Aber sicher, verzeihen Sie bitte. Ich habe nur ein paar Fragen an Sie. Wie Sie sicher aus der Zeitung wissen, sind in den letzten Wochen immer wieder Kinder verschwunden und andere dafür aufgetaucht."

„Sie reden von den Skeletten, nicht wahr? Sind Sie auch an dem Fall beteiligt, Frau Sperber?"

„Bitte konzentrieren Sie sich auf mich. Frau Sperber ist hier, um mir behilflich zu sein, aber dies ist ein Gespräch zwischen uns beiden. Wie Sie richtig festgestellt haben, spreche ich von den Skeletten."

Vi schwieg, auch als Surek sie ansprach. Sie hatte Walter versprochen, dieses Mal den Mund zu halten. Zumindest in der Zeit, in der er mit Surek sprach. Ihr gefiel die energische Art, mit der er Surek dazu brachte, sich ihm wieder zuzuwenden, doch andererseits begann sie Zweifel zu hegen. Was hatten sie gegen ihn vorzubringen? Sein Name war Simon. Er war erst mit Beginn der rätselhaften Skeletterscheinungen in die Stadt gezogen, hatte hier jedoch vor Jahren dieselbe Knabenerziehungsanstalt besucht, an die Groll seine Kinder verkauft hatte. Etwas aber störte sie. Ein offensichtlicher Punkt, der ihr jedoch so dicht vor Augen stand, dass sie ihn nicht klar erkennen konnte, und daran trug ihre schlimmer werdende Weitsichtigkeit ausnahmsweise keine Schuld.

„Wir haben inzwischen herausgefunden, dass die aufgefundenen Jungen alle dieselbe Schule besucht haben. Die Schule, in der auch Sie waren, Herr Surek."

„Es tut mir sehr Leid, Herr Seebitz, aber ich habe gerade Probleme damit, Ihnen zu folgen. Sie haben mich hierher gebeten, weil ich dieselbe Schule besucht habe wie die toten Jungen? Soll ich Ihnen sagen, wer ihr Mörder ist, obwohl ich nicht einmal weiß, wer sie waren?"

„Da ist die Verbindung, Herr Surek. Wir glauben, dass Sie sehr genau wissen, wer die Jungen waren. Dass Sie es waren, die sie uns präsentiert hat, damit wir herausfinden, was mit Ihnen geschehen ist. Damit wir verhindern können, dass es weiteren Jungen so ergeht. Wir wissen jetzt, dass Nathanael Wasser, der Direktor der Erziehungsanstalt, Ihre Freunde getötet hat. Dass er mit hoher Wahrscheinlichkeit für die Entführung der Jungen verantwortlich ist, die meine Männer seit Wochen suchen. Sie müssen uns sagen, wo er ist. Wir werden dafür sorgen, dass Ihre Freunde gerächt werden und endlich Ruhe finden können."

Surek setzte sich auf seinem Stuhl zurecht. Er lehnte sich nicht vor, er sprang nicht auf, er gab kein spöttisches Lachen von sich, wie es jeder andere Täter, den Vi kennenlernen musste, getan hatte. Aber er war auch kein Täter im ursprünglichen Sinn. Er mochte seine Freunde wieder ausgegraben und die öffentliche Ruhe gestört haben, aber als Täter konnte sie ihn dennoch nicht sehen.

„Ich würde Ihnen nur zu gerne sagen, wo Sie Wasser finden können. Mir war von Anfang an klar, dass dieser Mann mit seiner Heimkehr nach Görlitz Unruhe stiften würde. Ich weiß um seine Führung der Erziehungsanstalt, ich weiß von den Skandalen, aber Herr Polizeirat, ich habe nichts mit den toten Jungen zu tun."

„Wir haben Ihren Vater getroffen, den Mann, der Sie an Wasser verkauft hat. Er hat uns Ihren Namen verraten."

„Mein Vater? Mein Vater hat mich doch nicht an Wasser verkauft. Wovon reden Sie?"

„Sie sind mit sechs Jahren in die Schule gekommen. Mit fünfzehn Jahren haben Sie sie ohne Grund verlassen. Wieso sind Sie gegangen? Sie hatten noch ein Jahr vor sich."

„Ich war schwer verletzt. Wie ich Frau Sperber schon erklärt habe, gab es einen Unfall. Ich lag Monate lang danieder und habe um mein Leben gekämpft. Meine Eltern holten mich daher nach Hause, wo ich gesund gepflegt wurde und mein letztes Schuljahr an einer öffentlichen Schule verbrachte. Meine Eltern haben mich nicht an Wasser verkauft. Als ich in der Schule war, war Wasser dort noch nicht einmal Direktor. Sehen Sie sich meine Urkunde an, die ich in der Schule für aussergewöhnliche Leistungen im Unterricht erhalten habe. Mein Direktor hieß Burkhardt. Wissen Sie eigentlich, wie alt ich bin? Wasser ist kaum vier Jahre älter als ich. Wie soll er mich unterrichtet haben?"

Das war es. Das war das Offensichtliche, das man wegen Sureks jugendlichem Aussehen vergessen konnte, was sie übersehen hatten. Er war zu alt. Er konnte die Schule zum Zeitpunkt von Wassers Herrschaft nicht besucht haben. Er war nicht der siebte Knabe. Der siebte Knabe war noch dort draußen. Zusammen mit den anderen Jungen.

„Herr Polizeirat!" Die Tür flog gegen die Wand und ein Hauch von Todesangst streifte Vis Gesicht, als die Klinke neben ihr gegen den Stein krachte. Sie erschrak so sehr, dass sie den Arm hochriss, um sich zu schützen, was die Wunde erneut aufklaffen ließ.

„Herrgott noch mal, sind Sie denn wahnsinnig geworden?", fauchte sie den Mann an, als ein Kopf unter seinem ausgestreckten Arm auftauchte.

„Jona, was machst du hier?"

„Vi, du musst schnell kommen!"

„Herr Polizeirat, auf dem Obermarkt, auf dem Obermarkt!"

Es blieb keine Zeit, Erklärungen abzugeben. Vi folgte Jona die Treppe hinunter. Kalter Regen durchnässte sie innerhalb weniger Sekunden. Der Nebel war so dicht geworden, dass man keine zehn Meter weit blicken konnte, doch der Lärm, der Aufruhr, die Schreie waren selbst am Rathaus zu vernehmen.

Sie hetzten die Brüderstraße entlang, wo sich ihnen Oda und die anderen Frauen anschlossen. Sie wusste nicht wie, aber offensichtlich hatte Oda bereits von Pauls Verschwinden erfahren, denn ihre Augen waren rot gerändert und sie war voller Angst. Sie folgten Walter und dem Wachtmeister, der mit Jona ins Bureau gestürmt war, zum Obermarkt, wo sich eine Menschenmenge gebildet hatte. Vi hatte das Gefühl, dass mehr Menschen anwesend waren als bei den Stadtfesten im Sommer. Ieva drängelte sich durch die Masse und schrie unentwegt etwas, was Vi nur in Ansätzen verstehen konnte. Aber es schien, als hätte auch sie ein Skelett gefunden. Das Sechste.

„Jona, was ist denn hier los, verdammt?", brüllte sie gegen die Masse an.

„Wasser, Wasser ist aufgetaucht und die fünf verschwundenen Jungen! Sie haben ihn umringt. Ich glaube, sie wollen ihn umbringen."

„Fünf Jungen?", entfuhr es Oda. „Nur fünf Jungen?"

„Der Mob macht sich über den Kinderschänder her", flüsterte Vi. Sie wusste, was das bedeutete. Es bedeutete, dass Wasser sterben würde. Er würde sterben, ohne ihnen zu sagen, wer der Mann war, der die Skelette offenbarte. Er würde sterben, ohne ihnen zu sagen, wo Paul war. Noch bevor sie ihren Gedanken beendet hatte, rannte Oda los und Vi folgte ihr durch die Menge, die sie jedoch immer wieder zurück stieß. Die Menschen standen so dicht und fuchtelten mit ihren Armen, dass sie ständig Gefahr liefen, einen Schlag abzubekommen. Walter rief alle anwesenden Wachmänner zusammen und forderte sie auf, die Menschen zu beruhigen, aber sie waren zu wenige.

Endlich kamen die Jungen in Sicht. Sie standen im Halbkreis um Wasser herum, einen guten Meter von ihm entfernt. Auf ihren Schultern lagen Hände, die sie beschützten. Sie weinten und wandten sich ab, pressten sich gegen die Körper hinter ihnen, gegen die Menschen, die sie zuvor schon hätten schützen müssen. Wasser hockte am Boden und flehte. Seine Haare waren blutig. Die kleine Blutlache an der Treppe in seinem Haus. Der siebte Junge. Er war gekommen, um Wasser zu holen und die Jungen zu befreien. Aber wo war Paul? Plötzlich wurde es still. Oda und Vi blieben stehen. Sie waren nur noch wenige Meter von Wasser entfernt, als der erste Stein flog und ihn am Rücken traf. Es war weniger schmerzhaft als überraschend. Mit stark geweiteten Augen drehte sich Wasser nach demjenigen um, der den Stein geworfen hatte. Es war eine alte Frau. Eine alte Frau, die in den letzten Wochen an die armen Jungen hatte denken müssen, die für den Gerber gearbeitet hatten, denen sie manchmal zu essen gegeben hatte, bevor sie einfach verschwunden waren.

Dieser Stein war ein Anstoß. Einen Augenblick später wurde die Stille von Steinen unterbrochen, die auf einen weichen Körper aufschlugen. Die Männer warfen härter als die Frauen, aber die Frauen zielten nicht nur auf den Körper. Eine traf schließlich den Kopf und als Wasser am

Boden lag, traten die Menschen näher, warfen die Steine, nicht mehr nur Kiesel, sondern große Steine, die sie dem löchrigen Pflaster entnahmen.

„Nein! Nein!", schrie Oda unentwegt und drückte einen Mann zur Seite, der gerade werfen wollte. Vi packte sie am Arm, bevor sie mitten in den Hagel geriet und selbst getötet wurde. Oda stürzte zu Boden, verzweifelt an Vi geklammert. Sie mussten zusehen, wie Wasser unter Hunderten von Steinen begraben wurde. Allein sein Blut floss darunter hervor, doch es war nicht in der Lage, ihnen zu sagen, wo Paul sich befand. Es konnte nur eines ausdrücken, der Mörder der sechs Jungen, der Entführer von Paul und den anderen fünf Knaben war tot. Doch mit ihm starb auch ihre Hoffnung, Paul jemals wieder in den Arm nehmen zu können.

Kapitel 29

Mit den beginnenden, eisigen Tagen des Dezembers hörten die Regenfälle auf und gingen in Schnee über, der die Stadt und das Unheil, das in diesem Jahr über sie gekommen war, bedeckte, einhüllte und schweigen ließ. Der Nebel, der Wochen lang die Gassen und Häuserschluchten in feuchte Gräber verwandelt hatte, wich zurück, je kälter es wurde. Der Frost gewann die Oberhand, der Himmel wurde klar. Die Sonne beschrieb einen stetig flacher werdenden Bogen und oft fragte sich Jona, wie es wäre, an den Polen zu leben, wenn die Sonne über Monate hinweg nicht mehr aufstieg und das Land in Dunkelheit hüllte.

Sie saß auf den Stufen, die zum Südportal der Peterskirche führten. Sie besuchte diesen Ort oft. Er hatte für sie eine Symbolkraft. Nicht nur, weil sie hier vom Sagenmörder niedergeschlagen, sondern weil sie in dieser Kirche zum letzten Mal geküsst worden war. Sie dachte an Marie, die nie mehr zu ihr zurückkehren würde. Sie dachte an Paul, der mittlerweile über einen Monat vermisst wurde. Die Aussagen der anderen Jungen waren nutzlos gewesen, weil sie zu klein waren. Sie sprachen von einem anderen Mann, der sie gerettet hatte, sie sprachen von Paul, aber sie sagten, sie seien einfach in der Menge verschwunden, hätten sich in Luft aufgelöst. Die Jungen konnten keine Angaben machen, die der Polizei halfen, Paul zu finden. Es war vergebens. Wenn sie nur hätten verstehen können, warum der Mann, der siebente Knabe, Paul mit sich genommen hatte. Warum ließ er ihn nicht gehen und zu seiner Familie zurückkehren? Seine Rache hatte er bekommen. Nathanael Wasser war erschlagen worden. Man hatte drei oder vier Frauen und Männer festgenommen, sie wurden wegen Körperverletzung angeklagt. Doch wer wollte die anderen Menschen vor Gericht ziehen, die Wasser gesteinigt hatten? Wer wollte eine ganze Stadt verurteilen?

Nur Gott allein vermochte sein Gericht über sie zu halten, sagte Ewa oft, und er würde sie richten. Doch Oda fand darin keinen Trost. Zum ersten Mal, seit sie einander begegnet waren, fand Oda keinen Halt in Gott, glaubte sie nicht länger an das Gute im Menschen. Sie ging zu den Verhandlungen der Männer und Frauen, die schuldig gesprochen und zu Gefängnisstrafen verurteilt wurden. Sie ging zu ihnen, um sie anzuklagen. Sie ging zu ihnen, um ihnen zu erklären, was sie getan hatten. Sie hatten ihr die einzige Möglichkeit genommen, ihren Enkel zu finden.

Es lag ein trostloses Weihnachtsfest vor ihnen. Jona hatte sich so sehr darauf gefreut. Auch wenn sie mit ihrer eigenen Existenz kämpfte, hatte sie versucht, Geschenke für die Frauen zu besorgen, die ihr ein neues

Leben in einer funktionierenden und liebevollen Gemeinschaft ermöglicht hatten. Selbst wenn Vi noch immer wenig mit ihr sprach, fühlte sie sich zuhause, wenn sie nur an die Frauen dachte. Doch welche Bedeutung hatten diese materiellen Gegenstände noch, wenn es Paul nicht mehr gab? Wenn eine von ihnen ein Stück von sich selbst verloren hatte?

„Guten Morgen, Jona. Ist es nicht ein wenig kalt hier draußen? Willst du nicht rein gehen? Die Andacht beginnt in einigen Minuten. Wir könnten sie uns gemeinsam anhören."

Jona hob den Kopf. Walter war im vergangenen Monat noch schmaler geworden, aber er wirkte gefestigter als zuvor. Sie stimmte ihm zu und betrat mit ihm die Kirche. Die hölzernen Bänke waren gut besetzt. Es war zu sehen, dass das Fest der Geburt des heiligen Herrn Jesus Christus näherrückte. Sie fanden einen Platz in der letzten Reihe. Die Glocken ertönten und als ihr Klang verhallte, begann der neue Pfarrer, ein junger Mann aus einer Gemeinde in Pommern, der nach dem Tod des alten Pfarrers berufen worden war, seine Predigt zu halten. Sie handelte von den Geschehnissen des Jahres, auch wenn er die Morde und die Entführungen nicht benannte. Er sprach von den finsteren Dämonen, die in jedem von ihnen lauerten und in Zeiten äußerster Eskalation zum Vorschein kamen. Aber dass sie selbst in jenen Momenten dem Bösen nicht erliegen durften. Dafür war es wohl zu spät. Jona erkannte unter den Anwesenden viele, die am Obermarkt gewesen waren, die Steine geworfen hatten. Sie senkten ihre Köpfe am tiefsten. Nur wenige waren noch immer der festen Überzeugung, richtig gehandelt zu haben. Wenn es nicht um Paul gegangen wäre, so hätte sie Verständnis für sie gezeigt.

Nach und nach leerten sich die Bänke, doch Jona und Walter blieben noch, sahen hin zum Altar, bewunderten dessen Schönheit, wie sie es so oft getan hatten, gedachten der letzten Monate, des letzten Jahres und blieben schweigend beieinander. Der Pfarrer ließ sie gewähren, störte die Stille, die sie ausstrahlten, nicht. Erst als der Letzte gegangen war, erhoben auch sie sich. Jona nahm einen Pfennig aus ihrer Tasche und steckte ihn in einen hölzernen Behälter, bevor sie sich eine Kerze nahm, sie entzündete und sie zu den Dutzenden anderer Kerzen stellte, die der Kranken, der Verstorbenen, der Angehörigen gedachten. Wenn Oda nicht mehr betete, wenn sie nicht mehr an Gott glauben konnte, so wollte Jona es für sie tun. Auch Walter brannte eine Kerze an und stellte sie neben die anderen, bevor er leise ein Gebet flüsterte. Jona kannte keines. Sie bat Gott allein darum, dass Paul wohlbehalten zu ihnen zurückkehren würde.

Sie verließen die Kirche und gingen hinunter zum Neißufer. Sie folgten dem Lauf des Flusses in südlicher Richtung. Sie sahen die Färbereien und Gerbereien, sahen die hart arbeitenden Menschen und dachten an die Jungen, die hier gelebt hatten. Sie blieben vor einem schmalen, verwilderten Haus stehen, dessen Mauern von Salpeter zerfressen waren. Jona zog an einer Schnur und von innen erklang eine kleine Glocke. Eine Frau in mehreren Kleidern und mit einer altmodischen Haube auf dem Kopf, die nicht mehr weiß, sondern so grau war wie ihre Haare, öffnete ihnen. Sie erweckte nicht den besten Eindruck, aber sie wussten, dass sie herzensgut war. Sie ließ sie ins Haus und während Jona die Treppe hinaufging, überreichte Walter der alten Frau ein paar Münzen und einen in Papier eingewickelten Laib Brot.

„Wie steht es um ihn?", hörte Jona ihn fragen, bevor sie die Tür erreichte.

„Nicht gut. Ich denke, er wird das Weihnachtsfest nicht überstehen."

Sie trat leise ein. Das Zimmer war karg und klein. Selbst ihr Dachboden war dagegen ein Tanzsaal. Doch es war warm und das Bett war so gestellt, dass er aus dem Fenster sehen konnte. Nach Wassers Tod hatte er einen zweiten Infarkt erlitten, der sein Gehirn so sehr geschädigt hatte, dass sie nie wusste, wie viel von dem, was sie ihm erzählte, er noch wahrnehmen konnte. Doch heute war sie ein letztes Mal gekommen, um ihm einen wichtigen Wunsch zu erfüllen. Sie holte aus ihrer Jackentasche einen kleinen Beutel hervor, in dem es klimperte. Sie legte ihn auf den Bauch des alten Mannes und öffnete die Schnur.

„Ich habe sie zu Ihnen gebracht, Herr Groll. Es sind nur Sechs, aber jetzt sind sie bei Ihnen."

Die Augen des Mannes gingen zu den winzigen Knochenstücken, die Jona von jedem Skelett genommen hatte. Gremlich hatte sich dagegen verwehrt, den Jungen Knochen zu entnehmen, doch Frau Hauptmann war so freundlich gewesen von jedem Jungen den kleinsten noch verbliebenden Knöchel einzusammeln und sie ihr für den alten Mann mitzugeben.

„A-A-A –", begann der alte Mann.

„Anton. Tammo. Kasimir. Sebastian. Heinrich und Fedor."

Sie würde diese sechs Namen nie vergessen. Der Rest ihrer Überreste war in einem gemeinschaftlichen Grab auf dem Nikolaifriedhof beigesetzt worden, wo Anton allein die letzten zehn Jahre geschlafen hatte. Sie bekamen einen Grabstein, den die Stadt als Wiedergutmachung finanzierte, obwohl es sich bei den Jungen nur um Waisen handelte, um die sich zuvor niemand geschert hatte.

Sie drückte die Hand des alten Mannes fest, dann verließ sie sein Zimmer. Walter wartete auf sie. Sie verabschiedeten sich von Grolls Pflegerin und versprachen, ihr bis zu seinem Tod die Kosten für seine Pflege zu erstatten. Sie alle wussten, dass es nicht mehr lange dauern würde.

Als sie wieder auf der Straße standen, war Jona froh um die an ihrer zerschlissenen Kleidung zerrenden Kälte. Die Luft war rein und trocken, nicht so feucht und modrig wie in den Herbsttagen, die hinter ihnen lagen. Sie schlenderten in Richtung Stadtpark, bis die Häuser ein Ende nahmen und Bäume sie umgaben. Um die Hoffman'sche Badeanstalt machten sie einen Bogen, zogen das Grün der Erinnerung an die Erziehungsanstalt, in der sechs Jungen auf furchtbare Weise ums Leben gekommen waren, vor.

„Wie geht es Frau Minzer?"

Es war nur eine obligatorische Frage. Eine, die er stellen musste, obwohl er die Antwort längst kannte.

„Sie war letzte Woche mit André und David bei der Beerdigung ihres Patienten, der am selben Tag verstarb, als Paul entführt wurde. Es hat sie sehr schwer mitgenommen. Sie war ganze zwei Tage nicht ansprechbar, bis André, der Sohn ihres Patienten, kam, um sie zu besuchen. Er ist sehr freundlich, aber ruhig. Er tut ihr gut. Seit die Beerdigung vorüber ist und er regelmäßig zu uns kommt, geht sie wieder arbeiten und kümmert sich um unser Lager. Sie isst wieder mehr und hat ein wenig zugenommen, aber sie sieht noch immer aus wie Kasimir, nur dass ihre Haut viel blasser ist."

Sie ließen sich auf einer Bank nieder, die durch eine sich beugende Kiefer vom Schnee verschont geblieben war. Jona schloss ihre Jacke fest um sich und betrachtete das reine und schöne Weiß, das die grünen Wiesen bedeckte. Hier waren die Jungen umher getobt, ausgelassen, noch nicht ahnend, was ihnen geschehen würde. Hier hatten sie für wenige Stunden in der Woche Freiheit genießen dürfen. Falls Wasser die Methoden des alten Rektors übernommen hatte, unter dem Surek unterrichtet worden war. Er hatte ihnen von seinem Schulalltag erzählt, um ihnen einen Eindruck zu geben, wie die Jungen gelebt haben mussten. Nur von den schrecklichen Nächten konnte er nichts berichten. Von denen erfuhren sie nur durch das Gedicht, durch die Gerüchte, die kurz vor der Schließung der Schule aufgekommen waren. Es blieben Vermutungen, die jedoch verstörender waren als jede ausgesprochene Wahrheit.

„Ich habe gehört, Vi versucht weiterhin auf eigene Faust herauszufinden, was der siebte Knabe war."

„Sie kann sehr vehement sein, wie Sie wissen. Herr Surek hilft ihr, die alten Aktenberge im Rathaus und im Archiv zu durchforsten, aber bisher sind sie nicht fündig geworden. Sie haben die Namen von verschiedenen Jungen gefunden, die an der Schule unterrichtet wurden, als Anton und die anderen dort waren. Aber die meisten von ihnen sind weit fortgezogen oder schon gestorben. Sie hat nur einen jungen Mann gefunden, der in der Stadt als Metzger arbeitet. Er erzählte ihr von einem schwarzen Jungen, den er ab und an gesehen habe, aber an mehr könne er sich nicht mehr erinnern. Er war sechs Jahre alt, als die Schule geschlossen wurde, gerade einmal ein halbes Jahr dort. Sie besuchten nicht denselben Unterricht. Aber sie gibt dennoch nicht auf. Es ist ihre Art, mit den Geschehnissen umzugehen. Sie würde es nie sagen, aber ich glaube, dass sie sich die Schuld gibt. Sie ist noch immer wütend auf mich, aber sie weiß, dass es besser gewesen wäre, von Anfang an mit Ihnen zusammenzuarbeiten. Ich frage mich nur, was es geändert hätte."

„Ich muss gestehen, dass ich auch nicht daran glaube, dass wir Wasser eher gefunden, dass wir schneller auf die Spur der Knaben gekommen wären. Wenn sie dich nicht verstoßen hätte, wärest du nie Herrn Groll am Flussufer begegnet. Insofern gibt es keinen Grund für Zweifel."

Über ihnen knisterte der gefrorene Schnee in den Zweigen und Äste der Kiefer. Jona blickte auf und bekam einen kleinen Batzen auf die Nase. Walter begann zu lachen, bis ihm die Tränen kamen. Sie unterbrach ihn nicht, beschwerte sich nicht. Sie war froh, endlich wieder einen Menschen lachen zu hören. In der Apothekergasse kam dies in jenen Tagen nicht mehr oft vor. Manchmal noch hörte man Traub und Surek miteinander scherzen, doch wenn ihre Blicke von der Gasse auf das Haus der Frauen kamen, so verstummten auch ihre Kehlen.

„Warst du eigentlich bei der Schuleinweihung? Ich habe gehört, sie haben Herrn Groß zum neuen Direktor bestimmt. Ich habe ihn vorsichtshalber überprüft. Keine Vorkommnisse in der Vergangenheit."

„Gut zu wissen. Aber ich war nicht dort. Ewa ist hingegangen. Es ist ihre Art, ihrem Sohn nahe zu sein."

Jona erwähnte nicht, dass auch sie dort gewesen war. Sie hatte die Vorstellung gehabt, der siebente Knabe könnte kommen und es sich ansehen und sie würde ihn anhand der Beschreibung des Herrn Groll wieder erkennen. Aber stattdessen hatte sie Ewa gesehen, die ganz starr in der Menge stand und die Prozession von Schulkindern verfolgte, die mit wehenden Fahnen in das neue Gebäude einzogen. Gefolgt von ihrem neuen Rektor. Erst später hatte sie begriffen, dass Ewa unter den Kindern ihren Sohn entdeckt haben musste. Er war nicht mehr in Dresden, wie sie es stets angenommen hatte. Er war hier in Görlitz, er war ihr ganz nah und sie hatte es all die Zeit nicht geahnt.

„Wir alle haben wohl das Bedürfnis, die Gesellschaft und die Aufmerksamkeit anderer Menschen zu suchen."

Walter mochte Recht haben. Auch der siebente Knabe hatte in gewisser Hinsicht nach Aufmerksamkeit verlangt. Aufmerksamkeit, die er als Kind nie bekommen hatte. Aufmerksamkeit, die ihnen allen manchmal fehlte. Bekümmert dachte Jona daran, dass Sabin ihre Verlobung mit Max wegen dessen ständiger Abwesenheit gelöst hatte. Stattdessen hatte sie all ihr Erspartes in Ievas und Ewas Erfindungen gesteckt, die nun dafür sorgten, dass Jona den Winter über auf ihrem Dachboden nicht frieren musste. Es war ein einfacher, kleiner Ofen, der mittels Rollen verschoben werden konnte. Einziger Nachteil war, dass Jona nach dem Heizen gut lüften musste, um nicht am Rauch zu ersticken. Ganz perfekt war die Erfindung noch nicht. Aber was war schon perfekt? Sowohl an Erfindungen als auch an Beziehungen musste beständig gearbeitet werden, sonst konnten sie sich nicht weiterentwickeln. Das hatte Sabin wohl letztlich auch eingesehen. Jona hoffte nur, dass der Bruch mit Max nicht endgültig sein würde.

„Was ist mit dir? Wie geht es deinen Wunden auf dem Rücken und den Narben? Hat dich diese Irre noch mal verprügelt?"

„Nein, Vi hat das geregelt."

Auf ihre Art. Sie hatte Jona wie jeden Sonnabend auf die Straße geschickt, um Werbung für das Geschäft zu machen, und darauf gewartet, bis die Marek auftauchte. Als sie den Stock hob, hatte sie anklagend auf sie gezeigt und geschrien, sie sei eine Betrügerin und habe sie um ihr Geld gebracht. Die Menschen hatten sich umgedreht und ganz in ihrem Eifer gefangen, der Gerechtigkeit Genüge zu tun, hatten sie vergessen, was wenige Wochen zuvor mit Wasser geschehen war, und hatten angefangen mit dem Finger auf die Marek zu zeigen. Sie hatten die Scheiben der Buchhandlung eingeschlagen und einen Teil der Bücher vernichtet. Seither konnte Jona nur noch den tödlichen Blick der alten Hexe auf sich spüren, wenn sie die Brüderstraße auf und ab ging, jedoch nicht mehr ihren Stock. Mit der Erwähnung in der Zeitung war auch ihre Kundschaft wieder zahlreicher geworden. Walter bezahlte einen Teil der Schulden, aber Vi weigerte sich, gegen die gesamte Begleichung. Sie war der Überzeugung, dass sie es allein schaffen würden, und Jona glaubte an sie.

„Aber, Herr Seebitz, wir müssen über unseren Pakt sprechen. Ich weiß, dass Sie mich anzeigen werden wegen der Urkundenfälschung und vielleicht komme ich dafür ins Gefängnis, aber ich möchte nicht mehr für Sie spionieren. Vi und die anderen Frauen sind meine Familie geworden. Und seine Familie hintergeht man nicht."

„Ist schon gut, Jona. Ich hab den Vermerk in deiner Akte schon vor längerer Zeit entfernt und vernichtet. Dein alter Name wird nirgendwo mehr auftauchen und dein Geheimnis werde ich mit ins Grab nehmen, wo es hoffentlich niemand jemals ausbuddelt. Ich habe dich sehr in Bedrängnis gebracht. Dafür möchte ich dir meine Entschuldigung aussprechen. Es war nicht richtig, die Not eines anderen Menschen auszunutzen. Ich habe mit Vi gesprochen. Wir haben uns lange unterhalten und sind überein gekommen, dass die Gefühle, die uns verbunden haben, zu uns gehören und uns den anderen nie vergessen lassen werden. Aber wir wissen nun beide, dass das Gute manchmal ein Ende haben muss, um nicht zu etwas Schlechtem zu werden."

„Tut mir Leid, Herr Seebitz."

„Ich danke dir, Jona, aber weißt du, es geht doch nicht darum, sein Leben lang glücklich zu sein. Sein Leben lang auf einer Wolke zu schweben und sich an allem zu erfreuen. Ich habe schöne Jahre mit meiner Familie verbracht, ich sehe meine Kinder weiterhin und habe ein gutes Verhältnis zu meiner Frau aufgebaut, auch wenn wir getrennt leben. Mit Vi verbinde ich wundervolle Erinnerungen, die mein Herz stets mit Freude fluten, wenn ich daran denke. Wenn wir in der Lage sind, uns diese Schönheit zu bewahren, trotz unserer Trauer und Einsamkeit, dann, Jona, muss uns nichts Leid tun."

Sie wusste, dass er nicht nur von sich selbst sprach. Sie umarmte ihn eilig und sprang von der Bank auf.

„Ich muss nach Hause. Vi möchte, dass ich das Lager aufräume. Ich räume das Lager jetzt jeden Tag auf. Das ist ihre Art von Bestrafung. Aber solange sie dabei an ihrem Schreibtisch sitzt und mir von den Geschichten erzählt, die sie jeden Abend liest, schmerzt es mich nicht."

Sie drehte sich um und wollte nach Hause laufen, als Walter sie am Arm ergriff und ihr etwas in die Hand legte.

„Ich habe mir erlaubt, unser vereinbartes Entgelt zu verändern, ansonsten aber halte ich mich an meine Abmachung. Verwende es nach deinem Gutdünken."

Jona nahm den Beutel mit Münzen und lief nach Hause. Sie hatte eine Idee, wie sie es benutzen würde.

Sie sind nur noch zu zweit. Der Raum, in dem sie leben, ist einsam und still geworden. Sie sitzen auf ihren Betten und warten, bis sie geholt werden. Weil sie nur noch so wenige sind, werden sie jeden Abend geholt. Sie haben Gespräche gehört, in denen der Rektor den anderen Männern versprochen hat, neue Jungen zu beschaffen, aber es gibt Gerüchte. Gerüchte, die es notwendig machen könnten, die Schule zu schließen. Der Junge hat einen Entschluss gefasst. Er wird Fedor und sich von hier fortbringen. Sie werden heute Nacht gehen, wenn es vorbei ist. Sie werden in den frühen Morgenstunden gehen. Sie gehen einfach die Treppen hinunter bis ins Erdgeschoss. Dort öffnen sie ein Fenster, springen hinaus und gehen über die Brücke auf die andere Seite der Neiße. Es ist ganz einfach. Niemand wird sie bemerken. Die anderen Kinder schlafen, die Männer sind erschöpft von ihren Spielen und werden vom Alkohol betäubt in ihren Betten liegen. Warum ist er nicht schon früher auf diese Idee gekommen? Warum erst jetzt? Er hätte sie alle retten können. Aber da war Sebastian. Er hätte sie verraten. Mit Heinrich war es so schnell gegangen. Seit Antons Tod waren nur wenige Monate vergangen. Einer nach dem anderen war gestorben, getötet worden. Jetzt bleibt keine Zeit mehr. Er muss mit Fedor flüchten.

Der Rektor betritt als Erster den Raum. Er ist in dunklen Stoff gekleidet, der leicht im Kerzenschein glänzt. Er mag diese Aufmachung. Er fühlt sich darin sauber und stark, das hat er dem Jungen selbst erzählt. Er fühlt sich den anderen überlegen. Er ist ihr Anführer, der, der alles in die Wege geleitet hat, damit sie ihren Spaß haben können. Sie treten nach ihm ein. Auch sie tragen nicht die Kleidung, die sie während des Unterrichts anhaben. Sie wollen sie nicht mit Blut besudeln, denn Blut ist schwer zu entfernen. Sie umringen das Bett, auf dem sie sitzen. Er hat keine Angst mehr. Er weiß, was geschehen wird. Er hat gelernt, damit umzugehen, sich für die Stunden ganz in eine Phantasie zu flüchten, die es ihm ermöglicht, die Tortur durchzustehen.

„Fedor, komm, mein Junge. Heute wird unsere Aufmerksamkeit allein dir gelten", sagt der Rektor und streckt die Hand aus, um sie Fedor darzubieten. Er spürt, wie der Kleinere zu zittern beginnt. Auch ihn ergreift ein Gefühl von Panik. Auch Heinrich war ihnen allein ausgeliefert und was mit ihm geschehen ist, das wissen sie. Das wissen sie noch zu genau, denn es ist kaum eine Woche her. Deshalb steht der Junge auf und stellt sich vor Fedor.

„Ich gehe mit." Er weiß, dass er es überleben kann. Er weiß, dass er sie alle besiegen, dass er stärker sein wird als sie. Fedor wäre nur ein Stück Vieh, das sie in ihrer Wollust zerreißen würden. Doch der Rektor schüttelt den Kopf. Sie wollen den Jungen, der gut riecht. Er kann hören, wie sie die Nasen recken und seinen Duft in sich aufsaugen. Aber der Junge wird das nicht zulassen. Dieses Mal wird er es nicht zulassen.

„Er geht nicht mit euch mit. Er bleibt hier", entscheidet er und ist entschlossen. Einer der Männer, der Brutalste von ihnen, der sich nicht an den Jungen bereichert, sondern lediglich sehen will, wie sie leiden. Der sogar Studien darüber anstellt, der sich jedes Mal Aufzeichnungen macht. Er tritt vor und hebt die Faust, um dem Jungen einen Schlag zu versetzen, aber der Rektor hält seinen Arm fest.

„Geht hinaus und wartet dort. Ich werde das mit ihm klären."

Sie leisten seiner Aufforderung Folge, nur der Brutale, er sieht den Jungen an. Er sieht ihn an und der Junge weiß, was er mit ihm anstellen wird, wenn er ihn alleine erwischt. Er wird ihm nicht verzeihen, dass er ihn nicht maßregeln durfte. Die Tür schließt sich hinter ihm und sie sind mit dem Rektor allein. Fedor weint hinter ihm auf dem Bett. Er bittet ihn, sich den Männern nicht entgegen zu stellen. Er will mit ihnen gehen, weil er fürchtet, dass dem Jungen sonst Leid zugefügt wird. Aber kein Schlag, kein Tritt könnte schmerzhafter sein, als Fedor zu verlieren.

„Du hast Angst, dass ihm etwas zustößt, nicht wahr? Du möchtest nicht, dass wir ihm weh tun. Du möchtest nicht, dass wir ihn anfassen. Ich habe deine Blicke gesehen, mein Junge. Du bist uns nicht unähnlich, auch wenn du glaubst, dass du besser bist als wir. Ich sehe es in deinen Augen. Diesen Stolz, den niemand brechen kann. Das habe ich am meisten an dir bewundert, als du das erste Mal bei uns warst. Obwohl du wie alle geweint und geschrien hast, blieb doch dieser Stolz, der dich glauben macht, du könntest dich über uns erheben. Und nun stehst du hier und glaubst, du müsstest den Märtyrer spielen und dich für Fedor opfern. Aber es geht dir nicht um ihn. Es geht dir um deinen eigenen Stolz. Du willst uns nur klar machen, wie wunderbar gut du bist im Gegensatz zu uns. Du siehst nur das Schlechte in uns, glaubst, wir seien böse Menschen."

„Was anderes seid ihr auch nicht. Und es geht mir um keinen Stolz oder was immer Sie in meinen Augen sehen wollen, ich werde nur nicht zulassen, dass ihr ihn umbringt. So wie ihr Heinrich umgebracht habt. So wie ihr Tammo umgebracht habt. Ihr habt sie alle getötet."

„Das stimmt nicht. Du vergisst, dass Kasimir den Freitod vorgezogen hat und ihr Anton im Fluss ertränkt habt."

„Nur weil du nicht selbst Hand angelegt hast, heißt das nicht, dass du kein Mörder bist!"

Dass er die Respektlosigkeit besitzt, den Rektor zu duzen, erstaunt diesen nicht nur. Zorn flackert in ihm auf. Der Junge spürt es ganz deutlich. Kurz will er zurück, will er sich entschuldigen, aber er kann es nicht. Er muss jetzt weiter. Das ist die letzte Gelegenheit, die er haben wird. Wenn er jetzt klein beigibt, wird der Rektor Fedor töten.

„Ich bin kein Mörder. Ich habe euch gut behandelt, ich habe euch hier aufgenommen, euch zu essen gegeben. Erinnerst du dich noch daran, dass ich dich gepflegt habe, nachdem dich dein Vater so zugerichtet hatte?"

Der Junge lächelt, aber es sieht im Schein der Kerze aus wie ein teuflisches Grinsen.

„Und nun stehst du hier und glaubst, du hättest den Märtyrer gespielt und dich für uns aufgeopfert?", wiederholt er die Worte des Rektors, dessen Augen sich weiten, als er offen verhöhnt wird. Das ist er nicht gewöhnt. Alle folgen seinen Befehlen, niemand wagt es, ihn zu kritisieren oder anzugreifen. Er ist unfehlbar.

„Es reicht, mein Junge", erwidert er, gequält, weil er sich zusammenreißen muss, um seiner Wut keinen Ausdruck zu verleihen, weil er nicht die Kontrolle verlieren will.

„Ja, es reicht. Wir werden jetzt von hier fortgehen und du wirst uns nicht mehr daran hindern. Komm, Fedor."

Er streckt die Hand nach hinten und Fedor greift, ohne zu zögern, danach. Er steht vom Bett auf und senkt den Blick. Der Junge aber hält seinen auf den Rektor gerichtet. Er sieht ihn an, mit seinen vor Stolz aufbrandenden Augen. Er wird nicht aufgeben. Dieses Mal lässt er nicht zu, dass noch jemand sterben muss.

„Ihr werdet nirgendwo hingehen!", brüllt der Rektor und packt Fedor an den Haaren, reißt ihn zurück aufs Bett. Ihre Hände gleiten auseinander. Der Junge greift in seine Hosentasche und holt ein Stück Holz hervor. Er hat es für diesen Abend geschnitzt. Es ist lang und spitz und er wird es diesem Mann in die Kehle rammen. Bei Gott, er wird ihn töten, er wird sie alle töten. Aber sein Stich verfehlt den Rektor, dringt nur in dessen Schulter ein. Er schreit nicht einmal, sondern reißt es sich heraus und schlägt dem Jungen mit der Faust ins Gesicht, so dass er zurücktaumelt und auf Fedors Bett fällt. Der Rektor beugt sich hinunter und hebt das Holzstück auf. Der Junge kann sehen, wie sich sein Gesicht wandelt. Eben noch wütend ist ihm nun eine Idee gekommen. Er sieht zu Fedor, dann betrachtet er den Jungen, der sich nicht regen kann. Er hat ihn verfehlt. Er hat ihn nicht getötet.

„Du willst nicht, dass wir ihm weh tun, nicht wahr? Dann wirst du es tun müssen. Bring ihn um!"

Der Junge versteht nicht. Er will nicht verstehen, als der Rektor ihm das Holzstück entgegenhält.

„Wenn du ihn nicht umbringst, werden es diese Tiere vor der Tür machen. Ich werde sie bitten, ihn langsam zu töten. Einer nach dem anderen wird ihn sich vornehmen und ich werde dafür sorgen, dass du ihn schreien hören kannst. Und wenn es dann soweit ist, werde ich dich zu ihm führen und du kannst dabei zusehen, wie sie ihn umbringen."

Der Junge sieht zu Fedor. Seine Augen sind ein einziges Flehen. Er weiß, dass der Rektor keinen Spaß macht. Er will ihn nicht nur einschüchtern. Er wird es so machen, wie er es beschrieben hat, und die Männer dort draußen werden ihm mit Vergnügen helfen. Ihm wird klar, dass sie das schon den ganzen Abend vor hatten. Sie wollen sie loswerden, wegen der Gerüchte, weil die Schule geschlossen wird. Er muss die Spuren beseitigen. Heute Nacht Fedor, morgen Nacht er. Ein letztes Mal Vergnügen, bevor ihren Taten ein unfreiwilliges Ende gesetzt wird.

„Mach es!", schreit der Rektor und presst ihm das Holzstück gegen die Brust. Der Junge ergreift es. Welche Wahl hat er noch? Durch die Tür treten die anderen Männer ein, aufgeschreckt durch die lauten Geräusche. Er kann nicht fliehen. Er kann sie nicht alle töten. Er hat es nicht einmal geschafft, den Rektor zu töten. Er sieht Fedor an. Er erinnert sich an die Nacht, in der sie zusammen unter seiner Bettdecke lagen und er geweint hat. Er nimmt das Holzstück. Er lässt es in einer schnellen Bewegung nach vorn gleiten. Er hält Fedor fest, bis die letzten Krämpfe seiner Muskeln nachlassen. Er weint nicht mehr. Er wird nie mehr weinen. Er wird all das Schlechte in sich behalten. Damit es eines Tages aus ihm herausquillt, ihn umhüllt und ihm die Kraft gibt, die er braucht.

Die Männer packen ihn. Sie werden ihn heute Nacht aber nicht töten. Das schaffen sie nicht, denn er reißt sich los und springt durch das geöffnete Fenster. Als er auf dem Boden aufschlägt, bleibt ihm die Luft weg. Aber er hat den Sturz gut gefedert. Sein Arm ist gebrochen, der Knochen ragt in einem unnatürlichen Winkel unter seiner Haut hervor. Aber das ist nur ein kleiner Preis. Er kommt auf die Beine, die Kratzer davon getragen haben, und rennt. Schon bald werden sie hinter ihm her sein, doch sie werden ihn nicht kriegen. Bis sie unten sind, wird er die Brücke erreicht haben. Bis sie seine Spur aufgenommen haben, wird er über den Fluss sein. Und eines Tages wird er zurückkommen. Denn er ist der Letzte und es ist seine Pflicht.

Kapitel 30

Sie hatte sich immer noch nicht an Gremlichs neues Arbeitszimmer gewöhnt. Wenn sie wie jetzt allein in dem Raum war, umgeben von den toten Embryonen und anderen Fleischstücken, die für eine lange Zeit konserviert worden waren, fühlte sie sich unwohl. Dann konnte sie die aufsteigenden Gedanken nicht verdrängen, die ihr zusetzten, wenn sie nachts die Augen schloss und früh erwachte. Dann musste sie an Paul denken und was mit ihm geschehen war. Ein kleiner Junge konnte solange unmöglich alleine überleben. War er bei dem siebten Knaben? War er bei Simon? Kümmert sich der Mann gut um ihn? Oder hatte Wasser ihn zuvor an einen unbekannten Ort gebracht und vorgehabt, auch die anderen fünf Jungen wegzubringen, weil es ihm zu gefährlich wurde? Weil er wusste, dass der siebte Knabe hinter ihm her war? Auf all diese Fragen gab es keine Antwort. Wasser war tot, von dem siebten Knaben fehlte jede Spur und auch Paul blieb verschwunden. Sie erhielten kein Lebenszeichen. Sie erhielten keinen Hinweis darauf, wo Paul hingebracht worden war.

Die Jungen wurden begraben, die Schule eröffnet, ein paar Menschen zu wenigen Jahren Gefängnis verurteilt für den Mord, den sie in Zustimmung anderer verübt hatten. Es war frustrierend, dass die Welt einfach weiter existierte, während ihre Zeit stehengeblieben war. Wie konnte es sein, dass die Dinge geschahen und vergingen, dass die Erde sich drehte, obwohl die Großmutter eines kleinen Jungen sich sogar damit schwer tat, weiter zu atmen? Doch dies war die Realität, ein nicht zu verändernder Umstand, eine einfache und schlichte Tatsache.

Auf den Seziertischen Gremlichs und seiner Assistentin lag dieses Mal kein Toter, kein Skelett. Es war Heiligabend. Sie war nur gekommen, um Gremlichs abschließenden Bericht zu holen, den sie über die Feiertage lesen wollte. Sie hoffte, darin Anhaltspunkte zu finden, was mit den Jungen geschehen war, auf welche Verletzungen sie beim siebten Knaben achten musste. Vielleicht waren sie markant, vielleicht konnte sie ihn daran erkennen. Sie klammerte sich an die kleinste Hoffnung. An eine Hoffnung, die keinen Bestand haben konnte. Sie musste davon ausgehen, dass der siebte Knabe nach der Vollendung seiner Aufgabe die Stadt verlassen hatte.

„Guten Tag, Frau Sperber."

Gremlichs Assistentin betrat den Raum. Sie trug keinen weißen Kittel, sondern ihre Straßenkleidung. Sie hatte sich bereits für die Feierlichkeiten am Abend und den Gang zur Messe vorbereitet. Auch für sie ging das

Leben weiter, hielt nicht inne, atmete ein und atmete aus. Vi hätte das gerne ebenfalls gekonnt.

„Guten Tag, Frau Hauptmann. Es tut mir Leid, dass ich Sie noch einmal stören muss."

„Nein, ist schon gut. Hier ist der Bericht von Herrn Gremlich. Ich habe ihm ein paar Notizen hinzugefügt, bei denen er sich geweigert hat, sie ins Protokoll aufzunehmen, weil er der Ansicht ist, ich hätte lediglich Vermutungen. Vielleicht helfen Sie Ihnen dennoch. Außerdem habe ich hier noch etwas für Frau Minzer."

Sie reichte ihr ein kleines, schweres Paket, das mit buntem Papier umwickelt und mit einer Schleife versehen war.

„Ursprünglich wollte sie es Paul schenken. Sie haben mich einmal besucht, als ich oben bei den Kindern war und Doktor Fröde assistiert habe."

„Es scheint mir, Sie lernen nicht nur bei Herrn Gremlich."

„Nein, ich versuche überall dort zu helfen, wo ich gebraucht werde. Meistens halten die Ärzte nicht viel von mir, aber daran habe ich mich gewöhnt. Sobald ich sie davon überzeugen konnte, dass ich mehr weiß, als sie glauben, hassen sie mich noch mehr. Aber auch daran habe ich mich gewöhnt."

„Frau Hauptmann, Sie haben mir die ganze Zeit wirklich geholfen. Es würde mich freuen, auch in Zukunft mit Ihnen zusammenarbeiten zu können. Allerdings muss ich sagen, dass diese Zukunft möglichst nicht allzu nah sein sollte. Von Leichen und Skeletten habe ich zurzeit einfach die Nase voll."

„Da kann ich Sie gut verstehen. Das geht mir ganz genauso. Aber ich danke Ihnen für diese Worte. Richten Sie bitte allen einen lieben Gruß von mir aus, besonders Frau Minzer."

Sie verließen gemeinsam das Zimmer. Frau Hauptmann schloss sich dem Pfleger an, mit dem sie wohl eine Beziehung unterhielt, und Vi musste an Jona denken und daran, dass Frau Hauptmann ihr keinen besonderen Gruß ausgerichtet hatte. Sie hielt das Päckchen für Oda fest in den Händen, während sie unter leichtem Schneefall nach Hause ging.

Die Straßen waren noch voller Menschen, voller Leben, das sie schier zu erdrücken drohte. Trotzdem überkam sie eine leise Freude. Dieses Päckchen in ihren Händen. Ein Geschenk für Oda. Auch wenn es Paul nicht ersetzen konnte, hoffte sie, dass es ihr gefallen, ihr ein Lächeln entlocken würde.

Als sie die Brüderstraße unter dem ewigen, selbst am Weihnachtsabend nicht verstummenden Gekeife der Marek hinter sich ließ und in die Apothekergasse einbog, erlebte sie eine Überraschung. Der Eingang zur Buchhandlung war geschmückt worden. Nicht nur dass an der Tür ein Kranz hing, nein, auch der Rahmen war mit Zweigen verziert. Dazwischen leuchteten bunte Kugeln im Schein der Gaslaterne in der Langenstraße. Vi schüttelte überrascht den Kopf und trat in den Hausflur, in dem es nicht minder festlich aussah. Das Treppengeländer war über und über mit Zweigen versehen. An den Wänden hingen neue Kerzenhalter, in denen große, weiße Kerzen brannten. Als sie an Odas Wohnungstür ankam, hörte sie die aufgeregten Stimmen der Frauen. Seit Paul verschwunden war, war es dahinter stets totenstill gewesen. Vi klopfte an. Sabin öffnete die Tür. Sie war festlich gekleidet und mit einer ruhigen Armbewegung bedeutete sie ihr, einzutreten.

Alle saßen bereits um den Tisch verteilt. Oda am einen Kopfende, das andere war leer und sollte durch sie gefüllt werden. Ewa, Cilia, Ieva, Jona und Sabin sahen sie mit lächelnden Gesichtern an. Nur Odas Augen blieben dunkel und ausdruckslos.

Auf dem Tisch standen ein prachtvoller Braten, den Vi als Hasen erkannte. Sie hatten sich darauf geeinigt, diesen Abend zu feiern und die anderen Tage mit ihren Verwandten, Freunden und Geliebten zu verbringen. Darum sollte es etwas Besonderes werden, aber damit hatte sie nicht gerechnet. Aber konnten sie feiern? Konnten sie feiern, wo Paul irgendwo gefangen gehalten wurde? Wo sie ihn doch vielleicht niemals mehr wiedersehen würden? Sie sah auf das Päckchen in ihren Händen hinab. Sie stand auf, ging zu Oda und hockte sich neben sie.

„Das hat mir Frau Hauptmann für dich gegeben. Sie hat gesagt, es war für Paul bestimmt."

Oda nahm das Päckchen in ihre mageren Hände. Vi legte ihre auf die knochigen Finger.

„Ich helfe dir, es zu öffnen."

Sie zog an der hübschen Schleife. Das Papier blätterte auf und offenbarte einen Gipsabdruck. Den Gipsabdruck eines kleinen Kiefers. Oda gab ein Geräusch von sich, das zwischen Weinen und Schreien lag. Ein Ausdruck, wie Vi erst nach einer Weile begriff, der diese Starre in ihr auflöste, all ihren Gefühlen freien Lauf ließ. Oda klammerte sich an sie, den Gipsabdruck von Pauls kleinem Gebiss fest in ihren Händen. Sie umarmte sie so fest, dass Vi die Tränen, die ihre Wangen hinunterliefen, unter Atemnot weinen musste. Aber was machte das schon? Solange Oda eines Tages wieder lachen würde, solange ihr Lachen sie alle anstecken würde, um ihnen wieder Freude zu bringen, solange würde sie auf die Luft in ihren Lungen verzichten.

„Er hat sie angefleht. Er hat sie angefleht, diesen Abdruck von seinen Zähnen zu machen. Dabei fehlten ihm doch die oberen Schneidezähne. Die hatte er gerade verloren. Aber sie hat es ihm versprochen und sie hat den Abdruck gemacht und ihn in Gips gegossen."

Vi hörte Odas Worte und hielt sie dabei fest umarmt. Neben ihr kämpften die Frauen mit dem heftigen Gefühlsausbruch, der sie alle ü-bermannte. Cilia sah einfach nur zur Tür, aber ihre Schultern hoben und senkten sich zitternd. Sabin stand auf und kam zu ihnen, um ihre Arme um sie zu legen. Ieva strich sich unentwegt die Tränen aus den Augen und versuchte, ruhig zu bleiben, während Ewa nur lächelnd und mit feuchten Wangen da saß. Jona hielt den Kopf gesenkt und heulte leise vor sich hin.

„Ich muss schon sagen, wir sind ein ziemlich kitschiger Haufen. Solche Weihnachtsabende findet man allenfalls bei Dickens. Jetzt reißt euch aber mal zusammen!", forderte Vi sie auf, sobald sie die Kraft dazu fand. Sie lösten sich, setzten sich an ihre Plätze, doch alle sahen sie, noch während sie aßen, auf den Abdruck, der neben Odas Teller lag. Und sie alle sahen Pauls zahnloses Lächeln vor sich und hörten sein aufgeregtes Säuseln von all den Dingen, die er sich zu Weihnachten gewünscht hatte.

Als das Essen vorüber war, bat Vi Jona ihr nach draußen zu folgen. Sie gingen die Treppe hinunter und erzitterten in dem kalten Windhauch, der durch die Gasse pfiff. Vi zündete sich eine Zigarette an und schlang die Arme um ihren Oberkörper. Jona stand tänzelnd und frierend neben ihr. Sie fragte nicht, warum sie Vi zum Rauchen nach draußen begleiten sollte. Für Fragen war nicht der richtige Abend. Nur für Antworten und Entschuldigungen.

„Es tut mir Leid, Jona."

Jona blieb stehen und sah sie an, überrascht. Nicht wissend, warum sie sich entschuldigte.

„Wegen deines Raufwurfs. Ich war ungerecht, zu sehr mit mir selbst beschäftigt, zu sehr darauf konzentriert, meinen eigenen Willen durch-zusetzen. Weil ich wegen meiner Gefühle für Walter so verunsichert war. Du hast richtig gehandelt, wenn es mir auch nicht gepasst hat."

„Das ist nett von dir, Vi, aber du musst dich nicht entschuldigen. Du warst starrköpfig und ich habe geglaubt, man könne nicht mit dir reden, weil du oft so energisch bist. Wir haben beide Fehler gemacht. Passiert."

„Versuchst du jetzt Odas gute Ader zu kompensieren?"

„Das kann ich gar nicht. So gut bin ich nicht. Ich habe Walters Geld genommen und dich verraten, wenn es auch im Glauben daran war, etwas Gutes zu tun. Letztlich hat es zumindest diesen Abend hier finanziert."

„Du hast all das Geld für den Weihnachtsschmuck, die Kerzen und das Essen ausgegeben?"

„Wofür denn sonst?", fragte Jona und sah sie an. Sie lächelte und Vi erhob keinen Einspruch. Sagte nicht, dass sie sich besser hätte Schuhe und eine neue Jacke kaufen sollen, eine Hose, die keine Löcher und Risse hatte, die Oda in der nächsten Zeit nicht würde stopfen können.

Auf der Brüderstraße war es ruhig geworden. Selbst die Marek keifte nicht mehr. Sie hörten nur vereinzelte Schritte und schwiegen. Vi rauchte die erste Zigarette seit Pauls Verschwinden mit Genuss und der stillen Befriedigung, die außer anderen Menschen nur Drogen bringen konnten.

„Meinst du, dass es Oda bald wieder besser gehen wird?"

„Ich glaube schon. Mach dir keine Sorgen. Wir sind doch da, oder? Weißt du, damals haben mich diese verrückten Weiber aus meinem Bett und in den Badebottich gezerrt, um mich aus meiner Verstimmung zu holen. Sie haben den ewig in mir schwelenden Todeswunsch ein wenig gemindert. Wenn sie in der Lage sind, mich zu retten, werden wir auch in der Lage sein, Oda wieder zum Lachen zu bringen."

„Warum schwelt ewig ein Todeswunsch in dir?"

„Ach, nimm doch nicht immer alles so genau, wenn ich etwas sage."

„Bei dir muss man alles genau nehmen. Du sagst Dinge, die dich beschäftigen, immer nur im Nebensatz. Als wäre es nicht wichtig. Sprich es doch einfach aus. Glaubst du, es wäre uns egal? Glaubst du, es fällt uns nicht auf, wenn es dir nicht gut geht? Als Anton bei Gremlich auf dem Tisch lag, was ist da mit dir passiert? Was hat dich die letzten Monate beschäftigt? Was hat diesen Todeswunsch in dir aufgebracht?"

Vi warf den Filter der Zigarette auf den Boden und fuhr sich durch das Haar. Augenscheinlich nur, um es aufzulockern, aber es war ein Zeichen von innerer Erregung, von Aufregung, von Nervosität und Angst.

„Ich musste an meine Kinder denken. Sie sind sehr zeitig gestorben."

Es war nichts, was die anderen Frauen nicht wussten. Vi hatte ihnen nie viel über ihre Kinder erzählt oder wie sie sie verloren hatte, doch Jona stand wartend vor ihr. Sie wusste, sie würde das warme Haus nicht betreten können, bis sie Jona die Wahrheit erzählt hatte.

„Sie sind an Typhus gestorben. Damals eine weit verbreitete Krankheit. Du kannst nicht viel tun. Besonders wenn es sich um Kinder oder schwache, alte Menschen handelt. Sie schaffen es oft nicht, kommen nicht gegen das Fieber an. Sie liegen nur da. Es wird jeden Tag schlimmer. Irgendwann krampfen sie und dann versagen ihre Organe und es ist vorbei."

„Wie alt waren sie?"

„Florian war sechs, Felicitas erst vier. Er hat sie angesteckt. Sie sind kurz nacheinander gestorben. Als ich Anton gesehen habe, musste ich einfach an sie denken. Das ist alles. Es mag seinen Teil dazu beigetragen haben, dass ich die letzten Wochen unwirsch war. Noch mehr als sonst."

„Warst du bei ihnen, als sie gestorben sind?"

„Ja", antwortete sie und ihre Stimme zitterte. Ihr ganzer Körper krampfte sich vor Kälte zusammen. „Die ganze Zeit. Ich habe sie gepflegt und um sie gekämpft. Aber das hat einfach nicht gereicht. Es hat nicht gereicht, um sie zu retten. Als Florian gestorben ist, hat er noch nach seinem Vater gerufen. Felicitas ist einfach gegangen, hat nichts mehr gesagt, kein Wort. Sie haben sich nicht mal mir verabschiedet."

Sie bemerkte, wie unsinnig der letzte Satz war. Ihre Kinder hatten im Sterben gelegen. Sie waren kraftlos gewesen, gezeichnet und verwirrt vom Fieber. Was konnte sie von diesen armen Wesen schon verlangen?

„Und dann machst du noch gemeinsame Sache mit Walter." Warum konnte sie nicht den Mund halten? Jona jetzt Vorwürfe zu machen, noch dazu solch ungerechtfertigte, nachdem sie sich doch eben bei ihr entschuldigt hatte.

„Vi, deine Kinder haben dich nicht hintergangen oder dich im Stich gelassen. Sie waren krank und du konntest ihnen nicht helfen. Du hast alles getan, was dir möglich war."

„Und warum haben sie sich dann nicht verabschiedet?", schrie sie leise, ohne dass sie es wollte. „Warum hat Florian nach seinem Vater verlangt, warum hat Felicitas einfach so aufgegeben? Ich war doch da. Die ganze Zeit habe ich an ihren Betten gesessen und habe alles getan, damit sie überleben."

„Bist du je auf die Idee gekommen, dass Florian seinem Vater noch etwas sagen wollte? Dass er ihm noch etwas sagen musste, was bei dir nicht notwendig war? Weil er dir vertraut hat, weil du da warst? Und dass Felicitas nur so ruhig gehen konnte, weil du sie gehalten hast. Weil sie wusste, dass du da warst und sie nichts fürchten musste?"

Vi stand da, strich sich über den Nasenrücken, um zu verhindern, dass sie erneut weinen musste, und empfand Erleichterung. Es würde noch dauern, bis die Erkenntnis darüber, dass ihre Kinder ihr vertraut hatten und dass sie nicht Schuld an ihrem Tod war, auch den letzten Winkel ihres verletzten Herzens erreicht hatte, aber für den Augenblick reichte ihr dieses winzige Gefühl von Glück.

„Jona, ich –", setzte sie an, bis sie Jonas Gesichtsausdruck sah. Er war ganz starr, die Augen auf Vi gerichtet. Nein, nicht auf sie. Auf einen Punkt hinter ihr. Vi drehte sich um. Dort stand er. Er stand einfach am Eingang der Gasse und sah zu ihnen. Er war in einen kleinen, blauen Mantel gekleidet. Seine Mütze war rot wie der Schal und die Handschuhe, die er trug.

„Tante Vi? Jojo?" Als sie seine Stimme hörte, wusste sie, dass es nicht mehr helfen würde, über ihren Nasenrücken zu streichen. Paul rannte los und stürzte sich in Jonas Arme, wurde in die Luft geschleudert, wieder und wieder. Er schrie und gluckste dabei so freudig, wie es nur Kinder seines Alters konnten. Sein Lachen erfüllte die Gasse. Die Tür zum Hausflur öffnete sich.

„Oma Oda!", rief der Junge und hüpfte von Jonas Armen direkt in die seiner Großmutter, die ihn an sich drückte. Oda musste ihn betasten, musste ihn an sich drücken, musste ihn küssen, seine Wangen streicheln, sein Haar berühren, bis sie endlich glauben konnte, dass er wirklich da war. Dass er zurück war. Einfach so. Schließlich kauerte sich Vi neben ihn und strich ihm über die roten Wangen.

„Paul, woher hast du denn den schönen Mantel?"

„Von Simon." Er griff in seine Manteltasche und reichte Vi einen weißen Briefumschlag. „Er hat gesagt, den soll ich dir geben. Oma Oda, gibt es auch Pudding?"

Oda trug ihren Enkel ins Haus, brachte ihn nach oben in die Wohnung, wo sich die Frauen um ihn versammelten, ihm dabei zusahen, wie er seinen Pudding aß und danach noch ein Stück Hase mit Kartoffeln. Sogar ein paar gekochte Möhren zwang er sich herunter, weil Simon ihm gesagt hatte, dass er nur mit Möhren eines Tages so groß werden würde wie er. Als Paul schließlich in den Armen seiner Großmutter eingeschlafen war, die sich vor der Herausforderung sah, ihrer Tochter an diesem Abend noch ein ganz besonderes Geschenk zu machen, öffnete Vi den Brief.

Lieben Oka,

ich bin mir darüber bewusst, was ich dir in den letzten Wochen zugemutet habe. Ich habe dir deinen Enkelsohn genommen und ich würde lügen, würde ich behaupten, ich hätte nicht Böses mit ihm vorgehabt. Er sollte dein finster Knabe sein. **Er sollte** davor gemahnen, dass wir hinsehen müssen, wenn unsere Kinder bedroht werden. Dass wir nicht vorgehen dürfen, wenn sie leiden, so wie aller Erwachsenen blind waren, als man mich und meinen Bruder in dem gefräßigen Schlund des Mannes warf, der unter deinen Augen gestorben ist. Ich weiß, dass du nicht verstehen kannst, wieso ich es tat. Wieso ich diesen Mann aufgeliefert habe. Aber ich war die einzige Strafe, die ihn für das büßen ließ, was er tat. Viele Menschen haben verkannt, was er ist. Sie haben gesehen, dass das hübsche Lächeln, die angenehme Gestalt nur Fassaden waren. Und es gibt so viele von ihnen. Sie sind dort draußen und warten auf den Moment, in dem wir nicht hinsehen und unsere Kinder nicht beschützen. Ich wollte, dass Paul sein letztes Opfer wäre. Ich wollte ihn an diesem Weihnachtstag in der Paterskirche aufbahren, damit jene Menschen wie du, die an Gott glauben, die so oft in den Himmel sehen und beten, ihren Blick, bevor sie dich tun, zunächst auf ihre Hände richten. Auf die Hände, die viel zu oft die wertvollsten Geschenke, die Gott uns gibt, loslassen.

Doch dann hat Paul etwas getan, was mir nicht gelungen ist, seit ich auf dem Fenster der Schule sprang und vor meinem Verfolgern flüchtete. Er hat mich zum Weinen gebracht. Er hat mich zum Weinen gebracht, indem er mir einfach nur von dir erzählt hat. Er hat von seiner Mama und seinem Papa gesprochen und dann hat er mir von dir erzählt. Von all den gemeinsamen Stunden, die ihr erlebt habt. Von den anderen Frauen, mit denen du zusammenlebst, die ihr nicht nur das Lesen gelehrt und ihr Geschichten erzählt, sondern die ihr beschützt habt.

Sinbad hat mir gesagt, daß ein Mensch, der in dem Lager ist, zu verinnern, daß ein solcher Mensch ein schlecht sein kann. Darum bringe ich dir Paul zurück. Wenn ich sage, daß ich nur der Mensch sein wollte, der ich geworden bin, glaubst du mir? Wenn ich dich bitte, für mich zu beten und gelegentlich meiner zu gedenken, weißt du es tun? Wenn ich mir wünsche, daß du mich liebst, kannst du es?

Simon

Epilog

Er kommt zu sich. Seine Augen öffnen sich, doch nehmen sie nicht mehr wahr als ein flackerndes Licht. Das Licht einer Kerze, die vor ihm in der Luft schwebt. Sie bewegt sich, als er sich bewegt, sie kommt näher. Ein stechender Geruch schlägt ihm entgegen, er will zurückweichen, sein Schädel explodiert. Sein Schädel explodiert. Er erinnert sich. Er erinnert sich, wie er auf der Rathaustreppe gesessen, wie er Pauls Lachen gehört, die Tränen seiner Großmutter gespürt hat. Es ist ihm schwer gefallen, Paul gehen zu lassen. Er hat ihn lieb gewonnen. Aber Paul gehört nicht zu ihm. Er ist allein. Dann war da ein Schlag. Er hat ihn von der Treppe gerissen, hat sein Bewusstsein geraubt. Jetzt ist er hier. Ein Gesicht hinter der Kerze starrt ihn an. Es ist schmutzig, voller Schlieren und einem struppigen Bart.

„Wer sind Sie? Haben Sie mich hierhergebracht?"

Der Mann schüttelt den Kopf, geht um ihn herum. Er kann sehen, dass er sich in einem Kellerraum befindet. Er glaubt zuerst, dass er in dem Haus ist. In dem Haus, in dem Wasser die Jungen festgehalten hat. Er hat sie nicht angerührt. Er hat noch Käufer für sie gesucht. Darüber war er erleichtert. Das fällt ihm jetzt wieder ein. Dabei muss er daran denken, wie er entkommen kann. Er ist gefangen. Er ist zurück in dem Keller, in dem sie gewartet haben, bevor sie geholt wurden.

„Wer sind Sie?", fragt er den Mann erneut, der sich neben ihn setzt und ihm durch das Haar streichelt. Er trägt nur eine schäbige Unterhose, ansonsten ist er nackt. Er betastet sich. Nein, man hat ihm seine Kleidung gelassen. Er versteht nicht, was vor sich geht.

„Rächet euch selber nicht, meine Liebsten, sondern gebet Raum dem Zorn Gottes; denn es steht geschrieben: Die Rache ist mein, ich will vergelten, spricht der Herr."

„Wovon sprechen Sie?"

„Davon, dass es töricht von dir war, zu glauben, dass du einfach so auftauchen und Rache nehmen könntest."

Ein weiteres Licht. Blendender. Eine Laterne, die an einem Deckenhaken befestigt wird. Er erkennt ihn. Er weiß sofort, wer er ist. Ihm wird klar, dass er ein Narr war, zu glauben, dass nicht noch einer der anderen Lehrer in die Stadt zurückgekehrt sein könnte. Er hat sie nicht überprüft, hat nicht herausgefunden, was aus ihnen geworden ist. Er wollte nur Rache.

„Davon dass du blind warst, in deinem Wunsch, alle anderen sehen zu lassen. Aber ich muss gestehen, dass ich mich freue, dich wieder zu sehen. Als du damals aus dem Fenster gesprungen bist, glaubte ich, du seist gestorben, aber wir fanden dich nicht. Nathanael ließ alles nach dir absuchen, aber du hast dich gut verborgen gehalten. Die Schule wurde geschlossen, nachdem einige der Jungen behaupteten, wir seien zu hart mit ihnen umgesprungen. Eine unangenehme Situation, besonders da ich meine Studien nicht fortsetzen konnte. Oh, mein Junge, du warst mir stets der Liebste. Nathanael hat euch auf seine Weise geliebt. Ich gebe zu, ich fand ihn abartig in seinen Vorstellungen. Dieses ganze körperliche Thema hat mich nie interessiert. Aber euren Schmerz zu studieren, zu sehen, was Schmerz aus einem Menschen machen kann, das war sehr faszinierend. Du warst das perfekte Objekt. Du hast nicht aufgegeben. Das Leben in deinen Augen, dein Stolz, deine Kraft, sie sind nie erloschen. Du hast ein neues Leben angefangen, bist hierher zurückgekehrt, um deine Brüder zu rächen. Das hat mich beeindruckt, auch wenn ich eine Weile gebraucht habe, um dich zu erkennen. Aber der Hellste bist du leider nicht geworden. Seinen Namen zu ändern, reicht nicht aus, um den Wolf zu täuschen. Du hättest auch deinen Duft und dein hübsches Gesicht ändern müssen. Trotzdem wirst du wertvoller für mich sein als dieses Gesindel."

Er tritt dem Mann gegen das Bein.

„Und Gott wird abwischen alle Tränen von ihren Augen und der Tod wird nicht mehr sein, noch Leid noch Geschrei noch Schmerz wird mehr sein."

„Verstehst du, was ich meine? Alles, was ich bekomme, sind Trunkene, Würmer, die unter die Erde gehören, und ihn. Ständig zitiert er die Bibel. Er lebt nur deshalb noch, weil ich hoffe, dass er eines Tages ruft: Vater, warum hast du mich verlassen?"

Er lacht, lacht so laut, dass es in dem kleinen Raum widerhallt, bevor er ihn im Nacken packt.

„Aber du, du bist wertvoll. Du wirst mir die Erkenntnisse liefern, nach denen ich suche. Ich werde dich brechen. Ich werde herausfinden, wie es ist, einen Menschen wie dich in tausend Stücke zu zerschmettern."

Er lässt ihn los und nimmt die Laterne vom Deckenhaken. Er geht zur Tür und dreht sich nach ihm um.

„Wie sagte Nathanael früher zu euch? Schlaft, meine Jungen, schlaft recht friedlich. Möge kein böser Traum euch schrecken, möge kein Leid euch belasten, möge kein Schmerz euch quälen. Denn wir sind bei euch. Zu jeder Stunde, wann immer ihr uns braucht. Eine geruhsame Nacht wünsche ich dir, David, Gottes Liebling."

Die Tür fällt zu. Der Junge springt auf die Füße. Er rammt mit der Schulter gegen das Metall, er schreit, er fleht, aber die Tür bleibt verschlossen und seine Worte werden nicht erhört.

Dank

An A. für diesen einen unverhofften Satz, so kurz vor Schluss

An E. für die erste und wertvollste Kritik

An J. für diese Worte, obwohl du nicht weißt, wie viel sie mir bedeuten

An P. für die schnelle Hilfe in Fragen historischer Genauigkeit

An U. für das Auffangen so vieler Emotionen

Übersetzung des Briefes in Kurrentschrift

Liebe Oda,
ich bin mir darüber bewusst, was ich dir in den letzten Wochen zugemutet habe. Ich habe dir deinen Enkelsohn genommen und ich würde lügen, würde ich behaupten, ich hätte nicht Böses mit ihm vorgehabt. Er sollte der siebte Knabe sein. Er sollte daran gemahnen, dass wir hinsehen müssen, wenn unsere Kinder bedroht werden. Dass wir nicht wegsehen dürfen, wenn sie leiden, so wie alle Erwachsenen blind waren, als man mich und meine Brüder in den gefräßigen Schlund des Mannes warf, der unter deinen Augen gestorben ist. Ich weiß, dass du nicht verstehen kannst, wieso ich es tat. Wieso ich diesen Mann ausgeliefert habe. Aber es war die einzige Strafe, die ihn für das büßen ließ, was er tat. Diese Menschen haben erkannt, was er ist. Sie haben gesehen, dass das hübsche Lächeln, die angenehme Gestalt nur Fassade waren. Und es gibt so viele von ihnen. Sie sind dort draußen und warten auf den Moment, in dem wir nicht hinsehen und unsere Kinder nicht beschützen. Ich wollte, dass Paul sein letztes Opfer wird. Ich wollte ihn an diesem Weihnachtstage in der Peterskirche aufbahren, damit jene Menschen wie du, die an Gott glauben, die so oft in den Himmel sehen und beten, ihren Blick, bevor sie dies tun, zuerst auf ihre Hände richten. Auf die Hände, die viel zu oft die wertvollsten Geschenke, die Gott uns gibt, loslassen. Doch dann hat Paul etwas getan, was mir nicht gelungen ist, seit ich aus dem Fenster der Schule sprang und vor meinen Verfolgern flüchtete. Er hat mich zum Weinen gebracht. Er hat mich zum Weinen gebracht, indem er mir einfach nur von dir erzählt hat. Er hat von seiner Mama und seinem Papa gesprochen und dann hat er mir von dir erzählt. Von all den gemeinsamen Stunden, die ihr verbracht habt. Von den anderen Frauen, mit denen du zusammenlebst, die ihm nicht nur das Lesen gelehrt und ihm Geschichten erzählt, sondern die ihn beschützt haben.
Fedor hat mir gesagt, dass ein Mensch, der in der Lage ist, zu weinen, dass ein solcher Mensch nie schlecht sein kann. Darum bringe ich dir Paul zurück. Wenn ich sage, dass ich nie der Mensch sein wollte, der ich geworden bin, glaubst du mir? Wenn ich dich bitte, für mich zu beten und gelegentlich meiner zu gedenken, wirst du es tun? Wenn ich mir wünsche, dass du mich liebst, kannst du es?

Simon

Die Autorin wurde 1986 in Görlitz geboren. Nach einem Studium in Chemnitz und einer Lehre in Bautzen, pendelt sie nun zwischen ihrer neuen Wahlheimat Dresden und ihrer Arbeitsstätte und schreibt unterwegs allerlei seltsame Geschichten. Davon veröffentlicht wurden "Der mörderische Sagenkreis zu Görlitz" und "Erzählungen aus den Landen der Alten - Walbucht".